大河역사소설

古國

金夷吾 지음

1권
華夏東西

좋은땅

작가의 말

반만년이라는 우리 역사에도 불구하고, 정작 단군 이후 3천 년이나
되는 기원 이전의 상고사를 배운 적이 없고, 기원 이후 삼한의 역사 또
한 많은 부분에서 맥락을 이해하기 어렵다. 《삼국사기》를 제대로 읽었
다는 사람이 드문 까닭일 것이다. 이런 이유로 역사 탐구에 뛰어들었으
나, 우리 역사 해석이 크게 잘못되었음을 깨닫기까지는 오랜 시간이 걸
리지 않았다.

불행히도 조상들이 남긴 사서들이 안팎의 숱한 전쟁 등으로 소실되
거나 외적의 손에 강탈당했기 때문이었다. 이는 특히 중원대륙에 강대
한 통일국가가 출현하기 시작한 진한秦漢시대 이후부터, 20세기 초 근세
일본에 의한 식민지배까지 2천 년 넘게 반복된 일이었다.

다음으로 민족의 흥망성쇠와 함께 기원 이후에 조상들이 한반도로
내몰리면서, 민족의 역사 또한 강역만큼이나 위축되고 말았다는 점을
들 수 있다. 종종 이웃의 강압에 굴복해 스스로 역사를 축소, 왜곡하기
도 했는데, 11세기 고려高麗 때부터 심해졌다. 《삼국사기》는 〈고조선〉을
포함, 〈부여〉와 〈마한〉, 〈낙랑〉, 〈가야〉는 물론 〈발해〉의 역사를 누락시
켰다. 이것이 기원 이전의 상고사를 잃게 된 결정적 원인이었다.

역성혁명으로 탄생한 조선朝鮮에 와서는 상황이 더욱 악화되었다. 왕
조의 초창기부터 그나마 전해져 온 고기古記 등을 불태우거나 금서로 지
정함으로써 백성들의 상고사에 대한 접근 자체를 방해했고, 반도사관을
일반화했다. 그러나 압록강이나 요하를 서쪽 변방으로 보아서는 상고
사는 물론, 삼한의 역사조차 해석이 불가하다.

이토록 황망한 상황이 천 년이나 지속되다 보니 급기야는 한韓민족의 뿌리조차 헷갈리게 되었고, 조선 후기의 실학자들조차 예외가 아니었다. 조선 왕실이 소중화小中華에 매달린 채, 다양한 서구지식의 유입을 차단하고 일상의 지식과 역사를 홀대한 대가는 1910년의 망국이라는 참담한 결과였다.

조선을 강제 병합한 일본은 〈조선사편수회〉를 통해 노골적으로 韓민족의 역사를 축소, 말살하고, 반도사관을 고착시켰다. 그 와중에 세계대전의 종료와 함께 대한민국이 건국되었으나 남북분단에 이은 한국전쟁으로 온 국토가 폐허가 되었고, 전후 복구 등에 밀려 식민사관을 바로잡는 일이 방치되고 말았다.

그런 암울한 상황 속에서도 오늘날 한국은 민주 공화제의 수립과 경제개발에 성공해, 선진국에 진입하는 〈한강의 기적〉을 낳았다. 각종 분야에서 기술강국으로 우뚝 올라섰고, 스포츠와 예술 부문에서도 발군의 실력을 뽐내는 등 소프트파워 강국으로서의 위상도 다져 나가고 있다. 오직 역사 분야만이 왜곡된 반도사관에 머물러 있을 뿐이다.

다행히도 백 년 전부터 잃어버린 상고사를 복원하고, 위대한 韓민족의 역사를 되찾으려는 운동이 전개되었다. 특히 1980년대에 내몽골 적봉 일대에서 〈요하문명〉의 흔적이 드러나면서, 고조선 이전의 문명이 확인되고 북경 일원(요동)을 우리 상고사의 중심 강역으로 보는 전향적 연구가 뒤를 이었다. 아시아의 역사가 온통 중국의 사서에 의존하는 현실에서, 우리 민족사관에 입각한 역사 해석은 실로 절실한 과제다.

이런 분위기 속에 작가는 수천 년 전 아득히 먼 우리 조상들의 뿌리부터 시작해, 韓민족의 고대사가 만들어진 모든 과정을 끝까지 추적해 보고 싶었다. 이를 위해 우선 역사의 지평을 크게 열어 아시아 대륙은 물론, 북방민족 전체를 탐구의 대상으로 확장시켰다. 이들과의 이합집산이나 상호투쟁, 대륙의 동서로 분화되는 과정이 잃어버린 우리 상고사였기 때문이다.

《古國》은 이처럼 거대한 시선으로 기원 이전의 배달동이 시대부터 7세기 후반 삼한이 통일되기까지 대략 3,500년이 넘는 아시아의 상고사를 조명한 책이다. 총 9권으로 구성된 대하 장편으로, 제한된 지면에 방대한 사건과 인물들이 끊임없이 등장한다. 가능한 많은 사건을 다루고자 번잡한 서술을 피하고 간결하게 줄이다 보니, 그저 흥미 위주로 가볍게 읽기는 쉽지 않을 듯하다.

기본적으로는 소설의 형식을 취했지만 자유로운 방식으로 시대별 흐름에 따라 서술하되, 지명과 인명을 한자漢字 실명으로 다루고 독자의 이해를 돕고자 강역을 추정하는 지도 등을 덧붙였다. 또 중국은 물론 여러 북방민족, 즉 흉노나 〈5호 16국〉으로 대표되는 선비와 일본의 역사까지 다양하게 조명했는데, 이들과 우리의 역사가 중첩되기 때문이다. 조상들과 교류하고 다툰 이웃의 역사를 비교해 상호연계성을 찾아내고, 그 시대상을 파악하는 일은 역사 팩트를 찾는 지름길이다. 물론 그 내용은 우리 역사와 연관된 부분으로 제한하려 했다.

그럼에도 이 책에는 기존에 알려진 역사 지식과는 크게 동떨어진 생소한 내용이 많아 충격으로 다가올 수 있다. 그만큼 역사 강역과 지평을 넓혔기 때문이다. 전제군주 시대의 사서에는 왜곡도 있고, 새롭게 발견된 유물과 역사책들이 기존의 해석을 바꾸기도 한다. 역사 해석은 이처럼 가변성을 지닌 것이기에 열린 자세와 함께 다양한 재해석이 축적되어야 한다.

　이 책은 소설적 추상보다는 수많은 역사가의 노력에 의지해 나름 상고사의 원형을 그려 본 정통역사 이야기다. 워낙 방대한 내용이라 그 안에 여러 논쟁적 요소와 함께 잘못 이해한 부분도 있겠지만, 이는 전문역사가가 아닌 작가의 한계 때문일 것이다. 그저 우리가 몰랐던 수많은 사건의 맥락을 제대로 파악해, 그 감동과 재미를 독자들과 나누고 싶었을 뿐이다.

　그렇게 우리 민족의 상고사를 탐구해 본 결과, 작가는 이제 우리 조상들이 대륙을 무대로 아시아의 문명을 선도했던 상고사의 주역이라는 확신과 함께, 위대한 조상들에 대해 무한한 존경과 애정을 품게 되었다. 그럼에도 우리는 여전히 세계 최고最古라는 민족의 역사에 어둡고 무관심할 뿐 아니라, 심지어 패자의 역사라며 열등감을 느끼는 이도 많다.

　반면 중국은 수많은 왕조의 변천에도 불구하고 매번 새로운 사서를 편찬하고 역사를 관리하는 위대한 전통을 고수해 왔다. 대신 수천 년에 걸친 역사공정을 통해 자국의 역사 확장에만 주력해 온 결과, 모든 것이 중국에서 비롯되었다는 착각과 중화민족의 역사 패권주의라는 덫에 빠지고 말았다. 이것이 오늘날 중국과 우리가 역사 앞에 직면해 있는 상반된 모습이다.

　역사란 한 나라의 정체성이다. 마침 온 세계가 K-컬처에 관심이 많고, 그 원천인 우리의 진정한 역사를 묻고 있다. 이제야말로 상고사 복원을 서두르고, 위대한 조상들의 K-히스토리를 전 세계에 높이 드러낼 때다. 《古國》을 읽는다는 것은 미지의 상고시대를 여행하는 것과 같을 것이다. 놀라움과 감동도 있겠지만, 불편하고 지루할 수도 있다. 그렇더라도 《古國》이라는 배에 승선한 만큼 작가의 안내에 맡기고, 넉넉한 마음으로 먼 과거로의 시간여행을 완주하시길 고대한다.

2024년 6월 金 夷㐌 올림

제1권 목차

1부

하늘을 열다

1. 휴도왕의 소도

봄이라지만 초원엔 이제 막 잡풀들이 돋아나면서 겨우 푸른빛이 돌기 시작했다. 이따금 휘몰아치는 거친 바람은 산등성이 너머로 연기처럼 뿌연 먼지를 하늘 높이 날려 올리기 일쑤였다. 구릉 뒤 남쪽으로는 아스라이 거대한 기련祁連산맥이 끝없이 이어지는데, 정상엔 여전히 하얀 눈이 덮여 있어 하늘 가득 파란색과 눈부신 대조를 이루고 있었다. 그렇게 급히 치솟은 남쪽 산맥과 모래사막으로 이어지는 북쪽의 작은 산악지대 사이로 드넓은 초원이 복도처럼 동서로 길게 이어지는데, 이를 〈하서주랑河西走廊〉이라 했다.

남쪽의 설산에서 녹아내린 물줄기는 계곡을 타고 흘러내려, 광대한 하서주랑에 수천 개의 오아시스와 호수를 만들어 내고 주변의 땅을 비옥하게 했다. 그렇게 형성된 푸른 초원지대는 말이나 양 같은 가축을 기르기 좋고, 일부는 농사까지 가능해 오래전부터 유목민들이 터를 잡고 살아왔다. 특히 평원이 시작되는 하서주랑의 동쪽 입구, 즉 기련산맥이 시작되는 초입에 연지산燕支山이 있고, 그 아래 계곡 사이의 너른 구릉지대에 흉노匈奴 휴도왕休屠王의 작은 왕정王庭이 있었다.

그곳 구릉지대 중앙에 유목민 특유의 이동 가옥인 가죽 천막집 개실開室(게르)이 수없이 펼쳐져 있는 대규모 부락이 있었다. 그 가운데 규모가 월등하게 큰 개실의 높은 지붕 위로 오색 깃발과 함께 휴도왕의 대형 깃발이 펄럭이고 있었고, 입구에는 칼을 찬 흉노병들이 보초를 서고 있었다. 개실 안에서는 무거운 분위기 속에서 휴도왕이 십여 명의 부하 장수, 비소장裨小將들과 어전 회의를 하고 있었다.

온통 가죽으로 뒤덮인 단상 위 의자에는 머리카락을 땋아 양어깨 앞으로 늘어뜨리는 퇴결魋結을 한 휴도왕이 근엄한 표정으로 앉아 있었다. 짙은 눈썹에 기골이 장대해 억세 보였는데, 잘 손질된 가죽옷 위로 가슴에 번쩍이는 구리거울을 매달고 있어 만기萬騎 이상을 거느리는 소왕의 위엄이 흘러넘쳤다.

단상 앞으로 낮고 긴 탁자 위에 대형가죽 지도가 놓여 있었고, 장수들이 털가죽 바닥에 양쪽으로 마주 앉아 있었다. 그리고는 이따금씩 물병과 찻잔을 든 시녀들이 종종걸음으로 드나드는 것이 전부였다. 휴도왕이 입을 열었다.

"날이 풀리니만큼 조만간 선우單于(단우)께서 다시 출정 명령을 내리시겠지……"

천기장千騎長 한 명이 앞으로 머리를 숙이며 말을 이었다.

"선우께선 여전히 우리 우현왕右賢王부를 경계하시는 것이 틀림없습니다. 지난가을 전쟁에서도 좌현왕左賢王부가 기습작전을 주도하면서 모든 공을 다 차지했습니다. 우리 우현왕부에 대한 신뢰가 크다면 굳이 동북 지방 그 먼 거리에 있던 좌현왕부를 동원할 필요까지는 없었을 것입니다."

다른 천기장이 동의하는 말을 덧붙였다.

"그렇습니다. 지난봄 선우께서 패전을 이유로 우현왕을 참수한 일을 잊어서는 아니 될 것입니다. 그러니 다음 전투에서는 우현왕부, 특히 전하께서 이끄시는 우리 휴도왕부가 앞장서 공을 세워야 할 것입니다."

"당연한 말이다. 반드시 위쪽에 있는 혼야왕昆邪王의 부대와 긴밀하게 연락을 취해 정보에 뒤처지지 않도록 하고, 척후 활동도 그 결과를 즉시 보고토록 해야 할 것이다."

휴도왕이 옆 탁자 위에 쌓인 목간 하나를 들어 펼치면서 답했다.

"이번에 우리 군대 편제를 다시 살펴보면서 비소장들이 전사했거나 빠진 곳을 다른 인사로 채우고, 또 식량 조달이나 집결 장소 등 세부 사항을 점검하고자 소집한 것이니 기탄없이 의견을 내도록 하라!"

같은 시간, 휴도왕의 개실 앞에서 그리 멀지 않은 곳에서는 휴도왕의 왕비 알씨閼氏 부인이 커다란 제단 앞에서 향불을 사르고 있었다. 사실 하서주랑의 이곳 연지산 일대는 홍람화紅藍花라고도 불리는 연지 꽃의 군락지로 유명한 곳이었다. 연지 꽃은 늦여름에 노란 꽃을 피웠다가 점점 붉은색으로 변해 꽃이 떨어지는데, 이를 모아 말려 두었다가 여인들의 볼연지나 입술 등에 쓰는 화장품의 원료로 사용되었다. 그런 탓에 이곳 연지 출신 여인들의 화장기술이 뛰어나서인지 예전부터 선우를 비롯한 제왕들의 왕후는 대대로 이곳 출신 알씨가 차지해 왔고, 왕후의 명칭 자체를 연지閼氏(알씨)라 불렀다.

드물게 지붕을 얹은 아담하고도 작은 사당 앞에 너른 제단이 갖추어져 있었는데, 이곳이 바로 하늘과 조상에 제를 올리고 기도를 하는 장소인 소도蘇塗였다. 사당은 흉노인들이 지성으로 받드는 〈제천금인祭天金人〉이 모셔져 있는 곳으로, 휴도왕의 주된 책무가 바로 이 신성한 소도(부도, 휴도)와 함께 금인을 보호하고 나라의 제사를 주관하는 일이었다. 금인金人은 사람의 형상을 금으로 만든 사람 키 높이의 전신상이었다. 원래는 운양雲陽의 감천산甘泉山 기슭에 모셨는데, 진秦나라의 공격으로 그 땅을 잃게 되면서 이곳 하서주랑 입구 쪽으로 옮겨 온 것이었다.

상고시대부터 중국의 광활한 대륙에 살던 민족을 크게 두 부류로 나눌 수 있었다. 남쪽에는 드넓고 비옥한 땅에서 주로 농경 생활을 하는 화하족華夏族(한족漢族)이 있었고, 북쪽의 춥고 메마른 초원지대에는 가축을 기르며 사는 북방 유목 민족이 있었다. 삶의 방식에서부터 전혀 다른 이들 두 민족이 대륙 여기저기에 흩어져 살면서 숱한 부족과 나라를 이루고 살았다.

농사에 부적합한 초원을 배경으로 살던 흉노는 가축과 함께 말을 타고 이동하는 유목 민족으로, 원래는 동북쪽의 옛 조선(古朝鮮)이 포용했던 후국侯國의 하나라고도 했다. 따라서 흉노왕(선우)은 대대로 단檀씨 성을 가진 조선의 왕족이거나 〈단군조선〉으로부터 봉작封爵을 받은 이들이었고, 훨씬 전에는 융족戎族으로 불렀다. 그러나 BC 12세기를 전후로 古조선이 분열되면서 구심점이 사라지다 보니, 이들도 다른 조선의 후국들과 마찬가지로 독자적인 길을 걷게 되었다. 이후 천 년의 세월을 거치는 동안 부족 간 이합집산과 장거리 이동을 반복하면서 부족의 명칭도 수시로 바뀌었다.

그중에서 특별히 대륙 북동쪽의 몽골에서 중원의 서쪽 황하 연안의 오르도스와 하남, 서변 감숙성 일대의 광범위한 초원에 흩어져 살던 북방 유목 민족을 특별히 흉노(훈족薰族)라 했다. 이들이 〈古조선〉으로부터 단궁檀弓과 금속 제련기술을 습득한 데다 강력한 기마군단을 활용하면서 북방의 강자로 부상했다. 너른 초원을 가로질러 질풍처럼 들이닥치고 바람처럼 사라지는 훈족 기마부대의 강력한 전투력 앞에서, 전국戰國 시대 내내 중원의 수많은 나라가 벌벌 떨며 두려워했다.

그러면서도 단군檀君(텡그리, 하늘)을 국조國祖로 여기고, 〈천天·지地·인人〉 삼신三神을 숭배하는 신앙과 역법 등의 관습은 여전히 조선의 그것과 다름이 없었다. 훈족은 선우單于라 불리는 왕이 다스렸는데, 나라의 기일이나 상달(정월)인 10월에는 왕정인 선우정에 모여 제를 올리고 호구戶口나 말의 숫자를 헤아렸다. 특히 5월에는 선우를 포함해 그 아래 여러 훈薰의 소왕들과 백성들이 선우정이 있는 용성龍城의 소도(부도符都)로 모여들었다. 이때 단군의 가르침을 되새기는 엄숙한 의식과 함께 성대한 전통 축제와 제천행사 등을 거행했는데, 이것이 바로 저 유명한 훈족의 용성대제龍城大祭였다.

한편, 그 무렵 휴도왕의 왕정에서 남동쪽으로 수백 리 떨어진 또 다른 들판에서는 거대 규모의 군마軍馬가 북서쪽으로 빠르게 이동하고 있었다. 말 탄 기병들의 숫자가 끝도 없이 이어지면서 땅을 박차는 말발굽 소리와 병장기 부딪치는 소리가 지진이 난 듯 굉음을 내고, 자욱한 먼지바람에 앞뒤를 분간하기 어려웠다. 이들 모두는 붉은 깃발에 붉은 갑옷을 입은 〈한漢〉나라 특수기병 군단 소속이었다.

부대 앞쪽에 높이 솟아오른 핏빛 대장기의 펄럭이는 소리가 지도자의 위엄을 내뿜듯, 정신없이 귀청을 때려 댔다. 커다랗게 표기票騎라고 쓰인 깃발 아래 번쩍이는 황금빛 투구 속으로 패기만만한 표정에 어금니를 앙다문 젊은 장군의 모습이 보였는데, 날카로운 눈이 흔들리는 말 위에서도 조금의 동요도 없이 전방을 주시하고 있었다. 전후좌우로 날랜 기병들의 호위 속에 위풍도 당당히 일만이 넘는 기병 군단을 지휘하는 그가 바로 이제 갓 스물을 넘긴 청년 장군 곽거병霍去病이었다.

당시 〈한〉나라는 오랜 세월 자기들을 억눌러 온 당대 세계 최강의 유목 제국 〈훈〉(흉노)과 치열한 세력 다툼을 벌이고 있었다. 곽거병은 일찍이 말타기와 활쏘기에 뛰어나 황제인 한무제漢武帝의 총애를 한 몸에 받고 있었는데, 2년 전부터 궁으로 들어와 황제의 수행 고문인 시중侍中이 되었다. 그해 무제의 처남인 장군 위청衛靑을 따라 두 차례 흉노 전쟁에 출정했는데, 청년 장수의 용맹함을 떨쳐 크게 인정받게 되었다. 무제는 기다렸다는 듯이 조서를 내려 이제 열여덟에 불과한 곽거병을 장군 다음가는 무관직인 표요票姚(힘세고 날램)교위校尉로 삼았다. 그리고는 위청을 따로 불러 주문을 했다.

"거병에게는 기병 8백 명을 별도로 붙여 주도록 하라. 그리고 그들은 특별히 날쌔고 용감하다고 소문난 병사 중에서 엄선하도록 하라."

곽거병에 대한 기대가 남달랐던 무제는 아직 전투 경험이 적은 거병이 자칫 전장에서 희생되는 일이 없도록 소수 정예의 날랜 병사들로 철저히 보호토록 하고, 본대와는 다르게 상대적으로 안전한 특별 임무를 내려 줄 심산이었다.

황제의 각별한 배려를 잘 알고 있던 곽거병은 사실상 독립된 별동대 지휘관으로서의 처녀 출전이면서도, 동시에 시험대에 오르는 셈이라 남다른 각오로 임했다. 그러나 이 싸움에서 대장군大將軍 위청이 지휘하는 漢군은 강력한 훈족의 기습작전에 말려 고전을 면치 못했다. 유독 본대와 달리 별동대를 지휘했던 곽거병만이 훈족 왕 선우의 계부를 생포하는 등 전공을 올렸는데, 필시 무제가 사전에 확보한 군사정보를 활용한 것이 틀림없었다.

어쨌든 기대를 저버리지 않은 곽거병에 대해 무제는 과도할 정도의 파격적인 대우를 아끼지 않았고, 그를 순식간에 제국의 영웅으로 만들었다. 급기야 이번의 출정을 앞두고는 표기장군으로 전격 발탁해 대장군에 버금가는 지위까지 부여해 주변을 놀라게 했다.

이렇게 화려하게 탄생한 스무 살 청년 장군 곽거병이 일만의 정예 기병을 거느린 채 흉노를 향해 쇄도하고 있었다. 그들은 이틀 전, 하서河西 지역의 농서隴西를 출발, 가볍게 황하黃河를 건넌 뒤, 하서주랑 초입에 있는 평원을 달리고 있었다. 그사이 여기까지 오는 길에 만난 훈족 부락 곳곳을 기습적으로 덮쳐 벌써 흉노병 수천의 수급을 벤 터라, 병사들 모두가 잔뜩 흥분된 상태였고, 진격 속도는 더욱 빨라지고 있었다. BC 121년 봄의 일이었다.

2. 탁록대전과 단군조선

아득히 먼 약 4,500년 전前경, 왕검王儉이 탁월한 인품과 덕성으로 선대先代 조상의 가르침을 잘 받들고 부지런히 공덕을 쌓았다. 그러다 보니 사람들이 그를 따르며 복종하던 끝에 천제天帝(하느님)의 화신으로 추앙하고, 임금으로 추대했다. 이에 기원전 2333년경, 왕검이 자신을 따르는 무리와 함께 아사달阿斯達을 도읍으로 삼고, 같은 이름의 나라를 동아시아 최초로 개국했다.

상고上古 시대에는 아침(朝)을 아사(아스, 아시)라 했고, 나라를 달(땅, 탄, 들)이라 했으니, 아사달은 곧 '아침의 나라Land of the morning'라는 의미였으며, 이는 아시아 대륙의 동쪽 끝에 있어 가장 먼저 아침이 열리는 나라, 해가 떠오르는 나라라는 뜻이었다. 초기에는 나라 이름을 아사달(아사나, Asia의 어원)로 불렸으나, 후대에 문자를 사용하기 시작하면서 그 뜻을 한자로 표기한 것이 바로 〈조선朝鮮〉(쥬신, 숙신, 직신, 주스 등)이었다. 아사달은 흑룡강성의 송화강 인근이라거나, 또는 평안도 대동강 유역의 강동江東 아사달이라는 등 이론이 분분하다.

그런데 지금으로부터 대략 12,000년을 전후로 지구의 마지막 빙하기가 끝난 것으로 추정하고 있다. 당시만 해도 북위 40도 위로는 유라시아 대륙 전체가 동토로 얼어붙어 생명 활동이 불가능했다. 그뿐 아니라 해수면이 낮아지는 바람에 지금의 황해 대부분이 육지였고, 한반도 또한 중국과 하나의 대륙으로 붙어 있었다. 온 세상이 얼어붙은 동토 위에서도 한반도를 포함해 이와 비슷한 위도 아래에 살던 사람들은 강력한 추위를 피해 주로 깊은 동굴 등에 의지하면서 그나마 생명을 이어 갈 수 있었지만, 겨우겨우 종족을 이어 가는 수준의 고단한 삶이었을 것이다.

마침 대륙의 동쪽 끝 고古한반도의 중부지방에는 물에 잘 녹아내리는 석회 지형(카르스트)이 유독 많아서, 무려 1천 개가 넘는 석회동굴들이 말기의 구석기인들을 품어 준 것으로 보였다. 이후로 시작된 해빙과 함께 모든 생물이 활기를 되찾기 시작하자, 한반도의 구석기인들 또한 동굴 밖으로 쏟아져 나오기 시작했다. 이들이 활발한 먹이활동을 전개하면서 점차 종족을 늘려 나가는 사이 새로운 신석기시대가 도래했고, 언제부턴가 한반도는 당시로서는 인구가 가장 조밀한 지역이 되어 있었다. 지금껏 한반도 전역에서 발견되는 수많은 석기시대 유물이 이를 입증해 주고 있다.

비록 석기시대라 하더라도 종전의 원시적인 채집이나 수렵, 어로 활동만으로는 늘어만 가는 가족들을 부양하기에 충분치 않았을 것이고, 갈수록 먹이경쟁이 가속화되었을 것이다. 그런 와중에 탁월한 두뇌를 지닌 사람들이 다양한 식물의 종자나 뿌리 등을 재배하는 방법을 찾아내게 되면서, 원시 농경이 시작되었다. 놀랍게도 아시아에서 가장 먼저 원시 농경이 시작된 곳이 바로 한반도라는 사실이 밝혀졌는데, 약 12,000년 전의 것으로 추정되는 세계 최고最古의 탄화된 볍씨 유물이 중부 지역(충북 소로리)에서 발견되었기 때문이다. 당시 한반도 일대의 인구밀집도가 높다 보니, 그 어느 곳보다 먹이경쟁이 치열하게 전개된 결과였을 것이다.

　이처럼 한반도에서 원시 농경문화가 시작되었으므로 아사달이라는 명칭도 분명 한반도에서 비롯된 것으로 보고 있다. 그런데 그 후 기후변화로 대륙의 북방 지역이 보다 온화한 땅으로 변하게 되었다. 그러자 처음 아사달을 열었던 사람들의 후예들이 따뜻해진 북방 또는 서방으로 대거 이동해 가면서, 드넓은 대륙 중국에 그들의 선진 농경문화를 전파하기 시작했다.

　그리하여 왕검 이전의 선대先代 아사달 사람들은 대체로 현 요하遼河 (랴오허)의 서쪽 여기저기에서 현지인들과 어울리면서 거대한 〈요하문명〉을 만들어 냈다. 특히 BC 5000년을 전후해 요하 상류 남쪽 내몽골자치구의 적봉赤峰 인근에서 크게 세력을 이루었는데, 이 지역이 바로 단군신화와 연관된 〈홍산紅山문화〉가 꽃피운 지역이기도 했다.

　아사달 사람들은 농경 기술의 발달과 함께 청동을 제련하는 금속 기술 등 높은 문명을 지니고 있어, 북방의 맥족貊族을 비롯한 주변 민족들을 끌어들이면서 빠르게 세력을 키워 나갔다. 아사달을 다스리던 지도자를 '단군檀君'이라 불렀는데, 이들은 아사달의 군장이자 제사장의 역할을 함께 수행했다. 맥족의 고어古語로 하늘(천天)을 탄tan(단dan, 텐ten)이라 했으니, 단군은 곧 천군天君(천제天帝, 천왕天王)과 같은 의미였으며, 하늘에 올릴 제사와 정치를 주관하는 수장으로 사실상 모든 권력을 갖는 제왕帝王의 신분이었다. 단군은 부족의 지도자들이 모인 연맹회의에서 능력과 지도력을 겸비하고, 도덕적으로도 공정하다고 평가받는 인물 가운데서 주로 민주적인 절차에 의해 선출되었다.

　그렇게 단군이 다스리던 아사달은 전쟁이나 자발적인 병합 등을 통해, 나라의 강역과 함께 주변에 대한 영향력을 더욱 확대해 나갔다. 또 각종 기술의 발달로 인구가 늘면서 자연스럽게 행정을 전담하는 관료 계급이 생겨났고, 이로써 점차 나라의 형태를 갖추기 시작했다. 급기야 BC 30세기~BC 24세기의 어느 시기에 아사달은 더욱 발달된 국가의 형태를 갖춘 〈조선朝鮮〉이라는 나라로 역사적인 탈바꿈을 하게 되었다.

〈조선〉을 건국한 주체 세력을 크게 셋으로 분류하는데, 古한반도에서 유래한 〈배달족〉(밝은 나라, 환국桓國)의 후예들을 중심으로, 북방 민족인 〈맥족〉과 〈예족濊族〉이 연합해 아사달 조선을 세운 것으로 본다. 우선 古한반도 시대에 남한강과 한강, 금강 유역에서 일어난 신석기인들은 밝은 태양을 숭배한 나머지 자신들을 〈밝족〉 또는 〈한족〉(하늘, 크다)이라 불렀다. 따라서 밝은 곧 '박, 백, 맥, 발'과 같은 소리였다. 박달(밝달)족을 한자로 표기한 것이 배달倍達족이었으니, 이들이 바로 태양과 새鳥를 숭상하던 한반도의 토착 세력이자 동아시아 최초로 선진 농업 문명을 일으킨 주역이었다.

이에 반해 요하의 서북쪽에는 맥족이 살고 있었는데, 여우나 오소리 등 산짐승의 가죽옷을 입어 붙여진 이름이었다. 주로 수렵에 의존해 살던 맥족은 곰을 숭배하고, 여군장이 다스리던 부족이었다. 우선은 〈배달〉과 〈맥〉 두 민족이 혼인동맹으로 연합했고, 이어서 맥족의 동북쪽에 자리하고 범虎을 숭배하던 〈예족〉이 가세했다.

예濊는 동東쪽을 뜻하는 '새(샛)'의 발음이 변한 것으로 獩, 穢 등으로도 썼는데, 이들 또한 다 같은 배달(밝)국의 일원이 되었다. 이처럼 古한반도에서 시작해 대륙으로 이주해 간 배달족의 후예들이 현지의 토착민들인 맥족, 예족과 함께 어우러져, 약 4,500년 전쯤 마침내 아시아 대륙의 동북쪽에 상고시대 최초의 고대국가를 형성한 것이었다.

동시에 배달족들은 자신들이 숭상하던 태양 가까이 하늘을 나는 새 鳥를 신성하게 여겨 새 토템을 갖게 되었다. 그런 이유로 〈조이鳥夷〉로도 불렸는데 특히 산동 반도 일대와 중원으로 진출한 사람들을 〈동이東夷〉라고도 했다. 북쪽의 배달족들이 대흥안령산맥의 높은 산자락에 기대 주로 수렵에 의존했던 반면, 배달족의 분파나 다름없는 이들 동이는 산동의 너른 화북평원을 배경으로 농경생활을 할 수 있었다. 같은 배달족임에도 이렇게 남북으로 떨어져 살면서 오랜 세월이 흐르는 동안, 자연스레 생활방식에도 차이가 생겼을 것이다. 후일 중원의 화하족들은 이 민족 모두에게 혐오의 뜻을 가해 오랑캐라 불렀는데, 북쪽 사람들을 북적北狄, 동쪽 사람들을 동이라는 별칭으로 구분하다가 후대로 갈수록 전체를 동이로 부른 듯했다.

그 시절 조선이 출범하기 훨씬 오래전부터 아직 나라의 체계를 갖추지는 못했어도, 배달족이 모여 부족국가 형태의 〈배달국〉을 이루고 살았는데, 이들을 다스리는 역대 지도자를 '환웅桓雄'이라 칭했다. 바로 이 〈배달국〉에 속한 여러 소국 중 초기 환웅 때부터 함께했던 〈단국檀國〉이 있었는데, 웅족熊族이 다스렸으며 가장 강성했다고 한다. 처음 단군왕검은 단국의 비왕(부副왕) 신분으로 국정을 수행했는데, 부친은 웅씨를 다스리던 단웅檀雄이었고 모친은 웅족의 여왕이었다고 한다. 원래 왕검王儉이란 백성을 보살피고 감독하는 감군監群(대감大監)을 뜻하는데, 이전 배달국에 속한 여러 부족의 우두머리(군장)들을 말하며, 특히 〈단국〉의 왕검을 단군왕검檀君王儉이라 했다.

그러던 중에, 왕검의 부친인 단웅이 전쟁 통에 전사하는 바람에 단군왕검이 자리를 이어받게 되었고, 이후로 그의 눈부신 활약이 시작되었다. 얼마 후 왕검이 아홉 개 부족으로 이루어진 구환九桓(구이九夷)을 통일하고 아사달에 새로운 나라를 세웠는데, 이것이 바로 韓민족 최초의 고대국가인 〈조선朝鮮〉이었던 것이다. 첫 환웅이 태백산 신시神市로 내려와 배달국을 연 지 1,500년쯤 지난 뒤였고, BC 2333년경 무진戊辰년의 일이었다고 한다.

워낙 오래전의 일이라 처음 단군왕검의 도읍이 어디였는지는 여전히 불분명하다. 당연히 한곳에서 그 도읍이 오래 지속되었을 리도 없었으니, 기후변화 등 시대의 변천을 따라 여기저기로 이동했을 것이다. 다만, 그중 가장 오래전부터 뚜렷하게 흔적을 남긴 곳으로 왕검성王儉城이라 불리던 곳이 있었다. 말 그대로 '단군왕검의 성'이라는 뜻을 가진 이곳은 내몽골 적봉赤峰에서 한참 남쪽으로 내려와 발해 가까이에 인접한 험독險瀆이라 불리던 곳이었다. 오늘날 하북 당산唐山시 서북쪽의 한성韓城으로 추정되는 곳인데, 훨씬 후대의 진한秦漢시대에도 '요동고성遼東古城'이라 불릴 정도로 유서 깊은 곳이었다.

험독은 서쪽으로 양장하羊腸河(계운하薊雲河)라는 강이 마치 양의 내장처럼 구불구불 돌며 흐르는 천혜의 험지였다. 북에서 남으로 흘러내리는 이 강의 본류를 패수浿水라 불렀는데, 그 서쪽 옆으로도 또 다른 강 조선하(조백하潮白河)가 남쪽으로 흘러내렸고, 이 두 강이 아래쪽 하류에서 만나 곧바로 발해(창해)로 들어갔다. 다시 이 조선하의 서쪽으로 오늘날 북경北京 아래와 천진天津 일대를 관통하며 흐르는 영정하永定河가 흐르고 있었고, 이 역시 하류 지역에서 조선하와 만나 발해로 흘러들어갔다.

이 영정하를 상고시대에는 요수遼水라 불렀는데, 중원에서 멀리 떨어져 있는 강이라는 뜻이었다. 이 요수를 기준으로 진한秦漢시대부터 그 동쪽과 서쪽을 구분해 요동遼東과 요서遼西라 부른 것이었다. 이와 함께 대동代同에서 태항산 북쪽을 돌아 동쪽으로 흐르는 영정하의 상류를 상간하桑干河(汗河)라 했다. 또 이처럼 큰 강의 본류들이 조선하의 하류에서 만나 큰 바다인 발해로 들어가다 보니 그 하구를 열구冽口라 불렀다. 발해渤海 또한 '밝족(배달족)의 바다'라는 뜻이었으니, 오늘날 산동 반도 위쪽의 발해만(보하이만)이야말로 고대국가 조선의 앞바다나 다름없던 것이었다.

다시 패수의 동쪽으로는 북에서 남으로 흘러내려 역시 큰 바다로 들어가는 난하灤河가 있는데, 물이 깊고 푸른빛을 띤다고 해서 압록수鴨綠水로도 불렀다. 이 강들은 모두 북으로 드높은 연산燕山산맥의 줄기를 따라 남쪽 발해로 가파르게 흘러내리는 강들이었다. 따라서 물살이 세고 급하다 보니 제각각 크고 작은 숱한 지류들을 갖는 한편, 그 지류와 본류가 서로 만났다가 다시 갈라지는 등 나무줄기처럼 복잡한 형태를 이루고 있었고, 군데군데 커다란 호수를 만들기도 했다.

게다가 수시로 강의 흐름이 이리저리 바뀌고, 후대에 이 지역을 장악했던 강성한 민족들이 동진하면서, 그 민족을 따라 고의든 아니든 강의 이름들 또한 동쪽으로 이동했다. 이 때문에 오늘날까지도 그 강의 본류가 어디인지 제대로 규명하지 못할 정도로 혼란을 겪고 있다. 그 결과 오늘날엔 북경 아래를 흐르는 古요수(영정하)로부터 동쪽으로 2천여 리나 떨어진 만주 요녕성을 흐르는 요하遼河(랴오허)를 기준으로, 그 동서를 요동과 요서로 구분하고 있다.

그럼에도 난하에서 발해만을 끼고 서쪽으로 古요수에 이르는 대륙의 동북지방, 즉 오늘날 북경 일대의 이 지역이야말로 고래로부터 조선(韓민족)이 일어선 핵심 지역이었다. 그 후로 조선인들이 이리저리 이합집산을 반복하면서도 이 지역을 중심으로 수천 년에 이르는 역사를 일궈

냈으니, 바로 조선하 일대가 상고시대 韓민족 조상들의 주 무대였음이 틀림없었다.

혹자는 이곳 험독 아사달을 후대 〈번한番韓〉(번조선)의 도읍으로 보기도 하는데, 충분히 가능한 이야기였다. 어쨌든 이후 험독의 아사달 또한 세월과 함께 수시로 바뀌는 이 지역의 주인을 따라 자연스럽게 이곳저곳으로 옮겨 다니게 되었다. 문제는 그때마다 여러 도읍지의 명칭을 그대로 아사달로 쓰다 보니, 후대에 조선의 역사를 없애고 날조하는 과정을 거치면서 오히려 여러 아사달의 위치를 놓고 혼란이 더욱 가중되고 말았다는 점이었다.

어쨌든 오늘날의 요하(랴오허) 서쪽에서 북경 사이의 하북성 인근과 발해만을 주 무대로 했던 〈조선〉은 이후 중국의 산서山西 지역과 산동山東 아래로 본격 진출하면서 영향력을 넓혀 나갔다. 그 결과, 빠르게 강역이 확대되면서 수만 리里 사방에 70여 나라에 영향을 끼쳤다고 한다. 조선은 너른 강역을 효율적으로 다스리기 위해 다시금 〈삼경三京〉과 〈오부五部〉를 두었다. 삼경은 세 곳의 거점에 둔 도읍을 말하고, 오부는 조선 전역을 동, 서, 남, 북, 중中의 다섯 강역으로 나눈 것을 말했다. 삼경을 다스리는 장관을 한汗(가한, 칸)이라 불렀고, 부部를 다스리는 우두머리를 가加라 불렀으며, 특별히 오부의 수장을 대가大加라 불렀다.

오부 전체를 총괄하는 일은 중부에서 맡았는데, 중부대가中部大加는 3년 단위로 번갈아 가며 그 임무를 담당하게 했고(3년소변三年小變), 나머지 동서남북 4부의 가加들이 역시 돌아가며 맡게 함(12년대변十二年大變)으로써 세습이 아닌, 일종의 공화제와 같은 성격으로 오부를 다스렸다. 또한 세 개의 거점별 정치 중심지인 삼경은 저마다 분립되어 독립적인 정치와 행정을 펼쳤고 각각 다른 별칭으로 불렀다는데, 그 정확한 위치는 여전히 분분하다.

다만, 이 가운데 중추에 해당하는 아사달은 언제나 단군 왕조가 다스렸고, 단군이 조선 전체의 정치는 물론, 외교 및 군사 권한을 총괄했다. 단군은 사방에 흩어져 있는 70여 소국의 수장에 대해 소왕을 뜻하는 천부인天符印이라는 3가지 징표 즉, '청동거울과 동검, 옥玉'을 내려 주었다. 이로써 단군에 복종한다는 의무와 함께, 중앙으로부터 보호를 받을 수 있는 권리를 지킬 것을 서로가 약속한 것이었다.

또한, 삼경의 장관을 대표하는 우두머리를 대한大汗(대한大韓, 대칸, 대왕)이라 불렀으니 단군이 곧 대한인 셈이었고, 대한이 다스리는 지역을 〈진한辰韓〉이라고 했다. 이에 어울리게 나머지 두 한汗(한韓, 가한, 칸, 소왕)이 다스리는 2경京의 지역은 각각 〈변한卞韓〉(번한番韓)과 〈마한馬韓〉이라 불렀으니, 조선은 곧 삼한三韓으로 구성된 나라였다. 후대에 북방 기마민족을 중심으로 곳곳에서 왕이나 우두머리를 칸(가한)으로 부른 것은 그들 나라의 대부분이 조선에 기원을 둔 후국들로서 조선의 영향을 크게 받았기 때문이었다.

한편 가한이 다스리는 직할지 국읍國邑에는 다시금 서계書契를 담당하는 신지臣智(신치神誌)를 두어 다스리게 했고, 국읍 이외의 소도시 격인 집단거주지 소읍小邑에는 거수渠帥(우두머리)를 두어 다스리게 했는데, 거수 중에 강대한 자가 곧 신지이기도 했다. 또 읍에 부속된 마을 단위에는 촌장에 해당하는 읍차邑借를 두었다. 그 밖에도 가한의 직할지인 국읍의 인근에 별도로 소도(수두, 부도)라는 신앙 및 종교의례를 위한 별읍別邑을 두었는데, 이곳은 주로 시조인 단군왕검을 모시는 신성한 장소로 천군天君이라는 우두머리가 관장했다.

단군왕검은 아사달 조선을 개국하면서 선대先代 배달국 신시神市의 제도와 문화를 그대로 이어받았을 뿐 아니라, 오히려 이를 개선하여 〈팔가八加제도〉라는 낮은 단계의 중앙관료제로 더욱 발전시켰다. 팔가는 제왕인 단군 아래 모든 것을 총괄하는 호가虎加를 두고, 그 아래 마가馬加, 우가牛加, 웅가熊加, 응가鷹加, 노가鷺加, 학가鶴加, 구가狗加의 일곱 加를 두어 나랏일을 관장하던 것이었다.

이처럼 중앙 관료의 명칭을 마소와 같은 가축이나 새들의 이름에서 따온 것은 이들이 일찍부터 조상 대대로 수렵이나 목축과 밀접한 생활을 했다는 중요한 반증이었다. 동시에 소위 동물 토템이 광범위하게 반영되었다는 것은 고대로부터 조선이 말과 소 등의 가축을 길들이는 데 가장 앞서 있었음을 시사하는 것으로, 상고시대 북방 기마민족의 문명을 누가 주도했는지를 가늠할 수 있게 해 주는 결정적 단서였다. 팔가제는 이후 여러 번의 수정과 개선을 거치면서도, 古조선 관료제도의 기본 골격으로 후대까지 오래도록 이어졌으니, 이는 고대 중국의 상相 제도보다 훨씬 앞선 것이었다.

이와 함께 단군은 왕후王后로 하백河伯의 딸을 맞이했는데, 상고시대에 하백이란 동아시아에서 오래도록 물의 신(수신水神)으로 여겨져 왔으니, 실제로는 큰 강 주변을 다스리던 군장이자 권력자를 뜻하는 것이었다. 이는 곧 수렵 목축에 의존하던 배달족이 농사를 짓는 민족과 결합했다는 의미였으므로, 단군조선은 수렵과 목축 외에도 농경 정착 생활을 병행한 고대국가였던 셈이다. 이것이 바로 가축과 함께 초원을 따라 떠도는 유목 민족과 다른 점이었다.

그런데 어느 시기부터 단군은 자신의 왕후로 하여금 누에 치는 일과 함께 양잠 업무를 관장케 했다고 한다. 양잠養蠶이란 뽕나무밭(상전桑田)을 조성하고, 누에를 치며 그 누에고치에서 무명실을 뽑는 일과 함께,

다시 물레질을 통해 비단 천을 짜는 일 전반을 뜻했다. 궁극적으로는 이 비단으로 옷을 제작하는 일까지 포함되었을 것이다.

비단은 예나 지금이나 최상급의 천연섬유임이 틀림없지만, 지나치게 부드럽고 곱다 보니 내구성이 떨어져 고대에는 주로 황실의 귀족들이나 입을 수 있는 귀한 물품이었고, 금金만큼이나 높은 교환가치로 인해 화폐로도 널리 사용되었다. 이런 정황으로 미루어 비단을 짜는 양잠도 상고시대 조선에서 비롯되었을 가능성이 매우 컸다. 그 후로 2천 년이 지나 후대의 漢나라 무제 때 서역의 비단길silk road이 열리면서 동서양의 교류가 획기적으로 촉진되었으니, 조선에서 시작한 양잠 기술이 인류 문명의 발전에 크게 이바지했던 셈이다.

고대 중국의 문헌에는 동방에 거대한 뽕나무를 신목神木으로 떠받드는 〈부상국扶桑國〉의 이야기가 여기저기 실려 있다. 부상은 공상空桑(궁상窮桑)으로도 기록되었는데, 궁상은 동이족의 중심지인 산동성 곡부曲阜 일대의 또 다른 이름이었다. 실제로 후대에 산동을 기반으로 했던 〈래국萊國〉은 산뽕나무 누에고치로 질긴 고급 명주실을 짜내는 직조기술로 유명했고, 이 명주실을 꼬아 당시 비파나 거문고의 현絃으로 널리 사용했다고 한다. 그뿐 아니라 古조선보다 훨씬 앞선 홍산문명의 유물 중에도 누에고치 모양의 다양한 옥잠玉蠶이 출토되고 있고, 또 비단을 뜻하는 실크silk의 어원이 우리말 '실꾸리'에 있다는 주장들도 이런 정황을 뒷받침하는 것이었다.

이래저래 양잠은 생각보다 이른 상고시대부터 배달동이족에 의해 시작되었고, 이후 중원을 포함해 사방으로 퍼져나간 듯했다. 어쨌든 단군시대의 양잠을 왕후가 주관한 일은 후대에도 韓민족 여러 나라의 전통으로 이어졌다. 특히 신라新羅 등에서는 왕비들이 편을 갈라 비단을 짜는 '길쌈'이 나라의 주요 행사로 자리 잡기까지 했다. 이처럼 배달족 단군조선은 동이와 함께 상고시대 동아시아 대륙의 문명을 제일 먼저 시작하고 선도했던 나라였다.

한편, 단군왕검이 나라를 다스리고 반세기가 흐른 즈음에 세상천지에 대홍수가 나서 산천이 물에 잠기고 큰 강물이 범람해, 백성들이 편안히 살 수가 없게 되었다. 무엇보다 아사달이 위치한 곳은 험준하기로 이름난 연산산맥 아래의 산악지대로, 높은 산과 깊은 계곡에서 굽이쳐 내리는 강들이 즐비했다. 따라서 여름철마다 홍수에 시달리는 것이 일상이었고, 이에 단군이 제1의 재상에 해당하는 풍백風伯인 팽우彭虞(팽오彭吳)를 불러 명했다.

"온 나라에 물난리가 나 백성들의 집이 떠내려가고, 농사짓는 땅이 물에 잠기니 여간 큰일이 아니오. 이런 홍수는 하루아침에 해결될 일이 결코 아니니, 풍백은 이참에 높은 산과 큰 하천을 정비해 근원적으로 홍수를 다스릴 수 있도록 해 보시오!"

이에 팽우가 자신의 재능과 지혜를 크게 발휘해 강둑을 쌓고 물길을 바꾸는 등 대대적인 치수공사에 돌입했고, 결국 큰 산과 하천 등을 정비해 홍수를 막는 데 성공했다. 과학과 문명이 크게 발달하지 못했던 상고시대에 홍수는 언제나 나라의 가장 큰 재난이었다. 그런 홍수를 다스린 공덕은 커다란 칭송과 함께 추앙을 받기 마련이라 팽우의 명성이 널리 알려지게 되었다. 팽우는 이 밖에도 배와 수레를 만들어 교통을 원활하게 했고, 백성들에게 농사짓는 법을 두루 가르쳤다고 하니 그는 단군왕검의 현신賢臣(어진 신하) 그 자체였다.

그 무렵 같은 상고시대의 대륙 중국에서도 주로 황하黃河의 거대한 물줄기를 따라 부락과 나라들이 생겨났다. 그러나 황하가 늘 범람하고 물줄기가 수시로 바뀌는 바람에 어렵게 구축한 촌락들이 물에 잠기곤 했으니, 치수는 나라의 운명이 달린 대역사였다. 당시 태항太行산맥 너머 황하 중류 지역의 산서山西 도당陶唐 지역은 요堯라는 인물이 다스리고 있었다. 요堯는 오행五行의 법칙과 계절의 변화를 관찰해 역법曆法을 만들고, 사람들에게 농사짓는 법을 가르친 공덕으로 단군왕검과 비슷한 시기에 도당 지역의 임금에 올라 있었다.

그런데 요임금 말년에 특히 대홍수가 잦아졌다. 이에 요임금이 신하들의 추천을 받아 곤鯀이라는 사람을 등용해 홍수를 다스리게 했다. 그러나 곤은 9년이나 걸친 치수공사에도 불구하고 결국 황하의 홍수를 다스리는 데 실패하고 말았다. 거대한 치수공사는 기본적으로 이를 막아낼 수 있는 고도의 기술과 함께 막대한 인력과 물자를 동원해야 하는 일이었다. 따라서 이 일을 주관하는 사람은 치수에 관한 기술을 지닌 것은 물론, 매사에 공정하고 높은 인품과 덕성으로 부하들을 다스려야 했다. 곤의 실패는 그가 치수 기술을 지니지도 못했거니와 사람들을 다루는 데도 실패했다는 의미였다. 크게 낙담한 요임금이 신하들을 소집해 말했다.

"곤이 9년 동안이나 대공사에 매달렸어도 결국은 치수에 실패했으니 참으로 실망스럽기 그지없는 일이오, 그러니 이제부터는 곤에게 치수를 맡길 수 없게 되었소."

이에 곤을 추천한 신하들이 매우 곤혹스러워했다. 그런데 얼마 후 요가 더욱 놀라운 말을 꺼냈다.

"내가 임금 자리에 오른 지 어느덧 수십 년이 되었소. 그동안 그대들이 나의 명령을 잘 따라 주어 여기까지 오게 되었으니, 참으로 고마운 일이오. 그러나 이제 내가 늙고 기력이 쇠했으니, 이쯤 해서 내 자리를 물려주려 하오."

그러자 깜짝 놀란 측근들이 황송해하며 만류했다.

"그것은 절대 아니 됩니다. 저희 중에 누가 임금의 덕을 따를 자가 있겠습니까? 저희의 비루한 덕으로는 임금의 자리를 욕되게 할 뿐이니, 부디 말씀을 거두어 주십시오!"

임금이 자신의 왕위를 핏줄에게 세습하는 것이 아니라 유능한 다른 신하나 제후에게 넘겨주는 것을 선양禪讓이라 했는데, 이는 일찍이 조선에서 자리 잡은 정치적 관례였다. 사실 요가 느닷없이 선양을 하겠노라고 선언한 데는 그럴 만한 이유가 있었다. 당시 요임금은 열 명의 아들을 두었는데, 맏이인 단주丹朱는 거만하고 포악한 데다 게을렀다고 한다. 요임금도 스스로 자신의 장남에 대해 박하게 평가했다.

"내 아들 단주는 말이 허황되고 진실성이 부족한 데다, 남과의 입씨름을 즐겨 하니, 문제가 적지 않소."

그런 이유로 요임금은 자신의 자리를 단주에게 넘겨주려 하지 않았다.

아울러 그 무렵 요임금이 공평무사하게 선양을 실천하겠다는 의지를 내보이며, 단주를 남방의 단수丹水라는 곳으로 보내 제후의 자격으로 살게 했다. 사실상 자신의 장남을 추방하는 강경한 조치 후에, 요임금은 군신들에게 임금 후보를 다시 천거해 보라고 했다.

"주변에 현명한 자가 있다면 그를 드러내고, 가능하다면 출신이 미천한 사람을 천거하도록 하시오!"

이는 곧 임금과의 친소親疏관계나 사회적 귀천을 가리지 않겠다는 요임금의 높은 의지를 표명한 셈이었다. 바로 이때 신하들이 하나같이 천거한 사람이 있었는데, 바로 순舜이라는 인물이었다.

"순은 장님의 자식인데, 그 아비는 어리석고 어미는 간사하며, 배다른 동생은 오만합니다. 그런데도 부모에게 효도하고 동생에게 우애를 다해 집안을 화목하게 하니, 감히 나라를 다스릴 인재라 할 만하지 않겠습니까?"

"흐음, 나도 그자의 얘기를 들은 적이 있소. 그렇다면 내가 그를 시험해 보고 결정하겠소."

요임금 역시 순에 대하여 들은 얘기가 있어 익히 알고 있었지만, 자신의 후계자를 결정하는 일이니만큼 매우 신중한 자세로 순의 능력을 확인한 다음 결정하기로 했다. 이를 위해 요는 자신의 두 딸을 과감하게 순에게 시집보냈는데, 그 품성을 자세히 알아보고 관찰하기 위한 나름의 조치였다.

또 여러 가지 직무를 주어 순의 덕행은 물론, 그의 행정, 외교 능력을 두루 시험했다. 마지막 단계에서는 순으로 하여금 홀로 큰 숲속으로 들어가게 한 다음, 심한 비바람과 뇌우에도 길을 잃지 않고 나올 수 있는지를 시험했다. 순의 침착성과 위기관리 능력, 지혜를 알아보려 했던 것인데, 순은 용케도 이 모든 것을 통과했다. 3년에 걸친 온갖 시험에도 불구하고, 순은 온화하고 공손하며 진실하게 사람을 대했다. 또 매사에 뛰어난 능력을 발휘해 요임금의 기대에 부응하게 되니, 마침내 요가 순으로 하여금 왕위에 오르게 했다. 그러나 순은 이번에도 겸손하게 요의 권유를 사양했다.

"아니옵니다. 제가 어찌 임금님의 덕을 따라갈 수 있겠습니까? 저는 여전히 젊은 나이에 불과하니 제가 임금님의 곁에서 보좌하고 가르침을 충실히 따르면 될 일입니다."

그리하여 순이 요임금을 보좌하니, 그 기간이 또한 17년이나 되었다. 나이 서른에 등용되어 이제 오십이 다 된 순을 마침내 요임금이 불러 타일렀다.

"내가 너무 오래 자리에 머물러 있었다. 이제는 너무 늙어 이 이상 정사를 돌볼 수 없게 되었으니, 앞으로는 그대가 나 대신에 정무를 전담해 처리하라. 그리고 이 사실을 세상에 널리 알려야 하는 만큼, 정식으로 선양의 의식을 거칠 것이니 그리 알도록 하라!"

이렇게 순이 섭정에 올라서는 요임금의 사적을 따라 선정을 베풀었다. 우선 천체의 운행을 잘 관찰하여 역법을 바로잡고, 이로써 농사일을 개선해 자연재해를 피하게 하니 사방에서 순을 따르는 제후들이 늘어났다. 또한 음률과 도량형을 통일하고, 형벌 기준을 정비했으며, 나라와 지방의 경계를 분명하게 나누는 등 제도와 율법을 갖추어 나갔다.

아울러 요임금의 명령을 따르지 않고 반기를 들었던 소위 사흉四凶을 징벌하여 나라의 기강을 다잡는 일에도 나섰다. 우선 공공共工과 환두驩兜를 내쳐 북적北狄과 남만南蠻에게 강력하게 경고했다. 이어 하남과 강서, 서호북에 살던 삼묘족三苗族을 감숙성 돈황 아래 삼위산三危山으로 몰아내서 서융西戎을 떨게 했고, 치수에 실패했던 곤을 산동성 동부의 우산羽山으로 추방해 동이를 변화시키려 했다. 그렇게 나라의 위엄을 높이니, 사방이 모두 순에게 복종했다.

그런데 여기서 요임금이 말하는 사흉 가운데 남만을 제외한, 나머지 〈북적〉과 〈서융〉, 〈동이〉는 모두 고래로부터 조선의 배달족과 친연성이 높은 민족들이었다. 우선 북방의 오랑캐란 뜻을 지닌 북적이란, 배달족의 후예인 동북의 조선족을 말하는 것이었다. 춘추시대의 산융山戎에 이은 동호東胡는 물론, 후대의 부여夫餘와 예맥濊貊, 선비鮮卑, 말갈末曷 등이 그 후예들이었고 강성하기로 이름난 북방 기마민족이었다. 이들이야말로 상고시대 동아시아의 문명을 주도했던 맹주였으며, 필시 요임금 스스로가 바로 북적의 후예일 가능성이 농후했다.

서융은 북적과 함께 유목과 수렵의 습성을 지닌 같은 민족으로, 서쪽으로 이동해 간 적인狄人들을 구분해 부른 것에 불과했다. 대표적인 이들의 후예들이 바로 흉노로 알려진 훈족薰族과 그 아류들이었다. 주로 동쪽의 산동 일대에 살던 동이 또한 동북의 조선 배달족과 주거지인 강역을 구별해 부른 것일 뿐, 사실상 혈연적, 문화적 차이는 별반 없었다. 다만 북방의 조선과 달리 너른 화북華北 평야를 끼고 있어 주로 농경에 익숙해 있을 뿐이었다.

이들은 다 같이 오래도록 동북의 고조선에 뿌리를 두고 교류하면서, 같은 정치적, 문화적 영향권 아래에 있던 민족들이었다. 따라서 요임금 자신을 포함해 그에게 내쳐졌던 공공과 환두, 곤 등이 모두 같은 북방 출신의 지도자들이었으니, 요나라 자체도 북방 출신들이 다스리던 나라인 셈이었다. 그럼에도 요나라 시절부터 이들 주변의 이민족들을 사흉四凶이라며 배척했다 함은, 요임금이 건국 초기부터 북방 민족을 대표하던 주류인 古조선 세력과 대립하고 투쟁하면서, 이들로부터의 독립을 시도했음을 시사하는 것이기도 했다.

그사이 요임금이 순의 섭정 8년째에 사망했는데, 순은 그의 죽음을 애도하고자 기꺼이 3년 상을 치른 후, 61세에 비로소 정식으로 왕위에 올랐다. 이후에도 순임금은 숱한 인재를 등용해 선정을 펼쳤고, 재위 39년에 남쪽을 순행하다가 창오蒼梧의 들에서 사망했는데, 강남江南의 구의산九疑山에 그를 모셨다고 한다. 중국인들은 요와 순임금의 공평무사하고 헌신적인 선정善政을 기려 그 시대를 〈요순시대堯舜時代〉라 하고 태평성대의 표상으로 삼았다.

이렇게 중국인들은 사실상 요임금을 자신들의 시조처럼 떠받들고 있으나, 역사란 것이 그토록 순탄하고 아름답기만 한 것이던가? 이와는 달리 북방 민족의 나라에서는 요순堯舜과 관련해 전혀 다른 이야기가 전해져 왔다. 이에 따르면 요는 당초 도陶 땅에 봉해진 〈배달국〉의 제후였는데, 배달국이 소멸할 즈음에 〈당唐〉이라는 나라를 세우고 스스로 임금에 올라 당요唐堯씨라 불렸다고 한다.

아득히 먼 상고시대에는 배달족이 먼저 농사를 일으키고, 청동기 등을 제작하면서, 높은 선진문명국가로서 주변의 수많은 소국과 부족들에게 두루 영향력을 행사했다. 당시 배달족을 계승한 아사달에서는 소도(천부天符)의 신앙을 통치이념으로 받들고 있었는데, 이는 '천天, 지地, 인人'의 〈삼신三神사상〉을 신봉하고, 세상 만물이 '기氣, 화火, 수水, 토土' 4가지의 조화로 이루어졌다고 해석하는 것이었다. 그 기본정신은 만물을 하나와 같은 것으로 이해하여, 물질과 생명체 간에 차별이 있을 수 없다고 믿는 것이었다. 구체적으로는 사해 평등과 함께 갈등과 다툼이 없는 평화의 정신을 기리는 것이었다.

원시사회의 후기에 해당하던 이 시기는 농경 생활로 생산성이 눈에 띄게 좋아지면서, 잉여생산물과 사유재산의 개념이 생기던 시절이었다. 따라서 씨족이나 부족 사이에 땅이나 가축 등의 재산과 일을 할 수 있는 노동력, 즉 사람(노예)의 확보를 위한 전쟁이 자주 일어나고, 혈연이나 이해관계에 의해 부족들끼리 연맹을 맺거나 다른 부락에 대항하기도 했다. 이 과정에서 지도력이나 전투력과 같은 능력을 갖추고, 누구보다 공정하다고 평가되는 인물이 연맹을 주도하는 수장으로 부상했다.

이 수장의 자리는 대체로 연맹 참가 부족 대표들의 회의나 집단토론 등을 통해 선출했고, 통상 세습을 허용하지 않는 것이 일반적이었다. 배달국 오부五部의 수장인 대가들이 세습이 아닌 일종의 공화제로 운영되었던 것도 이런 맥락에서 비롯된 것이었다. 따라서 중원에서 칭송했다던 선양禪讓은 아사달에서는 이미 당연한 일이었다.

또한 농사와 관련해서 태양을 비롯한 천체의 규칙적인 운행을 숫자로 나타낸 것을 〈역曆〉이라 했는데, 단군의 소도에서는 1달에 해당하는 기期를 28일로 보고, 1년에 해당하는 사祀를 13기로 계산하여 364일로 하되, 4년마다 366일로 보는 태양력을 따르고 있었다. 단군의 소도와 그 후국에서는 매년 10월을 상달(정월正月)로 정하여, 하늘과 조상에 제를 지내는 제천행사를 거창하게 치렀다. 이처럼 선진화된 단군 신앙의 전통이야말로 조선 연맹체를 다른 민족의 나라들과 구별 짓는 결정적인 특징이었을 것이다.

그런데 당요씨가 나타나 이러한 소도의 신앙 체제 일체를 부정하고, 새로운 통치이념을 주창하면서 단군조선과 대립하기 시작했다. 우선 요는 〈음양오행설陰陽五行說〉을 받아들여, 만물은 '음과 양의 조화와 수水, 화火, 금金, 목木, 토土'라는 5가지 근본 물질이 서로 상생하고 부딪히면서 생긴다고 보고, 가운데 흙(土)이 근원이 되어 사방의 나머지 네 물질을 통제한다고 해석했다.

아사달 소도에서 만물의 근원을 '기氣, 화火, 수水, 토土' 4가지로 해석하던 것과 달리, 음양오행은 눈에 보이지 않는 우주의 기운인 氣를 음陰과 양陽 두 가지 기운의 조화로 나누고, 또 火, 水, 土의 3가지 물질에 목木과 금金을 추가한 것이었다. 즉, 소도의 4가지 근원설을 더욱 발전시켜 세분화하되, 특히 땅(土)을 중시하여 오행 간에도 차별을 둔 개념인 셈이었다.

이는 만물이 결코 평등한 것이 아니어서, 강한 것이 약한 것을 누르고 힘 있는 자가 세상을 지배한다고 보는 것이라, 소도의 만민평등을 깨는 논리였으며, 소위 제왕지도帝王之道와 패권주의覇權主義를 내세우는 것이었다.

또한 역曆에 있어서도 달月의 위상변화를 계절의 변화에 맞춰 12개월의 평년과 13개월의 윤년閏年을 두는 태음력을 따르게 했다. 필시 당과 조선의 강역이 위경도 상으로 차이가 있다 보니, 이를 현지인 도陶 땅에 맞추려는 노력에서 비롯된 일일 가능성이 컸다. 그러나 역曆에 대한 해석은 농사는 물론, 하늘과 조상에 제를 올리는 기일과도 밀접한 연관이 있었다. 상고시대의 제천행사는 민족의 정체성을 구분 짓는 중요한 기준이었으므로, 曆에 대한 독자적 해석은 첨예한 논쟁거리일 수밖에 없었다. 실제로 고대 중국의 나라들도 시대에 따라 역법을 달리 적용했으니, 하夏나라는 인월寅月(1월)을, 은殷나라는 축월丑月(12월)을, 주周나라는 자월子月(11월)을 정월로 삼았었다.

당요씨의 이러한 사상과 믿음은 결코 그 혼자서 이루어 낸 것은 아니었다. 상고시대에는 많은 민족과 부족들이 가장 앞선 선진문명을 보유하고 있던 아사달을 찾아 교류하며 그 기술을 배우기 바빴고, 자연스레 배달족의 삼신신앙 또한 널리 퍼지게 되었다. 그렇게 배달족의 기술과 신앙이 상고시대 동아시아의 주류 문명으로 자리 잡게 되면서, 중원대륙으로도 빠르게 파고들었다. 그 과정에서 자의든 타의든 많은 부족과 군장들이 아사달의 신하(제후)가 되었고, 초기의 당요 또한 예외가 아니었다.

당시 중원대륙은 토착 세력인 화하족(후대의 漢族)과 남방의 묘족苗族이 주류를 이루고 있었다. 그런 상황에서 선진문명을 앞세운 동쪽의 배달동이족이 남서진을 지속하면서, 황하와 회수淮水, 장강長江(양자강)의 중하류에 이르기까지 널리 세력을 펼쳐 나갔던 것이다. 배달(아사달) 문명의 빠른 확산에 대해 화하족을 비롯한 토착민들은 경이로움을 느끼면서도 크게 경계할 수밖에 없었고, 동시에 그에 대한 반발과 저항

의식 또한 여러 가지 형태로 축적되었을 것이다.

이처럼 배달 문명에 대한 화하족의 민족적 반감은 마침내 당요시대에 이르러 본격적으로 표출되기 시작했는데, 결국 상고시대의 오랜 기득권 세력인 〈아사달〉에 대해 비주류였던 중원 화하족들의 거센 도전으로 이어지고 말았다. 실제로 오행설만 해도 그보다 훨씬 선대의 인물로, 漢족의 시조이자 요임금의 고조부라 일컫는 황제黃帝 헌원軒轅 때부터 전해진 것이라고도 했다.

모든 것을 주도했던 기득권 세력은 마냥 평화롭게 자신들의 세상을 유지하려 했을 것이다. 반면 이에 맞서 도전하는 세력은 기존의 체제나 신앙을 부정하거나 이를 깨뜨려야 하니, 보다 호전적이고 경쟁적인 힘의 논리가 필요했을 것이다. 그 와중에 중원대륙을 포함한 동아시아는 농경의 발달과 인구의 증가로 부족 단위의 우두머리가 지배하는 군장국가의 형태에서 벗어나, 부족 간의 연맹 또는 나라(국가)의 형태로 탈바꿈하고 있었다.

그런데 이와 같은 인류의 역사가 태동하기 훨씬 이전에 지구환경 전체에 엄청난 변화가 일기 시작했다. 지금으로부터 대략 12,000년을 전후한 시기에 비로소 오래도록 이어지던 지구의 마지막 빙하기(뷔름기 Würm期)가 끝나고, 해빙기가 도래하면서 해수면이 서서히 올라가기 시작한 것이었다. 그러자 종전 古중국의 산동과 함께 하나의 대륙으로 붙어 있던 古한반도의 서해안이 바닷물에 잠기면서 황해가 출현하게 되었다. 그렇게 해수면이 지속해서 올라가던 끝에 대략 BC 5500년경에는, 산동을 포함한 중국의 동쪽 해안이 바닷물에 잠겨 산동마저 두 개의 커다란 섬으로 분리될 정도였다.

그 후 해수면이 다시 내려가고 산동의 2개 섬이 대륙과 연결되면서 오늘날과 같은 산동반도가 되기까지는 3천 년의 세월이 흘러야 했는데, 공교롭게도 비슷한 시기에 〈古조선〉이나 〈도당陶唐〉과 같은 동아시아 최초의 고대국가가 일어난 때이기도 했다. 이 시기에 바닷물에 잠겼던 중국 동부 해안의 저지대는 거대한 늪지대가 되거나 간척지로 변했는데, 그 위에 황하나 회하, 장강과 같은 거대한 강물들이 홍수철마다 범람하면서 끊임없이 대륙의 지형을 뒤바꾸고 거대한 호수 등을 만들어 내곤 했다. 대신 소금기가 빠진 그 땅은 강 하류마다 삼각주가 만들어지고 비옥한 토사가 쌓이니, 농사짓기에 더없이 좋은 땅으로 변하기도 했다. 산동 일대의 거대한 늪지대가 사라지고 평원의 모습으로 자리 잡게 된 것은 대략 BC 1300년경이 되어서였는데, 그 무렵 이 지역은 거대한 곡창지대로 변모해 있었다고 한다.

한편 산동의 해수면이 내려가면서 늪지대가 형성되던 무렵부터 동북의 배달(밝)족들이 주인 없는 새로운 간척지로 꾸준하게 이주해 들어오기 시작했다. 당시 현 요하의 서쪽 지역은 유례없는 기상이변과 가뭄에 시달렸는데, 이로 인해 토착민이던 배달족들이 황폐한 땅을 버리고 사방으로 흩어져야 했다. 이들 중 일부가 발해만을 끼고 대거 남하를 거듭한 끝에 마침내 산동으로 모여들면서, 어느 때부터인가 산동 일대가 배달족들로 가득한 신세계가 되고 말았다.

대륙의 토착민에 비해 훨씬 발달된 농경 기술을 지닌 데다, 성능 좋은 청동기와 활로 무장하고 있던 배달족들은 부족 단위로 여기저기 빠르게 세력을 넓혀 나갔다. 이들은 황하와 회수, 장강을 따라 현 산동과 산서, 하북의 발해만, 하남의 동부와 강소 북부, 안휘 동북부까지 골고루 퍼져 나갔는데, 광대한 지역에 점차 자치 소분국의 형태로 곳곳에 자리를 잡아 가기 시작했다.

이로써 산동에 진출한 배달족들은 현 요하의 서쪽 지역으로 진출했던 전前조선 배달(환웅)족과는 별개로, 이들과 달리 중원대륙에 정착하는 데 성공한 배달의 또 다른 세력으로 성장하게 되었다. 중국인들은 대륙의 동쪽에 선진문명을 갖고 나타난 이들을 경이로운 눈으로 바라보았을 것이고, 언제부터인가 이들 동쪽의 배달족들을 일컬어 〈이夷〉라 부르다가 훨씬 후대에는 〈동이東夷〉라 부르기 시작했다.

이처럼 상고시대에는 한반도에 뿌리를 둔 배달과 동이의 후예들이 각각 대륙의 동북쪽(하북, 요서)과 동쪽(산동)을 장악한 양대 세력으로 자리 잡으면서 중원을 향해 그 영향력을 확장해 나갔던 것이다. 좀 더 구체적으로, 북적으로 불리던 배달족은 대흥안령산맥 동쪽의 동북평원과 한반도, 발해만을 낀 연산산맥 일대를 장악했고, 그 아래쪽의 동이족은 태항산맥 동쪽의 화북평원과 산동 일대에 자리를 잡은 것이었다.

한편 동이는 새를 숭상하는 사람들이라 하여 동시에 〈조이鳥夷〉라고도 불렸는데, 특히 회수 중하류 일대와 장강(양자강揚子江) 하류 양안에 살던 동이족을 〈회이淮夷〉라 구분하기도 했다. 글자 '회淮'는 '물氵'과 새를 뜻하는 '추隹'의 합성어(氵+隹)로 산동 안쪽의 거대 하천과 습지에 사는 동이(조이)라는 뜻으로 풀이되므로, 회하淮河란 말 속에 이미 조이들이 살던 강역이란 뜻이 내포된 셈이었다. 동이의 여러 나라 중에 박고薄姑, 상구爽鳩 등에는 모두 새라는 뜻이 들어 있었다. 이러한 새 토템의 흔적은 동이족의 숱한 고대 유물과 전설, 고분벽화, 금관, 솟대 등으로 오늘날까지도 전해졌다.

그 외중에 지금으로부터 5천 년을 전후해 가장 먼저 산동 일대로 이주해 간 배달 씨족을 〈태호太皞족〉이라 불렀다. 이들은 농사에 적합한 회수 중류의 진陳(하남회양淮陽) 땅에 정착해 농경 생활을 했는데, 태호는 처음을 뜻하고, 호皥는 백白(밝)을 겹쳐 놓은 글자이니 이들은 분명한 밝(배달)족의 후예들임이 틀림없었다. 태호족의 수장이 복희伏羲(포희庖犧)였다는데, 여기서 복伏, 포庖 모두는 '밝'을 한자로 표기한 것일 뿐이었다.

복희는 전前조선(배달국)의 다섯 번째 태우의太虞儀 환웅의 막내아들로, 신시神市에서 태어나 우사雨師의 직을 세습했다. 그는 후에 청구靑邱와 낙랑樂浪을 거쳐 중원의 진陳 땅으로 들어갔는데, 그의 후예들이 풍산風山에 흩어져 살다 보니 풍風씨 성을 얻게 되었고, 동이의 아홉 갈래(구이九夷) 중 하나인 풍이족風夷族을 이루었다.

그즈음 복희가 하늘의 변화를 보고 괘도掛圖(벽걸이그림)를 만들면서, 배달국 신시에서 쓰던 계해癸亥로 시작되는 기존의 역법曆法을 고쳐 갑자甲子로 바꾸었다. 신시와는 크게 다른 위도와 경도 등 지리적 차이에서 오는 계절의 변화를 예리하게 포착해, 진陳 지역에 맞는 역법으로 재해석한 듯했다. 이렇게 탄생한 복희의 역법을 〈복희팔괘八卦〉라 했는데, 배달족 환단桓檀의 문화에서 파생된 음양오행과 연결된 것이었다.

일설에 복희의 어머니는 화서씨華胥氏였는데, 어느 날 동쪽의 울창한 숲속으로 들어갔다가 뇌택雷澤이라는 못에 이르렀다. 그녀가 아름다운 연못가를 거닐며 노닐다가 우연히 대인大人의 발자국을 밟았다.

"어머나!"

순간 그녀의 온몸에 전율이 일어났는데, 이상하게도 그 후 아이를 갖게 되었고, 이렇게 얻은 자식이 곧 복희였다고 한다. 여기서 동방의 대인은 신시의 환웅桓雄을 뜻하고, 뇌雷는 곧 팔괘 중 동방(동북방)을 말하는 진괘震卦를 뜻하니, 복희가 분명 배달족 출신이었음을 시사해 주는 일화나 다름없었다. 전설에 따르면 복희의 부인(누이동생)이라는 여와는 황토를 반죽해 인간을 만들어 냈다고 했는데, 그들의 뒤를 이어 중국인들이 농사와 의약의 시조라 여기는 염제신농炎帝神農이 나타났다.

〈배달국〉 웅씨熊氏족의 일파 중에 소전少典이라는 인물은 배달국 고시高矢씨의 방계傍系이기도 했다. 전설에 의하면 배달국의 여덟 번째 안부련安夫連 환웅이 고시례高矢禮라는 사람에게 먹고사는 임무를 관장하게 했는데, 그 직책을 주곡主穀이라 했다. 고시씨는 사람들에게 짐승을 잡아 기르거나, 농사짓는 방법과 불씨를 만드는 법 등을 가르쳤다고 한다. 오늘날에도 농사꾼들이 간식을 먹거나, 제를 올릴 때 음식의 일부를 주변 바닥에 던지며 '고수레'하는 풍습이 여기서 유래했다고 하는데, 바로 조상들의 먹거리를 해결해 준 고시례에 대한 감사와 존경을 표하는 것이라 했다.

그런데 환웅이 처음 신시神市를 열었을 당시에도, 이미 인간 사회를 둘러싸고 있던 360여 가지 일들을 주관했다고 한다. 그중에서 '곡식과 질병, 생명, 형벌, 선악'의 5가지 일을 오사五事라 했는데, 이를 관장하는 다섯 가지 관직을 〈오가五加〉라 했다. 오가의 명칭은 당시 오대五大 가축의 이름을 따 '우가牛加, 마가馬加, 구가狗加, 저가猪加, 양가羊加'라 불렀다. 오가는 단군조선에 계승되면서 팔가八加로 늘어나기도 했는데, 후대에 고조선을 계승한 〈부여〉와 〈고구려〉 등에서도 관직명으로 오래도록 사용되었다.

한편 고시씨는 전前조선 배달국에서 대대로 농사일을 관장하는 우가의 직책을 이어 갔다고 한다. 그런 고시씨의 먼 후손인 소전少典은 환웅의 명을 받들어 강수姜水(기산현 기수岐水)에서 병사들을 감독하는 일을 보았고, 그런 이유로 강씨姜氏 성을 갖게 되었다. 소전에게 신농神農이란 아들이 있었는데, 그는 고시씨의 후손답게 갖가지 풀을 씹어 맛보면서 곡식과 약을 잘 찾아낸 것으로 유명했다. 소전의 가족들은 이후 복희씨의 진陳 땅과 산동을 거쳐 다시 북쪽의 열산烈山으로 옮겨가 살았는데,

열수列水가 흐르는 곳이었다.

전설에 따르면 신농이 백성들에게 농사짓는 법을 가르쳐 주고 있을 때 하늘에서 수많은 곡식 종자들이 쏟아져 내렸고, 이때부터 인간들이 오곡五穀을 먹을 수 있게 되었다고 한다. 여기서 수많은 곡식을 내려 준 '하늘'이란 바로 이미 갖가지 농사일을 터득해 선진문명을 지니고 있던 북방의 배달국을 말하는 것이었다.

신농씨神農氏가 이렇게 배달족의 씨앗들을 가지고 중국의 화하족에게 건너가 농경 기술을 건네주고 약으로 병을 낫게 해 주니, 어느덧 중원의 백성들로부터 의농醫農의 시조이자 태양의 신인 염제炎帝라 불리게 되었다. 고분의 벽화 등에 그려진 염제신농의 모습은 이마에 뿔을 가진 소의 머리를 하고 있는데, 그가 고시씨 우가의 후손임을 드러낸 것이라 했다.

또 다른 일설에는 신농이 처음 태어났을 때는 주위에 인간은 존재하지 않았고, 오직 아홉 개의 우물(구정九井)만이 있었다고 했다. 그런데 이 우물들은 서로 연결되어, 한 우물에서 물을 길어도 나머지 8개의 우물이 함께 출렁거렸다고 한다. 이것이 바로 동이족의 구이(구환九桓, 구려九黎, 九麗)를 뜻하는 것으로, 구이는 어느 한 종족이 외부의 공격이나 침략을 받게 되면, 나머지 종족들이 다 함께 일어나 침략자를 징벌하는 것을 오랜 전통과 관습으로 삼았다고 한다. 우물井의 물水 또한 음양오행에서 북방을 뜻하는 것이었으니, 이래저래 염제신농씨 역시 배달족의 후예임을 시사하는 것이었다.

그런 신농의 부친인 소전少典의 후예이면서 배달국에서 갈라져 나온 지파支派 중에 공손公孫씨(희姫씨)가 있었는데, 그 후손 중에 헌원軒轅이라는 자가 있었다. 그는 짐승 기르는 일을 담당했는데 흥미가 없어서였는지 일도 서툰 데다 그다지 좋은 성과를 내지 못했고, 그 결과 헌구軒丘

라는 땅으로 유배를 당했다고 한다.

대략 BC 2700년 전후로 추정되는 그 무렵은 〈배달국〉의 말기에 해당했는데, 14대代 자오지慈烏支 환웅이 다스리고 있었다. 그를 치우천왕治尤天王이라고도 불렀는데, 매우 용맹하여 광대한 남쪽 중원으로의 진출에 적극적이었다. 그 결과 배달족인 동이족이 오늘날의 산동을 중심으로, 하북, 산서와 섬서, 강소와 안휘, 절강, 호북 등 중원대륙의 깊숙한 곳 대부분을 차지하게 되었다.

사실 그가 새롭게 개척해 나간 땅에는 이미 오래전 해빙기 때부터 한반도에서 산동반도로 이주해 간 배달족이 널리 흩어져 살고 있었으므로, 치우천왕의 남진은 배달동이족을 정치적으로 다시 통합하는 의미를 지닌 것이기도 했다. 사람들이 이런 그의 치적을 널리 인정해 그의 나라를 새로이 〈청구국靑邱國〉이라 불렀고, 그 땅의 사람들을 통칭하여 〈동이〉라 부른 것이었다. 산동성이 후대 왕조에 청주靑州로 불리게 된 것도 바로 청구靑邱에서 유래한 것이었다.

당시 청구의 서남쪽인 호북胡北과 호남, 강서 등지에는 장강을 중심으로 동이의 일파인 묘족苗族들이 살고 있었는데, 그들의 군주 또한 같은 치우천왕이었으니 치우가 이들을 정복해 다스린 것이 틀림없었다. 이처럼 치우가 다스리는 동이와 묘족의 연합세력이 중원대륙의 깊숙한 곳까지 널리 진출하다 보니, 급기야 토착 세력인 중국의 화하족과 충돌하기 시작했다.

사실 당초 청구국의 자리에는 유망楡罔이 다스리던 나라가 있었는데, 그는 염제 신농의 8세손으로 알려진 인물이었다. 마침 유망의 시대에 이르러 정치가 가혹해지니, 여러 부족 간에 사이가 나빠지고 백성들이 흩어지던 시기였다. 그 시절 하수河水(황하)의 북쪽에 웅거한 채 군사력을 키워 오던 치우천왕이 이 틈을 타 마침내 군사를 일으키기로 했다.

"유망의 나라가 어지러우니 지금이야말로 그들을 평정할 때다. 서둘러 병사들에게 칼과 창, 활 등의 병장기를 챙기게 하고, 그들을 지휘할 장수들을 뽑도록 하라!"

치우천왕이 이때 일족을 포함해 81명의 장수들을 선발한 다음, 군사들을 이끌고 마침내 남정에 나섰다. 얼마 후 북경 서북쪽의 탁록涿鹿을 경유한 치우의 군대가 인근의 판천阪泉이라는 곳에서 유망의 군사들과 맞붙었다. 이 〈판천대전〉에서 사기충천한 치우의 군대가 연거푸 승리했는데, 한 해 동안 아홉 제후의 땅을 정복했다. 치우천왕이 잠시 옹호산에 머물며 군대를 정비한 다음, 다시금 진격 명령을 내렸다.

"이제부터 양수洋水로 향할 것이다. 이번에야말로 반드시 유망을 사로잡고 전쟁을 끝내야 할 것이다. 모두 진격하라!"

치우천왕이 바람의 기세로 군대를 몰아가면서 사방에 위엄을 떨친 끝에, 그해에도 추가로 12 제후를 무릎 꿇게 하고 차례대로 그들의 땅을 평정해 나갔다. 치우의 군대가 지나간 들판마다 시체로 가득해지자, 겁에 질린 유망의 병사들이 사방으로 달아나기 바빴다. 결국 치우천왕이 유망의 도성이 있는 공상空桑(하남 진류陣留)까지 진격해 들어갔는데, 산동 서변의 곡부曲阜 일대였다. 얼마 후 치우천왕의 군대가 마침내 공상을 함락시키는 데 성공했고, 유망은 이내 달아나고 말았다.

바로 이 무렵 화하족을 이끈 인물이 소전과 신농의 또 다른 후손이라는 헌원이었는데, 그는 태호복희씨가 신시와 달리 재해석한 역법과 복희팔괘를 믿고 따르던 자였다. 헌원에게 유망의 소식이 들려왔다.

"동이족을 이끄는 치우가 공상에 들어와 유망을 내쫓고 대신 나라를 다스리고 있다고 합니다."

헌원이 이때 병마를 크게 일으켜 치우천왕에게 도전하기로 했는데,

이때 같은 동족인 유망의 세력과 손을 잡고 연합했다. 원래 헌원과 유망은 같은 배달국의 조상을 두었으나, 진작부터 화하족을 다스리는 우두머리가 되었기에 치우천왕이 다스리던 청구국에 맞서야 했고, 이로써 〈동이〉와 〈화하족〉 양대 민족 간의 대규모 전쟁이 개시된 것이었다. 이때 헌원은 자신의 군대를 운사雲師라 부르게 했는데, 그를 따르는 사람들은 그가 오행五行의 가운데 위치한 흙土의 기운을 받았다 하여 황색黃色을 상징하는 〈황제黃帝〉로 떠받들었다. 이때부터 중국의 화하족(漢族)은 동이족에 반기를 들고 저항했던 황제헌원을 자신들의 시조라 여기게 된 것이었다.

헌원이 군사를 일으켜 탁록으로 오고 있다는 소식에 치우천왕이 분노하여 사방에 명을 내렸다.

"헌원이 군대를 일으켜 감히 우리에게 도전해 왔다니 기꺼이 맞서 싸워야 할 때다. 즉시 9군軍에 명하여 병사들에게 출정하라는 명을 전하되, 네 길로 나누어 진격하도록 하라!"

이어 천왕 자신도 몸소 3천여 군사를 이끌고 곧장 탁록으로 향했다. 그런데 당시 치우천왕이 머리에 뿔을 단 기괴한 모습으로 전장에 나타나니, 놀란 헌원의 병사들이 혼비백산하고 말았다.

"우왓, 머리에 번쩍이는 뿔이 달린 저게 뭐냐? 대체 사람이냐, 짐승이냐?"

당시 치우천왕이 동두철액銅頭鐵額, 즉 구리로 된 머리를 하고 가슴에 쇠로 된 갑판을 달고 있었다니, 청동투구와 갑옷을 사용했다는 의미였다. 배달족은 이때 이미 주변의 광석을 캐서 금속을 주조해 칼이나 창과 같은 병장기를 만들 수 있었던 것이었다. 이처럼 신무기 제작기술에 앞서 있었으니, 당시 그의 군대는 누구도 넘볼 수 없는 강력한 군사력을 지닌 것이 틀림없었다. 그러니 헌원의 군대는 실로 동이의 군대를 상대하기에 벅찼을 것이고, 더구나 번쩍이는 청동투구를 쓰고 나타난 천왕의 기상천외한 모습에 모두가 두려움과 공포에 떨어야 했을 것이다.

그러나 중국의 사서에는 양대 세력이 하북의 탁록涿鹿에서 만나 대전투를 벌인 결과, 하나같이 황제헌원이 치우천왕을 꺾고 승리했을 뿐 아니라 이 전투에서 치우가 전사했다고 기록했다. 그러나 그것은 후대에 화하족의 후예인 漢族이 오랜 세월에 걸쳐 배달족의 후예인 조선족(韓민족)을 중원에서 밀어내는 데 성공하면서 가능해진 일이었다. 실제로는 헌원이 늘 치우의 군대에 쫓기다 보니 일정한 거처도 없이 이리저리 옮겨 다니기 바빴고, 두려움에 가득 찬 병사들로 하여금 언제나 병영을 호위케 했다고 한다.

처음 탁록에서 시작된 치우천왕과 황제헌원의 전쟁은 이후로 10년이나 지속되었는데, 그사이 무려 70여 회가 넘는 전투가 벌어졌다고 한다. 그때마다 매번 헌원이 패해 달아나기 바빴으면서도 새롭게 군사를 일으키곤 했는데, 나중에는 치우를 본받아 병장기와 갑옷을 만들어 사용하기도 했고, 지남차指南車를 등장시키기도 했다. 전장에서는 격렬한 전투 중에 거대한 먼지에 뒤섞이거나, 때로는 안개가 일어 앞을 분간하기 어려울 때가 많았다. 지남차는 수레 위에 신선의 목상을 올려 손가락이 언제나 남쪽을 가리키게 함으로써, 병사들이 방향을 잃지 않게 해 주었다. 그럼에도 헌원은 끝내 배달국 군대에 크게 패했고, 마침내 치우천왕에게 항복해 귀의했다고 한다.

화하족들이 이때부터 치우蚩尤를 원수로 여기고 혐오하다 보니 벌레라는 뜻을 가진 치우蚩尤라 부르기 시작했지만, 이내 큰 안개를 일으키고 우레와 비를 만들어 산과 강을 뒤바꿀 수 있다는 무시무시한 또 다른 뜻을 담게 되었다. 나아가 언제부턴가 중국에서는 전쟁에서 패배를 모른 채 연전연승했던 치우천왕을 기려 '전쟁의 신'으로 숭배하기 시작했다. 나중에는 아예 전쟁에 임하는 중원의 숱한 제왕과 장수들이, 출전에 앞서 반드시 치우천왕에게 제를 올리는 풍습으로 자리 잡기까지 했다. 치우천왕이 황제헌원에게 〈탁록대전〉에서 패한 채로 사로잡혀 죽었다면, 오늘날 기와나 대문 등에 부적처럼 붙어 있는 사나운 괴수의 모습을 한 치우천왕의 모습이 전해질 리가 없었을 것이다.

일설에 따르면, 황제헌원은 치우천왕에게 귀의한 이후로 동쪽의 청구에 있던 풍산風山으로 가서 선인仙人이던 자부紫府선생을 찾아갔다고 한다. 헌원은 그로부터 천부天符의 가르침이 담긴 삼황내문三皇內文을 받아 도道를 깨우치게 되었고, 이후 청구에서 유래된 신선도神仙道의 길을 따랐다고 한다. 후일 자부선생이 삼황내문을 궁궐에 바치자, 치우천왕이 이를 보고는 크게 칭찬해 마지않았다.

"오오, 이토록 훌륭한 글을 올려 주어 참으로 고맙소이다. 내 선생의 노고를 위로하고 감사하는 의미에서 장차 선생께서 기거할 궁을 하나 지어 드리겠소이다. 껄껄껄!"

그렇게 치우천왕이 자부선생을 위해 삼청궁三淸宮을 지어 주었는데, 그러자 헌원을 비롯하여 공공共工과 창힐倉頡, 대요大撓의 무리가 모두 궁을 찾아 수학했다고 한다. 그 가운데 창힐은 중국에서 최초로 문자를 만든 인물이라고 알려졌으니, 한자漢字 역시 배달동이족이 만들어 낸 문자에서 기원한 것임을 추정할 수 있게 해 주는 일화였다.

이후로 치우천왕이 군병들을 둘로 나누어 한편은 서쪽으로 예芮(산서예성)와 탁涿(하북탁록)을 지키게 하고, 나머지는 동쪽으로 들어가 회대淮岱(회수와 태산)의 땅을 점거한 채 동이족의 청구국을 일으키니, 화하족은 그 이상 동쪽으로 나오질 못했다. 다시 세월이 흘러 위대한 치우천왕이 죽자, 백성들이 그의 능을 산동성 동평군에 조성했는데, 매년 10

월에 제를 올렸다고 한다. 〈탁록대전涿鹿大戰〉에서 치우를 따라 참전했던 묘족들은 지금도 자신들의 시조를 치우천왕으로 삼아 추앙하고 있다. 후대에 사람들이 구리보다 강한 쇠鐵를 찾아냈는데, 당초 그 한자 표기는 '동이족의 금속'이라는 뜻에서 '철銕(金+夷)'로 표기했다. 이런 사실들로 미루어 상고시대에는 배달동이족이 청동기나 철기와 같은 금속문명을 선도한 것이 틀림없었다.

전설로 치부되기도 하는 황제와 치우의 역사는 사실상 상고시대 중원대륙의 토착 세력(화하족)과 신진 이주 세력인 동이(배달)족 간의 대규모 충돌을 의미하는 것이었다. 일설에는 당시 치우가 동이족과 묘족의 군대를 동원했던 반면, 황제 헌원은 오히려 배달족의 일파인 부여족夫餘族을 끌어들여 치우에게 승리했다는 이야기도 있었다.

북쪽의 부여족은 환웅배달국의 후국으로 치우의 동이족만큼이나 선진문명과 무기 등을 사용했을 가능성이 컸다. 이로 미루어 당시의 충돌이 상당히 복잡한 양상으로 전개되었고, 그렇다면 〈탁록대전〉은 상고시대에 동아시아에서 가장 큰 규모로 벌어졌던 최초의 국제전쟁이나 다름없는 역사적 사건이었던 셈이다.

이처럼 배달족의 일파였던 복희씨의 태호족이 산동으로 진출한 이래 천 년쯤 더 지나 산동의 간척지로 이주해 온 세력은 〈소호小皞족〉이었다. 이들은 치우에 조금 앞서 먼저 이주했던 동이의 세력으로, 고대 배달족의 언어(古조선어)를 사용하고 태양과 새를 숭상했는데, 공자孔子의 고향인 산동의 곡부曲阜 지역에 자리 잡았다. 바로 이들 초기 동이족들이 이룩해 낸 문명을 오늘날 〈대문구大汶口문화〉라 부르는데, 여러 동이족 가운데 이들 소호족이 가장 번성했다고 하며 바로 조이鳥夷의 주축 세력이었다고 한다.

중국의 한복판으로 진출한 고대의 동이족들은 그렇게 대륙의 3대 하천을 끼고, 기존 토착민이었던 중국인들에게 선진 농경 기술과 문화를 전파하거나 경쟁하면서 세력을 키워 나갔다. 이런 과정에서 중국인들은 곳곳에서 자신들에게 선진문명을 가져다주고 깨우쳐 준 지도자들을 조상으로 떠받들고 추앙하기 시작했다. 그중에서도 동이족 치우천왕에게 도전했던 황제헌원의 공을 높이 사서, 그를 중국인의 시조로 삼다 보니 당연히 그의 조상이었던 태호복희와, 염제신농을 자신들의 조상으로 추앙하게 되었고, 이들을 〈삼황三皇〉이라 부른 것이었다.

이후 중국에서 삼황의 뒤를 잇게 된 〈오제五帝〉는 모두 그 근원을 삼황에 두었으니, 소호금천小皞金天을 비롯해 헌원의 손자라는 전욱고양顓頊高陽, 또 헌원의 증손이라는 제곡고신帝嚳高辛이 있었다. 바로 고신의 뒤를 이은 인물이 헌원의 고손이라는 요임금, 즉 제요도당帝堯陶唐이었으며, 그 뒤를 순임금인 제순유우帝舜有虞가 잇게 되었는데, 순임금만은 애당초 황제헌원의 후손이 아닌 단군왕검의 신하였다.

어찌 됐든 중국의 漢族들은 이들 5인의 군주를 오제라 했고, 앞의 삼황에 더해 〈삼황오제三皇五帝〉라 하여 오늘날까지 자신들의 시조로 추앙하고 있다. 그럼에도 이들 모두의 뿌리가 배달동이족에서 비롯되었음은 결코 부인할 수 없는 것이므로, 어찌 보면 중원의 漢族과 배달동이족 양쪽 모두가 상당 부분 같은 조상을 공유하고 있는 셈이기도 했다.

치우천왕과 황제헌원의 〈탁록대전〉이 끝난 뒤로는 그 후유증이 워낙 컸던지, 수백 년이 지나도록 양대 이민족 간에 이렇다 할 대규모 전쟁이 없었다고 했다. 그렇다고 고대 아시아의 양대 민족인 동이족과 화하족의 충돌이 여기서 그쳤을 리가 없었다. 마침내 BC 2300년경이 되자, 현 요하의 서쪽 지역에서는 단군왕검이 〈고조선〉을, 태항산맥의 서남부 일대에서는 요가 〈도당陶唐〉이라는 나라를 세웠다. 배달족의 후국이었던,

당唐이 종주국인 배달국에 맞서 다시금 일어서기 시작했으니, 이는 이후 수천 년을 이어 갈 양대 민족의 갈등과 충돌이 재차 불붙기 시작했음을 알리는 서곡이나 다름없었다.

3. 堯와 舜

배달국(청구)의 말기이던 약 4,500년 전쯤에 동이(구이九夷)의 세력은 고대 동아시아의 최대 세력으로 성장해, 중국의 하북(북경 일대)과 산동을 위시한 중원 대부분 땅에 진출해 있었다. 그 무렵 중원에서도 헌원의 고손이라는 영민한 요堯임금이 등장해, 당시 주류 세력이었던 배달족(동이)에 맞서 다시금 반기를 들고 일어섰다. 당초 요는 前조선(환웅배달국)의 후국인 〈당唐〉땅(산서임분臨汾)의 제후였는데, 그곳은 황하와 더불어 태항산맥의 서쪽에서 남으로 흘러내리는 분하汾河의 하류였다. 황하의 동쪽에 이웃해 나란히 흘러내리던 분하가 이곳에서 거대한 황하를 만나 합류하기 직전의 땅으로, 동북이나 산동에서는 가장 멀리 떨어진 서남쪽의 변방이었다.

그런 이유 때문이었는지, 어느 때부터인가 당요는 종주국인 〈배달국〉에 등을 돌리기 시작했으니, 황제헌원이 치우천왕에게 도전했다 패배한 이래로 처음 있는 일이었다. 흔히 제후국이 종주국에 등을 돌리는 경우는 종주국의 정치가 어지럽거나, 전쟁 등으로 국력이 크게 약화되던 때였다. 그게 아니라면 제후국에 종주국의 제왕을 능가하는 강력한 지도자가 나타나는 경우가 대부분이었다. 당시 배달국(청구)은 아직 국가의 형태로까지 발전되지는 않았다 해도, 주변의 군장들을 제압하고 다스릴 정도로 정치가 안정되고 상고시대 동아시아에서 가장 발전된 형태의 정치체제를 유지하고 있었다.

비록 요가 〈도당陶唐〉을 먼저 세웠다고는 하지만, 정황으로 보아 틀림없이 그것은 배달국에 비해 열등한 형태의 지방정권에 불과한 것으로, 후대의 중국인들이 나라를 세운 것으로 규정지은 것으로 보였다. 그러나 도당 사람들은 동이족과는 다른 중원의 화하족이 주류를 이룬 데다, 조상 대대로 종주국인 배달국과 패권을 다툰 민족이었다. 따라서 이 민족인 동이의 일방적인 팽창을 저지하고 주도권을 확보하려는 경쟁의식이 남달랐을 것이고, 그 지도자에게는 배달족 동이에 대한 철저한 도전 의식이 요구되었을 것이다.

그런 배경 아래 요는 기존 배달족의 역법이 아니라, 새로이 복희씨가 만들어 이제는 화하족의 역법으로 자리 잡은 철학과 논리를 택했을 것이다. 도전자의 입장에 섰던 요는 우선 자신의 세력을 크게 키우는 것이 급선무였다. 이를 위해 강한 힘의 논리를 내세운 채, 소국의 형태로 여기저기 흩어져 있던 토착민들을 하나로 묶어 병합하기 시작했다. 중원 화하족들의 새로운 변화와 저항의 움직임은 서서히 배달 청구국에도 전해져 자극을 주었을 것이다.

공교롭게도 비슷한 시기에 배달족 또한 아사달에 〈조선〉이라는 나라를 정식으로 세우고, 왕검을 시조로 내세웠다. 이 또한 처음부터 국호를 정했다기보다는 주로 왕검이 다스리던 지역의 명칭이 후일 국호로 정착된 것으로 보였다. 단군왕검이 조선을 연 시기가 요임금의 도당이 성립된 시기와 비슷한 BC 24세기 전후였기에, 흔히들 이를 〈여고동시與高同時〉(高=堯)라 칭했다. 중국에서는 요가 조선보다 대략 25년 정도 앞서 건국되었다 했지만, 요는 애당초 前조선 배달국의 후국이나 다름없었으므로 별 의미 없는 얘기였다.

흔히 중국인의 조상을 화하족이라 부른 것으로 보아, 실제 중국에서 나라의 형태가 시작된 것은 요의 후대에 〈하夏〉나라가 성립된 때부터일 가능성이 더 컸다. 어찌 됐든 주목할 것은 당시 왕검과 요로 대표되는 배달족과 화하족이 비슷한 시기에 각자 조선과 도당이라는 나라를 열었다는 점이었다. 이는 곧 대륙의 삼하三河, 즉 황하, 회수, 장강 하류의 거대 간척지라는 신세계를 놓고, 양대 민족 간에 서서히 충돌이 시작되었음을 의미했다. 치우천왕에 대항하여 황제헌원이 일으켰던 싸움이 수 대에 걸쳐 '나라國'라는 정치체제를 발전시키면서, 그 충돌도 더욱 규모가 커지고 체계적인 양상을 띤 것이었다.

그 와중에 단군왕검은 조선의 개국을 계기로 관료제를 비롯한 나라 전반의 통치시스템을 재구축한 연후에, 서서히 문제의 요임금을 손보고자 했다. 그러던 어느 날, 마침내 단군이 대신들을 소집해 도당에 대한 대책을 논의했다.

"당요가 소도(천부天符)의 진리를 어기고, 얼토당토않은 오행설을 퍼뜨리며 사해 평등을 깨뜨린 지 오래되었소. 그가 주변의 후국들을 무력으로 병합하고 세상을 어지럽히니, 머지않아 온 세상이 끝없는 전쟁으로 내몰리게 될 것이오. 또 스스로 임금이라 칭하고 제멋대로 구니 이를 내버려 둔다면 장차 그 화가 어디까지 미칠지 알 수 없는 일 아니겠소?"

그러자 병부를 맡고 있던 웅가熊加가 나서서 말했다.

"그렇다면 즉시 병력을 모아 군대를 일으켜 원정에 나서야 하지 않겠습니까?"

그러나 마가馬加가 고개를 저으며 이를 만류하고 나섰다.

"원정은 사실상 대단히 어려운 일입니다. 도당까지는 너무 긴 거리라, 물자와 병력의 수송에 문제가 많고, 설령 어렵게 그곳에 간다고 한들 도당에 관한 자세한 정보도 없는 상황에서 결코 승리를 보장할 수도 없기 때문입니다."

그 말에 아무도 더 이상의 의견을 내지 못하자 잠시 무거운 침묵이 흘렀다. 그때 제1 재상 격인 호가虎加가 나서서 말했다.

"그렇다고 단군의 말씀대로 저들을 마냥 보고 놔둘 수만은 없는 일입니다. 가장 큰 문제는 장거리 원정이 애당초 불가하다는 것이고, 도당에 관한 정보가 부족하니 특단의 대책을 내놓기도 쉽지 않다는 것입니다. 그러니 우선은 감군監軍의 성격을 가진 특사를 파견해 도당에 관해 자세한 상황을 파악하는 일이 순서일 것입니다."

그러자 이번에는 학가鶴加가 가세했다.

"전쟁을 치를 것이 아니라면 제일의 목적은 당연히 저들이 오행설을 내세우고 자신들만의 역법을 정하는 등 소도의 원리를 무시하면서 잘못을 저지르고 있다는 것을 깨우쳐 주는 일일 것입니다. 그러자면 우선 천지 운행과 소도의 논리에 해박한 사람이 필요할 것입니다. 그러나 그렇더라도 당요 일행이 우리의 주장을 순순히 받아들이지 않는다면, 애써 특사가 그 먼 곳까지 가서 할 일이라고는 고작 도당의 상황을 파악하고 정보를 수집해 오는 일에 불과할 것입니다. 이런 식으로는 별다른 성과를 기대하기 어려울 것입니다만……"

"……."

"알았소! 오늘은 여기까지만 논의하기로 합시다."

왕검이 서둘러 회의를 파하니, 대신들이 모두 난감해하며 설왕설래했다.

　그런데 얼마 후 단군왕검이 배달족의 유력가문 출신인 유호有戶씨를 조용히 불러들여 명을 내렸다.

　"아무래도 이번에 그대가 도당으로 가는 특사 임무를 맡아 주어야겠소. 그대도 알겠지만, 당요는 우리의 설득에 넘어갈 위인이 결코 아닐 것이오. 그렇다고 마냥 이대로 방치해 둔다면 청구와 회대淮岱의 수많은 소국 모두가 도당의 손에 떨어지고 말 것이오. 허나 당장 원정에 나서기도 어려운 형편이니, 이번에야말로 특단의 대처가 필요해졌소. 그대는 도당의 옆에다 나라를 세우시오, 장차 그곳의 제후가 되란 말이오!"

　그러자 유호씨의 두 눈이 휘둥그레지더니 금세 표정이 굳어졌다. 이를 본 왕검이 태연하게 설명을 이어 나갔다.

　"내 말을 잘 들으시오! 이번에 그대는 환부鰥夫와 권사勸士들 백여 명이 수행하는 대규모 사신단을 이끌게 될 것이오. 나라를 세우는 일인 만큼, 유능한 전략가와 이론가, 병법과 무술에 능한 인재들이 필요할 테니 사신단을 그대가 직접 꾸려도 좋소. 어떻게든 도당에 대한 감군 활동을 구실로 길게 머문 다음, 적당한 때에 서쪽으로 나아가시오. 그곳에는 도당에 쫓겨나 원한을 가진 묘족들이 흩어져 있으니, 그들을 규합하고 인근의 세력들과 소통하면, 빠른 시기에 나라를 세울 수 있을 것이오."

　"제가 어찌 감히 그런 난제를……"

　유호씨가 난감한 표정을 짓자 왕검이 단호하게 말했다.

　"그것으로 그칠 일이 아니오! 종당에는 세력을 키워 도당을 강력하고도 계속해서 견제할 수 있는 수단을 강구하라는 말인 게요. 이는 감군의 수준을 넘어 궁극적으로 요를 제압하는 것이 그대의 소명이란 뜻이오! 이 사업은 오랜 시간이 걸리는 원대한 사업이니만큼, 가족들까지 동반해야 할지도 모르는 일이오. 나는 그대가 반드시 이 일을 성공해 낼 것이라 믿어 의심치 않소! 그대의 무운과 성공을 빌겠소."

"알겠습니다. 명을 받들겠습니다!"

그리하여 마침내 유호씨가 요임금의 잘못을 바로잡기 위한 특사가 되어, 법을 집행하는 환부鰥夫 외에 국방과 외교업무를 담당하는 권사勸士 백여 명을 대동한 채 도당으로 떠났다. 떠나기에 앞서 왕검은 유호씨와 최측근을 불러 조촐한 환송연을 베풀고 엄숙하게 그들을 위로해 주었다. 그때 왕검이 유호씨에게 현지 활동을 도와줄 인물들에 대해 귀띔해 주었다.

"특별히 허유許由와 소부巢父씨에게 일러 놓을 테니, 어려움이 있을 땐 그들을 찾아 도움을 받도록 하시오!"

아울러 임무 수행에 필요한 경비에 충당할 값비싼 재화와 필요한 여러 서신 등을 은밀히 내려 주었다.

얼마 후 도당의 요임금에게 놀라운 소식이 날아들었다.

"아뢰오, 단군의 특사가 감군의 자격으로 교외에 도착했다고 하는데, 사신단의 규모가 엄청나다고 합니다!"

"무어라, 단군의 특사가 왔다고?"

막상 조선의 대규모 사신단이 들이닥치고 그 위용이 엄청나다는 소문을 듣게 되자, 요임금은 곧바로 두려움에 사로잡히고 말았다. 요임금은 자칫 상국上國인 조선과 전쟁을 하게 될지도 모른다고 염려한 나머지, 친히 마중을 나가 사신단을 영접하고 공손하게 예우했다. 그러나 유호씨는 이튿날부터 요임금과 그 대신들에게 오행설의 잘잘못을 따지고 그를 바로잡으려 다그쳤다.

"임금께서 천수天數를 잘못 해석해 별도의 단壇을 꾸리고, 따로 제祭를 올린다는데 이것이 가당키나 한 말씀입니까? 이는 소도의 원리를 부정하는 것은 물론, 결국은 우리 大조선 자체를 부정하겠다는 것인데, 임금께서 과연 감당하실 수 있는 일이겠습니까?"

조선 감군 일행의 당찬 추궁에도 불구하고, 요임금은 이런저런 논리로 대립하기보다는 일단 공손하게 단군의 특명을 들어주고 받드는 모양새를 취하면서 애써 충돌을 피했다. 그리고는 유호씨 일행을 황하의 물가에 머물도록 배려했다. 유호씨 일행은 그렇게 하빈河濱에 머물면서 수시로 요임금의 조정에 나가, 소도의 원리를 설명하고 논쟁하면서 당요의 잘못된 해석을 바로잡으려 애썼다. 그러나 요임금은 겉으로는 특사 일행의 말을 들어주는 척하면서도, 뒤로는 이 위기를 벗어날 특단의 방법을 모색하고 있었다.

당시 유호씨는 유순有舜과 유상有象이라는 장성한 두 아들을 같이 데리고 와 있었다. 장남인 순舜은 법을 집행하는 환부의 직책을 맡고 있었는데, 요임금이 보기에 다소 넘치거나 모자람이 있어 절도가 부족해 보였다. 마침 요임금에게는 아황娥皇과 여영女英이라는 어여쁜 두 딸이 있어, 어떻게든 두 딸을 활용할 궁리를 했다.

"이참에 유호의 자식 중 하나를 사위로 삼아 가까이 붙잡아둔다면, 설령 무슨 일이 벌어진다 해도 최악의 불상사를 막아 줄 인질로 써먹을 수 있을 것이다. 장남인 순이 더 유연하고 마음이 모질지 못한 듯하니, 먼저 그를 포섭하는 것이 나을 것이다……"

요임금은 순을 대상으로 미인계를 쓰기로 하고, 두 딸을 설득해 순을 유혹하게 했다. 요의 예상대로 한창 젊은 나이의 순은 두 딸의 미모와 호의에 단박에 이끌리고 말았다. 그 소식을 들은 요임금이 어느 날 남몰래 순을 불러 솔직하게 말했다.

"멀리 고향을 떠나 타국까지 와서 고생이 심하겠소. 그대의 부친이 나와 신하들을 설득하려 애쓰고 있지만, 솔직히 나는 우리의 오행설을 버릴 뜻이 전혀 없소. 강한 짐승이 약한 짐승을 잡아먹는 약육강식이 세상의 이치이거늘, 어찌 호랑이와 사슴이 같을 수 있단 말이오? 나라도 마찬가지가 아니겠소? 강한 나라만이 살아남는 법이고, 힘없고 약한 나라는 언젠가는 망하기 마련이오. 그러니 관건은 누가, 어떻게 자신의 나라를 더욱 강하게 만드느냐 하는 것뿐이오."

요임금이 자신의 오행설을 들어 순을 적극적으로 설득하자, 순이 무언가 깨닫는 것이라도 있는 양 그의 말을 진지하게 경청했다.

"그러니 오행설을 좇아 더욱 강해지고자 하는 나라와 달리, 그대의 신시神市가 만민평등의 고매한 정신만을 내세우고 평화와 안녕만을 추구하려 든다면, 후일 세월이 흘러 과연 어느 나라가 강해져 있겠느냐 말이오? 나는 앞으로도 도당을 더욱 강한 나라로 만들 것이고, 끊임없이 그 방법을 찾으려 애쓸 것이오. 비록 지금은 동북의 상국인 그대의 조선이 강해 보이지만, 나는 언젠가는 우리 도당이 그대의 나라를 능가할 날이 반드시 오고야 말 것이라 믿고 있소!"

"……."

순이 심각한 표정으로 자신의 말에 빠져든 모습을 보이자, 요는 이때다 싶어 더욱 솔직한 얘기를 털어놓았다.

"듣자니 그대가 내 딸들에게 커다란 호감과 신뢰를 품고 있다고 들었소. 만일 그대가 나의 사위가 되어 준다면, 그대의 존재는 우리 도당과 그대의 나라 사이에 있을지도 모를 충돌을 막아 주는 훌륭한 방파제가 될 수도 있으니, 솔직히 우리에게 커다란 도움이 될 것이오. 그리고 그대의 처신 여하에 따라서 언젠가는 내가 도당을 그대에게 넘겨줄 수도 있는 것이 아니겠소? 나의 자리는 신하가 아닌 임금의 자리란 말이오,

어떻소? 이참에 나의 사위가 되어, 나와 함께 도당을 강한 나라로 키우고, 언젠가는 그 임금의 자리를 노려 보지 않겠소?"

이제 막 30대가 된 순은 혈기방장해 야심으로 가득할 나이였다. 요임금이 아름다운 두 딸을 주는 것은 물론, 장차 임금의 자리까지 물려줄 수 있다는 말을 들은 순간, 순은 숨도 내쉬지 못할 정도로 가슴이 벅차오르는 것을 느꼈다.

'그렇다. 장부로 태어나서 임금을 한번 해 보는 것이야말로 모든 사내의 꿈이 아닌가? 아름다운 두 딸에다, 장차 임금의 자리까지도 물려줄 수 있다는데, 이 기회를 놓친다면 평생을 후회하며 살게 될 것이다. 게다가 약육강식과 힘의 우위를 믿는 오행설이야말로 지극히 현실에 맞는 이치가 아니던가?'

생각이 여기까지 미치긴 했으나, 그것은 부친뿐 아니라 나라와 민족을 배신하는 일이었기에 결코 순탄한 일이 아니었다. 고심을 거듭하던 순이 나름의 방법을 생각해 내고는, 실행에 옮기기로 했다. 순은 우선 요임금의 두 딸을 모두 아내로 맞아들이고, 스스로 요임금의 사위가 되어 그에게 포섭당하는 모양새를 취했다. 그리고는 이내 부친인 유호씨 설득에 나섰다.

"지금 요임금의 제안을 받아들여 그의 신뢰를 쌓을 필요가 있습니다. 그렇게 요임금뿐 아니라 도당에서의 신뢰를 쌓고 세력을 구축해, 언젠가는 반드시 도당을 장악할 것이니 아버님께서는 염려치 마시고 저를 믿어 주세요!"

그 후 순은 요임금의 가르침과 명령을 충실하게 따르고, 율령과 제도를 바로 세우는 데 헌신했다. 그러는 사이 요임금이 더욱 나이가 들어 정사를 돌보기가 어려울 지경이 되자 후계를 고민하게 되었다. 요는 내심으로는 자기 아들에게 왕위를 물려주고 싶었지만, 여전히 자신을 의심하고 있는 유호씨와 함께 그 배후에 있는 조선의 눈치를 보지 않을 수 없었다. 게다가 사위인 순과의 밀약도 있어 뜻대로 하지 못했다. 그러자 측근인 방제放齊가 요임금에게 아뢰었다.

"임금의 장남이신 단주丹朱의 성품이 밝게 열려 있으니, 당연히 왕위에 올라야 하지 않겠습니까?"

그러나 요임금은 아들인 주朱의 인품과 능력이 임금의 재목에 미치지 못한다는 핑계로 이를 거절해 버렸다. 이에 환두驩兜라는 대신이 새로이 공공共工을 천거하고 나섰는데, 그는 토목과 수리를 담당하면서 많은 공을 세운 인물이었다. 그러자 요임금이 답했다.

"그자는 말은 번지르르하게 잘할지 몰라도 행동이 도리에 어긋나고, 공손한 듯하지만 실은 하늘마저 업신여기는 사람이오."

공공은 틀림없이 요임금에 버금가는 세력을 구축한 인물로 사실상 요의 정적이었다. 요는 공공이 표리부동한 성격이라며 그 역시 거부했다. 그 와중에 요임금이 유호씨로부터 신뢰를 얻고자 새로운 무리수를 택했다.

"내 이번에 아들인 단주를 제후로 삼아 묘족들이 많이 사는 남방의 단수丹水 지역으로 보내 다스리게 할 작정이오."

표면상 이는 자신이 공정하게 인사를 펼치고 있음을 드러내려는 조치였으나, 자신의 장남을 도당에 대해 저항이 큰 위험 지역으로 추방한 것이나 다름없는 일이었다. 당시 요임금은 자신의 후계를 마음대로 정하지 못할 정도로 조선의 압박을 두려워한 것이었다.

그런데 분하 하류 지역의 당 땅은 인근에서 분하가 거대 황하와 만나는 곳이었다. 따라서 황하에 밀린 분하의 하류 쪽으로 갈수록 평평한 대지에 토사와 진흙이 쌓여 토양이 비옥하고, 농사짓기에 더없이 좋았을 것이다. 당의 도읍을 평양平壤(임분도사陶寺)이라 부른 것이 그러했고, 도당陶唐이라는 이름에서 보듯 분하가 날라다 준 고운 진흙이 풍부해 질 그릇이 많이 생산되다 보니 도陶라는 이름이 붙은 것으로 보였다.

반면 평양 일대는 거대한 두 강의 곁에 있다 보니, 큰비만 오면 강물이 역류하거나 범람하여 홍수에 더없이 취약한 지역이었을 것이다. 마침 그 무렵 인근의 하천이 범람하면서 거대한 물줄기가 마치 큰기러기가 날아올라 하늘에 닿을 것처럼(홍수도천鴻水滔天) 흘러넘치며 도당을 덮쳤다. 대홍수에 집이 떠내려가거나 농사를 망쳐 굶어 죽는 백성들이 늘면서 순식간에 나라 전체가 절박한 위기에 처하게 되었다. 복잡한 후계 문제에 더해 홍수도천으로 최대의 정치적 위기를 맞이한 요임금이 사방의 제후들을 모아 놓고 한탄했다.

"산을 휘감고 언덕을 덮치는 대홍수가 반복되니 실로 백성들의 안위가 큰일이오. 이 대홍수를 다스릴 만한 인물이 어디 없겠소?"

그러자 모두 한목소리로 곤鯀이라는 인물을 천거했다. 그러나 요임금은 이번에도 고개를 가로저으며 말했다.

"그자는 명령을 어기고 동족 간의 화합을 깨면서 선량한 사람들을 해쳤으니 곤란하오!"

당시 곤 또한 공공과 마찬가지로 요임금에 견줄 만한 강력한 정치적 위상을 지닌 또 다른 인물이었다. 그러므로 만일 곤이 대홍수를 막을 수 있다면 마땅히 임금의 자리에 오를 수 있는 문제라 요임금이 이를 경계해 거절한 듯했다. 그러자 곤을 의식한 여러 제후가 물러서지 않은 채, 시험해 보고 괜찮으면 써 보라며 거듭 천거했고, 결국 요는 부득이 곤에게 치수를 맡기지 않을 수 없게 되었다. 그때 제후들과 달리 곤의 능력을 믿지 않았던 요임금은 속으로 생각했다.

'곤은 욕심이 많고 공정하지 못해 결코 대홍수를 막지 못할 것이다. 그리되면 임금의 후보에서 저절로 탈락할 테니 그렇게 나쁜 기용만은 아닐 것이다……'

이후 곤은 황하의 대홍수를 막는 데 주력하면서 온갖 노력을 다 기울였다. 그러나 요임금의 예상대로 곤은 9년이란 세월이 흐르도록 치수에 실패했고, 결국 임금의 후보에서 스스로 탈락하고 말았다. 한편 그사이 순은 요임금을 측근에서 보좌하며 정치적 위상을 높여 나갔다. 그러나 요임금 또한 결과적으로 치수에 실패한 셈이라 그 자신의 입지도 흔들리고 있었고, 그러자 사방에서 부족들 간에 땅을 다투는 일이 반복되면서 정치가 혼란해지고 말았다.

그 무렵 순의 부친인 유호씨는 자신의 일행과 함께 하빈을 떠나 도당의 서변으로 나가 자리를 잡았다. 그곳에서 그가 거느렸던 환부 및 권사들과 함께 묘족들을 깨우치고 선진문물을 가르치는 등 수년에 걸친 봉사와 눈부신 활약 끝에, 유호씨는 마침내 묘족들을 수습하고 그들을 다스릴 수 있게 되었다. 아울러 그사이에도 예의 소부와 허유를 찾아 왕검의 편지를 전하니 그들이 하나같이 말했다.

"알겠소이다. 천왕의 부탁 말씀이니 그대에게 협조를 아끼지 않을 것이오. 무엇이든 필요한 것이 있다면 주저 말고 말씀해 주시지요."

그리하여 유호씨는 소부 및 허유 등과 소통하면서 서남의 여러 족속을 연결한 끝에, 마침내 오늘날 섬서성 호현 서쪽의 〈감ㅂ〉이라는 땅에 자리를 잡고, 얼마 지나지 않아 그 일대에서 가장 큰 세력을 구축하는 데 성공했다. 후일 이 지역을 감숙ㅂ肅이라 불렀으니, 말 그대로 '감ㅂ 땅의 조선(숙신肅慎)'이라는 뜻이었다. 또한 병법과 싸움의 전문가인 권사들이 특수 병력을 잘 훈련시킨 덕에, 비록 그 숫자는 오천에 불과해도 그 실력만큼은 도당에 버금가는 강력한 군사력을 지니게 되었다.

그럴 즈음 요임금의 덕이 날로 쇠해지면서 도당의 정치가 혼란에 빠져들자, 순은 이제야말로 사태를 수습하고 전면에 나서서 자신이 도당을 장악할 때라고 판단했다. 그리하여 감ᄇ 땅에 있는 부친 유호에게 병력을 파견해 달라 요청했다. 결국 유호씨가 자신의 군대를 도당으로 급파했고, 순은 그동안 자신이 구축한 세력을 규합해, 유호씨의 군대와 힘을 합해 도당의 권력을 장악하는 데 성공했다.

지도력을 잃고 위기에 처해 있던 요임금으로서도 자신의 사위가 권력을 장악하고 사태를 수습하는 데 대해 딱히 반대할 이유가 없었으므로, 우선 순에게 힘을 실어 주려 했다. 순은 먼저 환두와 공공을 비롯해 그즈음 요임금을 따르지 않던 불순한 무리를 몰아내는 데 앞장섰다. 그러나 당시 제일의 숙청 대상은 요임금의 최대 정적으로 나라의 역점사업인 치수를 담당했던 곤이었다.

"곤이 대홍수를 다스리는 일에 착수한 지도 어언 9년이 흘러 버렸습니다. 그간 그토록 숱하게 많은 인원과 어마어마한 경비를 동원했음에도 좀처럼 나아진 것이 없으니, 이제 곤은 그 결과에 대해 당연히 책임을 지고 자리에서 물러나야 합니다!"

결국 순의 주도 아래, 홍수를 다루는 데 실패했으면서도 요임금에 저항해 오던 곤과 그 무리가 산동의 우산羽山(강소동해東海)으로 내쫓기고 말았다. 그렇게 도당의 질서를 어지럽히던 요임금의 정적을 축출해 버리는 데 성공한 순은 마침내 본색을 드러내기 시작했다. 이제 나이가 들어 정사를 보기 힘들 지경이 된 장인 요임금에게 순이 드러내 놓고 자기에게 선양을 하라고 압박하기 시작한 것이었다. 그제야 순의 본심과 야망을 알게 된 요임금은 크게 좌절했으나, 이미 조정을 장악하고 사실상의 실력자가 된 순을 거스르기에는 역부족이었다.

그때 요의 장남인 단주 또한 동이족의 감군 출신인 순이 조선의 군대를 들여와 요임금의 정적들을 내치고, 요임금을 압박해 선양을 요구하고 있다는 소문을 듣게 되었다. 그가 주변의 수하들에게 말했다.

"부친께서 동이 순에게 속아서 내 여동생을 둘씩이나 내주고, 나를 이곳으로 내치시더니 결국 나라를 빼앗길 지경에 이르고 말았다. 그렇다고 장남인 내가 이를 모른 척하고 있을 수는 없는 일 아니겠느냐? 더 늦기 전에 지금이라도 당장 출병해 저 음흉하기 짝이 없는 이적夷狄들을 몰아내고 나라를 되찾아야 할 것이다!"

결국 요임금의 장남 단주가 자신이 다스리던 삼묘족을 부추겨 〈도당〉에 반기를 들고 나섰다. 이 소식을 들은 도당의 순 또한 단주야말로 마지막 남은 자신의 정적이라 여기고 즉각 출병해 삼묘족 토벌에 나섰다.

그런데 묘족은 원래부터 동이의 일파로, 과거 〈탁록대전〉에서 치우천왕을 따라 황제를 물리치는 데 크게 공을 세운 바 있어 화하족과는 적대 관계였다. 이들이 조선에 반하는 단주의 명령에 고분고분 협조하지도 않았거니와, 순이 이끄는 도당 군대의 병사들 또한 상당수가 감甘 땅의 같은 묘족 출신들이라 적극적으로 전투에 임할 리가 없었다. 결국 순이 단주의 반란을 쉽사리 제압하고 귀경하니, 순은 이제 누구도 부인할 수 없는 도당의 실세로 부상하게 되었다.

친아들인 단주의 반란에 일말의 희망을 걸고 있던 요임금은 반란이 진압되었다는 소식에 좌절하고 말았다. 결국 요임금은 모든 것을 포기한 채 순의 요구를 수용하기로 하고, 마침내 선양의 계획을 공표했다.

"사방의 제후 중에 능력이 탁월하고 덕망이 있는 자에게 왕위를 물려주고자 한다!"

사실 이는 요임금이 그동안 후계자로 키워 온 순에게 자리를 물려주겠다고 공개 선언을 한 것이나 다름없었다. 비록 순이 결정적인 순간에 자신에게 등을 돌리긴 했으나, 순은 여전히 자신의 사위로서 그간 자신과 도당에 충성하며 많은 공적을 쌓아 온 만큼, 그를 따르는 세력도 적지 않았다. 따라서 요임금은 순에게 선양하는 것도 그리 나쁘지만은 않은 선택이라 여겼을 법했다. 얼마 후 요임금이 순에게 마침내 임금의 자리를 선양한다고 공식적으로 선포했다.

이로써 마침내 유우有虞씨 순이 도당의 요임금을 계승해 임금에 오르니 제순유우帝舜有虞(우순虞舜)라 칭했다. 요를 만나 그를 섬긴 지 어언 30여 년의 세월이 흐른 뒤였고, 육십이 다 된 나이였다. 그런 인고의 세월을 보낸 끝에 도당은 이제 동이족인 순의 나라가 된 셈이었다. 그는 후직后稷을 비롯하여 고요皐陶와 그의 아들 백익伯益, 곤의 아들인 우禹 등을 중용해 정사를 펼쳤다. 이어 그즈음 도읍을 요임금의 주요 근거지였던 평양(임분臨汾)을 떠나 그 아래쪽인 포판蒲坂으로 옮기고, 나라의 이름도 〈우虞〉로 바꾸었다. 도당의 분위기를 일신하기 위한 결단으로, 대다수 무리가 다행히도 그를 따라 주어 새로운 나라의 건설이 순조롭게 이루어졌다.

그런데 요임금이 순에게 선양하기 이전 후계자를 물색하던 중에 나온 일화가 있었다. 요임금이 듣자니 패택沛澤 출신의 허유許由라는 은자隱者가 있는데, 그는 바른 자리가 아니면 앉지 않고 당치 않은 음식은 아예 입에 대지도 않을 정도로 오로지 의義만을 따르는 현자賢者라는 것이었다. 요임금이 호기심이 발동해 물어물어 허유를 찾아가 대뜸 말했다.

"태양이 떴는데도 아직 횃불을 끄지 않고 있다면 이는 분명 헛된 일이 아니겠소? 청컨대 임금의 자리를 맡아 주시오!"

그 말을 들은 허유는 조금도 망설임 없이 요임금의 청을 사양하면서 여유롭게 답했다.

"뱁새는 깊은 숲속에 둥지를 짓고 살면서도 나뭇가지 하나면 충분하고, 두더지는 강물을 마시긴 해도 배가 차면 그로써 족한 줄 알지요. 그러니 임금께서는 그만 돌아가 주시지요, 내게 천하는 아무런 소용이 없소이다."

요임금의 청을 거절한 허유는 그 일 이후 아예 기산箕山으로 거처를 옮겨 버렸다. 그러자 요임금이 그를 다시 찾아 구주九州만이라도 맡아 달라는 제안을 했다. 그러나 허유는 이번에도 단호하게 거절했다. 워낙 권세와 재물에 욕심이 없던 허유는 그것만으로는 부족했던지, 요임금의 유혹에 자신의 귀가 더러워졌다며 흐르는 개천에 귀를 씻었다. 그때 마침 소 한 마리를 앞세우고 지나가던 소부巢父라는 자가 이 모습을 보고 물었다.

"아니, 개천에서 무얼 하시는 게요?"

"아, 예! 요임금이 나를 찾아와 천하를 맡아 달라는구려! 아무래도 내 귀가 더럽혀진 것 같아서 귀를 씻는 중이오만……"

그러자 이 말을 들은 소부가 크게 껄껄 웃고 말았다.

"아니, 왜 그렇게 웃으시오?"

"당신이 숨어 산다는 소문을 퍼뜨렸으니, 그런 더러운 말을 듣는 게 아니겠소? 모름지기 진정한 은자라면 애당초 은자라는 이름조차 밖에 알려선 아니 되는 법이지요, 그러니 당신이 은자라는 이름을 은근히 퍼뜨려 명성을 얻으려던 게 아니고 무엇이겠소?"

소부가 그리 답하고는 유유히 소를 몰고 강물 위쪽으로 올라갔다.

졸지에 황당한 소릴 듣게 된 허유가 소부를 향해 되물었다.

"소에게 물은 안 먹이고, 대체 어딜 올라가시는 게요?"

소부가 다시금 껄껄 웃으며 답했다.

"그대가 귀를 씻어 더러워진 물을 우리 소에게 먹일 수는 없는 노릇 아니겠소? 하하하!"

소부와 허유의 이 일화에서 얼핏 인재를 찾아서라면 온갖 노력을 마다하지 않았던 요임금의 행적을 떠올릴지도 모르겠지만, 실제로는 요임금을 크게 비웃는 내용임을 알 수 있다. 당시는 산동 지역의 거대한 간척지로 동이족이 속속 몰려들면서 곳곳에 여러 소국이 산재하던 시기로 보였다. 그런 터에 오행설을 내세워 제왕의 도道를 운운하던 요가 사심에 근거한 힘으로 이웃 나라를 병탄하고, 중앙에서 백성들 위에 군림하는 잘잘못을 저지르니 소부와 허유가 이를 점잖게 나무랐다는 것이다.

두 사람의 현자는 단군 소도의 진리와 만민평등의 믿음을 실천하던 사람들로서, 요임금에 대해 경쟁과 힘의 논리로 갈등을 야기하고 세상을 어지럽히는 인물이라며 혐오한 것이었다. 이것이 바로 〈도당〉의 바깥세상, 즉 상고시대 동북아 문명의 종주국 〈조선朝鮮〉 및 그 연맹체의 지도층이나 지식인들이 당요唐堯를 바라보던 일반적 시각이었던 셈이다.

4. 도산회의와 夏나라

우순虞舜이 임금에 올라 나라를 다스리던 때였다. 한때 9년 동안 대규모 홍수가 반복되니, 하늘에 닿을 듯이 강물이 산을 휘돌고 언덕을 삼켜 버렸다. 그 때문에 수많은 백성의 집과 밭이 떠내려가고, 먹을 것이 없어 민생이 극도로 피폐해졌다. 〈우虞〉나라가 위치한 포판은 도당의 남쪽 분하 아래로 거대 황하의 사이에 끼어 있는 형국이라 홍수에 더더욱 취약해졌을 것이다.

대규모의 천재天災가 지속되고 민심이 가라앉지 않자 마침내 순임금이 상국인 단군조선에 도움을 요청했다. 흉흉한 소식이 동북 아사달에 있는 단군왕검에게 전해지니, 단군 또한 친親조선의 후국으로 탈바꿈한 우나라의 혼란을 외면할 수 없었다. 무엇보다 홍수 문제는 우뿐 아니라, 삼천三川의 중하류에 걸쳐 사방에 널려 있는 조선(동이)의 후국들도 예외가 아니어서 대책이 시급한 일이기도 했다.

결국 고심하던 단군이 북쪽 현부玄部를 다스리던 후계자 부루夫婁를 불렀다.

"우는 물론 인근 조선의 후국들 모두가 물난리로 몇 년째 극심한 고통에 시달리고 있는데, 상국의 천왕으로서 이 이상 나 몰라라 할 수 없게 되었다. 다행히 팽오가 대홍수를 다룬 경험이 있으니, 아무래도 태자가 순을 만나서 홍수를 다스릴 수 있는 치산치수治山治水법을 전해 주고 와야겠다."

그러자 부루가 놀라 납득하기 어렵다는 표정을 지었다.

"비록 우순이 그동안 동족에 등을 돌린 채 제멋대로 세력을 키워 오던 당요를 제압하고 새로운 나라를 다스리고 있다지만, 그는 여전히 요의 사위이자 그를 도운 공으로 임금의 자리에 오른 인물입니다. 아무리 인의仁義가 중요하다지만, 그가 언제든지 조선에 등을 돌릴 수도 있는데 치산치수의 비법을 전수하는 것이 가당한 일이겠습니까?"

그러나 단군이 단호하게 잘라 말했다.

"그렇지 않다. 사실 당이나 우보다는 그 아래 큰 강과 지천의 하류에 널려 있는 수많은 후국을 구원하는 일이 시급하기 때문이다. 자칫 이를 방치해 둔다면 민심이 이반되고 조선으로부터 이탈하는 나라들이 늘어만 갈 텐데, 그리되면 장차 무슨 일이 벌어질지 알 수 없는 일 아니냐? 더구나 지금 치산치수와 같은 대규모 공사를 수행할 수 있는 나라가 몇이나 되겠느냐? 이 일은 당우唐虞처럼 많은 백성을 거느리고 막대한 물자를 조달할 수 있는 큰 나라만이 가능한 일이란 말이다."

"……."

부루가 무언가를 깨달은 듯 말없이 듣기만 했다.

"실은 그간 좀 더 일찍 도움을 주려 했으나, 당요가 조선의 도를 따르지 않아 너무 오랫동안 미루어 왔던 일이다. 그러니 여러 의심이 있더라도 유호씨 부자가 새로이 정권을 잡은 이상 더 머뭇거릴 일이 아니란 말이다."

"그리 생각하고 계셨군요……"

부루가 그제야 납득이 간다는 표정을 지었으나, 단군이 여기서 말을 그친 것이 아니었다.

"또 다른 목적이 하나 더 있다. 이번에 우순에 대한 지원을 빌미로 복희의 오행설을 신봉하는 부족들을 설득하고, 전처럼 소도의 신앙으로 복귀시키는 계기로 삼아야 할 것이다. 내가 일찍부터 생각해 둔 게 있다. 네가 떠나기 전에 미리 우순에게 사자를 보내 그를 직접 낭야산琅琊山으로 부를 것이다. 그러니 너 또한 그곳으로 가서 약속한 기일에 우순을 만나 담판을 짓도록 하라!"

그러자 부루가 다시 놀라는 표정이 되어 여쭈었다.

"제가 순을 직접 만나 무엇을 담판 지으라는 말씀이신지요?"

"회수 중류에 우리의 후국인 도산국塗山國이 있다. 도산국은 그 일대에서 가장 큰 나라이니, 장차 그곳에서 주변의 모든 크고 작은 나라를 불러 모아 도산塗山회의를 개최할 것을 제안하도록 하라. 바로 그 도산회의를 통해 많은 나라의 제후나 지도자들이 모인 가운데, 그들 모두를 상대로 홍수를 막을 치수의 원리와 비법에 대해 일러 주겠노라고 해라! 아울러 그 회의를 통해 자연스럽게 당요의 패권주의로 세상이 어지럽게 된 점에 대해 비판과 논쟁을 유도하고, 참가국 모두를 대상으로 소도의 가르침과 사해 평등의 사상을 본격 전파하도록 하라!"

"아하, 그렇군요. 그런 복안을 갖고 계실 줄은 정말 몰랐습니다. 그렇다면 우순에 대해서는 그것으로 그치는 것입니까?"

"그럴 리가 있겠느냐? 순은 이번에 요에 등을 돌리고, 문제의 도당을 다시 천부의 신앙을 믿는 조선의 후국으로 돌아오게 하는 공을 세웠다. 이번 기회에 순이 다시금 요가 주창하는 패권주의로 돌아가지 못하도록, 별도로 나라를 다스리는 비법을 일부 전수해 주는 것으로 그를 깊이 감화시키고자 한다. 그러니 도산회의를 포함한 모든 절차가 끝난 연후에, 태자는 우순을 따로 만나 그에게 홍수를 막는 비법은 물론, 나라를 다스리는 비책이 담긴 《황제중경》을 은밀하게 전해 주도록 하라."

그러자 부루가 깜짝 놀라 되물었다. 《황제중경黃帝中經》은 나라를 다스리는 통치기술을 총망라해 놓은 조선 황실 최고의 성경聖經이자 비서祕書였던 것이다.

"예? 황제중경을 전해 주라고 하셨습니까? 어찌 그 귀한 것을 공개하신단 말씀입니까?"

단군왕검이 빙긋이 웃으며 답했다.

"네 말 그대로 모두를 공개할 일이 무엇이란 말이더냐? 홍수와 관련한 치산치수법과 통치술에 관한 일부만을 발췌해 별도의 금간옥첩으로 묶어 줄 것이니, 태자는 그리 염려하지 마라! 그것으로도 우순은 우리 대조선의 위대함이 무엇 때문인지를 분명히 깨닫게 될 것이다! 무엇보다 이번 도산회의를 계기로 많은 나라가 우리 배달 천부天符의 도道를 따르도록 하는 것이 가장 큰 목적이 되어야 할 것이다!"

금간옥첩金簡玉帖이란 금물을 입힌 죽간 위에 옥가루로 쓴 소책을 말하는 것이었으니, 실로 귀한 내용을 담은 것임이 틀림없었다. 단군의 설명에 부루가 고개를 끄덕이며 수긍을 했다. 단군은 배달족 출신인 순이 조선에 강경하게 도전해 오던 요를 제압한 데 대해 커다란 기대를 건 것이었다.

단군왕검은 이참에 요가 그동안 주변에 퍼뜨린 복희씨의 역법과 오행에 대한 해석을 바로잡고, 조선의 道를 널리 확산시킴으로써 보다 평화로운 방법으로 세상을 다스리고자 했다. 그 일환으로 〈도산회의〉를 고안해 낸 것이었다. 즉 당시 중원에 널리 흩어져 있던 수많은 소국의 수장을 한군데 모이도록 초대한 다음, 선진 치수법을 가르치고 조선의 道에 대해 집중적으로 설파하는 평화의 장으로 활용코자 했던 것이다. 특별히 분위기 전환에 공을 세운 우순에게는 일부 통치기술까지 전수하여, 그를 확실하게 조선의 소왕으로 품으려 했다.

"임금님의 깊은 뜻을 잘 알겠습니다. 명령을 성실하게 받들겠습니다."

그리하여 단군은 태자인 부루를 창수사자蒼水使者로 임명하고, 중원의 홍수를 구제해 주는 것은 물론, 사해 평등의 정신을 만방에 널리 퍼뜨리라는 임무를 맡겼다. 도산회의를 기획했던 단군의 진정한 의도는 이참에 북방의 배달족과 아래쪽 산동 일대에 널리 흩어져 있는 동이(구이)를 단단하게 하나로 묶어, 동아시아에 같은 삼신三神 사상을 믿는 조선이라는 거대 공동체를 형성하고, 이로써 보다 평화로운 세상을 다스리려 했던 것으로 풀이된다. 이를 위해 배달국 조선의 선진문명과 신앙체계, 치수의 비법 등을 참가국 수장들에게 공유토록 하는 토론의 장으로 〈도산회의〉를 구상한 것이었다.

부루의 사절단은 새로운 장거리 원행을 위해 뱃길을 이용한 것으로
보였는데, 우선 산동의 현 청도靑島 가까이 있던 낭야를 들러야 했다. 사
절단이 탄 배는 해안가를 따라 창해(창수, 발해)의 파도를 헤치며 미끄
러지듯 앞으로 나아갔다. 배 위에서 시원한 바닷바람을 맞으며 가까이
산동반도를 바라보고 있던 부루는 그때 불현듯 자신이 검은 창해 바닷
속처럼 미지의 세계로 빨려 들어간다는 느낌이 들었다. 말이 좋아 창수
사자지, 이렇다 할 교통이나 통신수단이 없던 상고시대에 아무것도 정
해진 것이 없었기에 모든 것이 그의 어깨에 달려 있기 때문이었다. 평화
사절이라는 막중한 책무를 수행하기 위한 부루 일행의 위대한 여정이
그렇게 시작되었다.

부루 일행이 무사히 낭야에 도착한 다음 얼마 지나지 않아, 과연 〈우
虞〉의 순舜이 그곳에 도착했다는 기별이 왔다. 순임금은 이때 낭야로 오
는 도중에 태산泰山에 올라 상국인 朝鮮이 있는 동쪽을 향해 망제望祭를
지냈다고 한다. 자신의 지원 요청에 기꺼이 응해 준 단군왕검에 대한 감
사와 예의를 미리 갖추는 모습을 드러낸 것이었다. 해마다 누적된 대홍
수의 피해로 전전긍긍하던 순임금으로서는 그만큼 부루와의 만남에 커
다란 기대를 걸고 있던 것이었다. 그런 상황에서 마침내 단군조선의 태
자 부루와 순임금이 낭야에서 역사적인 첫 만남을 갖게 되었다. 먼저 부
루가 인사를 올렸다.

"대조선 단군왕검의 사자 부루가 우국의 임금님을 뵈옵니다!"

"우의 임금입니다. 대조선의 창수사자를 만나 반갑기 그지없습니다!"

두 사람은 이렇듯 서로를 정중하게 예우하면서 회담을 시작했다. 이
들의 만남은 헌원과 치우의 〈탁록대전〉 이래, 화하족과 배달족을 대표

하는 나라들의 정상들 사이에 공식적으로 열린 평화회담이라는 점에서 대단히 커다란 의미를 지닌 것이었다. 부루는 이 자리에서 단군이 지시한 대로 중원 및 산동에 흩어져 있는 여러 나라의 대표들을 한자리에 불러 모아 치산치수의 비법을 공유하는 예의 〈도산회의〉를 개최할 것을 제안했다. 단군이 미리 순임금에게 사자를 보내 만남의 취지와 회의의 개요를 설명해 준 탓인지, 두 사람의 협상은 순조롭게 진행되었다.

"도산회의의 주최는 도산국이 맡게 될 것이니, 회의의 공고와 초대 또한 도산후께서 하게 될 것입니다만, 임금께서는 어찌하실 생각이신지요!"

부루가 조심스레 우순의 참석 여부를 물으니 순이 다소 미안한 표정으로 답했다.

"우리 측에서는 나를 대신해 사공을 맡은 우禹가 참석해 적극적으로 협조할 것입니다. 이번 도산회의는 그야말로 대홍수에 대처하기 위해 웬만한 나라들이 모두 참석하는 최대 규모의 회의가 될 터이니, 사뭇 기대하는 바가 큽니다. 치산치수에 성공한 대조선에서 많은 지혜와 선진기술을 나누어 주시기를 거듭 부탁하겠습니다!"

"사공 우가 참석한다고요, 잘 알겠습니다. 우국에서 그가 온다면 각별하게 기억해 두었다가 별도로 만나 치수법 등을 전해 주도록 하겠습니다."

그런데 이때 부루가 순과 만나 〈도산회의〉만을 협의한 것이 아니었다. 그는 단군의 지시에 따라, 순임금에게 중원의 너른 땅을 아홉 부류의 동이족(구이)들이 나누어 다스리는 이른바 '구려분정九黎分政'의 통치 개념을 소상히 설명했고, 순임금의 이해를 구하려 했다. 그 밖에 일 년의 달과 날짜를 정하는 문제와 관련해서도 다시금 조선의 역법을 따를 것을 협의했고, 음률과 도량형 또한 조선과 통일시켜 줄 것을 주문했다.

또 왕실에서 지켜야 할 다섯 가지 오례五禮의 종류와 함께, 제를 올릴 때 쓰이는 다섯 가지 옥, 세 가지 비단과 두 종류의 산짐승, 한 가지 죽은 짐승 등 예물禮物에 관한 기준을 고쳐 조선의 방식을 따르도록 했다. 그것만이 아니었다. 이때 부루가 특별히 가져온 상자 하나를 열어 보이며 말했다.

"조선의 예법이 제법 복잡하기 그지없습니다만, 아시다시피 제를 올릴 때는 지극히 엄숙한 마음가짐과 정성을 다해야 하지 않겠습니까? 이 참에 본보기로 제사에 쓰이는 다섯 가지 기물을 가져왔으니, 임금님께서 가져가 사용해 보시기 바랍니다."

"오오, 이런 고마울 데가. 사자께서 이렇게 세심하게 배려해 주시다니, 참으로 고맙기 그지없습니다. 귀한 물건인 만큼, 가져다 조정의 대신들에게 두루 보인 다음 다시 돌려드리도록 하겠습니다."

이렇듯 부루와 순임금의 낭야산 회동은, 상국인 조선의 예법과 전통, 역법과 함께 통치 철학 등을 두루 안내하고 설명하는 장이 되었는데, 후일 사람들이 이 역사적 만남을 기려 〈사근동후肆覲東后〉라고 불렀다.

순임금이 낭야로 오는 길에 천제를 올렸던 산동의 태산泰山은 중국에서 오악五嶽 중 동악이라 부르는 명산이었다. 훨씬 후대에는 진시황이나 한무제를 비롯한 중원의 역대 제왕들이 천제를 올리는 성지로 자리 잡았는데, 바로 순임금의 전례에서 비롯된 풍속이라고 전해졌다.

후일 〈봉선제封禪祭〉라 부르던 이러한 천제天祭는 높은 산의 정상(봉封)에 평평한 단(선禪)을 쌓고 천신 중에서 가장 존귀하다는 태일신太一神과 함께, 그 보좌역인 오제에게 제를 올리는 것이었다. 이 태일신은 바로 배달동이족 삼신신앙(천일天一, 지일地一, 태일太一)의 주신主神이자, 단군천왕을 뜻하는 것이었으니, 이들 모두는 자신들의 먼 조상신이기도

한 동방의 천왕(단군)에게 경의를 표하고 소망을 빈 셈이었다.

낭야산에서 두 사람의 만남이 그렇게 원만하게 마무리되어, 순임금은 순행 겸해서 다시금 포판으로 돌아갔고, 부루는 남쪽의 〈도산국〉을 향해 수행원들과 함께 또다시 고단한 길을 재촉해야 했다.

회수 중류의 위치에 있던 도산국은 강소성의 거대호수 홍택호洪澤湖의 서변에 인접한 안휘성의 방부蚌埠 일대로, 일찍부터 회이들이 널리 펴져 사는 지역이었다. 또한 회수의 물줄기가 바다로 연결되니 해상교역이 활발하고 물산이 풍부해, 당시 인근에서 가장 크고 부유한 나라였다. 그러나 도산은 지대가 낮은 곳이라 회수를 비롯한 여러 하천이 합류하는 데다, 주변에 홍택호 외에도 크고 작은 호수가 산재하여 홍수 때마다 물난리를 크게 겪는 지역이기도 했다.

당시만 해도 아직은 해수면이 높은 데다 산동의 위아래로 황하와 회수가 흐르고, 서쪽으로 거야택, 홍택호와 같은 거대호수에 둘러싸여 산동의 내륙 깊은 곳까지 뱃길로 이어지던 때였으니, 산동 전체가 여전히 섬과 같은 형국이었다. 그런저런 이유로 도산국의 제후 또한 치수를 논하는 이 회의를 크게 반겼다. 따라서 도산후는 단군으로부터 사자를 통해 사전 연락을 받자마자, 주변국에 〈도산회의〉의 개최 사실을 서둘러 공지했다.

그러자 중원 일대와 산동, 장강 하류에 자리한 탓에 크고 작은 물난리에 시달리던 수많은 소국 역시, 大조선의 창수사자가 내려와 치산치수법을 가르쳐 주겠다는 제안에 너 나 할 것 없이 크게 호응했다. 부루가 도산에 도착해 보니 벌써 많은 나라의 대표들과 그들을 따라온 수행원들이 속속 도착하고 있었고, 서로 다른 복장의 외지인들로 붐비고 있었다. 〈도산회의〉는 상고시대에 치산치수를 위해 열렸던 최대 규모의 국제정상회의이자 지식포럼forum이나 다름없는 실로 주목되는 역사적 사건이었다.

단군조선의 태자 부루는 종주국의 대표로서 사실상 이번 회의를 주도할 핵심 인물이었다. 따라서 회의 개시를 전후하여 각 나라의 제후나 특사들로부터 만남의 요청이 쇄도하는 등 단연코 가장 큰 관심과 주목을 받았다. 이윽고 회의 당일이 되자 수많은 나라에서 온 대표들이 줄을 서서 저마다 옥백玉帛(옥과 비단)의 예물을 바치며 참석을 등록하기에 바빴다.

회의가 개시되기 전에는 식전 행사로, 도산후侯의 주관 아래 하늘에 홍수 예방을 염원하는 대천제大天祭가 엄숙한 분위기 속에서 진행되었다. 수많은 참가국의 깃발이 나부끼는 가운데 악공들이 웅장한 제례악을 연주하니, 일순간 장엄한 분위기가 연출되었다. 그러나 천제가 끝나자마자 회의장 전체가 흥분과 기대 속에 금세 축제 분위기로 바뀌었고 활기를 되찾았다. 모처럼 부족과 민족을 따지지 않고 중원대륙에 널리 흩어져 있던 수많은 소국의 수장들이 한자리에 모여 치수법을 논하는 건설적인 자리인 데다, 궁극적으로 평화를 조성하기 위한 회의이기 때문이었다.

회기 중에는 도산국을 비롯해 나라마다 겪는 다양한 홍수 피해사례가 보고되었고, 상류 지역에서의 물관리가 하류 지역의 나라들에 미치는 악영향과 갈등에 대한 논의 등이 활발하게 거론되었다. 그래도 가장 큰 관심을 끈 회의는 부루를 수행해 온 조선의 치수 전문가가 오행의 움직임과 변화를 관찰하여 홍수를 예측하는 방법과 둑을 쌓는 기술 외에도, 조선의 치수 성공사례를 설명하는 시간이었을 것이다.

이렇게 치수에 관한 논의가 활발하게 전개되는 틈을 타, 한편으로 부루는 미리부터 준비한 대로 작금의 어지러운 정치 상황을 논제로 삼고, 특히 도당 요임금의 잘잘못을 부지런히 성토했는데, 그 내용은 크게 세 가지로 요약되는 것이었다.

"첫 번째 잘못은 제왕지도를 주창하면서 패권정치를 합리화시키려 한 것입니다. 둘째는 오행설을 잘못 이해한 채로 무리하게 이를 퍼뜨려 패권주의의 이론으로 삼으려 한 것이고, 셋째는 잘못된 역曆을 만들어 농사를 망치고, 조상과 하늘에 올리는 제를 소홀히 한 점입니다!"

이어서 이러한 패권주의가 나라 간의 갈등을 야기한 탓에 대홍수를 막는 치산치수를 사실상 방해하고 있다며, 구체적인 폐해의 사례로 내세웠다.

"대홍수에 맞서기 위해 지금 필요한 것은 무엇보다 여러 나라가 평등하고도 공정한 입장에서 서로 협력하고, 물막이 공사에 동참하는 일입니다. 만일 우리 모두 저마다의 이해를 앞세워 패권 다툼으로 일관한다면, 길고 어마어마한 황하나 회수, 장강의 물길을 어찌 돌리고, 둑을 쌓을 수 있겠습니까?"

부루는 이런 식으로 요임금의 패권주의를 배척하는 대신, 단군조선의 소도가 추구하는 사해 평등의 원리가 평화정신의 근본임을 설파하면서 참석자들로부터의 반향과 동의를 얻고자 노력했다. 그때 도산회의에는 유호씨의 감甘에서도 군신들이 참가했는데, 가장 적극적으로 부루의 입장을 옹호하고 분위기를 띄우는 데 앞장섰다.

그렇게 며칠간의 회의가 마무리되는 시점에, 부루가 우국에서 온 사공 우禹에게 은밀히 연락해 별도의 장소에서 서로 만나기로 했다. 우는 도산회의가 사전에 짜 놓은 각본에 의해 요임금을 성토하면서 사실상 철저하게 조선의 홍보장처럼 된 것이 내내 불만스러웠다. 그나마 순임금을 통해 조선에서 무엇인가 특별한 비법을 전해 준다고 들었기 망정이지, 그렇지 않았더라면 진즉에 회의장을 박차고 귀국해 버릴 지경이었다. 우가 부루를 만나자마자 불편한 속내를 감추지 못하고 드러냈다.

"홍수를 막을 치수법을 가르쳐 준다기에 왔더니, 온통 옛 도당에 대한 비난 일색에 조선의 치적만을 홍보하는 장이 되어 버려 심히 당혹스럽습니다."

그러자 부루가 여유롭게 미소를 지으며 답했다.

"그러셨소? 하늘의 천수와 오행의 흐름을 잘못 읽고 있어 홍수와 같은 천재를 피하지 못하니, 그것을 지적하고 개선을 권유한다는 것이 오히려 사공을 불편하게 한 모양이구려. 너그럽게 양해해 주시오!"

그 말을 들은 하우夏禹씨가 마음이 풀렸는지, 이내 공손한 자세로 부루에게 말했다.

"실은 우리 임금께서 이르시길, 현이玄夷의 창수사자께서 이곳에 납시어 대홍수를 다스릴 수 있는 비책인 신서神書를 전해 주신다고 해서 이렇게 애타게 기다리고 있었습니다만, 과연 틀림이 없는 사실이겠지요?"

그러자 부루가 빙긋이 웃으며 답했다.

"오늘 그대를 보니 아직은 그럴 때가 되지 않은 것 같소이다. 그대가 조선의 신서를 얻고자 한다면, 황제 바위 아래에서 석 달간 재계齋戒를 하고 몸과 마음을 깨끗이 해야 할 것이오. 그런 다음 경자일庚子日에 다시 산 위로 올라가 바위를 들춰 보도록 하시오. 그곳에 금간으로 된 책이 있을 것이오!"

하우씨가 눈이 둥그레져서 답했다.

"아아, 그것이 바로 신서겠군요, 잘 알겠습니다. 오늘 주신 말씀은 정성을 다해 받들도록 할 것입니다."

하우씨는 처음과는 달리 거듭 머리를 숙여 부루에게 고마움을 표시하고, 그가 떠날 때까지 예의를 다했다.

이후 우는 부루의 말대로 도산에 머물며 석 달 동안 매일 같이 목욕재계를 하고, 정성껏 하늘에 기도했다. 그리고는 부루가 일러 준 대로 경자일에 맞춰 완위산宛委山에 올라가 바위 하나를 열어 보니 과연 그 아래에 금간으로 된 책이 한 권 놓여 있었다.

"아, 현이의 창수사자가 말했던 그대로다. 이것이 바로 성인이 쓰셨다는 그 신서로구나……. 오오!"

우는 놀라움과 기쁨에 〈신서〉를 향해 세 번을 절한 다음, 책을 들고 조심스레 펴 보았다. 금간 위로는 옥가루로 쓴 글씨가 도드라져 있었는데, 바로 오행치수五行治水의 원리가 적혀 있었다. 우는 들뜬 마음으로 신서를 소중히 싸서 들고 서둘러 산에서 내려왔다. 바로 이 금간옥첩金簡玉帖이 단군조선의 성경인 《황제중경黃帝中經》의 내용 중, 오행치수의 원칙 등 일부를 발췌한 것으로, 조선의 태자 부루가 단군의 명을 받아 순임금에게 전해 주려 한 신서였던 것이다.

이윽고 상고시대 최초나 다름없는 국제평화회의 〈도산회의〉가 성대하게 막을 내렸다. 치산치수의 선진기법을 공유하게 해 준 大조선은 이로써 평화를 지향하는 인의仁義의 나라라는 인식을 널리 얻게 되었고, 고대문명의 종주국으로서의 위상을 한껏 드높이게 되었다. 무엇보다 동북쪽 아사달에 도읍을 두고 있던 조선으로서는 도산회의를 통해 남쪽 아래 산동 일대의 간척지 땅에 광범위하게 진출해 있던 동이의 소국들을 끌어안는 전기를 마련한 것으로 보였다. 부루는 도산회의라는 위대한 여정을 성공리에 마치고 무사히 귀국했다.

한편 도산회의가 천하의 모든 이에게 다 같이 득이 되는 건설적인 회의가 되다 보니, 도산 및 산동을 포함한 중국에서는 창수사자 부루의 덕행과 명성이 오래도록 사람들의 입을 통해 전해지게 되었다. 문명이 시작되던 상고시대에 평화를 기치로 내걸었던 도산회의는 수천 년 동아시아의 역사 속에서도 실로 찾아보기 드문 위대한 사건이 아닐 수 없었다. 대조선 현부玄部의 왕이기도 했던 부루는 이러한 공로를 널리 인정받아, 마침내 왕검의 뒤를 이어 단군의 제위에 오르게 되었다.

그러나 부루의 공덕 이전에 그의 뒤에는 당초 이 모든 것을 구상하고 기획했던 위대한 단군왕검이 있었다. 사실 단군왕검이 고조선을 건국한 시조라고는 하지만 아쉽게도 보다 정확한 기록이 전해지지 않는 데다, 조선이 그 이전부터 前(元)조선시대인 배달국의 신시〈환웅시대〉를 계승했던 만큼 그 시기를 규정하기도 쉽지 않다.

그럼에도 韓민족의 시조로 하나같이 단군왕검을 기억하고 하늘天과 땅地에 비교되는 신神(人)으로 추앙하는 것은, 바로 그가 북방 배달조선과 산동 일대의 동이(구이)족을 하나로 묶고, 삼일신三一神이라는 동일신앙을 공유하는 거대 古조선문화권을 형성하는 데 성공했기 때문으로 풀이된다. 부루의 위대한 공적과 함께 곳곳에 전해 오는 〈도산회의〉와 관련된 숱한 전설들이 이를 뒷받침해 주는 것이었다.

이후 하우夏禹는 부루에게서 받은 〈신서〉를 보고 깊이 연구한 끝에, 마침내 오매불망 그토록 염원해 오던 오행치수의 원리를 깨우칠 수 있었다. 그 핵심 내용을 요약하면 대략 다음과 같았다.

"토극수土剋水, 목극토木剋土 즉, 흙이 물을 이기고, 나무가 흙을 이긴다."

다시 말해 이 말은 흙을 쌓고 그곳에 나무말뚝을 박아 둑(제방)을 만들면 물길을 돌릴 수 있다는 '토목土木공법'을 뜻하는 것이었다. 이것이 바로 오행五行의 상생상극相生相剋의 원리를 이용해 물을 다스렸다는 치수법의 요체였다.

토목공법의 원리를 깨달은 우가 포판으로 귀국해 그 사실을 순임금에게 보고하자 순이 백관들에게 명을 내렸다.

"사공 우는 이제부터 백익, 후직과 더불어 나라의 치수 사업에 전념하고, 즉시 인부들을 동원해 공사에 나서도록 하라!"

그리하여 이들은 직접 높은 산에 올라가 말뚝을 박아 표시를 하고, 산과 하천의 높낮이를 측정했으며, 계절의 변화에 따라 흐르는 물의 속도와 유량 등을 계량한 다음, 이를 토대로 필요한 곳에 둑을 쌓거나 강물의 흐름을 돌리기도 했다.

우虞나라 최대 규모의 토목공사 총책임자이자 기술자였던 우는 공사 기간 내내 육로는 수레를 타고 다녔고, 산은 바닥에 금속을 박은 신발을 신고 다녔다. 또 왼손에는 수준기水準機와 먹줄을, 오른손에는 그림쇠와 곱자를 늘 들고 있었다고 한다. 우는 그렇게 측량하는 도구들을 항상 곁에 지니고 다니면서 구주九州를 개척하고, 구도九道를 소통시켰으며, 구택九澤(저수지)을 축조하고 구산九山에 길을 뚫었다고 한다.

사실 우禹는 부친인 곤鯀이 치수에 실패해 우산으로 쫓겨나고, 그곳에서 치욕스럽게 죽은 것에 대해 매우 한스럽게 여기고 있었다. 그는 부친인 곤이 9년 동안 치수에 매달려 있는 동안 그를 보좌해 기술을 습득했던 탓에 곤의 죄에도 불구하고 순임금에게 발탁되었고, 대를 이어 사공의 일을 맡을 수 있었다.

그런 우였기에 사공司空의 일을 책임진 이후에 얼마나 노심초사하면서 일에만 매달렸던지, 무려 13년 동안 자기 집 대문 앞을 지나면서도 감히 들여다보지 못할 정도였다고 한다. 그토록 피나는 노력과 각고의 헌신 끝에 우는 마침내 나라의 치수공사를 끝마치고, 당대 중원대륙 최대의 숙원이던 대홍수를 다스리는 데 성공할 수 있었다. 동으로는 강수絳水, 북으로 제수濟水, 서쪽의 하수河水, 남쪽의 회수 등 사방의 수로들이 이때부터 조금씩 통제되기 시작했다. 상류의 우虞국이 물길을 통제하기 시작하니, 하류의 나라들이 순임금을 따르고 칭송하면서 그의 위상이 더없이 높아졌다.

후일, 순임금이 법과 형벌을 담당하던 당대의 현신賢臣인 고요皐陶를 비롯한 백관들과 정무회의를 하는 자리에서 이런저런 정치적 담론을 논했다. 그때 치수에 공이 많은 우禹에게도 고견을 듣기를 청했다. 그러자 우가 기다렸다는 듯이 그동안에 있었던 자신의 노력과 치적을 들면서 이렇게 답했다.

"신은 날마다 부지런히 일만 했을 따름입니다. 신은 도산씨의 딸을 아내로 맞이한 지 사흘 만에 집을 떠나야 했고, 그 후 아들 계啓가 태어났다는 소식을 들었음에도 아이를 전혀 돌보지 못했습니다. 그렇게 오로지 일에만 매달린 덕에 비로소 치수 사업에 성공할 수 있었습니다."

한 마디로 우는 자신이 우직할 정도로 성실하고 정직했다는 사실을 내세운 것이었다. 그것은 곧 요와 순임금이 극복하지 못한 당대 최대의 난제를 우 자신이 해결해 냈음을 사뭇 강조하는 것이었다. 순임금이 그런 우의 공로를 인정하고 높이 치하했다.

"나를 덕으로 인도한 것은 모두 그대의 공으로 이루어진 것이오……"

민심을 얻는 자가 천하를 얻는다고 했다. 그래서인지 치수에 성공한 우를 따르고 지지하는 사람들이 빠르게 늘어나면서 우는 마침내 순임금의 후계를 이을 후보로까지 자리매김할 수 있었다. 결국 부친인 곤에 이어서 다시금 대권을 넘볼 수 있을 만큼 우나라의 최대 정치 세력으로 부상한 것이었다. 그런 우의 성공에 부루가 건네준 《황제중경》의 치수 비법이 결정적 도움이 되었음은 의심할 여지가 없는 것이었다.

여기서 〈현玄〉은 조선 5부 중 하나인 〈현부玄部〉를 말하는 것으로 후일 현토玄菟라고 일컫게 되었다. 창해蒼海를 뜻하는 창수蒼水는 상고시대의 발해였으므로 단군의 후계자 부루를 현이玄夷의 창수사자라 부른 것이었다. 후일 기자箕子가 주周나라 무왕武王에게 가르쳐 주었다는 〈홍범구주洪範九疇〉 또한, 이때 부루가 우에게 금간옥첩으로 전해 준 《황제중경》의 내용 중 일부였다고도 한다. 물론, 당시는 문자가 있었는지 자체를 의심받는 상고시대였다. 그러나 이미 나라의 형태가 시작된 만큼 원시 상태의 문자는 충분히 존재했을 법했기에, 나름의 방식으로 의사소통과 기록이 전달되었을 것이다.

한편, 단군조선은 전국을 5부로 나누어 다스렸는데, 각 부의 이름은 황黃, 청靑, 적赤, 백白, 현玄이었고, 황부部의 대가를 중앙의 '황제黃帝'라 했으며, 나머지 4부의 대가를 동서남북의 4제帝로 불렀다. 후세 사람들이 요임금의 조상이라는 헌원軒轅을 황제라 칭한 것은 조선의 황제라는 칭호를 수입해 간 것이나 다름없는 일이었다. 따라서 《황제중경》은 바로 〈조선〉 황부黃部의 성경聖經을 지칭한 것이었다. 이것이 바로 요순堯舜시대에 우禹가 대홍수를 다스리게 된 대역사의 전말이었다.

그런데 도산회의가 있고 나서, 하우夏禹가 대홍수를 다스리는 데 성공한 이후부터 우국을 다스리던 순임금의 태도가 서서히 변하기 시작했다. 치수에 성공했다는 자신감과 함께 금간옥첩을 통해 단군조선의 통치기술을 터득한 탓인지 다시금 예전처럼 요임금의 힘의 논리와 제왕지도帝王之道를 앞세우고, 주변의 소국들을 병합하려 한 것이었다. 마치 조선으로부터 얻을 것을 다 얻어 낸 만큼, 그때부터 〈우국〉의 힘을 앞세워 상국인 〈조선〉으로부터 더욱 독자적인 세력을 구축하려 했으니, 요임금이 다스리던 시절로 돌아간 듯했다.

뒤늦게 낌새를 알아차린 감鑑나라의 유호씨가 차남인 상象을 통해 수차례나 순의 잘못된 판단을 꾸짖고, 사람을 보내 아들인 순임금을 설득하려 했다. 그러나 순은 도통 그의 말을 들으려 하지 않아 부친인 유호씨의 분노를 사고 말았다.

"네가 다시금 당요의 꼬임에 넘어갔는지, 단군과 소도의 가르침을 어기고 도당의 패권주의를 추종하려 하니 참담하기 그지없다. 힘만을 앞세우는 당요의 주장은 장차 세상을 혼란스럽게 하고 피비린내 나는 전쟁터로 만들 터인데, 이는 홍익弘益의 가르침을 어기고 단군을 배반하는 것임을 어찌하여 깨닫지 못한단 말이냐?"

그러나 순은 끝끝내 부친의 말을 어긴 채 태도를 바꾸려 들지 않았다. 사실 이는 오랜 세월 예견되어 오던 일이었음에도 막상 우려하던 일이 현실이 되자, 그동안 참았던 유호씨의 분노가 터지기 직전이 되었다.

"이놈이 기어코 내 명을 어기다니, 어쩌다 일이 이 지경이 되었는고. 자식 놈과의 싸움이라 한들, 민족을 배반하고 부모를 거역한 놈을 도저히 묵과할 수는 없는 일이다. 이참에 단군의 뜻을 분명하게 받들어 모시는 수밖에……"

유호씨는 마침내 순을 무력으로 제압하기로 하고, 둘째 아들인 상에게 명령을 내렸다.

"네 형인 순이 조선을 배반하고 내 명을 듣지 않으니, 네가 직접 군대를 거느리고 앞장서 우를 공격하도록 해라! 반드시 네 형이 이끄는 우나라를 꺾어야 한다!"

그리하여 마침내 유호씨와 순임금 부자지간의 피비린내 나는 골육상쟁이 시작되었다. 그러나 양측이 모두 강경하게 대치하다 보니 뜻밖에도 전쟁이 수년 동안이나 지속되고 말았다.

　그런데 비록 요와 순임금이 당우唐虞를 강성하게 키우기는 했으나, 유호씨의 배후에는 강력한 단군조선이 버티고 있었다. 게다가 병법과 싸움에 능한 유호씨의 권사들이 시간이 지남에 따라 서서히 승기를 잡기 시작했다. 〈우〉의 백성들 또한 오랜 전쟁에 지쳐 점점 전의를 잃게 되어, 마침내 도읍이 무너지고 말았다. 결국 늙은 요임금은 옥에 갇힌 채 쓸쓸한 죽음을 맞이해야 했고, 순임금은 도읍을 떠나 창오蒼梧의 들로 달아나야만 했다.

　바로 그때 놀랍게도 순에게 등용되었던 우禹가 일어났다. 그는 순의 명령으로 나라의 홍수를 다스리고 치수에 성공해 백성들의 식량과 주거 문제를 해결한 영웅이었다. 그렇게 민생을 안정시킨 공으로 그 무렵의 우는 조정 안팎으로 신망이 매우 두터워, 순임금에 대적할 만한 정치 세력으로 성장해 있었다. 문제는 그런 우가 9년 동안의 치수에 실패해, 우산으로 추방당했던 곤의 아들이라는 점이었다. 비록 우가 순임금에게 발탁되어 공을 쌓고 명성을 얻게 되었으나, 사실 그는 부친을 이역 멀리 우산으로 귀양 보내 죽음에 이르게 한 순임금에게 마음속 깊이 원한을 품고 있었다.

　그런 와중에 유호씨와의 전쟁에 밀리면서 나라가 혼란에 빠지자, 우는 속으로 순임금을 제거하고 자신이 나라의 대권을 장악해야겠다는 야심을 품게 되었다.

　'마침내 순이 감나라에 패해 창오로 달아났으니, 하늘이 내게 원수를 갚을 절호의 기회를 줌이 아니고 무엇이란 말이더냐? 일단 먼저 창오의 들판으로 순을 추적해 찾아낸 다음, 그를 반드시 내 손으로 죽여 부친의 원수를 갚고 볼 일이다. 그런 다음 유호씨를 찾아 일단 굴복을 하고, 순을 죽인 공적을 드러낸다면 그도 감히 나를 어쩌진 못할 것이다. 그런 연후에 다음의 기회를 노려 보는 것이다……'

우는 용의주도하게 계획을 세운 다음, 그것을 하나씩 실천해 나갔다. 우선 자신의 무리와 병력을 거느리고 창오의 들판으로 나가 순을 찾아 나섰다. 그리고는 끝내 순임금을 찾아내 그를 사로잡고는 최후의 통첩을 했다.

"임금께선 내 부친 곤을 죽인 사실을 잊지는 않으셨겠지요? 미안하지만, 이제 그 아들인 내게 목숨을 내주셔야 하겠습니다!"

그러자 자신을 구원하기 위해 온 줄만 알았던 순임금이 분노에 치를 떨며 항변했다.

"네, 이놈! 내가 너를 등용해 오늘에 이르게 했거늘 네가 어찌 은혜를 원수로 갚을 수 있단 말이냐? 네 아비 곤이 공정하지 못해 9년 동안이나 치수에 매달렸음에도 실패하는 죄를 지었음은 천하가 다 아는 사실이 아니더냐? 마땅히 사형에 처해야 했음에도 추방으로 낮추어 목숨을 살려 주고, 아들인 네게 새로이 기회를 준 것인데도 그것을 모른 채 나를 원망하고 있었다니, 네놈이 분명 네 아비의 못된 성품을 빼닮은 것이 틀림없는 일이로구나. 허기는 그런 네놈을 알아보지 못하고 등용했으니, 이 모두가 정녕 내 탓인 게로다. 그러니 죽일 테면 어서 죽이거라!"

그러자 우가 빙긋이 웃음을 보이며 답했다.

"그렇더라도 자신의 동족을 배반하고, 부친과 골육상쟁을 벌이는 임금께서 나를 비난할 입장은 결코 아니겠지요. 이유는 또 있습니다. 언제나 힘을 앞세우고, 갖은 권모술수를 써서라도 이기는 것이 중요하다고 가르친 것은 바로 임금이 아니고 누구였겠습니까? 그러니 이 이상 나를 원망해서는 안 될 일입니다."

그 말을 들은 순임금이 모든 것을 포기한 채 지그시 두 눈을 감고 말았다.

우가 도성으로 돌아와 유호씨에게 굴복하는 척하고 순임금의 죽음을 알렸다. 유호씨는 당장이라도 자식을 죽인 우를 벌하고 싶었으나, 적들의 수괴를 제거한 공적을 인정하여 차마 우의 죄를 묻지 못했다. 남편의 사망 소식을 들은 순임금의 두 아내 아황과 여영은 곧바로 강물에 투신해 남편의 뒤를 따랐다.

그 후 우는 부지런히 자신의 무리를 모으고, 나라를 다시 일으킬 궁리만을 했다. 그러나 조정에서는 유상有象의 감시가 있어 모든 일이 순탄하지 못했고, 무엇보다 포판의 백성들로부터 배신자라는 낙인이 찍혀 그 역시 외면당하는 신세가 되고 말았다. 고심 끝에 우가 어느 날 측근을 모아 자기의 뜻을 내비쳤다.

"나라 안에서는 유상 무리의 감시가 심해 도통 큰일을 도모하기가 어렵게 되었소. 게다가 우리를 잔뜩 의심하고 있어 언제 무슨 일을 당할지도 모를 일이오. 이렇게 불안한 나날을 이어 가느니 이참에 창과 방패를 고쳐 들고 과감하게 포판을 떠나기로 합시다!"

"……."

깜짝 놀란 우의 측근들이 할 말을 잃은 채 두 눈을 크게 뜨고 우만을 바라보자 그가 말을 이었다.

"지금은 우리가 감나라에 제압당해 굴욕을 치르고 있지만, 나라의 임금이 사라진 만큼 지금 이 땅에 미련을 둘 아무런 이유가 없게 되었소. 그러니 큰 뜻을 품고 새로운 곳에서 우리만의 나라를 세우면 될 일 아니겠소? 그대들이 앞장서 주기 바라오!"

결국 우는 사람들을 모아 유상 무리의 눈을 피해 황하를 따라 동쪽으로 움직였는데, 그것은 말이 이주지 피난길이나 다름없는 고단한 여정이었다. 하우夏禹 일행은 그런 고난 속에서도 양성陽城이란 곳에 정착해 새로운 터를 마련한 것으로 보였다. 이곳은 황하 바로 위 낙양洛陽의 북쪽 인근으로, 포판에서도 그리 멀지 않은 곳이었다. 이곳에서 우는 새로이 나라를 세우고 주변의 천거를 통해 임금에 올랐는데, 나라 이름을 〈하夏〉라 부르게 했다. 당唐, 우虞에 이은 화하족의 세 번째 나라였다.

우임금은 즉위 후 한동안 무기의 생산을 중단하거나 궁전을 짓는 일을 삼가면서 백성들의 조세부담을 줄여 주었다. 또한 지방에 여러 도시를 건설하고, 행정을 간편하게 하는 한편, 스스로 솔선해 검약하는 정책을 펼쳐 나갔다. 그러자 사방에서 조공을 청해 오는 나라들이 서서히 늘어 갔다. 사실 우는 도산회의에 참가했던 인연으로 나중에 도산씨의 딸인 여교女嬌와 혼인을 했다. 그런 이유로 우임금은 장차 인근의 하북과 하남, 산동과 도산후가 있는 안휘 등을 겨냥한 듯했다.

그렇게 세력이 커진 우임금은 그러나 우국虞國을 멸하고, 우임금 자신에게 탈출과 고난의 행군이라는 씻기 어려운 굴욕을 안겨 준 유호씨를 결코 잊을 수 없었다.

"감나라 유호씨는 우虞나라는 물론, 우리 하나라의 철천지원수다. 그럼에도 주제를 모르고 여전히 우리를 가르치려 드니 도저히 이를 묵과할 수 없다. 이번에야말로 감나라 원정에 나서 철저하게 토멸해야 할 것이다!"

우임금은 유호씨의 훈계를 듣지 않고 얕본 나머지, 수차례나 유호씨를 공격했다. 그러나 서안西安의 서쪽에 자리한 감나라까지는 워낙 장거리 원정인지라 병사들이 지치고, 병참선이 길어져 번번이 〈감〉나라 정벌에 실패했다. 급기야 우임금은 〈하〉나라 시조에 오른 지 10년 만에 죽음을 맞이하게 되었고, 그의 유지에 따라 모산茅山(도산, 회계산)에 묻히고 말았다. 우禹는 중원대륙의 홍수를 다스리는 데 처음으로 성공한 시대의 영웅이었고, 그 공으로 하夏나라의 시조에 오를 수 있었으나, 그 자신은 평생 누구보다도 고단한 삶을 살았던 임금이었다.

일찍이 우임금이 오행치수의 원리와 함께 나라를 다스리는 도를 깨우치게 된 데는, 도산회의 시절 조선의 부루로부터 전해 받은 신서(황제중경)가 있었기 때문이었다. 그런데 그때 부루가 우에게 전해 준 것은 신서뿐만이 아니었다. 당시 조선에서 홍수를 다스릴 때 쓰던 여러 도구, 즉 진흙 위를 이동할 때 사용하는 썰매인 취국橇樞과 큰 나무를 자르는 데 쓰는 거부巨斧(큰도끼) 등도 함께 전해 준 것이었다. 그런 연유로 우임금은 속으로는 조선(주신州愼)의 공덕을 찬미하고, 밖으로 그 성덕을 두루 펼치고자 애썼다고 한다. 그가 임금이 되고 난 후 주변에 말했다.

"내가 듣기로, 한 나무의 열매를 먹으려면 그 나뭇가지를 상하게 해서는 안 되고, 물을 마시려면 그 물을 흐리게 해서는 아니 된다고 했다. 내가 도산에서 신서를 얻어 천하의 대재앙을 막아 냄으로써, 백성들이 마을로 돌아가 살 수 있도록 했고, 그로 인해 이렇게 덕이 빛나고 있으니 그 일을 어찌 잊을 수 있겠는가?"

그렇게 우임금은 도산의 일들을 기억하고, 늘 고마워했다고 한다. 비록 정치적으로 단군조선의 대리 격인 유호씨와 전쟁을 불사했으나, 감나라 정복에 실패한 이후로는 다시금 유화적인 태도로 친親조선의 정책을 견지하면서 조선과의 충돌을 극구 피하려 한 듯했다.

이후로 우는 조선의 선진기술과 제도를 흠모하여 정전井田을 만들거나, 되斗와 말(곡斛) 등의 도량형을 통일시키고, 인신印信 등을 고치게 했다. 또 도산塗山(모산茅山)의 추억을 기리고자 산의 이름을 회계산會稽山이라 고쳐 부르게 했으니, 이는 하늘의 뜻을 크게 깨닫게 해 준 산이라는 의미였다. 심지어 죽음을 앞두고서도 우임금은 이런 유언을 남기기까지 했다.

"내가 이미 늙고 수壽가 다해 머지않아 죽을 것이다. 내가 죽거든 회계산에 묻어 달라……"

우임금은 마지막 순간까지도 도산에서 '현이의 창수사자'로부터 신서를 받아 오행의 원리를 깨우치고, 그 덕으로 하나라의 시조가 된 인연을 잊지 못했다. 그런 이유로 자신의 무덤을 자신이 부루를 만났던 회계산에 만들어 후대에 귀감으로 삼고자 했다. 우임금이 죽음에 임해서까지 이처럼 단군조선에 우호적인 흔적을 남긴 것을 보면, 현실적으로 그는 자신의 후예들에게 강성한 조선에 절대 도전하지 말라는 유지를 남기려 한 것으로도 해석된다.

후일 〈도산〉은 춘추시대春秋時代 〈오吳〉와 〈월越〉이 다스리던 지역이 되었고, 특히 월왕 구천句踐은 스스로 우임금의 후손임을 자처하면서 그의 제사를 받들어 모셨다고 한다. 진한秦漢시대에는 장강 하류의 소흥紹興 일대를 정식으로 회계라 불렀는데, 원래의 도산(안휘방부)과 거리가 멀어진 것은 오월과 같은 나라의 군주들이 우임금과 도산의 명성을 이용하려 했기 때문이었을 것이다.

그런데 우임금이 모산에서 죽기 전, 그는 부루의 가르침을 본받아 당시의 선양제도를 실천하고자 정권을 아들인 계啓가 아닌 백익에게 넘겨주라는 유훈을 남겼다. 원래는 자신을 충실하게 보좌했던 고요에게 선양하려 했으나, 그가 일찍 죽는 바람에 고요의 아들인 익益에게 제위를 물려주라 한 것이었다. 익 또한 우임금을 보좌해 치수를 성공적으로 이끈 자신의 오른팔 같은 존재였다. 그런데 3년 상을 마치고 백익이 제위에 올라 본격적으로 정사를 펼치려 하자, 사람들이 그를 따르지 않고 우의 아들인 계를 찾는 것이었다. 백익이 고심했다.

'흐음, 도통 위신이 서질 않게 되었구나. 백성들의 덕과 지적인 수준이 떨어져 선양의 미덕을 알지 못하니 어쩔 수 없는 일이다. 제위를 계에게 넘겨주는 수밖에……'

그러나 실제로 익이 자발적으로 양보했다기보다는 계와 그를 따르는 무리의 세력이 압도적으로 큰 상황에서, 익에게 커다란 압력을 가했을 가능성이 컸다. 어쨌든 익이 다시 계에게 임금의 자리를 양보하고 기산箕山의 남쪽으로 피함으로써, 우임금의 아들인 계啓가 우여곡절 끝에 하夏나라의 제위를 잇게 되었다.

일설에는 고요의 아들이었던 익이 순임금과 같이 배달족인 동이족의 수장 출신이었다고 했다. 그렇다면 하나라의 군신들로서도 이민족 출신에게 임금의 자리를 내주는 것이 결코 쉬운 일은 아니었을 것이다. 그런저런 이유로 백익은 역사의 뒤안으로 밀려나야 했지만, 그의 후예들은 절치부심한 끝에 2천 년이 지난 뒤 중원을 최초로 통일하는 대역전극을 연출해 냈으니, 진시황이 바로 백익의 후손이었던 것이다.

아울러 원래 단군조선 제후국의 백성이었던 순임금은 부여족 출신으로서 요임금의 대신으로 일하다가, 요의 선양으로 제위에 오르게 되었다고도 했다. 따라서 그 자신도 당연히 조국인 조선의 제도를 따라 신하에게 제위를 물려주려 했을 것이다. 그러나 우의 배반으로 그에게 피살되는 바람에 이를 실천하지 못했고, 3년 순환제도는 더더욱 도입되지 못했다. 문제는 이때부터 하나라에서 선양의 전통이 끊어지게 되었다는 점이었다. 이후로 왕이 그 자식에게 제위를 물려주는 세습제世襲制가 부활하면서, 하夏의 확고한 전통으로 자리 잡게 되었다.

이는 천하가 집단공동체적, 민주적 공유의 개념에서, 제왕적, 독재적 사유의 개념으로 바뀌는 것으로, 1인의 강력한 임금이나 제왕에 의해 다스려지는 정치적 혁명을 뜻하는 것이었다. 제왕지도와 힘의 논리를 주창했던 요의 정신이 순과 우를 거쳐 계임금에 이르러 비로소 구체적으로 실현된 셈이었다. 이러한 제왕의 세습제는 이후 중원의 여러 나라에 빠르게 확산되었고, 본격적으로 세습 왕가를 중심으로 하는 정복 전쟁의 시대를 열게 했으니 중원의 세상이 단군왕검이 우려하던 대로 된 셈이었다.

계임금이 즉위하자 주변의 많은 나라가 굴복해 빠르게 하나라의 세상이 되었다. 그러나 애당초부터 백익을 지지했던 유호씨의 〈감〉나라만은 임금 자리를 세습한 것이 어진 사람에게 왕위를 물려주는 선양의 미덕을 깨뜨린 것이라 하여 불복했다. 하의 계임금은 부친인 우임금이 사실상 유호씨에게 패배한 끝에 그 후유증에 시달리다가 죽음에 이른 것으로 여겼다. 따라서 계는 반드시 감나라를 정벌해 조상의 복수를 할 생각을 하고 있었다.

이를 위해 계는 우선 하나라의 도성을 다시금 서쪽 옛 우虞 땅 포판 인근의 안읍安邑으로 옮기는 천도를 단행했다. 황하 중류의 새로운 도읍은 오늘날 낙양과 서안(장안)의 중간으로 〈감〉에 더욱 근접할 수 있었다. 이는 선왕인 우임금이 감을 공략하려다 장거리 원정에 번번이 실패한 것을 고려해, 감나라에 보다 가까이 다가가려는 적극적 조치로 보였다. 계임금이 감을 공략하기 위한 준비를 마친 다음 육군의 장수들을 소집하고는 말했다.

"다들 잘 알다시피 감나라의 유호씨가 오행을 경멸하고, 우리의 역법을 우습게 여겨 폐기했다. 이에 지금 하늘이 감나라의 국운을 끊고자 하시니, 내가 삼가 하늘이 내리시는 벌을 실행에 옮기려 한다!"

계는 유호씨의 죄상으로 두 가지를 들었는데, 하나는 오행(金, 木, 水, 火, 土)의 상생상극의 원리에 순응해 천자가 된 하나라의 임금을 무시하고 복종하지 않은 죄요, 두 번째는 하나라에서 정삭正朔인 일 년의 초하루를 정한 역법을 받들지 않은 죄였다. 하늘에 올리는 제사의 기일을 어기고 있으니 하늘이 곧 벌을 내릴 것이라는 예언을 한 셈이었다. 그리고는 싸움에 임하는 병사들을 향해 강력한 군령을 시달했다.

"전차의 왼편에 있는 병사는 활을 쏘고, 오른편의 병사는 창으로 적을 공격할 것이며, 가운데 있는 병사는 수레를 제대로 몰아야 할 것이다. 명령에 복종하고 잘 따르는 자에게는 조상의 위패 앞에서 상을 내릴 것이고, 그렇지 않은 자는 토지신의 위패 앞에서 그 처자식들과 함께 죽음을 맞게 될 것이다!"

후일 이것을 〈감서甘誓〉라 불렀는데, 감나라 토벌을 위한 하나라 병사들의 맹세를 뜻하는 것이었다. 그렇게 결연한 각오로 하나라 군대가 다시금 멀리 감나라까지 재차 원정을 실행한 결과 끝내는 감나라와 유호씨를 멸했다고 한다. 유호씨가 계임금에 패하는 것을 본 중원의 여러 나라는 이후 하나라를 더욱 두려워한 나머지, 〈하〉에 복종하고, 삼정三正과 오행五行의 교教를 서둘러 받아들였다고 한다. 그러나 〈三正〉이란, 부루와 하우夏禹의 유훈과 같은 것으로 사실상 삼신三神의 도와 五行의 역법, 정전井田제도의 시행 등을 의미하는 것이었다.

古중국의 사서 《서경書經》 등에는 이처럼 계임금이 감나라를 멸망시

컸다고 기록되어 있으나, 4천여 년 전에 말과 전차를 동원해 대규모 전쟁을 수행했을 가능성은 다소 희박한 일이었다. 전차는 오히려 후일 철기의 사용이 일반화된 춘추전국시대에 주로 활용되었으니, 다분히 후대의 중국인들이 하나라의 역사를 과장한 것임이 틀림없었다.

또 다른 일설에도, 그때 하나라가 감나라 원정에서 내세울 만한 공이 그다지 없었다고 한다. 오히려 하나라 사람들의 눈이 멀어 개선의 여지가 없다고 여긴 끝에, 유호씨의 무리가 스스로 감나라 땅을 떠나 버렸다는 것이었다. 요, 순을 거쳐 우임금에 의해 하의 세습 왕조가 시작되던 그즈음에, 단군조선 측에서는 〈하〉와 〈감〉의 충돌을 계기로 화하족들에 대한 기대를 포기한 채, 비로소 독립 하나라의 존재를 인정하기 시작한 것으로 보였다.

어쨌든 화하족의 조상이라는 요堯, 순舜, 우禹임금과 하夏나라의 등장은, 상고시대 고대문명의 주류세력이었던 단군임금과 소도(하늘의 뜻)의 신앙을 믿는 고조선에 대한 중원 화하족(漢族)의 도전이었다. 아울러 서남으로의 확장을 지속하던 북방 민족과 토착 남방 민족 간에 본격적인 대결이 시작되었음을 의미하는 것이었다. 기존의 기득권 세력이었던 고조선이 사해평등과 민족자치를 강조했던 반면, 화하(중화)족들은 세습 제왕지도의 패권주의를 앞세우며 변화를 주도하려 했던 것이다.

그렇게 하나라가 우임금을 세습한 계임금에 의해 다스려졌으나, 이후의 그는 유호씨와 같은 강력한 견제 세력이 사라져서인지 지성으로 정사를 돌본 것 같지는 않았다. 오히려 노는 일에만 열중하다 세상을 떠났다고 한다. 계임금이 죽자 그의 아들 태강太康이 제위를 세습해 하나라의 3대 임금이 되었다. 그런데 태강 역시 정사를 소홀히 한 채 유희와 사냥 등으로 세월을 보냈다. 그러다가 이웃한 동이족의 제후 예羿라는 인물에게 피살당했다고 한다. 아마도 그 시절 〈조선〉의 삼신 사상을 거스르고 道의 정치를 따르지 않은 데 대해 조선으로부터 응징을 당한 것으로 보였다.

일찍이 우임금의 부친인 곤鯀은 숭백嵩伯의 지위로 현 낙양과 정주正州 사이의 황하 아래쪽에 있는 숭산嵩山 일대를 다스렸다. 숭씨 부족은 태항산 동쪽 기슭에 있던 공공工共씨와 함께 치수 경험이 있는 부족이었다. 당시 곤은 홍수를 다스린다는 명분으로 사악四嶽의 지도자로 선출되어 많은 부족을 거느릴 수 있었다. 그러나 곤이 9년이나 치수에 힘쓰고도 성공에 이르지 못하자, 공공과 함께 세력을 규합하기로 했다.

"조정의 분위기가 우리에 대한 탄핵 일색이라 하오. 그토록 고생했건만 결국엔 죽음으로 보상받게 생겼구려. 우리에겐 치수를 위해 모인 병력이 상당하니 그럴 바엔 차라리 이참에 거병해 정권을 빼앗는 편이 어떻겠소?"

그리하여 곤과 공공의 무리가 요순에 격렬하게 저항했으나 이내 실패했고, 결국은 실각과 함께 우산으로 내쳐져 죽임을 당하고 말았다. 다행히 곤의 아들인 우는 숭백의 지위를 물려받아 우순虞舜의 밑에서 치수 업무를 담당할 수 있었다. 그런 연유로 태강은 조상의 연고가 있는 황하의 동남쪽에 있는 정주 또는 개봉開封 인근으로 자주 도성을 옮긴 듯했다. 그러나 당시 중원 동이족의 제후로서 명궁으로 이름을 날린 예羿라는 인물이 태강이 덕을 잃었다는 이유를 들어 그를 공격해 주살해 버렸다. 이후 예는 태강의 동생인 중강仲康을 하나라의 4대 임금으로 옹립했다.

그 무렵 중원의 군주라 해도 덕을 잃거나 도의 정치를 따르지 않으면 동이가 일어나 이를 탄핵시켜 버렸다는데, 태강을 응징할 때는 사이四夷가 합세해 그를 공격했다고 한다. 하나라 초기에 계임금에 이어 태강에 이르기까지 여전히 동이의 믿음을 저버린 채 복희의 역법으로 돌아가고, 제왕지도를 내세워 주변의 질서를 어지럽히다 보니 기회를 엿보던 〈조선〉이 〈하〉 왕조를 징벌한 것이었다. 고조선의 영향력이 그때까지도 여전히 중원을 좌우할 정도였으니, 사실 초기 하의 세력은 그다지 두드러지지 못했던 것이다.

중강이 하나라의 왕위에 올랐을 때 단군조선은 4대 오사구烏斯丘 단군이 천왕으로 있었다. 중강은 즉위 때부터 동이의 힘으로 제왕에 오른 만큼, 다시금 조선의 통치철학으로 되돌리려 했으나, 조정에 이를 반대하는 세력이 만만치 않았다. 그가 주변에 단호하게 말했다.

"지금 천문과 역법을 관장하고 있는 희羲씨와 화和씨가 미혹에 빠져 직분을 태만히 하니, 계절과 절기가 어지럽혀졌다. 나라의 역법과 제사의 기일을 정함에 있어 당연히 조선의 그것으로 돌아가야 하거늘, 그토록 수모를 당하고서도 여전히 구태를 고집하는 자들이 있다. 바로 이런 자들이 나라를 위태롭게 하는 원흉이므로 반드시 제거해야 할 것이다!"

그리고는 즉시 군사를 일으켜 희씨와 화씨를 토벌해 버렸다. 중강은 이어 사신을 상국인 조선의 오사구단군에게 보내 공물을 바치고, 천문과 역법에 관한 신서들을 구해 갔다고 한다.

그 후 중강이 죽자, 그의 뒤를 이어 상相이 하의 5대 임금에 올랐다. 그런데 상임금 때 다시금 정치가 문란해졌다고 했으니, 아마도 그 또한 조선의 역법을 버리고 화하족(복희)의 오행설로 되돌아가려 한 듯했다. 군주가 이렇듯 덕을 잃게 되니 하나라에서는 이번에는 신하들까지 나서서 왕위를 찬탈하려는 시도가 행해졌다고 한다. 그 무렵 하나라 조정이 조선이라는 강력한 외세에 추종하려는 세력과 독자적인 세력을 구축하려는 군주인 상임금 세력 간에, 내부갈등이 이어지다가 마침내 충돌한 듯했다.

아사달의 오사구단군은 이러한 소식을 접하자 논의 끝에 하나라를 재차 손보기로 했다. 그가 식달息達에게 명을 내렸다.

"지금 하나라 조정이 어수선하기 그지없다. 하왕夏王인 상이 선왕인 중강의 뜻에 반해 다시금 독자적 길을 걸으려 한다니, 장차 그 주변에 미칠 악영향을 생각할 때 절대 좌시할 수 없는 일이다. 그대에게 람藍과 진辰, 변弁 3부의 군대를 내줄 것이다. 즉시 병사들을 이끌고 출정해 하를 토벌하고, 어지럽혀진 정치를 바로잡도록 하라!"

오사구단군이 식달로 하여금 람국藍國과 진한辰韓, 변한弁韓의 군사를 이끌고 상임금이 다스리는 하를 치게 하니, 천하가 다시 복종하게 되었다. 상의 뒤를 이어 소강少康이 하의 임금에 올랐는데, 그는 중강처럼 조선의 단군이 천거한 임금이었다. 소강이 다시금 조선의 것으로 모든 것을 바로잡고 혁신을 추진하니, 비로소 하나라의 정치가 안정을 되찾게 되었다. 이듬해가 되자 소강이 아사달로 사신을 보내 신년하례를 올렸다.

이처럼 하나라는 6대 소강임금에 이르도록 고조선의 영향력에서 벗어나고자 몸부림을 쳐야 했다. 하나라가 중원의 독자적인 세력을 이루려고 화하족의 역법과 오행설을 따르려 할 때마다, 조선은 동이족의 제후국을 동원하는 방식으로 하의 군주들을 가차 없이 응징했다. 광대한 중원의 땅 곳곳에 수많은 동이족이 퍼져 살고 있던 만큼, 자칫 조선에 반하는 세력이 형성되기라도 하는 날이면 순식간에 악영향이 번질 수 있었으므로, 하나라 조정을 예리한 감시의 눈으로 대한 것이었다.

그 와중에 구이〈청구국〉에 대해 전해지는 다음과 같은 화하족의 전설이 있다.

"청구국 사람들은 오곡을 먹고 비단으로 옷을 해 입는다. 이 나라에는 꼬리가 아홉 달린 여우가 있다는데, 천하가 태평스러울 때 인간 세상에 나타나 상서로운 일을 예견한다고 하니 참으로 별나다. 우가 혼인 전에 도산에서 만난 구미호 역시 이 나라에서 나온 것이라 한다."

고대의 청구국이 선진문명을 지닌 나라로서 물질적으로 풍요롭게 지냈다는 것과, 구미호九尾狐를 뜻하는 구이九夷가 마치 여우처럼 하의 정세를 훤히 꿰뚫고 있어 어쩌지 못한다는 것, 도산씨의 딸인 하우夏禹의 부인이 바로 구이 출신이라는 것 등을 두루 시사해 주는 내용이었다. 당시 하나라 사람들이 배달국 치우천왕이 개척했던 청구국을 얼마나 두려워했는지를 알 수 있게 해 주는 이야기였다.

일찍이 단군조선에서는 땅과 백성들을 차지하려는 욕심이 백성들을 과도한 경쟁의 세계로 내몰고, 결국 나라 간에 전쟁을 초래하는 위험요인으로 인식했다. 따라서 힘의 논리를 앞세우는 제왕지도帝王之道를 크게 경계했다. 그런 이유로 古조선 측에서는 도덕적 차원에서 천하를 거대한 혼돈의 소용돌이로 빠져들게 만든 요순우堯舜禹를 거세게 비판했고, 그들의 사상체계와 지배이념ideology을 구舊질서에 대한 도전으로 간주해 철저하게 배척했다.

이처럼 〈고조선〉의 간섭이 워낙 만만치 않았던지, 소강 이후로는 하와의 갈등이 크게 진정된 것으로 보였다. 하나라가 초창기부터 강력한 조선에 도전했으나, 집요할 정도로 철저했던 조선의 응징에 그 의지가 크게 꺾이고 만 것이었다. 하나라는 반복되는 거대 홍수와 배달동이족의 외압 등을 피해 대략 10회 가량이나 황하 일대를 오르내리며 천도를 감행했다고 하니, 매우 불안정한 왕조가 아닐 수 없었다. 다만 그러한 분위기 속에서도 하夏나라는 대략 17대에 걸쳐 BC 1600년경까지 470여 년간 오랜 왕조를 용케 이어 갔던 것이다.

〈조선〉이 삼한三韓의 분국分國과 제후 자치의 형태를 유지하며 선양의 전통을 이어 가려 했다면, 하는 세습 왕조라는 혈통 위주의 전혀 다른 체제로 중원 화하족의 정체성을 구축해 나갔다. 다만, 후대의 중국인들도 요와 순에 대해서는 제帝를 붙여 제요, 제순이라 했지만, 세습을 확정지은 하우夏禹에 대해서는 그저 왕王으로 칭했을 뿐이었다.

그런데 처음 당요唐堯의 무리들이 우순虞舜과 하우夏禹를 따라 점차 남쪽으로 이동해, 황하 아래쪽에 나라(夏)를 세우게 되니, 이후로는 당시 천산天山(오태산五台山) 남쪽 태원太原 지역이 시끌벅적해지면서, 마치 주인이 없는 것처럼 되어 버렸다고 한다. 이때부터 주변의 나라들 사이에 군주나 백성 가릴 것 없이 모두가 눈이 멀어 강자는 위가 되고 약자는 아래가 되었다고 했다.

또한 나라 땅 전체가 군주 일가의 소유가 되고, 세습 왕과 제후들에게 땅(나라)을 봉하는 풍조가 만연하면서 백성과 민중들의 삶을 억누르는 폐단(계급)이 널리 퍼졌고, 상고시대의 뿌리 깊은 고질병으로 자리잡기 시작했다. 그럼에도 중원에서는 상고시대에 대략 4백 년 왕조를 유지했던 하夏나라로부터 비로소 중국의 역사가 시작된 것으로 간주해 왔다.

동북의 고조선은 중원 화하족의 거센 도전에도 불구하고 여전히 문명의 주류세력으로서 사방 천지에 발전된 선진문명을 전파하면서, 오부와 구족九族을 다스리는 거대 제국으로 꾸준히 발전해 나갔다. 단군조 때 이미 삼한관경제三韓管境制를 실시해 '진辰·변卞·마馬한'의 〈삼한三韓〉이 영토를 나누어 관할했는데, 사방이 수만 리에 수천, 수백만의 인구를 거느렸고, 삼경三京이 거느린 제후국들이 모두 70여 개에 달했다는 것이었다. 이들 소국 중에는 〈조선〉의 발전된 문명을 흠모해 스스로 찾아와 삼한의 후국이 된 경우도 허다했다.

古조선은 중앙에서 제후나 관료들을 지방에 내려보내기도 했으나, 기본적으로 대부분 나라의 자치권과 경찰권을 인정하는 대신, 자칫 전쟁이 수반될 수 있는 외교와 군권軍權만큼은 단군이 다스리는 중앙의 아사달이 통할했다. 아울러 조선과 그 후국들 모두가 소도의 신앙과 믿음을 갖게 하면서, 동북아시아의 거대 군사적, 종교적 연맹체로 성장해 나갔다.

다행히 〈조선〉은 단군왕검이 나라를 연 이래 일천 년 동안을 부족 사이에 이렇다 할 투쟁과 분열 없이 성덕대업盛德大業을 구가할 수 있었다고 한다. 그 오랜 세월 어찌 별일이 없기야 하겠냐마는 이를 따져 볼 이렇다 할 기록들이 남아 있질 않으니 그리 믿을 수밖에 없는 노릇이기도 하다. 어쨌든 古조선이 소도의 신앙인 사해 평등 정신에 기초해 다스려진 데다, 그래서인지 그때까지 朝鮮을 능가할 만한 세력이 주변에서 일어나지 못한 데 기인한 점도 있었을 것이다.

5. 中原을 차지한 商

비록 우禹와 계啓임금 부자가 유호씨와 전쟁을 벌이고 적대관계로 지냈으나, 계임금을 비롯한 하나라의 후대 왕들은 삼신오제三神五帝의 교리를 신봉하면서도 부루夫婁와 하우夏禹의 은덕과 유훈을 좇아 조선과의 충돌을 피하려 애썼다. 당시 중국 내에 머물러 살던 많은 조선의 식민지 백성들 또한 소도의 정신을 신봉했는데, 그들과 이웃한 하나라 사람들이 이에 공감해 조선 사람들을 환영했으므로, 중국 연해안 지역을 중심으로 날이 갈수록 조선의 식민지가 증가하게 되었다.

그러던 중 단군 700년경인 BC 1600년경에 하나라의 17대 걸왕桀王이 포악한 정치를 일삼다가 백성들로부터 민심을 잃게 되었다. 사실 하나라는 걸왕의 증조부인 공갑孔甲이 다스리던 때부터 제후들에 대한 통제력을 상실해 이미 나라가 기울어 가던 중이었다. 그런 와중에 걸왕은 왕위에 오르자 궁전을 사치스럽게 치장하고 미인들을 불러들여 밤낮으로 향락에 빠져들었다. 특히 산동의 유시有施 사람들이 걸왕의 공격을 피하고자 말희妹喜라는 미인을 바쳤는데, 이때부터 걸왕의 사치와 폭정이 극에 달했다고 한다.

걸왕은 말희를 매우 총애하여 그녀에게 옥으로 장식한 화려한 집을 주고, 상아로 장식한 회랑에, 내부의 경대와 침대 등을 모두 옥으로 만들어 주고는 그곳에서 향락을 일삼았다. 말희는 걸왕에게 복수라도 하려는 듯이 온갖 사치를 부추겼다. 하루는 커다란 연회와 술판이 벌어졌는데 수많은 여인이 술 따르는 데 시간이 걸리자, 그녀가 기상천외한 제안을 했다.

"술을 따르느라 시간이 걸리니 지루하옵니다. 차라리 술로 연못을 만들고, 연못 주변 나무마다 고기를 매달아 숲을 만들어 즐기면 편하지 않겠습니까?"

이것이 이른바 '주지육림酒池肉林'이었다. 결국 보다 못한 충신들이 간언을 하고 말리려 들었으나, 포악한 걸왕에게 오히려 죽임을 당했다. 그 무렵 하나라의 제후국으로 〈박亳〉을 도읍으로 하고 있던 〈상商〉나라 탕湯이 제후들의 우두머리 격인 방백方伯의 자리에 있었다. 그 역시 여러 번 올바른 정치를 건의했다가 걸왕의 분노를 사는 바람에 마지막에는 하대夏臺에 갇혀 죽을 고비에 처해 졌으나, 진상품을 바치고 겨우 위기에서 벗어나기도 했다.

그런 일이 있은 다음 얼마 지나지 않아 같은 처지를 당했던 또 다른 충신 이윤伊尹을 비롯한 여러 제후가 은밀하게 탕湯을 찾아와 말했다.

"걸왕의 사치와 폭정이 극에 달했으니 하나라의 기운이 다한 듯합니다. 나라와 백성들을 위해 우리가 이대로 가만히 있을 수는 없는 노릇이니, 우리 모두 힘을 합해 걸왕을 타도해야 할 것입니다. 방백께서 앞장서 주신다면 사방에서 제후들이 호응할 것입니다!"

결국 탕도 이에 동의하고, 전국에 걸왕을 토벌한다는 방을 내건 채로 선전포고를 했다. 당시 상商의 도읍인 '박亳'은 말 그대로 배달족의 박달, 밝음에서 그 머리글자를 차용한 것이었다. 따라서 박은 하의 제후국이면서도 특히 배달동이의 영향이 지대해 화하족에 대한 반감이 가장 큰 지역이었다. 이윤 등이 탕을 찾은 배경에는 그런 이유도 있었다. 그러나 백성들이 하던 농사일을 버리고, 그것도 반란군 편에서 전쟁에 뛰어든다는 것이 그리 쉬운 일은 아니었다. 탕 자신도 반란 초기에 박 땅의 군민들을 설득하는 데 가장 큰 어려움을 겪어야 했다.

"모두들 와서 내 말을 좀 들어 보시오. 나처럼 모자란 사람이 무턱대고 난을 일으키려는 것이 절대 아니란 말이오. 그보다는 지금 나라의 군왕이 우리 백성들을 돌보지 않고, 사치와 폭정을 일삼고 있어 하나라가 지은 죄가 크기 때문이오! 비록 농사짓는 일이 중요하긴 하지만, 지금 하나라를 징벌하지 않는다면 장차 백성들 모두가 함께 망해 버릴 것이니, 우리 모두 힘을 합해 걸왕을 타도하는 일만큼 중차대한 일이 또 어디 있겠소? 나는 감히 하늘을 대신해 지금 반드시 정벌에 나설 것이오!"

탕이 박의 백성들을 겨우 설득한 끝에 병사들을 일으키는 데 성공하자, 과연 사방에서 그에게 호응하는 제후들이 나타났다. 탕왕이 이끄는 반란군은 먼저 하나라 인근의 소국들을 정벌한 데 이어, 점차 〈위韋〉, 〈고顧〉, 〈곤오昆吾〉 등 더 크고 강한 제후국들을 차례대로 정벌하면서 순식간에 세력을 키워나갔다. 군의 사기를 생각한 탕이 내친김에 이제 걸왕의 본진을 공격하려 했다. 그러자 이윤이 나서서 이를 말렸다.

"청컨대 우선은 다른 나라들이 걸왕에게 바치는 공물을 막되, 걸왕이 앞으로 어찌 움직이는지를 살펴보도록 하시지요."

그 무렵 화하족들은 동쪽의 산동 인근에 있는 〈조선〉의 후국들을 동이 또는 구이라 불렀는데, 그 위쪽의 조선은 동북아 맹주로서의 지위를 굳건히 유지하고 있었다. 한편 하도夏都(하의 도읍)는 안읍安邑(산서운성)이었는데, 과거 우虞나라 땅이던 포판과 인접한 황하의 북쪽에 있었고, 상도商都는 조가朝歌(하남신향)로 동이와 인접해 있었다.

그런데 사실 탕왕과 이윤 등 상의 지도층은 대부분 동이 출신으로 조선연맹의 힘을 잘 알고 있었으며, 그런 이유로 대업을 앞에 두고서도 장차 동이가 어느 편의 손을 들어줄지 그 움직임에 촉각을 세우고 있었다. 그런 상황에서 탕의 1차 공세에 패해 수세에 몰리게 된 걸왕이 다급하게 조선에 구원을 요청했다. 이에 흘달屹達단군이 고심 끝에 읍차邑借인 말량末良에게 명을 내렸다.

"하의 걸왕이 상의 공세에 어지간히 불안해진 모양이오. 좀처럼 우리에게 구원을 청하는 일이 없거늘 이렇게 원병을 청하니, 일단 어려운 지경에 처한 하를 돕는다면 나중에 하를 통제하는 데 효과를 기대할 수 있을 것이오. 그러니 읍차께서 구환九桓의 병사들을 거느리고, 하의 걸왕을 지원하도록 하시오!"

그리하여 마침내 동이의 군사들이 출병해 걸왕의 지원에 나섰다. 그러자 조선의 출병 소식을 접한 상의 이윤이 탕왕에게 간했다.

"아직은 때가 아닌 듯합니다. 걸왕이 능히 구이의 군사를 동원할 수 있다는 것은 세상 사람들이 우리 쪽의 잘못이 더 크다고 본다는 뜻입니다. 즉시 조선에 사신을 보내 잘못을 사죄하고, 공물을 바쳐 성의를 표하도록 하시지요."

이처럼 당시 선악의 판단 기준이 〈단군조선〉에 의해 결정될 만큼, 중원을 대표하던 나라의 멸망과 홍성을 조선이 좌우했다. 결국 탕왕이 이윤의 건의를 받아들여 단군에게 사람을 보내 하나라 침공의 원인을 설명하고 사죄를 했다. 단군은 그때서야 비로소 말량에게 파발을 보내 군사를 되돌리게 했는데, 그러자 이 소식을 전해 들은 걸왕이 펄쩍 뛰며 나섰다.

"그것은 아니 된다! 구이군軍이 철수하면 탕의 군대가 곧바로 우리를 공격해 올 것이 아니냐? 지금 당장 사람을 보내 어떻게든 구이의 군대가 철수하는 것을 막아 내고, 탕의 거짓에 속지 말라고 조선을 설득해야 한다!"

그리하여 걸왕이 하나라 군대를 시켜 조선 지원군의 귀환 길을 막아서고 나섰는데, 이는 명백하게 조선과의 신의를 깨는 일이었다. 걸왕의 처사에 분노한 단군이 이번에는 신지臣智인 우량于亮에게 새로운 명령을 내렸다.

"그대가 견畎의 군대를 이끌고 출동하되, 중도에 낙랑樂浪의 군대와 합치도록 하라. 그 후에는 관중關中의 빈邠(함양)과 기岐(섬서기산) 땅으로 이동해 웅거하며 사태를 관망하되, 다음의 명령을 기다리도록 하라!"

〈조선〉은 기본적으로는 하夏와 상商의 전쟁에 직접 개입하는 것을 피하되, 여차하면 차라리 商을 도울 생각을 한 것이었다. 이를 위해 섬서에 위치한 견이畎夷를 출정시키니, 걸왕도 낙랑군 위주로 편성되었던 구이군의 철군을 더는 막지 못했다. 우량은 단군의 명대로 이들을 이끌고 각각 위수渭水 북쪽의 빈기邠岐 땅을 차지한 다음, 그곳에 주둔하면서 사태를 주시했다. 감숙성 함양의 서쪽인 이 지역은 후일 〈주周〉와 〈진秦〉 나라의 발상지로 유서 깊은 곳이 되었다.

그사이 해가 바뀌자, 탕왕은 夏로 향하는 공물을 다시 끊어 버렸다. 소식을 들은 걸왕 또한 재차 노하여 구이의 군사를 일으키려 했으나, 빈기 땅에 주둔하고 있던 구이의 군대는 일체의 움직임도 보이지 않았다. 보고를 접한 상의 재상 이윤이 비로소 탕왕에게 간했다.

"구이의 군대가 빈기 땅에 머물고 있다니, 이번에는 조선이 결코 하나라를 돕지 않겠다는 뜻일 겁니다. 이제는 분명 때가 되었으니, 군대를 다시 출병시켜 걸왕을 치도록 하시지요!"

그리하여 상이 다시금 군대를 일으켰는데, 과연 구이군은 이번에는 어느 곳의 편도 들지 않았다. 商의 군대는 누구의 간섭도 없던 2차 공세에서는 승승장구하며 진군을 계속했고, 마침내 하도夏都 서쪽의 명조鳴條 들판에서 걸왕과 최후의 일전을 벌이게 되었다.

그런데 夏의 정부군 병사들은 민심을 잃은 폭군 걸왕에게 목숨을 바쳐 충성을 다할 아무런 이유가 없었다. 게다가 이들 중에는 전쟁 중에 포로로 끌려와 강제로 투입된 병사들이 많았다. 때마침 걸왕이 산꼭대기에 올라 양측의 교전 상태를 관전했다. 그런데 商의 군대가 공격에 나서자 夏나라 병사들이 누구부터랄 것도 없이 하나둘씩 무기를 버리더니 사방으로 흩어져 달아나기 시작하는 것이었다.

"아니 저런 못된 놈들이 있나? 싸우지도 않고 달아나 버리다니, 에잇!"

걸왕은 땅을 치며 분개했으나, 이미 걷잡을 수 없는 상황이 되어 버린 터라 어쩔 수 없이 그 자신부터 서둘러 궁궐로 돌아와야만 했다. 그러나 반란군이 바짝 뒤를 추격해 오고 있었으므로 급히 말희와 함께 보석 등 귀중품을 챙겨 들고는, 장강에서 배를 타고 남쪽의 남소南巢(안휘 소현) 지역으로 달아나 버렸다.

결국 〈명조전투〉에서 탕왕의 반란군이 걸왕을 패퇴시키고, 마침내 하나라를 멸망시키는 데 성공했다. 싸움에 패한 걸왕은 여전히 자신의 잘못을 뉘우치기보다는 자신을 배반한 탕왕을 탓하며 오래도록 탄식했다고 한다.

"탕 그놈을 하대夏台(하남우현)에 가두었을 때 죽여 버렸어야 했는데, 그렇게 하지 못한 것이 끝내 후회스럽도다……"

걸왕과 말희는 외진 산골에서 숨어 살다 보니 시중드는 이도 없는 데다 할 줄 아는 것이 아무것도 없어 결국 와우산臥牛山에서 굶어 죽었다고도 하고, 혹은 병에 걸려 죽었다고도 전해졌다.

사실 夏나라는 계임금 사후부터 곧바로 반란과 천도가 이어지는 등 그 역사가 그리 순탄한 것만은 아니었다. 그럼에도 화하족이 세운 첫 나라이자 중국 최초의 고대 왕조로서 4백여 년을 지속해 온 끝에, 마지막 걸왕 대에 이르러 결국 역사 속으로 사라지고 만 것이었다. 당시 〈하상夏商전쟁〉의 승패를 좌우할 수 있는 세력은 역시 동북의 상국인 〈조선〉뿐이었다.

흘달단군은 겉으로 보기에 이 전쟁에 직접 개입하지는 않았으나, 사실상 탕왕의 손을 들어줌으로써 결정적으로 중원 왕조의 교체에 깊숙이 관여한 셈이었다. 걸왕이 폭정으로 워낙 민심을 잃은 데다, 탕왕이 원래 동이족 출신이라는 점도 商 왕조에 유리하게 작용했을 것이다. 단군의 명을 받은 인근의 구이가 걸왕을 돕지 않음으로써, 결과적으로 탕의 역성易姓혁명을 도와준 것이었다.

고대 신화처럼 전해 오는 일설에는, 탕왕의 군대가 파죽지세로 하도夏都의 성으로 쇄도할 무렵 갑자기 어디선가 위대한 신이 나타나 탕에게 말했다고 한다.

"상제께서 나를 보내 그대를 도와 싸우라 하였소. 내 그대의 승리를 돕고자 하니, 잠시 후 도성의 서북쪽에서 불길이 치솟으면 즉시 진격하도록 하시오!"

그리고는 이내 홀연히 사라졌다고 한다. 얼마 뒤 과연 서북에서 불길이 솟아올랐고, 탕왕이 총공세를 펼쳐 마침내 도성을 함락시켰다고 한다. 이 이야기 속의 상제上帝는 바로 단군을 뜻하는 것인 만큼, 이는 신화라기보다 사실상의 역사나 다름없는 이야기였을 것이다.

〈하〉나라를 전복시키는 데 성공한 탕왕은 일찍이 순임금 때 우를 도와 홍수를 다스린 공로로 사도司徒의 벼슬에 오르고 자子씨 성을 하사받은 설契의 14대 후손이었다. 전설에 따르면 설의 모친은 제곡고신帝□高辛의 여러 부인 중 한 명인 간적簡狄이라는 여인이었다. 어느 날인가 간적이 목욕을 하던 중에 현조玄鳥가 떨어뜨린 알을 받아먹었는데, 이후 낳은 아들이 설이라는 것이었다. 현조는 검은 새를 뜻하니 태양을 상징하며 북방 민족이 숭상하던 까마귀(삼족오三足烏)를 의미하는 것으로, 설 또한 동이의 지파인 조이鳥夷 계열이라는 의미였다.

설은 상 땅(섬서상락진商洛鎭)에 봉해졌는데, 이후 성탕成湯(탕왕)에 이르기까지 무려 여덟 번이나 도읍을 옮겨야 했다. 물론 당시는 부족이나 군장의 개념이었고, 주로 홍수와 같은 자연재해가 빈번했기 때문이었다. 이후 탕왕이 선왕인 제곡帝譽이 있던 하남성 상구현商丘縣 북쪽의 박 땅에 도읍을 정하고 나라를 세우면서, 자신의 시조 설의 봉지인 상을 국호로 삼았다. 이로써 BC 1600년경, 〈夏〉나라에 이어 고대 중국의 두 번째 왕조인 〈상商〉나라가 탄생하게 되었다.

원래 商은 사방이 70여 리에 불과했던 夏의 작은 속국이었다. 그런 〈상〉이 거대한 종주국 〈하〉를 물리치기까지는 이윤과 같이 성탕의 곁에서 그를 도왔던 유능한 대신들이 있었기 때문이었다. 특히 이윤伊尹은 상의 건국 과정에서부터 시작해 초기의 기틀을 다지는 데 혁혁한 공을 세운 주목되는 인물이었다.

유신有莘씨의 씨족 출신이었던 이윤은 그의 어머니가 이수夷水라는 강가에서 살던 중 커다란 뽕나무 속에서 태어났다고 하니, 그 또한 동이 출신임을 시사해 주는 이야기였다. 그는 자라면서 조선 출신의 선인仙人 유위자有爲子에게 많은 것을 배우고 공부해 박학다식한 것은 물론, 재주와 덕을 함께 지닌 현인이 되었다. 그런 이윤이 언제부터인가 주위에 이렇게 말했다고 한다.

"천하의 백성들이 요순시대와 같은 행복을 누리지 못한다면, 이는 사람들을 구렁텅이에 빠뜨리는 것과 같은 것이오. 해서 나는 장차 하나라를 정벌해 백성들을 구하고 말 것이오!"

이윤이 일찍부터 자신의 원대한 포부를 드러냈다는 일화였다. 당시 성탕이 큰 덕을 가진 인물로 널리 알려져 있었는데, 마침 유신씨 군주의 딸이 성탕에게 시집을 가게 되었다. 이윤은 이때 유신씨의 귀녀를 모시는 가신家臣으로 수행할 것을 자청하고, 솥과 도마를 짊어지고 그녀를 따라 商의 도읍으로 가는 별난 행보를 보였다. 예나 지금이나 요리의 달인達人들은 수많은 식재료의 기본 성질을 정확히 이해하고, 그를 조합해서 훌륭한 맛을 내는 장인들로 널리 존중받아 왔다. 요리에도 일가견이 있던 이윤은 과연 성탕의 입맛을 단번에 사로잡았고, 이후 음식의 맛을 예로 들면서 탕을 가르쳐 왕도를 깨우치게 했다고 한다.

이윤의 천재성을 알게 된 탕은 이윤을 전격적으로 등용해 정치행정과 군사 등을 자문하는 자신의 책사로 삼았다. 이윤은 이때 〈하〉의 정세와 지리 등 광범위한 정보를 수집하고자 3년 동안 다섯 차례나 夏의 도성을 드나들며, 스스로 첩보전에 뛰어드는 대범함을 보였다. 결국에는 하나라의 정사가 돌이킬 수 없이 타락한 것을 알고 박亳으로 돌아와, 탕에게 이를 소상히 보고했다. 아울러 하를 공략할 수 있는 구체적인 전략을 제시함으로써 탕이 거사를 결심하게 도왔다.

당시 夏와 商 사이에 여러 소국이 있었는데, 특히 갈葛, 위韋, 고顧, 곤오昆吾 등의 나라는 하의 걸왕이 크게 믿고 의지하던 세력들이었다. 商은 먼저 그중 가장 힘이 약했던 갈에 대해 조상들에게 제사를 제대로 올리지 않는다는 구실로 정치적 공세를 펼친 끝에 〈갈〉을 멸망시켰고, 그 후 차례대로 〈위〉와 〈고〉를 병합시켰다. 하의 걸왕이 한창 폭정을 일삼던 그 무렵, 제후였던 곤오昆吾씨가 마침내 걸왕에 저항해 반란을 일으켰다.

그러자 탕이 때를 놓치지 않고 직접 도끼를 들고 군사를 일으켜 곤오 정벌에 나섰고, 결국 商이 〈곤오〉를 정복하는 데 성공했다. 이때 이윤이 탕왕을 적극적으로 설득하고 나섰다.

"그간 걸왕이 의지하던 나라를 모두 꺾었으니, 여기서 멈추지 마시고 이대로 곧장 하나라 정복에 나서야 할 때입니다."

그와 동시에 다른 여러 제후에게 걸왕의 폭정을 드러내고 전쟁의 명분을 설득하는 등 선전 선동을 적극적으로 펼치면서, 많은 제후가 탕왕을 따르게 유도하는 일에 앞장섰다.

그렇게 〈곤오〉 정벌을 계기로 〈상〉은 비로소 군사적, 전략적으로 열세에 있던 전세를 크게 만회하면서 역전을 노릴 수 있는 발판을 마련할 수 있게 되었다. 이윤은 하도夏都를 공략할 때도 도성의 정문이 아닌 뒤쪽인 서쪽으로 우회하여 진입하는 전략적 치밀함을 보였다. 결국에는 마지막 〈명조전투〉에서 걸왕의 정부군을 대파함으로써 夏 왕조를 멸하는 데 성공할 수 있었다. 얼마 후 이윤이 하나라가 망하고 성탕成湯이 일어났음을 만천하에 공포했고, 그러자 제후들이 모두 복종하면서 탕이 제왕의 자리에 오르게 되었다.

이처럼 탕이 역성혁명을 통해 4백 년을 이어 온 하나라를 꺾고, 상의 시조가 되기까지는 이윤의 헌신적인 노력과 탁월한 그의 지략이 큰 힘을 발휘했다. 그 후 나라의 재상이 된 이윤은 탕왕이 죽고 난 다음에도 탕의 아들인 외병外丙과 중임仲壬 두 왕에 이어 손자인 태갑太甲에 이르기까지 4명의 왕을 충성으로 보좌하며, 신흥왕국 〈商〉의 기초를 다지는 데 기여했다. 일설에는 이윤이 탕왕을 만나 그의 신임을 얻기까지 무려 70번이나 탕을 찾아가 설득했다고 하니, 이윤의 인내심과 의지가 그런 수준이었던 것이다.

사실상 이윤은 상고사에 등장한 최초의 책사이자, 전술과 전략을 터득한 병법의 대가大家였으며, 문무文武 전반과 역사에 해박한 지식인이었고 작게는 요리에 정통한 장인chef이기도 했다. 그의 이야기는 후대에 길이 전해져 수많은 영웅이 추앙하는 표상이 되었다. 그 예로 〈춘추시대〉에 《손자병법孫子兵法》으로 유명한 손무孫武는 이런 말을 남겼다.

"옛날 商이 일어나게 된 것은 이윤이 夏에 있었기 때문이고, 주周가 흥기한 것도 강태공이 은殷에 있었기 때문이다."

손무는 이런 역사적 연구를 바탕으로 자신의 13번째 병법인 〈용간用間〉 편에서 "적을 알면 싸움이 위태롭지 않다."며 첩보활동의 중요성과 구체적인 방법을 소개했다. 이것이 곧 '지피지기知彼知己'를 말하는 것이었고, 바로 선대先代의 이윤이나 강태공이 기본으로 중시하던 핵심 전술이었다.

신생 〈상〉나라의 왕위에 오른 탕왕은 곧바로 역법을 고쳐 정삭正朔(정초)을 축월丑月(12월)로 했고, 의복 등 기물의 색깔을 바꾸어 흰색을 숭상하게 했으며, 각종 조회를 낮에 거행하도록 했다. 흰색은 밝은 햇빛을 뜻하는 것으로 古조선과 동이족이 선호하는 색이었으니, 탕왕은 분명 동이의 일파였음이 틀림없었다. 그는 또 夏나라 핏줄을 가진 귀족들을 하정夏亭에 봉해 살도록 배려하는 등 백성들의 통합에도 주력했다. 성탕과 이윤 등이 상나라를 출범시킨 것은 어찌 보면 그간 화하족의 나라였던 夏나라를 밀어내고, 동이의 세력들이 중원을 되찾은 것이나 다름없는 역사적 사건이기도 했다.

그런데 탕이 걸왕과 한창 자웅을 겨룰 때, 안덕향安德鄉(당산堂山 일대)을 도읍으로 하던 〈번한番韓〉에서는 장수를 보내 직접 탕을 지원했다고 한다. 이듬해 탕이 〈商〉을 건국하고 왕위에 오르게 되자, 번한왕은 후국이었던 상나라 인근의 묵태墨台(고죽孤竹왕)씨를 축하 사절로 보냈다. 성탕을 비롯한 지배계층이 동이족이었던 〈상〉나라는 이후 수시로 〈조선〉의 단군에게 화친의 사절을 보내왔고, 인접한 번한에도 비슷한 수준의 예우를 했다고 한다.

또 구이와 같은 조선의 제후국들과도 비교적 우호적인 관계를 유지하며 커다란 충돌을 피했다. 상의 시조가 된 탕湯이 죽고 나서 이후 3백여 년이 흐르는 동안 〈商〉은 19대 왕을 거치면서 5번에 걸친 천도와 함께 번영과 쇠락을 되풀이했다.

그런데 〈상〉나라의 11대 중정中丁왕 무렵이 되자 적자嫡子가 왕위를 상속하던 관례를 깨고, 배다른 형제들과 그 아들들이 번갈아 왕위에 오르는 어지러운 국면이 조성되었다. 그사이 형제들과 그 자식들이 왕위를 놓고 사납게 다투다 보니 서로 다른 인물을 왕으로 내세우는 일이 무려 9대 동안이나 지속되었고, 그 결과 조정이 몹시도 혼란스러웠다. 그러다 보니 언제부터인가 제후들이 〈상〉에 조회를 오지 않았을 뿐 아니라, 商 역시도 조선에 대한 조공을 소홀히 하게 되었다.

그러자 특히 상에 인접해 있던 번한왕이 商에 대해 다른 마음을 품게 되었다.

"상과는 이웃한 나라로 오랫동안 형제와 같은 사이로 지내 왔거늘, 최근에는 아예 조공도 오지 않는 등 도무지 예의에 어긋난 행동을 지속하고 있다. 이 모두가 상의 조정이 잦은 내란으로 안정되지 못한 데 기인한 것이니, 이것이야말로 우리가 상을 공격해 병합할 좋은 기회가 아니고 무엇이겠느냐?"

결국 번한왕이 군대를 일으켜 商의 도읍인 북박北亳을 침공하는 일이 벌어지고 말았다. 〈번한〉의 공격을 전혀 생각지 못했던 〈상〉으로서는 여간 다급해진 것이 아니었다.

"번한이 우릴 공격해 오다니 큰일이다. 결코 번한과 다툴 수는 없는 일이니, 일단 번한을 달래야 한다."

결국 商왕 하단갑河亶甲이 나서서 번한에 사죄를 하면서 사태가 겨우 진정되게 되었다. 그 무렵 상의 국력이란 것이 번한에게 쩔쩔맬 정도로 나약한 수준이었던 것이다. 이처럼 商의 암울한 상황은 商나라 전기 말엽인 BC 1300년경 양갑陽甲왕에 이르기까지 크게 나아지지 않았다.

양갑이 죽고 그 뒤를 이은 사람은 그의 동생 19대 반경盤庚왕이었다. 당시 상나라는 하수河水 아래 〈엄奄〉 땅(산동곡부)에 도읍을 두고 있었는데, 반경왕은 다시금 하수 이북으로 건너가 탕왕이 일어섰던 옛 조상들의 땅으로 도읍을 옮기려 했다. 그러자 상의 군신들과 많은 백성이 빈번한 천도를 걱정하면서 왕을 원망하고 이주를 꺼렸다. 반경왕이 제후들과 대신들을 모아 놓고 설득에 나섰다.

"예전에 명철하신 시조 성탕께서 나라를 다스리실 때는 그 법이 사리에 맞는 것이라 천하가 안정되었소. 그런데 지금 그 조상의 법을 멀리한 채 이를 실천하려고 힘쓰지 않는다면 어떻게 덕치를 행할 수 있겠소?"

반경왕이 성탕시대의 회귀를 기치로 내걸고 하남 땅으로의 천도를 강행했는데, 원수洹水 남쪽에 있는 북몽北蒙, 즉 은殷(안양安養)이라는 곳에 터를 잡게 되었다. 이와 함께 나라 이름도 새로이 〈은殷〉이라 부르게 했다. 그러나 천도를 단행한 후 오랜 세월이 흐르도록 많은 관리와 백성들이 여전히 새 도읍지에 적응하지 못했다. 그러다 보니 천도에 불만을 품고 조정의 시책에 협조하지 않는 세력들이 많아지면서, 나라의 기강이 해이해지는 등 심각한 상태가 이어졌다. 이에 반경왕이 다시금 천도의 이유를 설명하면서 백성들을 타일렀다.

"옛 선왕들께서는 하늘의 명을 공경하고 따르려 했소. 그래도 언제나 홍수의 재해를 피하지 못하고 편안하지 못해서 오래도록 도읍을 유지하지 못했고, 그사이 다섯이나 되는 도읍을 옮겨 다녀야 했소. 그러나 그 모두가 백성들을 중히 여기고 그네들의 삶을 안정시키려 한 때문이 아니었겠소? 넘어진 나무의 그루터기에서도 움이 트는 것처럼 과인은 새 도읍지에서 선왕들의 위대한 사업을 계승하고 회복시켜 반드시 온 세상을 안정시킬 것이오!"

이와 함께 반경왕은 정부에 협조하지 않는 관리들과 농사일을 게을리하는 백성들을 질책하면서, 사사로운 마음에서 떠나 방종과 안일을 삼가고 유언비어에 현혹되지 말라고 엄하게 훈계했다. 실제로는 당시 귀족층의 사치가 과도하고 부패한 데다, 왕과 기득권 세력 간의 갈등이 심해져 왕의 지위가 크게 흔들리는 지경에 이른 것이 천도의 주원인이 기도 했다. 게다가 商의 정치적 혼란으로 동이가 서서히 서남으로 진출하면서 위협이 가중된 것도 한몫했다. 반경왕은 이러한 국면전환을 위해 천도라는 파격적 수단을 동원해 정치적 안정을 꾀하고, 소위 '은도부흥殷道復興'을 이루려 한 것이었다.

반경왕이 이렇게 고군분투하며 노력한 끝에 마침내 박亳을 정리하고 부지런히 성탕의 정사를 펼치니, 나라가 안정을 되찾고 부흥을 이루어 다시 인근의 제후들이 조회를 오기 시작했다. 어느 시대를 막론하고 백성들이 좋아하지 않는 거사를 추진하기란 참으로 쉽지 않은 법이었다. 반경왕은 백성들과 끊임없이 소통하면서 자신의 혁신 의지를 관철시키고 실천에 옮겨, 쇠락해진 商 왕조를 부활시켰다는 점에서 성탕 이래 가장 돋보이는 군주가 아닐 수 없었다.

반경왕이 죽고 나자 그의 두 동생이 왕위를 이었으나, 반경왕의 덕을 이어받지 못해 은(商)이 다시 쇠락하는 모습을 보였다. 그 후 BC 1250년경 반경왕의 조카인 무정武丁이 왕위를 이어받아 〈은〉나라를 부흥시키려 했으나 마땅히 그를 보좌해 줄 인물이 없었다. 그래서 무정은 초기 3년 동안 말을 아낀 채, 정사를 백관의 우두머리인 총재冢宰에게 일임하고는 나라의 풍속을 관찰했다. 그러다가 부험傅險이라는 곳에서 죄를 짓고 노역장에 끌려와 길 닦는 일을 하던 인부를 만났는데, 왕이 꿈에서 만난 사람과 꼭 닮은 듯해 그에게 다가가 말했다.

"실은 내 꿈에 어떤 성인이 나타났는데, 그의 이름이 열이라 하였소. 그런데 지금 그대가 그의 모습을 꼭 닮았구려."

무정이 그와 이런저런 이야기를 나누어 보니 그는 과연 박학다식한

성인이 틀림없었다. 무정왕이 그를 등용해 부열傅說이라 부르고 재상으로 삼으니, 과연 나라가 잘 다스려졌다.

어느 날, 무정왕이 商나라 시조인 탕왕에게 제를 올렸는데 다음 날, 어디선가 꿩이 날아와 주정鑄鼎의 손잡이에 올라앉아 요란하게 울어 댔다. 정鼎은 세 발과 두 귀가 달린 청동 솥으로, 조상신에게 제를 올리면서 바치는 고기를 익힐 때 사용하던 예기禮器였다. 따라서 주정은 군주의 권력과 권위를 상징하는 신물神物로 취급되었고, 솥 안팎으로 갖가지 명문銘文을 파 넣었다. 무정왕이 꿩이 우는 것을 보고 두려움에 떠니 대신인 조기祖己가 위로하고 나섰다.

"왕께서는 두려워 마시고, 먼저 정사를 잘 펼치는 일에 신경을 쓰시지요. 임금의 직분은 백성을 공경하여 하늘의 뜻을 전하는 것이니, 옛날부터 정해져 내려온 제사에 따르되, 버려야 할 道를 신봉하지 않으면 될 일입니다!"

한마디로 근거 없는 미신 따위에 미혹되지 말고, 정사나 부지런히 돌보라는 뜻이었다. 이후로 무정왕이 상서롭지 못한 꿩을 마주한 일을 계기로 오히려 더욱 덕이 넘치는 정사를 펼치고자 힘쓰니, 천하가 이를 반겼다. 그렇게 은나라의 도가 다시 일어나게 됨으로써 반경왕이 시작한 은의 부흥을 그의 치세에 완성할 수 있었다고 한다.

사실 商나라 때는 점을 쳐서 나라의 중대사를 결정하는 신정神政정치가 성행했다. 특히 거북의 뱃가죽과 소의 어깨뼈인 갑골甲骨에 점을 치는 것이 크게 유행했는데, 불에 달군 나뭇조각을 갑의 안쪽 면에 대고 지져, 그 균열의 형상을 보고 길흉을 점쳤다. 또한 제사에 사용하는 정교한 청동기문화와 함께, 갑골에 점을 친 내용 일체를 기록하는 상형象形문자, 즉 〈갑골문자〉가 크게 발달했는데, 이를 오늘날 한자漢字의 기원으로 보고 있다.

초기에 왕위에 오른 무정왕은 다소 무기력해 보였으나, 그의 첫 왕비인 부호婦好(호好부인)는 불세출의 여걸이었다. 그녀는 상당한 권력을 지닌 정치가이자 군사 전략가였으며, 또한 제사를 주재하는 제사장이기도 했다. 그녀는 1만 3천의 병력을 직접 거느리고 정복 전쟁에 나서기도 했으며, 많은 공을 세우기까지 했다. 어느 날 무정왕이 그녀의 승전보를 듣고는 주변의 신하들에게 말했다.

"허어, 과연 호왕후는 못하는 게 없는 여걸이로다. 호왕후의 눈부신 활약으로 보아 사실상 이 나라의 왕이나 다름없으니, 이번에는 왕후에게 따로 봉지를 하사해 그 노고를 치하하고, 천하에 이 사실을 널리 알리도록 할 것이다!"

호왕후 또한 그런 무정왕에게 보답하기 위해 점을 치는 데 사용되는 50마리의 보귀寶龜(거북이)를 공물로 바치기도 했다. 그런데 은왕殷王은 처음 그녀를 맞이할 무렵부터 그녀가 과연 자신에게 시집올 것인지, 또 자식을 낳을 수 있을지를 묻는 점을 쳤다고 한다. 이로 미루어 애당초 그녀의 존재 자체가 매우 존귀한 것이었음을 짐작할 수 있다. 당시는 주로 전쟁을 통해 수많은 포로가 양산되면서 이미 성숙한 노예사회로 접어들어 있었는데, 그들 대다수는 필시 화하족에 적대적이었던 융족이나 묘족, 구이족 출신의 포로들이었을 것이다.

따라서 종종 노예들이 대규모로 집결해 반란을 일으키곤 했는데, 호왕후가 노예들의 반란을 진압하기 위해 앞장섰다는 기록도 있었다. 이처럼 여인인 왕후가 적극 나서서 군사 활동을 하는 경우는 대부분 북방 유목민의 전통에서나 볼 수 있는 것이었다. 이로 미루어 북방민족 출신으로 은에 적대적이었던 그녀의 집안이 어느 순간 은에 귀부하면서, 두 사람이 혼인으로 맺어진 듯했다. 북방민족에 대해 많은 인적, 지리적 정보들을 알고 있던 호부인이었기에, 직접 전선에 나가 병사들을 진두지휘했을 가능성이 컸던 것이다.

그녀는 무정과의 사이에 자식까지 두었지만 안타깝게도 서른셋의 젊은 나이에 과다출혈로 그만 사망하고 말았다. 아마도 아이를 낳거나 혹은 전투 중 입은 부상 때문이었을 가능성이 있었다. 호왕후의 존재와 눈부신 활약이 무정왕 재위 초기 불안했던 정세를 일정 부분 잠재우면서, 〈은〉나라가 점차 안정을 되찾는 데 커다란 도움이 되었다. 무정왕은 그런 그녀의 죽음을 크게 비통해했는데, 장례를 특이한 방식으로 치를 것을 명했다.

"호왕후를 궁정의 뜰 안에 묻어 장사 지내 주도록 하라."

이는 아마도 왕이 그녀를 가까이서 추억하기 위해서였거나, 혹은 혼이 되어서라도 은나라를 지키려는 그녀의 굳센 유지 때문일 수도 있었다. 무정왕이 정성스레 조성해 준 〈부호婦好묘〉가 이후 3천 년의 세월을 뛰어넘어 고스란히 발굴(1976년)되면서 은殷나라의 역사적 실체가 그대로 드러나게 되었고, 무정왕과 호왕후의 애틋한 사랑도 세상에 알려지게 되었다.

무정왕은 드물게 무려 백수白壽를 넘게 장수한 왕으로, 재위 기간 만 59년이었고, 60명이 넘는 부인을 두었다고 했다. 즉위 초에 조신하기만 했던 그가 호왕후의 영향 때문이었는지, 이후로 수많은 전쟁을 치르다 보니 사후에 무정이라는 시호까지 얻게 되었다. 그런데 그 전쟁이란 것이 놀랍게도 다름 아닌 동북의 종주국인 조선 제후국들과의 전쟁이었다. 그 무렵에 또 다른 기후변화가 도래해 아시아 대륙 전체가 소소빙하기를 겪고 있었고, 번한을 비롯해 서요하 지역의 조선 전체가 식량난 등으로 곤경에 처해 있었던 것이다.

즉위 초기 무정왕은 우선 북쪽 내몽골 음산陰山산맥 일대의 〈귀방鬼方〉(선先흉노)을 쳐서 크게 무찔렀다. 이를 계기로 승리에 잔뜩 고무된 은왕殷王은 다시 대군을 이끌고 이번에는 방향을 반대로 돌려 동쪽의 〈색도索度〉와 〈영지令支〉 등 〈번한番韓〉의 후국들을 공격했다. 당시 〈색도〉는 태원의 북쪽에, 〈영지〉는 代 땅 일대에 있던 것으로 추정된다. 그러나 무정왕이 이때 번한의 후국들을 공격한 것은 지나친 과욕이었음이 곧바로 드러났다. 은의 침공 소식을 들은 조선의 소태蘇台단군이 크게 노했던 것이다.

"무정 이 자가 도통 무도하기 짝이 없는 자로구나. 중원의 나라들이 여태껏 배달의 종주국을 공격한 사례가 없었거늘, 대체 무슨 생각으로 조선의 후국들을 공격한단 말인가? 이번에 단호하게 대응해 그의 야욕이 얼마나 어리석은 것인가를 분명하게 깨우쳐 주어야 할 것이다!"

소태단군의 명령을 받은 古조선연맹의 나라들이 힘을 합해 본격적으로 은에 대한 맞대응에 나섰고, 결국 장거리 원정으로 무리를 했던 殷나라가 대패하고 말았다. 무정왕은 황급하게 조선에 화해를 청하며 조공을 바쳐야 했고, 이로써 殷과 조선(동이)의 충돌이 표면적으로 수습되는 모습이 연출되었다. 그러나 이 전쟁으로 말미암아 그동안 승승장구하며 한껏 부풀려졌던 무정의 명성에 커다란 금이 가게 되었고, 은나라의 힘이 아직은 대조선에 미치지 못한다는 사실이 새삼 확인되었다.

그러나 이후부터 〈상〉나라 전반기에 비교적 평화적 관계를 유지해오던 商과 朝鮮, 즉 화하족과 조선족(배달동이)이라는 당시의 양대 세력이 서로를 의심하면서 서서히 충돌하는 양상을 보이기 시작했다. 처음 동이족 출신이었던 탕왕이 다스리던 시절과 달리 3백 년의 세월이 흐르는 동안, 상나라는 이제 중원의 맹주로 더욱 성장하면서 스스로 천하의 중심인 〈중원中原〉이라 부르고 있었다. 나라의 강역이 커지고 기층민인 화하족 인구가 절대적으로 커지면서 중원화中原化에 더욱 가속도가 붙기 시작한 것이었다.

무정왕 사후 5대가 흘러 무을武乙왕 때 은나라는 다시금 박亳을 떠나 하수河水(황하) 이북으로 천도했다. 무을은 나라가 약해졌음에도 불구하고 상국인 조선의 뜻을 거스른 채 자주 도발을 했고, 이에 거꾸로 조선으로부터 수시로 공략을 당하기도 했다. 중국인들은 그 무렵 무을이 우상을 만들어 천신天神이라고 하는 등 무도한 정치를 일삼다 사냥터에서 벼락에 맞아 죽었다고 했다. 그러나 실제로는 무을이 황화와 위수 사이에서 벌어진 조선과의 전투에서 전사한 것으로 보였다.

조선은 이 시기를 틈타 회대淮岱(회수, 태산) 땅 깊숙이 진출해 〈엄奄〉과 〈서徐〉, 〈회국淮國〉을 두게 되었다. 이로써 중원의 한복판을 장악하는 데 성공하면서 강역 확보에 있어서 최대의 전성기를 누리게 되었다. 이후 무을의 손자인 제을帝乙이 왕위에 올랐으나 은(상) 왕조는 더욱 쇠락하게 되었다. 제을의 맏아들은 미자微子(계啓)였는데, 어머니가 낮고 천한 신분이라 일찌감치 후계자에서 제외되는 바람에 정실 왕후의 아들인 차남 신辛이 태자에 오를 수 있었다.

BC 1075년경, 제을이 죽자 태자 신辛이 30대 은왕에 오르니 제신帝辛이었다. 이 사람이 바로 은나라의 마지막 왕이었는데, 사람들이 흔히 주왕紂王이라 불렀다. 주紂는 천부적으로 분별력을 갖춘 사람으로 어려서부터 영리하고 민첩했으며, 보고 들은 것이 많아 깨우친 바가 컸다고 한다. 또 타고난 장사로 보통 사람의 키를 훌쩍 뛰어넘을 수 있었고, 맨손으로 맹수와 싸울 정도로 용력이 넘쳤다니, 드물게 영웅의 기개와 능력을 두루 갖춘 왕이 등장한 셈이었다.

그러나 그는 스스로 지혜가 넘치다 보니 주변에서의 간언이 필요치 않았으며, 말재주 또한 뛰어나 자신의 허물을 교묘히 감추는 데도 능했다. 주왕은 주변에 자기의 재능을 뽐내길 좋아했으며, 모두가 자신의 아래에 있다고 여기면서 점점 천하에 자신의 명성을 드높이려 들었다.

그런 호방한 기질이라 술을 좋아하고 음악에 심취했으며, 호색을 마다하지 않았다. 마침 중원으로 진출한 구이족의 나라들이 회수 인근에 殷나라와 경계를 두고 있었는데, 주왕紂王이 이들을 공격하면서 드디어 정복 전쟁을 벌이기 시작했다. 구이(동이)의 나라들이 가만히 있을 리가 없었고, 적극적으로 맞대응하니 殷나라는 물론 중원이 순식간에 전쟁의 소용돌이에 휩싸이고 말았다.

6. 색불루의 혁명

중원中原이 하夏에 이어 은상殷商으로 이어지면서 황하 중류를 중심으로 나날이 발전해 가는 가운데, 〈단군조선〉은 왕검 이래 동아시아 고대 문명의 종주국으로서 전성기를 보내며 1천 년을 이어 갔다. 그사이 역대 단군은 오가五加의 대표에서 선출된 자가 번갈아 가며 이어 왔으나, 태자가 제위를 잇는 경우도 허다했다.

그러던 BC 13세기 후반인 소태蘇台단군 시절, 은(상)나라 무정왕이 〈귀방〉(先흉노)을 제압한 데 고무된 나머지, 조선연맹의 후국들을 연달아 공격했다. 그런데 그간 천 년이 넘는 왕조를 이어 오던 동북의 조선이 이 시기에 커다란 위기에 봉착해 있었다. BC 1500년경부터 내몽골과 적봉 인근의 서요하 일대에 광범위하게 일어난 기후변화가 커다란 타격을 준 것이었다.

갑작스레 온화했던 기후가 변하면서 한랭한 건조화가 오래도록 지속되는 바람에 농사짓는 땅과 하천 등 사방이 메말라 버리고 초원화와 사막화가 진행된 것이었다. 그 결과 곡물 생산이 크게 줄고 인구가 감소하면서 수많은 백성들이 살 곳을 찾아 흩어졌는데, 한 마디로 고조선의 암흑기가 도래한 것이나 다름없었다. 특히 시라무룬강(서요하) 서변의 내몽골 지역에 살던 맥족의 무리가 이때 현 요하(랴오허)를 따라 대거 남동진하는 등, 인구이동이라는 지각변동이 일어났다.

이런 상황에서 단군이 다스리는 중앙조정은 힘을 쓸 수 없었고, 게다가 조선 자체가 워낙 오래된 나라이다 보니 왕조의 힘이 급격하게 쇠약해졌다. 그러자 조선연맹의 제후국들까지 이탈하면서 여기저기 분열의 조짐이 나타나기 시작했다. 바로 그럴 무렵에 은의 무정왕이 먼저 조선의 서쪽에 있던 귀방鬼方을 때렸다. 그럼에도 이후 3년이 지나도록 상국인 조선으로부터 아무런 대응이 없자, 이내 〈색도〉와 〈영지〉 등 또 다른 朝鮮의 후국에 대해서도 직접 공략을 가한 것이었다.

이처럼 은상殷商이 같은 동이의 종주국인 古조선의 후국들을 직접 공격해 온 것은 商나라 건국 이래 사실상 처음 있는 대사건이었다. 상은 조선과 같은 동이의 일파가 세운 나라로 건국 과정에서부터 조선의 보이지 않는 협조가 있었고, 국력에서도 대조선에 비교할 바가 아니어서 오래도록 화친의 관계를 유지해 왔기 때문이었다. 조선의 조정에서는 이에 크게 격분해 설왕설래했으나, 딱히 전쟁을 수행할 형편이 아니다 보니 별다른 조치도 취하지 못했다.

이처럼 은나라 군대에 조선의 후국들이 속수무책으로 짓밟히고 있다는 소식에, 개사원蓋斯原의 욕살褥薩(오부五部의 장관)이었던 고등高登이 움직이기 시작했다. 개사원은 대릉하 인근의 개마대산 서북쪽, 즉 적봉 일대로 추정되는 곳인데, 당시 가장 척박하고 궁벽한 땅이었을 것이다. 개사원을 떠날 궁리만 하던 그가 이 기회에 서남쪽 번한의 땅을 차지하려 한 듯, 어느 날 측근인 상장上將 서여西余를 불러 말했다.

"대조선의 후국이나 다름없던 은의 무정이 상국의 후국들을 공격하는 무도한 일이 벌어졌다. 자고로 우리 북방 사람들이 중원의 나라에 고개를 숙인 적이 없거늘, 무능하기 짝이 없는 조정에서 이런 치욕을 당하고도 강 건너 불구경하듯이 별 대응도 하지 않는다니 한심한 노릇이다."

그리고는 고등이 서여에게 단호하게 명령을 내렸다.

"아무래도 이번에 우리가 서북 지역으로 나아가 북박 원정에 나서야겠다. 즉시 출병 준비를 서두르라!"

고등이 주로 융병戎兵으로 구성된 개사원의 군단을 이끌고 장거리 원정을 개시했는데, 이때의 북박北亳이란, 당시 은나라에게 빼앗긴 북경 서쪽의 영지와 색도 일원으로 보였다.

얼마 후 조선의 후국들을 차례로 격파하면서 승승장구하던 은의 군영은 갑작스레 나타난 조선군의 기습에 아수라장이 되었다.

"앗, 융적이다. 융적의 기습이다!"

이렇다 할 대비가 부족했던 〈은〉의 병사들이 우왕좌왕하다가 제대로 저항도 하지 못한 채 크게 패해 달아나기 시작했다. 고등의 군대가 은나라 군대를 추격해 곳곳의 군영마다 불을 지르고, 약탈까지 서슴지 않았다. 고등의 군대가 이때의 〈북박 원정〉으로 은의 무정왕에게 빼앗겼던 서쪽 일원의 땅 상당 부분을 되찾게 되었다. 그렇게 상황이 크게 역전되자 은나라가 별수 없이 조선에 화친을 청하고 조공을 바친 다음에야 겨우 돌아갈 수 있었고, 고조선을 얕보던 무정왕의 위세가 꺾이고 말았다.

당시 은나라 대군을 격파하고 이름을 떨친 고등의 군대는 바로 내몽골 등지에서 이주해 온 융족의 군대로 추정되는데, 주로 맥족 계열의 북방 초원문화의 색채가 강한 민족이었다. 이들은 밭작물 위주의 농경생활보다는 강줄기 주변의 초원을 따라 이주하는 목축이나, 산지에서의 수렵생활에 익숙한 민족으로 호전적이고 싸움에 능했다. 특히 이들이 지닌 단궁檀弓이라는 활은 멀리 날아가는 데다 성능이 탁월해 짐승들을 사냥하기에 유리했다. 결국 새롭게 등장한 이들의 빠르고 강한 전투력에 은나라 군대가 혼쭐이 나고 말았다.

그런데 고등의 군대는 장거리 원정으로 북박을 쳐서 깨뜨리고서도 그곳에 그리 오래 머물지 않았다. 성안에 있던 보물들을 서둘러 챙기고는 이내 바람처럼 철수해 버렸던 것이다. 졸지에 조선 군단의 기습에 놀란 북박인들이 크게 안도했지만, 강력한 조선 군단의 출현은 공포 그 자체로 오래 기억되었을 것이다. 〈북박 원정〉을 성공적으로 마쳤다는 보고를 받은 고등은 이내 사람을 보내 상장 서여에게 새로운 명령을 내렸다.

"장군은 지금부터 탕지산湯池山 방면으로 나아가 인근에 병사들을 주둔시키고, 다음 명령을 기다리도록 하라!"

그러자 서여가 의아하다는 표정으로 되물었다.

"아니, 탕지산이라니? 그렇다면 북박을 치는 것이 주된 목적이 아니라는 말이오?"

그러자 고등의 사자가 의미심장한 미소를 보이며 고등의 속뜻을 전했다.

"북박을 치는 것은 은나라에 겁을 주려는 것도 있지만, 대규모 병력을 동원하기 위한 구실일 뿐입니다. 욕살의 목표는 은나라가 아니라 이번에 번한왕인 소정을 제거하려는 것입니다. 소정이 사라지면 소태단군의 힘도 완전히 빠질 것이 아닙니까? 그리되면 욕살께서 천왕에게 번한을 달라든지 해서, 우리의 요구사항을 관철시키려는 것입니다. 욕살의 생각은 이 이상 개사원의 궁벽한 땅에서 지낼 수 없다는 것이겠지요."

"아, 그래서 번한성 인근에 주둔하라는 명이로구나. 잘 알겠소!"

이후로 서여는 군대를 이끌고 곧장 〈번한〉의 도성인 탕지산(하북당산唐山)으로 방향을 돌려 다시금 먼 길을 내달렸다. 이 시기에 본격적인 기마부대가 출현했는지는 알 수 없었다. 그러나 발 빠른 기마부대가 아니고서는 그 먼 거리를 돌아 탕지산까지 가는 여정이 결코 쉬운 일이 아닌 데다, 그들의 행적으로 미루어 서여의 군대는 초창기 수준의 기마부대를 갖추었을 가능성도 없지 않았다. 어쨌든 서여의 군대는 마침내 탕지산에 당도해 주둔하면서 고등의 다음 명령을 기다렸다.

그 무렵, 번한왕 소정小丁은 북박 원정에 성공한 서여의 부대가 가까운 탕지산에 주둔해 있다는 소식에 크게 놀랐음에도, 그 진의를 알지 못해 전전긍긍할 뿐이었다. 사실 고등과 소정은 북박 원정이 있기 이전부터 이미 진한辰韓의 조정 안에서 서로 간에 최대의 정적인 관계였다. 신흥군벌이나 다름없는 고등이 융족의 군사력을 등에 업고 막무가내로 굴면서 단군을 위협하려 들자, 단군에 충성하는 소정의 세력들이 고등을 견제하고 나섰기 때문이었다. 당시 소정이 조정 내에 튼튼한 기반을 지닌 기득권 세력이었다면, 이민족에 가까운 고등은 이제 겨우 부상했을 뿐, 조정 내에 이렇다 할 지지 세력을 갖지 못했을 것이다.

그러나 야심만만했던 고등은 조정에서 멀리 떨어져 있다 보니 소태단군에게 결코 고분고분하게 굴지 않았다. 오히려 독자적으로 움직이면서 천왕을 좌지우지하려 들었는데, 이때의 〈북박 원정〉 또한 당시 단군을 크게 압박해 고등이 관철시킨 출정이었을 것이다. 게다가 고등은 실로 노련한 융족의 지도자였다. 소정의 세력이 만만치 않음을 깨달은 고등은 그와 전면에서 충돌하는 대신, 조정의 핵심 인물인 소정을 승진시켜 조정 밖으로 내보낼 계획을 세우고 소태단군에게 간했다.

"소정의 지모가 출중하니 이번에 그를 번한왕으로 출보出補시킴이 어떻겠습니까?"

고등이 소정을 왕으로 적극 추대하는 것이 의아하긴 했지만, 단군은 조정의 반대가 없는 한 자신의 충직한 신하인 소정에게 왕이 될 기회를 기꺼이 주고 싶었다. 무엇보다 〈번한番韓〉이 〈진한辰韓〉과 인접해 있었으므로 결국 소정을 번한왕에 임명했다. 그러나 이후 소정이 없는 조정에서 고등의 안하무인 격 횡포가 본격화되기 시작했다. 단군은 그때서야 고등의 시커먼 속내를 간파하고는 이내 불안한 마음을 떨칠 수 없었다.

그런 와중에 은殷의 침공이 있었으나, 고등이 출정을 고집해 〈은〉의 군대를 대파하고 내쫓는 데 성공한 것이었다. 이 일로 고등이 융족들을 규합한 것은 물론, 조선의 신흥권력자로 급부상하게 되었다. 이후 고등은 나라를 구한 공을 내세워 더욱 거침없이 굴었고, 소태단군은 불안한 심정으로 고등의 행동을 주시할 뿐이었다. 소태단군과 고등의 세력 간에 팽팽한 긴장이 고조되고 있던 그 무렵, 진한 조정에 번한으로부터 날벼락 같은 소식이 들어왔다.

"아뢰오! 번한왕께서 알 수 없는 자들이 보낸 자객에게 시해를 당하셨다 합니다!"

"무엇이라, 소정이 죽었단 말이냐? 그게 대체 무슨 소리냐?"

단군이 파발을 다그치자 그가 더욱 놀라운 말을 이어 갔다.

"그런데 그것이……, 상장 서여가 이끄는 군대가 갑자기 도성 안에 들이닥쳐 순식간에 성안을 장악하고는, 무기고 안에 있던 무기와 갑옷을 모두 챙겨 떠나 버렸습니다. 듣자니 개사원으로 향했다는 보고입니다."

"무어라, 상장 서여가 그랬다고? 아니, 그자는 고등의 심복이 아니더냐? 그자가 왜 도성으로 개선하지 않고 번한성으로 갔다는 것이냐? 아뿔싸, 지금 당장 고등을 불러들이도록 하라!"

소태단군이 좀처럼 보기 드문 황당한 사태에 고등을 불러 자초지종을 추궁하려 했으나, 고등 또한 제멋대로 자신의 근거지인 개사원(개마)을 향해 이미 떠나 버린 뒤였다.

이후 단군의 거듭된 소환에도 고등은 일체 불응했다. 단군이 당장이라도 군사를 일으켜 책임을 묻고자 했으나 고등의 위세가 만만치 않다 보니, 자칫 내란으로 크게 번질 우려가 있어 별다른 조치 없이 전전긍긍할 뿐이었다. 그러한 터에 2년쯤 세월이 흘러서 단군에게 고등에 대한 또 다른 보고가 날아들었다.

"아뢰옵니다! 개사원의 욕살 고등이 천왕 폐하의 윤허도 없이 무단으로 귀방을 공격해 멸망시켰다고 합니다!"

"무엇이라, 고등 그자가 귀방을 멸했다고?"

소태단군은 자신과 조정을 무시하는 고등의 행태에 크게 노했지만, 이번에도 딱히 고등에게 이렇다 할 조치를 취하지 못한 채 시간만 흘려보냈다. 그 바람에 이때부터 단군의 권위가 본격적으로 실추되기 시작했다.

일찍이 〈하〉의 걸왕이 탕왕에게 망하자, 걸의 아들 중에 순유淳維(순누)라는 사람이 아버지 걸왕의 여인 중 한 명을 취하고는 탕왕의 세력을 피해 사람들을 이끌고 북으로 도망쳤다. 그가 오르도스(하투)의 광활한 초원 지역에서 유목생활을 하며 자신의 부족을 〈훈육葷粥〉이라 했다. 후일 훈육은 주周나라 때는 〈험윤獫狁〉으로 바뀌고, 진한秦漢시대에는 〈흉노匈奴〉라 불렸다.

은상殷商 중엽에는 훈육과는 또 다른 무리가 동북에 자리하면서 별도로 〈귀방〉이라 불렸다. 귀방鬼方은 동이의 서변, 은의 북쪽인 내몽골 음산산맥 일대에 살던 북적(융, 산융)의 일파로, 원래는 조선의 후국인 견이畎夷의 일족이었고 흉노의 조상 격이었다. 그런데 소규모 부락으로 흩어져 있던 이들이 이합집산을 거듭하면서 점차 세력이 커지자, 스스로 천손天孫임을 주장하면서 목소리를 높이기 시작했다.

그러던 중 殷의 무정왕이 즉위 초에 섬서성 일대의 〈귀방〉을 토벌하는 사건이 벌어졌다. 당시 무정왕의 궁극적인 목표는 크게 쇠락해 가는 상국인 조선이었으므로, 그 후국으로 조선의 곁에 있던 귀방을 선제적으로 공격한 것이었다. 무정왕은 이후 3년 가까이나 殷나라 군대를 주둔시키며 귀방을 직접 다스렸다. 그런 이유로 그 후 은이 조선에 패해 떠난 후에도 귀방은 여전히 크게 약해져 있었다.

이러한 사정을 잘 알고 있던 고등이 그 틈을 노려 바로 이웃해 있던 귀방을 아예 무너뜨리고 만 것이었다. 귀방은 융족과는 혈연적으로 같은 민족이나 다름없었으니, 내몽골 서남부와 하투 일원에 터 잡고 살던 자들이 귀방이요, 남진해 조선으로 스며든 자들이 융족인 셈이었다. 다만 〈귀방〉이 초원지대에 널리 퍼져 유목생활을 했던 반면, 〈융족〉은 산지에 기대 주로 수렵에 의존하면서도 농경생활을 병행하는 차이가 있었을 뿐이었다. 이때 고등에 의해 귀방이 무너지자 그보다 더 먼 북쪽에 있던 나라들이 〈진한辰韓〉을 두려워한 나머지, 사신을 보내와 조공을 바칠 정도였다고 한다.

고등은 그렇게 귀방을 장악한 채 조선의 서북지방을 손에 넣으면서 날로 그 세력이 더욱 강성해지게 되었다. 자신감으로 충만한 고등이 이 윽고 단군에게 사람을 보내 또 다른 청을 넣었다.

"이번에 우리 욕살 고등께서 자신을 우현왕에 봉해 주시기를 청했으니, 부디 윤허하여 주소서!"

그러나 소태단군은 고등의 청을 단호하게 거절했다.

"그자는 번한왕 소정을 시해한 데 이어, 조정의 허락도 없이 제멋대로 군대를 일으켜 귀방을 친 사람이다. 욕살의 자리를 빼앗지 않은 것만도 다행이라 여겨야 하거늘, 하물며 우현왕右賢王에 봉해 달라니 그자의 뻔뻔함은 대체 그 끝이 어디라더냐?"

단군이 완강하게 고등의 요구를 거절했으나, 그럼에도 고등의 요청이 줄기차게 반복되었고 조정에는 새로운 긴장이 조성되었다. 그런데 그 무렵에 진한 조정에서의 어수선한 정국이 지속되는 데 대해, 진한의 동쪽에 자리한 마한왕馬韓王 아라사阿羅斯가 분개하기 시작했다.

"욕살 고등, 그자의 불충이 그야말로 점입가경이로구나. 단군께서 내란을 우려하여 차마 개사원을 공격하지 못했다 들었으나, 이는 천왕에 대한 반역이요, 천 년의 전통을 이어 온 조선 전체의 기강을 해치는 일이므로 결코 좌시할 수 없는 일이다. 내 기꺼이 출정해 고등을 치러 갈 것이다!"

그리하여 마한왕이 군사를 일으켜 고등을 치기 위해 출정했다. 갑작스레 古조선연맹 전체에 전운이 감도는 가운데 〈마한〉의 군대가 홍석령(관전현 일대)에 이르렀을 때, 급히 파발이 달려와 새로운 소식을 전했다.

"아뢰오! 천왕께서 욕살 고등을 우현왕으로 봉할 것을 윤허하셨다 합니다. 그러니 여기서 진격을 멈추시고 회군을 하라는 천왕의 명이 떨어졌습니다!"

"흐음, 천왕께서 내란을 막으시려고 내리신 고육지책이로구나……. 어쩔 수 없다. 천왕의 명령이니 분하지만 도리가 없다. 모두들 예서 철군을 서두르도록 하라!"

이때 소태단군이 고심 끝에 서북 지역의 안정을 위해 마지못해 고등을 두막루豆莫婁에 봉해 주었는데, 이곳이 후일 〈북부여北夫餘〉의 기원이 되었다고 했다. 그런데 그 뒤 3년여가 지나 고등이 사망하는 바람에 그의 손자인 색불루索弗婁가 우현왕을 계승했다. 고등高登은 은나라 무정왕의 대대적인 공세를 물리친 조선의 영웅이면서도, 한편으로 번한왕의 자리를 탐낼 만큼 대범한 야심가였는데, 틀림없이 단군의 자리마저 노린 것으로 보였다.

고등을 탄생시킨 융족의 부상은 오래도록 진행되어 온 기후재앙과 커다란 연관성이 있어 보였다. 적봉 일대 현 요하(랴오허) 서북쪽의 광활한 지역이 사막화 내지는 초원화가 진행되다 보니, 일정한 토지에 매여 농경생활을 하던 부족민들은 땅을 버리고 흩어져야 했다. 그러나 강가 등지에서 수렵과 유목생활에 의존하던 사람들은 상대적으로 생존에 유리했을 것이다. 이러한 수렵 환경이 이들로 하여금 들짐승보다 빠르고 멀리 달릴 수 있는 말을 길들여 타거나, 멀리까지 날아갈 수 있는 성능 좋은 활(단궁檀弓)을 개발해 내게 한 것으로 보였다.

북방 아시아의 말들은 추위에 견디기 위해 상대적으로 작은 체격을 지녔지만, 한겨울에도 눈밭의 풀뿌리 등을 파먹고 살 수 있을 정도로 강인한 짐승이었다. 그럼에도 융족들은 이처럼 거칠고 힘센 말들을 사육하고 길들이는 방법을 기어코 찾아냈고, 고도로 발전된 단궁 제작기술 등을 용케도 발명해 낸 것이었다. 특히 말馬은 처음으로 인간의 이동성을 획기적으로 증대시켜 준 교통수단이었다.

말의 사용은 현대의 자동차나 비행기에 버금갈 정도로, 옛사람들의 의식과 문화교류에 엄청난 혁신을 일으킨 고대의 대표적 발명이나 다름없는 것이었다. 흔히들〈부여夫餘〉나〈실위室韋〉,〈오손烏孫〉이 말 사육을 처음 시작했다고 한다. 그런데 이들 모두는 북방 기마민족의 전형인 융족과 친연성이 깊었으므로, 어쩌면 이들에 훨씬 앞서 융족이 이 일을 먼저 해냈을 가능성도 매우 커 보였다.

이처럼 당시로서는 다분히 혁신적인 신종 병기로 무장한 융족들은 강력한 전투력을 바탕으로 남동쪽의 진한을 향해 과감히 진출할 수 있었고, 오래 지나지 않아 조선의 중심세력으로 부상하게 되었다. 고등은 그렇게 신흥세력인 융족들을 규합해 천왕을 능가하는 지도자로 떠올랐으며, 殷의 첫 공세를 물리친 조선의 영웅으로 우뚝 서게 되었다.

그럼에도 고등은 끝내 번한왕의 자리에 오르지 못한 채, 북부 변방의 두막루에 만족해야 했는데, 이는 당시 주류였던 단군을 포함한 기득권 세력으로부터 힘만 내세울 줄 안다며 철저하게 외면당했기 때문으로 보였다. 그러나 우현왕 고등의 불타는 야망은 古조선 분열의 씨앗이 되어 그의 손자에게 그대로 전해지게 되었다.

당시〈조선〉의 도읍은 여러 곳으로 이주를 반복한 끝에 현 하북성 창려昌黎 인근의 아사달인 평라平那였던 것으로 추정된다. 그즈음 소태단군이 서쪽 해성海城(험독 인근)을 순행하다가 여러 부로父老들을 모아 하늘에 제를 올리고 노래와 춤으로 위로했다. 그때 오가들을 불러 한자리에 모이게 하고는 뜻밖의 말을 했다.

"내가 이제 늙어 정사를 보기가 매우 고달프구려, 앞으로는 이곳의 서우여에게 정사를 맡길 생각이오. 그가 나를 대행할 것이니 모두들 그를 기수라 부르도록 하시오!"

서우여徐于餘는 해성을 다스리던 욕살이었는데, 다름 아닌 고등의 상장으로 〈북박 원정〉을 이끈 서여西余와 동일인으로 추정되는 인물이었다. 은나라 원정의 공을 인정받아 그즈음 해성을 다스리고 있다가, 이때 파격적으로 소태단군의 대행인 기수奇首의 자리에 오른 것이었다. 그뿐 아니라 살수薩水(패수의 지류) 인근의 땅 백 리까지 분봉 받게 되면서, 서우여가 혜성처럼 아사달의 중심인물로 떠올랐다.

이미 지도력에 타격을 입은 소태단군으로서는 힘으로 자신을 위협하던 우현왕의 세력보다는, 〈조선〉의 기득권 세력인 데다 도성의 서변을 둘러싸고 있는 해성의 욕살에게 권력을 넘김으로써 장차 진한 조정을 보호하려는 심산인 듯했다. 무엇보다 고등의 심복이었던 서우여를 통해 색불루를 견제하려 들었던 셈이니, 과연 이 소식을 접한 우현왕이 크게 분노했다.

"단군께서 이 무슨 어이없는 조치이신가? 전통대로 자신의 후임 천왕은 오가의 대가 중에서 유능한 자로 선출하면 될 일이지, 하필이면 욕살 서우여를 단군의 대행으로 삼겠다니……. 이는 장차 그에게 선양을 하겠다는 뜻이 아니고 무엇이란 말이냐? 이런 편법은 도저히 납득할 수 없는 일이다!"

단군의 속셈을 읽은 색불루가 평양으로 사람을 보내 이것이 매우 부당한 조치라며 즉시 명령을 거두어 달라 요청했으나, 단군은 이를 단호하게 거절했다. 그런데 단군이 서우여에게 선양하려 한다는 소식은 이웃한 마한 조정에도 전해졌다. 〈마한〉은 소태단군에 충성하며 생전의 고등을 치기 위해 출병도 마다하지 않던 나라였다. 그럼에도 막상 서우여가 후계자로 부상하게 되니, 새로운 마한왕 가리加利 역시 단군의 뜻이 불가한 것이라며 반대하고 나섰다. 그러나 소태단군은 마한왕의 반대 역시 단호하게 물리쳤다.

당시 소태단군의 이러한 조치는 다분히 편의주의적인 일면이 없지 않았는데 그만큼 상황이 다급하게 돌아갔기 때문이었을 것이다. 번한왕이 부재하고 마한왕이 반대하는 상황에서 단군 스스로 합리적인 절차를 무시한 채 일방적으로 기수奇首를 지명하다 보니, 결국 이는 단군의 권위가 더 크게 흔들리는 치명적인 결과를 초래하고 말았다. 순식간에 권력의 공백이 생기자 三韓 전체가 격랑의 소용돌이에 휩싸이고 말았고, 이는 그간 잠자고 있던 조선 분열의 기운에 불을 댕긴 꼴이 되고 말았다. 얼마 후 색불루가 일어나 기어코 일을 저지르고 말았는데, 그가 측근들을 모아 말했다.

"과거 고등 조부께서도 번한왕 소정의 일로 갈등이 컸는데, 지금 우리 천왕께서는 또다시 편법으로 일개 욕살인 서우여에게 선양을 하려 드신다. 이는 천 년을 이어 온 전통을 깨는 가벼운 조치이자, 단군으로서의 신성한 임무를 저버린 것으로 조선 백성들 모두가 도저히 납득할 수 없을 것이다."

그러자 그의 수하들이 색불루를 다그치며 재촉했다.

"그러합니다. 그러니 왕께서 반드시 이 기회에 일어나셔야 합니다. 더 이상 번한이든 마한이든 다른 누구의 눈치를 볼 여유가 없습니다. 이미 천왕이 지도력을 상실한 만큼, 우리가 아니더라도 반드시 다른 누군가가 나서지 않겠습니까?"

색불루가 크게 고개를 끄덕이며 수긍하는 말을 했다.

"맞는 말이다. 나는 우현왕으로서 대조선이 무너져 내리는 것을 결코 좌시할 수 없다. 이에 일단은 부여의 신궁으로 진격할 것이다. 그곳에서 단군께 사람을 보내 그 이유를 명확히 따지고자 한다. 그러니 그대들 모두가 나를 도와 조선의 국기國氣를 되살리는 데 협조하기 바란다!"

"와아, 짝짝짝! 드디어 결심하신 겝니다. 우현왕 만세! 색불루 만세!"

순식간에 좌중에서 박수갈채와 환호 소리가 터져 나오며 색불루의 궐기를 크게 반겼다. 색불루는 자신을 따르는 수하들과 함께 평소에는 사냥꾼으로 일하던 병력 수천을 이끌고 적봉 북쪽에 위치한 〈부여〉의 신궁新宮으로 곧장 진격했다. 그는 신속하게 신궁을 장악한 다음, 장기간 농성하면서 소태단군에게 편법 선양에 대해 납득할 만한 해명과 계획의 철회를 강력하게 요구함은 물론, 한술 더 떠 서우여를 폐하고 서인庶人으로 만들 것을 요구했다. 표면적으로는 그럴듯한 이유를 댄 것 같지만, 이것은 단군에 대한 강력한 반발을 넘어 사실상의 반역을 의미하는 것이었다.

이쯤 되면 단군의 대행인 서우여가 당연히 목소리를 내고 나서야 했는데, 그러나 웬일인지 그는 침묵으로 일관했다. 그러자 단군으로부터의 해명과 적절한 조치가 없음을 이유로 색불루가 〈부여신궁〉에서 스스로 단군의 자리에 올라 즉위했음을 일방적으로 선언해 버렸다. 사실상 역성혁명이나 다름없는 색불루의 대범한 조치에 〈古조선〉 전체가 더더욱 걷잡을 수 없는 혼란에 빠지고 말았다.

소태단군과 진한辰韓의 대신들이 색불루와 전쟁을 치러야 한다며 설왕설래하는 사이, 마침 마한왕 가리가 먼저 일어섰다. 그는 서우여에 대한 선양을 반대하기는 했으나, 그렇다고 색불루가 진한의 단군에 대해 반역을 범하고 스스로 천왕임을 선포한 것을 용납할 수는 없었다. 마한왕이 우현왕의 반란을 진압하기 위해 출정했다는 소식을 접한 색불루는, 즉시 군병을 보내 마한왕에 맞서 싸우고자 했다.

"마한왕이 주제도 모르고 감히 우리에게 도전해 왔다. 마한은 고등조부께서 우현왕에 오르시는 것을 반대해 출병까지 했던 나라다. 이번에도 또다시 먼저 나서는 것을 보니, 마한왕의 무모함을 두고 볼 수가 없게 되었다. 즉시 출병해 우리를 얕보는 그 못된 습성을 반드시 고쳐 주고 천하의 본보기로 삼을 것이다!"

그리하여 색불루와 마한왕의 군대가 해성海城 인근에서 맞부딪쳐 전투를 벌였다. 그러나 압도적인 전투력을 자랑하는 색불루의 병사들에게 마한왕의 군대가 풍비박산이 나 버렸고, 안타깝게도 마한왕 가리加利가 이 전투에서 흐르는 화살에 맞아 전사하고 말았다.

마한왕이 〈해성전투〉에서 전사했다는 소식을 접한 소태단군은 크게 낙담했다. 그는 이번에야말로 서우여가 일어나 줄 것으로 기대했으나, 서우여는 그토록 다급한 상황에서도 여전히 침묵으로 일관하고 있었다. 서우여의 행동에 크게 실망한 데다 늙어 심신이 지친 소태단군이 어쩔 수 없이 사태 수습에 나섰다.

"두막루의 우현왕이 나의 선양 계획에 크게 반발하고 나섰다. 이는 나에 대한 도전이요, 엄연한 반역이라 마한왕이 나서서 그를 진압하려 했으나, 안타깝게도 우현왕을 제지하지 못한 채 오히려 전사하고 말았다. 그런데도 조정에서는 우현왕을 막으려는 인물 하나 나타나지 않았다. 이는 틀림없이 그대들 모두의 생각이 우현왕과 같지 않고서는 도저히 있을 수 없는 일이 아닌가?"

"……."

단군이 조정 대신들을 다그쳤음에도 누구도 나서서 대답하는 이가 없자, 단군이 실망스러운 표정으로 말을 이었다.

"우현왕이 이미 천왕임을 선포한 만큼, 그는 이제 여차하면 아사달을 공격해 올 태세다. 내가 단군의 제위에서 물러남에 있어 아사달이 전쟁의 소용돌이에 휘말리는 것을 절대 용납할 수 없다. 지금 아사달이 평화를 유지할 방법은 오직 우현왕에게 단군의 자리를 물려주는 길밖에 없을 것이니, 기꺼이 그 길을 택할 것이다."

"천왕, 그것은 아니 되옵니다. 흑흑!"

그때서야 조정의 대신들이 울며불며 천왕의 자진 퇴위를 만류했으나, 소태단군은 색불루에게 사람을 보내 선양을 하겠다는 뜻과 함께 옥책玉冊과 국보國寶를 전달케 했다. 그와 함께 아무런 행동도 취하지 않은 채 수수방관으로 일관한 서우여를 폐하여 서인으로 삼는다고 발표해 버렸다. 제위에서 물러난 소태단군은 이후 아사달에 은거한 채 그곳에서 여생을 마쳤다고 한다.

당초 소태단군은 북방 융족 출신인 고등의 출현에 위협을 느끼고 소정小丁을 시켜 고등을 견제하려 했다. 그러나 뜻밖에도 고등이 소정을 시해하는 강수를 두면서 모든 것이 틀어지기 시작했다. 다행히 고등을 두막루에 봉해 긴급한 상황을 막고 그사이 고등이 사망하면서 사태가 진정되는 듯했으나, 고등의 손자인 색불루의 기세 또한 그의 조부를 능가할 정도로 만만치 않았다.

그렇게 우여곡절 끝에 BC 13세기 말경, 우현왕이던 색불루가 부여 신궁에서 새로이 단군의 제위에 오르게 되었다. 이로써 단군왕검이 아사달에 도읍을 열고 조선을 개국한 이래 대략 천년 만에 비로소 배달국〈朝鮮〉의 왕통이 끊어지게 되었다. 비록 색불루가 단군의 제위를 이어받기는 했지만, 이것은 조선 역사상 처음으로 기록된 엄연한 혁명革命 coup으로, 〈古조선〉 사회의 지도층이 농경족인 배달족에서 새로이 북방 기마민족인 융족戎族으로 교체되는 엄청난 역사적 사건이었다.

古조선의 핵심 주류로 새롭게 등장한 색불루 집단은 북방의 또 다른 맥족貊族 계통으로 흥안령興安嶺산맥의 서북쪽에 살던 사나운 수렵 세력이었다. 이들이 더욱 강력한 전투력을 선보이니, 주변의 나라들이 차례대로 무릎 꿇지 않을 수가 없었다. 색도索度라는 지명은 색륜索倫과 같은 말로 몽골이나 중국인들은 솔롱Solong이라 발음했고, 솔롱고Solongo는 색륜산 너머 북만주 일대에 사는 조선(숙신)족을 지칭하는 말이기도 했다. 후일 북방 기마민족을 대표하는 이들이 바로 사납고 싸움 잘하기로 이름난 융족戎族(적狄, 북융, 산융)이었으니, 기존 배달족을 물리치고 새로운 〈古조선〉의 주류로 부상하면서 당시 엄청난 사회적 변화와 파장을 일으켰다.

실제 BC 20세기를 전후로 하는 단군왕검의 배달(밝달)족은 청동기를 사용하던 고대 농경사회에, 주로 적봉赤峰 서쪽의 〈하가점하층夏家店下層 문화〉(BC 15~BC 9세기)를 이루었던 고조선 세력이었다. 이들이 오랜 기후재앙 등으로 세력이 와해되면서 그 지도층이 동북아 역사의 무대에 새롭게 등장한 색불루의 융족 집단으로 대체된 것으로 추정되었다.

융戎족은 농경 세력이던 배달족과는 확실하게 이질적인 문화를 지닌 수렵 세력이었다. 좀 더 날카롭고 파괴적인 신무기로 무장했던 이들이 〈위영자魏營子문화〉(BC 11~BC 7세기)의 주인공이자, 후대의 〈산융山戎〉이나 〈동호東胡〉의 조상들로 추정되었다. 종전 농경민족에 비해 더욱 호전적인 북방의 융족이 강력한 전투력을 앞세워 고조선 지역을 평정했고, 같은 종족의 유목세력인 〈귀방〉은 물론 중원의 商나라마저 압도한 것이었다.

막상 색불루가 소태단군의 뒤를 이어 〈조선〉의 천왕에 오르자, 이번에는 그때까지 사태를 관망하며 잠잠하게 지내던 서우여가 뒤늦게 반기를 들고 일어났다. 그는 색불루가 반역을 통해 천왕의 자리를 빼앗은 것이나 다름없어 도저히 이를 묵과할 수 없다며, 새로운 천왕의 세력을 크게 성토하고 나섰다. 이 소식이 부여신궁으로 빠르게 전해졌다.

"천왕, 황송하오나 서우여가 좌원으로 몰래 숨어들어 수천 명을 모아 거병했다고 합니다!"

좌원坐原은 서우여의 봉지인 살수薩水(패하 상류) 인근이자, 하북 환도산 서쪽의 작은 평원으로 도읍지인 평나平那(평양)의 서북쪽이었다. 서우여가 그보다 훨씬 더 위쪽에 있던 부여신궁을 곧장 겨냥한 것이었다.

"흐음, 예상했던 대로 서우여가 반기를 들었구나. 내란이 있어서는 아니 되겠지만, 어쩔 수 없는 일이다. 내가 직접 서우여 토벌에 나설 것이다!"

색불루단군이 부리나케 출병을 명하고, 반군의 토벌에 나섰다. 먼저 단군의 명을 받은 갑천령盍天齡이 군대를 동원해 좌원에 은거해 있던 서우여를 공격했다. 비록 서우여가 노장이긴 했으나 그는 〈북박 원정〉의 영웅으로 전투에 능한 인물이었고, 해성을 다스리면서 주변의 지리를 훤히 꿰고 있었다. 결국 〈좌원전투〉에서 서우여의 반군에 갑천령의 정부군이 크게 패했고, 갑천령은 진중에서 전사하고 말았다. 아마도 좌원 일대의 지리에 어두웠던 것이 주된 패인이었을 것이다.

마한왕의 도전을 가볍게 뿌리쳤던 색불루였지만, 갑천령의 전사 소식을 듣고는 머리가 복잡해지기 시작했다.

"흐음, 역시 서우여가 만만치 않은 늙은이로구나……"

그런데 당시는 중원의 商나라 공격을 막아 낸 지 얼마 되지 않은 시점이었다. 따라서 자칫 〈조선〉이 대규모 내란에 휩싸이게 되면 가뜩이나 조선의 후국들을 공격해 오던 商이 다시금 조선을 넘볼 수 있는 위험이 도사리고 있었다. 이는 소태단군이 우려하던 바이기도 했다. 색불루단군이 고심 끝에 겉으로는 출병으로 맞서는 척하면서도, 서우여 측에 은밀하게 사람을 보내 타협안을 제시했다.

"나는 조선의 강토가 내란에 휩싸이는 것을 진실로 원치 않소. 더구나 오래전 내 조부님과 그대와의 의리를 생각할 때, 그대와의 충돌은 더더욱 있어서는 아니 될 일이오. 그러니 청컨대 그대가 이쯤 해서 물러서 주길 바라오. 그대가 만일 이런 나의 제안을 받아들인다면 그대의 죄를 묻지 않음은 물론, 장차 그대를 비왕裨王으로 봉하여 번한의 땅을 다스리도록 해 줄 것임을 약속하겠소!"

다행히 노련한 서우여가 이를 받아들이기로 하여 스스로 철병을 택했다. 내란의 전면적인 확대를 피할 수 있게 된 색불루는 약속대로 서우여를 번한(변한弁韓)왕으로 봉해 주고 사태를 마무리 지었다. 서우여는 번한왕이 되어 해성인 험독아사달을 도읍으로 삼은 듯했다. 당시 〈번한〉의 중심국은 〈고죽高竹〉으로 북경 아래쪽에 도읍을 둔 것으로 보였다.

아마도 어느 시기인가 古조선이 은의 공세를 고려해 옛 도읍지인 험독아사달에서 동쪽 평나(평양, 창려)로 천도를 했고, 이로써 도성의 방어와 안정을 강화하려 한 듯했다. 색불루단군이 이때 서우여에게 번한왕을 내주긴 했지만, 〈번한〉은 오래전부터 사실상 중원의 〈은〉에 대한 방파제 역할을 해 왔으므로 서우여에게 그 부담을 전가시킨 측면도 없지 않았을 것이다.

그러나 색불루단군은 이후에도 조정을 안정시키는 일에 더욱 주력해야만 했다. 북쪽에 치우친 부여신궁에서 서둘러 단군에 올랐던 그로서는 이제 도읍인 남쪽의 아사달 평나로 내려가야 하는 문제에 봉착하게 되었다. 사실 소태단군으로부터 천왕의 자리를 가로챈 것이나 다름없던 그로서는 두막루 아래에 위치하여 자신의 기반이나 다름없는 부여신궁을 떠나는 일이 내키지 않았다. 그러자 대신들이 건의했다.

"이미 이곳에서 천왕에 오르신 만큼, 새삼스레 평나로 내려가실 이유는 없을 것입니다. 그러니 이곳을 새로운 도읍으로 삼아 천도를 단행한 것으로 기정사실화하면 될 일입니다!"

그리하여 색불루단군은 결국 북쪽 녹산鹿山의 부여신궁에 눌러앉아 그곳을 새로이 〈백악산아사달〉로 삼고, 자연스레 천도를 단행한 것으로 했다. 단군은 녹산의 성을 새로운 도읍에 걸맞게 개축하여 넓히게 하고, 기존의 삼한三韓을 그대로 계승하되, 나라를 3개의 조선朝鮮으로 구분해 다스리는 관제官制 개혁을 단행했다. 종전처럼 아사달이 있는 중앙의 〈진眞조선〉은 진한辰韓의 옛 땅 그대로를 단군 천왕이 직접 다스리되, 서남쪽 변한卞韓의 땅은 〈번番조선〉으로 하고, 그 동쪽의 마한馬韓은 〈막莫조선〉(마, 말조선)으로 부르기로 했다. 물론, 조선朝鮮 전체의 정치, 외교와 군사권은 종전처럼 천왕을 경유하도록 하여 하나로 통일되게 다스려지도록 했다.

색불루단군은 우선 서우여를 그대로 〈번조선〉의 왕으로 삼아 다스리게 한 데 이어, 여원흥黎元興을 〈막조선〉의 새로운 왕으로 삼았다. 그는 대부분의 욕살들이 녹산으로의 천도를 반대했을 때 사람들을 설득해 천도를 도운 인물이었다. 〈막조선〉의 도읍이 대동강의 왕검성이었다는 주장이 있으나, 한반도의 평양보다는 대릉하 일대의 조양朝陽으로 추정되는데 그마저 분명치 않다.

색불루단군은 평나를 자신을 지지하는 여원흥으로 하여금 다스리게 하고, 그가 가까이에서 서우여를 견제토록 하는 이중의 효과를 기대한 듯했다. 그러나 이 또한 기록의 미비로 모든 것을 정확하게 알 수는 없다. 여전히 아사달의 위치 등을 놓고도 이론이 분분하기 때문이다. 어쨌든 새로운 단군은 그렇게 두 왕으로 하여금 나머지 이조선二朝鮮을 다스리게 하고, 궁극적으로 자신을 보좌토록 하는 노련함을 보였다.

사실 '색불루素弗婁'라는 그의 이름 속에는 천 년 전 〈도산회의〉의 영웅인 '부루夫婁단군'의 이름이 보인다. 색素은 조朝나 숙肅과 유사한 발음으로 모두 조선(쥬신, 숙신)을 뜻하고, 부루는 부리(비리), 부여와도 같은 뜻이니, 그는 스스로 '색부루'라 칭함으로써 단군조선의 왕통을 잇는 지도자임을 내세운 것이었다. 후일 색불루의 삼조선三朝鮮을 통털어 〈대진국大辰國〉이라 불렀다고도 한다. 또 이들의 후예 중 천산산맥을 넘어 서역에 자리 잡은 일파가 '샤카족'이라는 일설도 전해졌다.

그해 가을 색불루단군은 이전 도읍지였던 평나에 행차해 종묘를 세우고 조부인 고등왕高登王에게 제를 올려 자신이 천왕에 즉위한 사실을 고했다. 그의 조부 고등은 신흥 북방 융족의 세력을 규합해 은으로부터 조선을 구한 구국의 영웅이었다. 또한 천 년을 이어 오던 낡은 배달조선에 과감하게 도전해 그 주도권을 빼앗으려 했던 맹장이었다. 그의 웅대한 포부와 의지가 있었기에 융족이 배달족을 누르고 정권 교체에 성공할 수 있었으니, 마침내 단군에 오른 색불루의 입장에서는 조부의 위대한 뜻과 은공을 기리는 일이야말로 중차대한 일일 수밖에 없었을 것이다.

단군은 아울러 평나에서 멀리 북쪽에 떨어져 외진 백악산아사달(파림좌기, 임서 추정)로 천도한 데 대해, 이전 도읍지의 백성들과 소통하면서 민심을 수습하고자 했다. 그런 정치적 행보를 통해 천왕인 자신의 존재를 확실하게 각인시킬 필요가 있기 때문이었다. 다행히 색불루단군은 나머지 이조선二朝鮮(번, 막조선)을 무리 없이 다스릴 수 있었고, 이후 〈조선〉은 북방 기마민족의 강력한 전투력으로 재무장하면서 새로운 중흥기를 맞이하는 전기를 마련하게 되었다.

그렇게 〈조선〉의 나라 안을 안정시키는 데 성공하자마자 색불루단군은 그 즉시 시선을 나라 밖으로 돌리기 시작했다. 즉 은나라가 무정왕 사후 쇠락을 지속하는 틈을 타, 이번에는 반대로 조선이 오히려 중원으로의 진출을 적극 시도하려 한 것이었다. 특히 이 시기에 단군이 백성들의 중원 진출을 위해 주목할 만한 명을 내렸다.

"은과 경계한 번조선의 백성들을 산동 아래 태산과 회수 지역으로 이주시켜 농사를 짓거나 가축을 기르며 살게 하라!"

이런 노력으로 산동 아래까지도 배달동이족이 널리 흩어져 살게 되었다. 특히 이 시기에 〈남국藍國〉의 위세가 강성해져 항산恒山(산서혼원渾源) 이남까지 〈조선〉의 영향력이 크게 확대되기에 이르렀다.

색불루단군 재위 20년쯤 지나서, 단군이 여파달黎巴達로 하여금 병력을 둘로 나누게 한 다음, 중원의 서북쪽으로 나아가 황하의 안쪽(하남)인 〈빈邠〉과 〈기岐〉 땅까지 진출하게 했다. 감숙성 함양 서쪽의 빈기 땅은 일찍이 〈하夏-상商〉 교체기에 조선 흘달단군의 명으로 신지인 우량于亮이 진출했던 지역이라, 古조선의 유민들이 많이 흩어져 살고 있었다. 여파달이 이들을 모으고 단합시킨 다음, 그 서쪽 지역의 융족(견이일파)들과 힘을 모아 나라를 세우도록 했다.

새로운 나라의 이름은 〈여黎〉라 했는데, 후대에 일어나게 된 〈주周〉나라의 조상인 고공단보古公亶父가 당시 빈邠 땅에 살고 있었다. 그의 먼 조상은 순임금을 모시고 농사를 주관했던 후직이라고 했다. 후직의 후예들이 융적의 땅을 거쳐 황하 안쪽의 위수渭水 일대에서 농사를 짓기 시작했고, 끝내는 빈으로 들어와 훈육과 어울려 산 것이었다.

그러나 이 무렵 여파달의 군대와 융족들이 빈邠 땅에 들이닥치자, 고공단보의 백성들이 결연한 의지를 내보였다.

"구이가 융족들을 몰고 왔으니 큰일입니다. 우리가 맞서 싸우지 않으면 나라를 빼앗기고 쫓겨날 판입니다. 어렵더라도 힘을 모아 싸워야 합니다!"

그러나 고공단보가 단호하게 고개를 가로저었다.

"신중하게 생각해야 한다. 융적만으로도 우리 힘으로 막아 내기 힘든 지경인데, 하물며 지금 적들은 진한(진조선)왕이 보낸 장수와 군대가 지휘하고 있는 여국이라 우리가 상대하기에는 너무 버겁다. 그대들의 충정과 결기야 십분 알겠으나, 자칫하면 우리 모두 패망의 길로 갈 수도 있는 문제다. 실로 중요한 것은 살아남는 것이므로 일단은 전쟁을 피해 빈을 떠나야 할 것이다!"

그 결과 고공단보가 이끄는 무리가 여국黎國과의 싸움을 포기하고 빈邠을 떠나 서남쪽 인근의 기산岐山으로 들어갔는데, 이들이야말로 조선의 지배를 거부했던 견이의 강경파로 보이기도 했다. 그 후 은나라 말기에는 〈여국〉이 〈기국岐國〉으로 하나가 되었는데, 후일 고공단보의 후손인 희창姬昌(주문왕周文王)이 견융을 토벌한 이듬해에 기국을 격파하고, 자신들의 본거지로 삼았다. 이때 희창에게 패한 여국 사람들이 비로소 빈기 땅에서 물러나 멀리 동쪽(산서여성黎城)으로 나오게 되었으니, 원래 자신들이 떠났던 본향으로 돌아온 것으로 보였다. 이처럼 〈주周〉나라의 건국은 이래저래 조선과 동이를 중원과 그 서쪽에서 몰아내게 되는 역사적 계기였음이 틀림없었다.

그렇게 중원을 호령하던 융족의 영웅이었음에도, 색불루단군의 말년은 그리 평탄하지 못했다. 자신이 뿌린 분열의 씨앗 때문이었는지, 변방에 머물던 신독申督이란 장수가 돌연 난을 일으켰기 때문이었다. 그 바람에 단군은 부득이하게 도성인 아사달을 떠나 오랫동안 피난살이를 해야 했다. 당시 동쪽 멀리 영고탑寧古塔으로 피신했다는데, 그 위치는 명확하지 않다. 그런 와중에 마침내 천왕이 붕어했고, 그의 뒤를 이어 태자인 아홀阿忽이 천왕에 즉위했다.

아홀단군은 즉위하자마자 〈진조선〉을 재건하는 데 주력했다. 우선 아우인 고불가固弗加에게 명해 낙랑홀樂浪忽(성城)을 다스리게 했다. 당시 〈조선〉이 내란을 겪는 통에 〈남국藍國〉의 아래쪽 변경 지역에 은나라 사람들이 들어와 국경이 매우 어지러워졌기 때문이었다. 천왕은 다음으로 웅갈손熊乫孫을 직접 남국왕에게 보내 변경에 출몰하던 은나라 사람들을 평정하도록 하고, 지역의 안정을 되찾게 했다. 가을이 되자 마침내 아홀천왕이 명하였다.

"역적 신독의 난을 피해 아사달을 떠나온 지 오랜 시간이 지났다. 아사달의 남쪽을 단단히 한 만큼, 이제 부여신궁으로 들어가 신독과 결판을 내고 반드시 도성을 되찾고 말 것이다!"

결국 천왕이 부여신궁으로 출병해 신독을 베고 환궁하는 데 성공했다. 신독의 반란군 일파를 제거한 아홀천왕은 이어 죄수들과 포로들을 석방하게 하고 백성들을 위로하면서 나라의 화합에 주력하는 등, 서둘러 조정을 안정시키고자 애썼다.

이듬해가 되자 단군의 명을 받은 남국왕 금달今達이 병력을 이끌고 〈청구국〉, 〈구려국〉의 왕들과 함께 주개周愷라는 곳에 모였다. 〈은〉에 가까운 3국의 소왕들이 한 자리에 집결한 것은 전쟁 시에나 가능한, 지극히 예사롭지 않은 일이었다. 과연 이들 조선의 소왕들은 추가로 합류한 〈몽고리蒙古里〉의 군대와 힘을 합해 은나라로 진격해 들어갔다. 강력한 조선군단의 폭풍 같은 질주에 〈은〉의 여러 읍과 성책이 차례대로 파괴되었고, 이들은 중원의 오지 깊숙한 곳까지 진격해 들어갔다.

그 시절 〈은〉나라는 무을武乙왕이 다스리던 것으로 추정되는데, 그는 상국인 〈조선〉이 정권 교체 등의 내홍을 겪는 틈을 타 또다시 조선의 뜻을 어기고 독자 노선을 추진한 듯했다. 이런 이유로 朝鮮이 안정되자마자 조선으로부터 잦은 공격에 시달리기 시작한 것이었다. 그가 하남의 박亳을 떠나 황하의 북쪽인 하북 안양安陽으로의 천도를 단행한 것도, 그 무렵 古조선의 은나라 정벌이 원인이었던 것으로 보였다.

결국 무을왕이 동이의 나라들에 저항하며 맞섰으나, 朝鮮과의 강역 다툼에 패해 크게 밀리고 말았다. 급기야는 황하 근처에서 벌어진 동이와의 전투에서 무을왕이 피살당하는 운명을 맞이해야 했고, 이후 〈殷〉은 더욱 쇠락의 길을 걸어야 했다. 당시 〈은나라 원정〉을 주도했던 남국왕 금달이 전쟁을 성공리에 이끈 공이 지대했을 터임에도, 안타깝게도 이 대규모 원정에 관한 자세한 기록이 전해지질 않았다.

朝鮮은 이 시기를 이용해 회대淮岱(회수, 태산) 땅을 평정한 다음, 포고蒲古씨를 〈엄淹〉에, 영고盈古씨를 〈서徐〉에, 방고邦古씨를 〈회淮〉에 봉했다. 한편에서는 이들 나라가 남국왕의 제후국이었다고 해석하는데, 충분히 가능한 얘기였다. 이들 나라가 중원 깊숙이 진출하다 보니 조선과 너무 멀리 떨어진 데다, 삼조선의 분열이 가속화되면서 남국을 중심으로 독자적 길을 걷게 되었기 때문이다.

어쨌든 조선연맹의 원정으로 초토화된 은나라로서는 이후로 동이(조선)에 범접하기 더욱 어렵게 되고 말았다. 중원에서는 이들을 각각 〈엄이淹夷〉, 〈서이徐夷〉, 〈회이淮夷〉라 불렀는데, 이들은 빠르게 성장을 지속해 산동 아래 강소성의 회수와 장강 하류 일대까지 진출하는 데 성공했다. 이렇게 조선의 제후국들이 중원의 한복판을 장악하는 강력한 세력으로 거듭나게 되면서, 조선 전체로는 건국 이래 서남쪽으로 최대의 강역을 확보하는 전성기를 누리게 되었다. 이로써 중원대륙의 동쪽은 동이東夷족이, 그 서쪽으로는 화하華夏족이 나누어 차지했다는 소위 〈이하동서夷夏東西〉의 시대가 본격 도래한 것이었다.

돌아보건대, 단군왕검이 아사달에 나라를 연 이래 천 년을 이어 온 끝에 소태단군에 이르러, 마침내 서북 몽골 지역으로부터 꾸준히 이주해 오던 북방 융족의 세력에 권력을 내주고 말았다. BC 1500년경부터 등장한 것으로 보이는 이들 새로운 집단은 수렵과 목축을 겸했고, 필시 말馬에 의존하는 초창기의 북방 기마문화를 일으킨 주역이었을 가능성이 컸다. 이들은 확실히 기존 농경 세력이던 古조선 집단과는 상당히 이질적인 문화적 특징을 지니고 있었다. 같은 청동기라도 더욱 날카로운 칼과 성능 좋은 단궁을 사용함으로써 뛰어난 전투력을 자랑했고, 古조선의 채색토기와 달리 투박한 민무늬토기를 사용했던 것이다.

기존 단군왕검의 배달족이 세운 古조선이 이렇게 쇠락하기까지는 BC 14세기 말에 한랭건조화 같은 기후재앙이 가장 큰 원인으로 추정되었다. 어쨌든 이들 새로운 도래 집단이 천년을 이어온 〈고조선〉의 기존 집권 세력을 대체하고, 고대 동북아 사회의 첫 정권교체를 이뤄 냈다는 것은 그간의 古조선 역사에서도 가장 획기적인 사건이었다.

다분히 호전적이었던 이들이 바로 고등과 색불루의 집단이었으며, 후일 소위 산융(북융)이나 동호라 불리는 맥족 계열의 민족으로 진화한 것으로 보였다. BC 13세기경 현 요서 지역에 북방 수렵문화를 파급시킨 이들이 소태단군뿐 아니라 해성(험독 인근)을 기반으로 하던 서우여 집단의 도전마저 물리치고, 북부 부여夫餘 지역(파림좌기)을 중심으로 하는 〈고조선〉의 새로운 지배층으로 부상한 것이었다.

이들이 강력한 전투력을 바탕으로 무정왕 이후 商나라의 도전을 뿌리치고 중원으로의 진출에 성공하면서, 무기력증에 빠져 있던 낡은 古조선에 신선한 피를 공급한 덕분에 조선은 동아시아 종주국으로서의 지위를 이어 갈 수 있었다. 그뿐 아니라 그 후예들이 이후 朝鮮의 역사 전체를 주도했다는 점에서 이 시기 북방민족의 부상은 그 자체가 古조선 역사의 중대한 전환기를 의미하는 것이었다.

　상대적으로 중원의 은殷(商)나라는 신흥 〈삼조선〉 세력에 밀린 나머지, 내부갈등과 왕위 다툼이 오래도록 지속되기에 이르렀다. 그러나 불행하게도 삼조선 체제 역시 시간이 흐르면서 서서히 분열의 길로 접어들기 시작했다. 朝鮮의 영향력이 미치는 강역은 광대한 반면 상국인 진조선의 도읍인 백악산아사달이 지나치게 북쪽에 치우치다 보니, 농경 정착 생활을 하던 기존 古조선 배달족들이 서서히 세력을 규합해 북방 출신들을 다시 밀어내기 시작한 것으로 보였다. 게다가 중원의 너른 평지와 달리 朝鮮의 땅은 험준한 산악지대가 많아, 중앙의 집중 통치보다는 강역별 분할통치가 대세였다는 점도 주요 원인이 되었을 것이다.

　또 멀리 북쪽에 떨어진 〈진조선〉에 비해 나머지 남쪽의 이조선二朝鮮이 빠르게 성장하는 중원과의 교역과 경쟁을 통해, 점점 더 진조선을 능가하는 세력으로 변모한 것으로 보였다. 단군이 다스리는 진조선의 힘이 쇠퇴하면서 서서히 통제력을 잃어만 가는 가운데, 힘의 균형이 중원과 국경을 맞대고 있던 서남쪽으로 옮겨 가는 새로운 국면이 조성되기 시작했다.

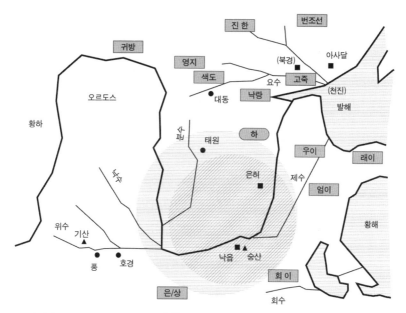

商 말기 중원과 고조선 후국의 분포(추정)

147

2부

중원에서 싸우다

7. 周, 중원을 빼앗다

BC 11세기 초, 商(은)나라의 마지막 왕 주왕紂王은 즉위 초기부터 동쪽의 강성한 동이계 나라들과 다투면서, 회하와 장강 유역에까지 세력을 떨치고 명성을 얻었다. 朝鮮의 분열이 가속화되면서 단군천왕의 명이 멀리까지 떨치지 못하게 된 것을 이용한 것이었다. 그러나 거듭된 전쟁은 엄청난 인적, 물적 자원을 소모케 하고, 백성들의 삶을 피폐하게 하는 것이라 주紂왕에 반대하는 세력도 늘어만 갔다. 그럼에도 紂왕은 자신의 탁월한 성정과 영토욕 때문이었는지, 나이가 들어서도 주변의 말에 귀 기울이지 않고 전쟁을 그치지 않았다.

마침 주紂왕이 소국에서 보내온 달기妲己라는 미인을 총애하기 시작한 데다, 그가 예악禮樂을 중시하다 보니 궁중에서 장중한 제례祭禮 행사가 빈번해졌다. 그때마다 화려한 가무와 음주가 뒤따랐는데, 당시는 천자가 제례를 행할 때면 제후들이 정성을 들여 공물을 바치는 관행이 있었다. 따라서 제례 행사가 거창하고 빈번해질수록 제후들의 부담은 더욱 가중되었다. 주왕은 가혹하게 세금과 공물들을 거두어 녹대鹿臺를 온통 돈으로 채우고, 거교鉅橋의 창고를 양곡으로 가득 메웠다.

이를 본 주왕의 정적들은 그가 전쟁을 좋아해 백성들을 힘들게 하는데다, 지나친 사치와 향락, 주색에 빠져 폭정을 일삼는다고 비난했다. 주紂왕은 이들을 포용하지 못한 채 충언하는 신하들을 가혹하게 처벌했다. 그 대신 새로운 신진세력을 등용하는 독단에 빠지다 보니, 조정 안팎에 그의 반대 세력이 가득했다. 그때 삼공三公의 하나로 은의 서변에 위치한 〈주국周國〉의 제후 희창姬昌이라는 인물이 선정을 베풀고 덕이 있어 사람들이 따른다는 소문이 자자했다. 이에 숭후崇侯 호虎라는 인물이 희창을 모함했다.

"희창이 선善과 덕德을 쌓아 제후들이 그에게 몰려간다고 합니다. 게다가 희창이 제왕께서 충언하는 대신들에게 가혹하게 벌을 내린다며 험담을 일삼는다니, 장차 제왕께 이롭지 못할 것입니다!"

주왕紂王이 잔뜩 불쾌한 표정이 되어 이를 경계하며 말했다.

"무엇이라, 천자인 내가 이렇게 버젓이 따로 있거늘, 일개 제후에게 사람들이 모여든다는 것이 가당키나 한 일이냐? 게다가 과인을 헐뜯는다니, 그자가 정녕 다른 생각을 품은 것은 아닌지 확인이라도 해 봐야겠구나. 여봐라, 당장 희창을 잡아들여 유리에 가두어라!"

희창이 유리羑里(하남안양安陽)에 투옥되자 그의 장남이 부친의 구명에 나섰지만 주제넘은 짓이라며, 紂왕의 눈 밖에 나 그만 희생당하고 말았다. 그때 희창의 가신家臣들이 다급하게 평소 알고 지내던 여상呂尙을 찾아 자신들의 주군을 유리에서 빼낼 방법을 구하였다. 얼마 후 그들은 여상이 귀띔해 준 대로 즉시 값비싼 보옥寶玉을 마련하고 여융驪戎의 명마 36필을 마련하는 외에, 미녀를 구해 주왕에게 바쳤다. 그 바람에 겨우 풀려나게 된 희창은 자식을 잃은 고통을 인내하면서, 오히려 주왕에게 낙수 서쪽의 기름진 땅까지 바쳤다. 그러자 紂왕이 주변에 명을 내렸다.

"자식의 죽음 앞에서 분노할 줄도 모르는 걸 보니 희창은 용렬한 자였구나. 게다가 저만 살겠다고 땅까지 바치고 충성을 맹세하는 걸 보니 가상하기 그지없다. 희창을 다시 서백으로 삼도록 하라!"

주왕은 희창을 평가 절하하고는 마치 아량이라도 베풀듯이, 그를 은나라 서쪽 제후국들의 우두머리인 서백西伯으로 삼았다.

그러나 별 잘못도 없는 상황에서 장남을 잃고 온갖 수모를 당한 희창으로서는 마음속 깊이 복수를 꿈꾸지 않을 수 없었다. 널리 인재를 구하던 희창이 紂왕의 마음을 잘 읽어 내 자신의 구명에 크게 도움을 준 여상을 찾았다. 이어서 위수渭水에서 낚시를 하던 태공망太公望 여상을 영입해 은사恩師 겸 재상으로 받들게 되니, 그가 바로 강태공姜太公이었다. 그는 이미 칠십 대의 노인이었지만, 사람들의 심리와 행태 분석에 훤하여 권모술수權謀術數와 용병술에 능했고, 특히 병법兵法에 해박한 인물이었다. 희창은 이후 강태공과 함께 장차 紂왕을 내치고 은나라를 멸할 것을 결의했다.

원래 위수 유역의 작은 땅 기산崎山에서 일어났던 〈주周〉나라는 이후 더욱 세력을 키워 숙적인 견융犬戎(원元흉노일파)을 격파했다. 일찍이 색불루단군 시절 여파달黎巴達이 단군의 명으로 무리를 이끌고 빈기邠岐 땅에 진출해 나라(여국黎國)를 세우고, 서융西戎과 함께 은나라 제후국의 백성들과 섞여 살았다. 이때 기존의 빈邠 땅에 살던 고공단보古公亶父의 무리가 이들을 피해 기岐 땅으로 숨어들어야 했다. 이 고공단보의 손자가 바로 희창이었으니, 비로소 이때 〈여국〉을 격파해 내쫓고 조상의 원수를 갚은 셈이었다.

희창은 연이어 〈밀수密須〉와 〈기국耆國〉 등 이웃의 소국들을 병합해 나갔다. 죽기 1년 전에는 자신을 밀고했던 〈숭崇〉을 정벌하고 그 제후인 호虎에게 보복했는데, 바로 서안西安 인근의 풍읍豊邑이 그 땅이었다. 희창은 이후 협소한 기산岐山을 떠나 풍읍으로 아예 도읍을 옮기고 덕을 쌓으니, 주변의 많은 제후가 그를 찾았다. 주周나라가 이렇게 되기까지 강태공의 계책과 술수가 크게 힘을 발휘했다.

이처럼 周나라가 殷나라 서변의 후국들을 병합하면서 힘을 키우고 있어 경계해야 한다는 보고에도, 紂왕은 이미 서백창을 무시하게 된 데다 자기 맹신에 빠진 나머지 동방 정벌에만 신경을 썼다.

"하늘의 뜻이 내게 있으니 염려들 말라. 또 서백이 땅을 조금 확보했기로서니 그 주제에 무슨 일을 벌이겠는가?"

그런데 그 무렵, 서백창昌이 紂왕에게 제대로 된 보복을 해 보기도 전에 덜컥 병에 걸려 눕고 말았다. 죽음을 앞둔 그가 차남인 희발姬發을 불러 유언을 남겼다.

"너는 은나라를 반드시 멸망시켜야 한다. 그러니 서둘러 일을 도모하도록 하라!"

비록 희창이 그렇게 죽고 사라졌지만, 그에게는 자신의 뜻을 이어줄 희발이라는 아들이 있었는데, 큰 포부와 강단을 지닌 인물이었다. 그 무렵에 이미 희발 부자는 단순히 紂왕에 대한 복수의 차원을 넘어서서 은나라 타도라는 더욱 큰 뜻을 품고 있던 것이었다.

BC 1056년경, 희창이 죽자 그의 차남인 희발이 뒤를 이어 〈주周〉의 제후에 올랐다. 희발은 곧바로 강태공을 군사軍師로 삼고, 아우인 주공단周公旦을 보輔에 임명했다. 또 희창의 서자인 소공召公과 자신의 또 다른 아우인 필공畢公으로 하여금 각각 좌우에서 자신을 보필하게 하면서 희창의 대업을 잇고자 했다. 그 무렵 〈은〉의 紂왕은 동남쪽 회수 인근에서 회이의 나라와 한창 전쟁을 치르고 있었다.

기회를 엿보던 희발이 제후가 된 지 7년째 되던 BC 1048년경, 紂왕의 10가지 죄상을 열거하며, 마침내 '은나라 타도'의 기치를 내걸고 일어섰다. 희발이 이때 자신을 지지하는 제후들과 함께 그 연합군을 모아 낙읍 바로 위의 맹진孟津이란 곳에서 열병식을 열었다. 당시 8백여 제후들이 그의 뜻에 따라 모여들겠다고 했으나, 정작 희창은 곧장 〈은〉을 향해 진격하지 못했다. 막상 관병식觀兵式을 마치고 보니 여전히 자신의 지지 세력이 미약한 것을 확인하고는 선불리 공격을 감행할 수 없었던 것이다. 크게 낙담한 희발이 한숨을 내쉬며 강태공에게 하소연했다.

"낭패입니다. 우리와 뜻을 같이하겠다던 많은 제후들이 그저 말로만 거들었을 뿐, 막상 판을 벌리니 다들 꽁무니를 빼고 눈치만을 볼 뿐입니다. 이미 주紂왕 타도를 기치로 내세웠건만, 너무 성급하게 굴다가 속만 내보이고 말았습니다. 장차 은나라가 가만히 있질 않을 텐데……, 휴우!"

그러자 강태공이 희발을 격려하고 나섰다.

"주군主君, 그렇게 낙담만 하실 일은 아닙니다. 우선 관병식을 통해 주군의 확고한 의지를 만천하에 분명하게 드러냈고, 다음으로 이 시점에서 누가 소극적인지도 구별하게 되었습니다. 결과적으로 지금 이런 규모로 紂왕을 이기기는 어려우니, 시간을 갖고 제후들을 설득해 세력을 확충하는 것이 시급합니다. 다행히 은나라가 회이와 전쟁 중이라 함부로 우리를 공격하지는 못할 것입니다. 게다가 전쟁이 오래 지속될수록 민심의 이반이 커질 테니, 때를 기다리는 것도 나쁘지 않을 것입니다. 천하의 대업이 그리 쉬운 일만은 아니겠지요……"

결국 희발은 紂왕의 독주에 반대하는 제후들의 동조를 끌어내기까지 다시 2년의 세월을 보내야 했다. 그사이 〈은〉의 도성으로 세작들을 보내 紂왕의 동정과 민심을 파악하는 등 극도의 긴장 속에서 은과의 대치를 이어 갔다. 그 무렵 은의 조정에서는 紂왕의 이복형인 미자微子가 주왕에게 여러 차례 간언했으나, 紂왕은 도통 이를 들으려고도 하지 않았다. 그러자 은殷의 태사太師와 소사少師가 나라의 제기와 악기 등을 챙겨 주나라로 도망치는 일까지 발생했다.

"주왕의 포악무도함이 극에 달했습니다. 충언하는 왕자 비간의 배를 갈라 죽였으며, 아예 미친 척을 하고 다니던 기자를 잡아 다시 옥에 가

두었습니다!"

비간比干과 기자箕子는 모두 紂왕의 숙부로 종친의 어른이나 다름없었다. 이들 모두는 주왕에게 정사를 바로 할 것을 간했으나, 독단에 빠진 주왕은 귀담아들으려 하질 않았다. 낙담한 기자箕子는 미자처럼 주왕 곁을 떠나고 싶었으나, 그 또한 주왕과 은나라를 함께 욕보이는 길이기에 아예 노예 일을 하거나 미친 척을 하면서 지냈다. 이에 비해 성정이 강직했던 비간比干은 군은 각오로 紂왕이 자신의 주청을 들어줄 때까지 물러서지 않았고, 결국 紂왕의 분노를 사 참혹하게 목숨을 잃고 말았다.

비록 비간이 허망하게 세상을 떠났으나, 그의 충정은 후대 제왕들이 우러르는 표상이 되기에 충분했다. 희발(周무왕)이 殷을 멸한 다음 곧바로 그의 무덤을 조성해 준 데 이어, 후대에도 〈북위〉의 효문제, 당唐태종, 청淸건륭제 등 중국 역사상 내로라하는 제왕들이 앞다투어 비석 등을 세우고 그의 충절을 칭송했기 때문이다. 오늘날까지도 비간比干은 중국을 대표하는 충신의 표상으로 영원히 기억되게 되었다.

그 무렵 비간이 희생되고 기자가 다시 투옥되었다는 소식을 접한 강태공은 속으로 쾌재를 불렀다.

'옳거니, 종친인 숙부들마저 그토록 탄압하고 제거했다면 이제야말로 은나라 백성들의 민심이 완전히 주왕에게서 돌아섰을 법하다……'

강태공이 희발을 움직여 비로소 은나라 토벌을 위한 정식 출정을 결심하게 했다. 희발이 제후들에게 일러 말했다.

"은나라 주왕이 씻을 수 없는 죄를 범했으니, 반드시 은을 정벌해야만 할 것이오!"

급기야 BC 1046년경, 희발은 〈은〉의 핍박을 가장 많이 받았던 강족羌族을 중심으로 인근의 7개 소국과 연합했다. 이때 융거戎車 800승, 친위

155

대인 호분虎賁 3천 명, 일반병사 35,000명을 동원해 殷나라로 향했다. 비록 거대 殷에 비하면 초라한 수준이었지만, 강태공의 세심한 전략 아래 장수들에게 저마다 고유의 임무가 골고루 주어졌고, 병사들은 일당백의 강력한 정신력으로 무장되어 있었다. 희발의 출정 소식을 접하고도 殷의 紂왕은 애써 코웃음을 치며 무시했다.

"희창의 자식 놈이 드디어 반란군을 규합해 쳐들어온다고? 쥐새끼 같으니라고, 회이와 전쟁 중이니 당연히 그 틈을 노린 게지……. 그래 봤자 그깟 병력으로 할 수 있는 게 무엇이겠느냐? 내가 친히 나가 본때를 보여 줄 테다……"

분노한 紂왕이 80대의 노구를 이끌고 토벌에 나서면서 반란군의 몇 배나 되는 월등한 병력을 동원했다. 그러나 紂왕이 이때 주변의 권유에도 불구하고 회이와의 전선에 나가 있던 주력부대를 뒤로 빼돌리지 않았다. 그러다 보니 사실상 주왕의 토벌군은 주로 노예나 동이족 포로들을 급조해 만든 후방의 오합지졸이었다. 그럼에도 紂왕은 자신의 지휘 능력과 병력 면에서 압도적인 수적 우세만을 믿고 진압에 나섰다.

결국 양쪽의 군사들이 은나라 행도行都인 조가朝歌(하북신향新鄕) 부근의 목야牧野라는 평야 지대에서 맞붙게 되었다. 일전에 앞서 희발이 결연한 각오로 병사들을 독려하며 외쳤다.

"암탉이 울면 집안이 망하는 법이다! 지금 은의 주왕이 애첩에게 홀려, 환락을 일삼고 폭정을 휘두르니, 용맹한 그대들이 하늘을 대신해 주왕을 벌하고 세상을 바로잡아야 할 것이다. 전군은 죽음을 두려워 말고, 나를 따르라!"

희발이 병력의 열세에도 불구하고, 주력인 전차부대를 앞세우고 용감한 호분을 뒤따르게 해 맹렬하게 돌진해 나가자, 은 왕실에 아무런 충성심도 없던 紂왕의 병사들이 무기를 버린 채 뒤돌아 달아나기 바빴다.

紂왕의 토벌군이 순식간에 무너지자, 紂왕은 부득이 후퇴해 조가朝歌로 들어갔으나, 기세가 오른 반란군의 맹공을 당해 내기 어려웠다. 반란군에 쫓긴 紂왕이 녹대鹿臺에 올라 하늘을 우러르며 탄식했다.

"아아, 모든 것이 내 탓이로다! 내가 교만해져 사방에 적을 만들고 전쟁을 망치는 바람에 태묘와 사직이 여기서 끝나는구나. 장차 죽어서 어찌 조상님들을 대할 수 있단 말이더냐……"

늙은 紂왕이 불구덩이로 장렬하게 몸을 던져 자살하니, 이로써 BC 1600년경 탕왕湯王이 나라를 연 이래 약 6백 년을 이어온 〈상(은)〉이 허망하게 끝나고 말았다. 당시 紂왕의 독단과 폭정에 백성들이 은을 싫어했을지언정, 실제로 거대 殷이 주周라는 일개 제후국에 무너질 것으로 생각한 이는 극히 드물어서 그 충격과 파장은 엄청난 것이었다.

사실 은나라에는 여전히 강력한 군대가 있어서 周나라의 도전은 그야말로 다윗과 골리앗의 싸움만큼이나 무모한 것이었다. 그럼에도 회이와의 전투로 남쪽 전선에 나가 있던 정예부대를 신속하게 돌리지 못한 데다, 교만한 주왕이 성급하게 희발의 군대와 맞서 싸운 것이 재앙을 초래한 셈이었다. 희발은 그런 紂왕의 허점을 이용해 때를 기다린 끝에, 전광석화처럼 밀어붙여 순식간에 상국인 은을 뒤엎을 수 있었던 것이다.

비록 〈은(상)〉이 속국에 불과했던 작은 周에 하루아침에 멸망 당하기는 했으나, 商은 상고시대에 중원이라는 대륙의 중심을 다스린 대국이었다. 게다가 찬란한 청동기문화를 꽃피우고 본격적으로 문자 시대를 연 위대한 왕조였고, 분명 동이의 나라였다. 다만, 商나라는 나라의 강역과 국력이 커지면서도 절대다수의 피지배층인 화하족을 따라야 했기에, 철저하게 중원화의 길을 걸었다. 〈상〉 말엽부터는 고대 아시아의 맹주국인 조선의 분열을 틈타 구이와 패권 다툼에 나섰는데 이것이 오히려 결정적인 화근이 되고 말았다. 특히 紂왕의 경우에는 회이와의 싸움에 더욱 몰두한 나머지, 후방에서의 내부반란에 속수무책으로 나라를 잃고 만 것이었다.

그해 BC 1046년경, 마침내 역성혁명에 성공한 희발姬發이 풍읍豊邑으로 돌아와 商나라를 대신해 새로운 〈주周〉나라의 건국을 선포하고, 천자天子인 무왕武王에 등극했다. 무왕은 그 즉시 부친인 서백창(희창)을 주문왕周文王으로 추존했는데, 문왕의 원대한 포부와 유훈이 있었기에 종주국인 거대 상나라를 꺾고 혁명에 성공할 수 있었던 것이다.

周나라를 세운 희羲씨들은 삼황오제 중 제곡고신과 염제신농에 그 뿌리를 두었다고 했다. 고신의 여러 부인 가운데 강원姜嫄이라는 여인이 어느 날 연못가를 거닐다 거인大人의 발자국을 보고 그 위에 자신의 발을 갖다 대는 순간 전율을 느낀 다음 낳은 아들이 후직后稷이었다. 바로 이 후직이 농사에 탁월한 일가견이 있어 요임금 때부터 등용되어 농사를 관장했다.

그런데 후직의 모친 강원은 농사의 시조라 불리는 염제신농의 후손이고, 신농神農씨는 〈배달국〉에서 대대로 우가牛加의 직책을 세습하며 농사일을 관장하던 고시高矢씨의 먼 후손이었다. 게다가 후직의 탄생 설화가 태호복희씨의 그것과 그대로 닮았으니, 이래저래 후직은 동이의 후손임이 틀림없었고, 결국 주周나라의 시조 또한 공교롭게도 동이 계열의 후예나 다름없었다.

후직의 후손들이 이후 중원의 서쪽으로 대거 이주해 융적과 어울려 살았는데, 바로 〈융적戎狄〉이란 그곳에 먼저 뿌리를 내리고 살던 〈견이畎夷〉였다. 동이와 비교해 그 반대인 서쪽에 사는 이들을 〈서이西夷〉 또는 〈서융西戎〉이라 불렀으나, 따지고 보면 그들 또한 구이九夷의 한 지파였다. 후대에 맹자孟子가 周나라를 서이의 나라라고 말한 근거가 여기에 있는 것이었다.

周무왕이 제일 먼저 부친인 서백창을 왕위에 올려 그의 높은 기상과 뜻을 기린 다음, 비로소 문왕文王의 후손들과 공신들에 대한 논공행상을 단행했다.

"먼저 태공망 여상을 제齊에, 아우인 주공단周公旦을 노魯에, 소공석召公奭을 연燕에 봉하노라!"

이어 신흥 왕조 〈周〉의 정국을 안정시키고자 주력했다. 이때 무왕은 천자인 자신을 중심으로 하되, 지방의 분권을 인정해 제후들에게 그가 봉해 준 나라를 독자적으로 다스릴 권한을 부여했다. 동시에 제후들의 적장자가 후侯의 작위를 세습할 수 있도록 허용해 주고, 기타의 아들도 경卿이나 대부大夫로 삼아 분봉分封(땅을 나눠 줌)이 가능하도록 해 주었다. 周나라 때 시작된 이러한 지방분권의 통치체제를 〈봉건제封建制〉라 불렀는데, 이후 〈춘추전국시대〉가 끝나고 중앙집권제도로 대체될 때까지 중원 정치체제의 근간을 이루었다.

한편 周무왕은 이후 도읍을 서쪽 변방에 치우친 풍읍豊邑에서 동쪽 호鎬로 옮기며 조심스레 천도를 단행했다. 호경鎬京은 이후 주나라의 도읍으로서 후일 13대 평왕平王이 동쪽의 낙읍洛邑으로 천도하기 전까지 250여 년간 周의 수도 역할을 했고, 이 시기를 〈서주西周시대〉라 불렀다. 그러나 무왕의 여러 가지 노력에도 불구하고 商의 오래된 지지층들은 결코 호락호락하지 않게 저항을 지속했고, 동남쪽에서도 회이의 침공이 이어졌다. 그때 제후가 된 강태공은 상의 유민들을 가차 없이 제거해야 한다고 주장했으나, 주공단은 이와는 다른 의견을 내놓았다.

"그 많은 은나라 사람들을 어찌 다 처형할 수 있겠습니까? 지금 힘을 앞세우는 것도 좋겠으나, 이제 천자에 오르신 만큼 모든 백성을 끌어안는 포용책도 고려하셔야 합니다. 지금 주왕의 아들 무경이 살아 있습니다. 그러니 그를 잘 타일러 자신의 백성들을 다스리고 소요를 잠재우게 한다면, 온전한 삶을 보장하겠노라고 제안하는 것이 어떨는지요? 은나라 사람들을 은나라 사람으로 다스리게 하는 것입니다."

이에 무왕이 주공의 건의를 받아들여, 은의 도성이 있던 땅을 분봉해 紂왕의 아들 무경武庚(녹보祿父)이 다스리게 하는 한편, 그 일족들이 조가朝歌에 모여 살 수 있게 해 주었다. 이어 은의 紂왕에게 능멸을 당했던 紂왕의 배다른 두 숙부 즉, 죽은 비간을 위해 묘를 마련해 주는 한편, 투옥된 기자를 석방하는 등, 기존 〈은(상)〉나라 백성들을 위무하고 포용하는 시책을 펼쳤다.

그러나 신흥 왕조 周가 6백 년 商을 하루아침에 대체하기는 결코 쉬운 일이 아니어서, 무왕은 백성들에게 역성혁명의 명분을 널리 알리고 민심을 수습하는 일에 온 힘을 쏟지 않을 수 없었다. 이를 위해 은나라 紂왕의 폭정과 악행을 침소봉대하고 극대화시키기 위한 고도의 심리전과 흑색선전이 총동원되었다. 이미 하夏나라 걸왕 때 널리 유행했던 주지육림이 다시 등장했고, 그 외에도 기름 친 구리기둥을 숯불 위에 걸쳐 놓고 그 위를 걷게 하는 형벌인 포락지형炮烙之刑과 같이 끔찍한 용어들이 생겨났다. 그 진위를 떠나, 3천 년 전에 전개된 정치적 선전, 선동이 이토록 치열한 것이었다.

새로이 주나라를 일으킨 세력은 처음부터 반상反商 또는 반反오랑캐(동이)를 기치로 내걸었는데, 사실상 동북의 맹주인 古조선도 당연히 배척의 대상에 포함되었을 것이다. 이를 위해 周나라를 천자의 나라이자 천하의 중심이라 강조하는 소위 '중화中華사상'을 강조했고, 아울러

周왕실을 중심으로 주변의 오랑캐를 배척한다는 '존왕양이尊王攘夷'를 내세웠다. 화하족 중심의 이 두 가지 사고는 이후 중국의 뿌리 깊은 통치 이념으로 자리매김하게 되었다. 이로써 주周의 건국 초기부터 오랜 동북의 맹주 조선(동이)족과 중원의 화하족이 본격 충돌하는 새로운 국면으로 접어들었다.

무왕이 이때 상의 왕자 무경을 은殷에 봉해 주기는 했으나, 만일의 경우를 대비해 추가로 자신의 아우들에게도 殷의 주변 땅들을 분봉해 주고, 여차하면 殷을 봉쇄할 수 있도록 치밀하게 대비했다.

"숙선叔鮮을 관管에, 숙도叔度를 채蔡에 곽숙霍叔을 곽霍에 각각 봉하노라!"

무경이 다스리는 殷을 감시한다는 뜻에서 이들을 〈삼감三監〉이라고도 불렀는데, 그럼에도 불구하고 상나라 지지 세력들의 저항과 동이의 침공은 수그러들지 않았다. 따라서 무왕은 이를 진압하고 저지하기에 바빴으며, 그 와중에 周나라를 건국한 뒤 고작 3년 만인 BC 1043년, 갑작스레 사망하고 말았다. 필시 과도한 스트레스와 피로 누적으로 건강을 망친 듯했는데, 시대를 막론하고 창업자의 고충이란 이토록 남다른 것이었다.

그런데 중국의 역사 기록에는 은의 마지막 군주인 紂왕이 동이를 치니, 〈고죽孤竹〉의 왕이 紂왕을 피해 북쪽 난하의 하류 지역으로 이주했다고 했다. 그러나 이 지역은 후대의 우右갈석이므로, 당시는 북경 서남 우북평 인근의 좌左갈석 지역에 도성이 있었을 것으로 추정된다. 따라서 고죽이 동쪽으로 이동한 것은 훨씬 후대에 기자의 후예들에게 멸망당하기 전의 일이었다. 그 무렵 죽음이 임박해 있던 고죽왕이 이런 유지를 남겼다.

"막내아들인 숙제叔齊가 왕위를 이어야 한다."

그런데 막상 고죽왕이 죽고 나자 숙제는 맏이인 백이伯夷가 왕이 되어야 한다고 했고, 백이는 부왕의 뜻에 따라 숙제가 그냥 왕위에 오르는 것이 맞는 것이라면서 서로 양보하는 바람에 결국은 가운데 형제(중자中子)가 왕위를 잇게 되었다.

그 무렵 고조선은 BC 13세기경 단군 왕조가 적봉 너머 북쪽 백악산 아사달로 천도한 이래 삼조선으로 분립되어 있었다. 따라서 본국인 진조선은 물론, 여러 후국(식민지)에서도 내분으로 형제들끼리 다투고, 구족九族이 분열하는 상황이 지속되고 있었다. 고죽은 〈번조선〉의 중심국으로서 일찍이 商의 건국에 깊이 관여했던 유서 깊은 나라였고, 중원과 구이조선을 잇는 가교 역할을 할 정도로 商과도 밀접한 관계를 유지해 온 나라였다.

고죽의 왕자였던 백이와 숙제는 서로 모범을 보임으로써, 당시 조선 전체를 감싸고 있던 분열의 기운을 막아 보려 한 듯했다. 그들의 양보로 이후 중자가 고죽의 왕위에 오르지 백이와 숙제는 왕이 된 형제의 부담을 덜어 주기 위해 함께 북해北海로 가서 살았다. 그러던 중 주후周侯인 희창의 소문을 듣고는 둘이서 삼조선의 앞날을 걱정했다.

"형님, 요즘 중원에서는 주나라 서백창의 인품이 뛰어나 사람들이 모인다며 단연 화제라고 합니다. 희창이 오행의 원리를 배척하는 대신 새로이 64괘卦의 원리를 들어 따로 교문教門을 만들었다고 하는데, 사실은 장차 군사를 일으켜 은을 멸망시키려는 속셈이겠지요."

"큰일일세……. 그리되면 머지않아 그 화가 우리 조선에까지 미칠 것이 뻔할 텐데……"

"그렇다면 이참에 우리가 주로 들어가 직접 서백창을 찾아 그의 인품이나 속마음을 알아보고, 필요하다면 그가 은나라를 배반하지 말도록 말려야 하는 것이 아니겠는지요?"

숙제의 적극적인 의사에 백이가 동의하며 말했다.

"맞는 말일세. 설령 그가 은나라에 반역할 뜻을 품고 있지 않다고 하더라도, 우리가 그의 곁에 머물면서 오행의 원리를 따르도록 설득할 필요가 있을 것이니, 이참에 아예 서백창에게 의탁을 청해 보기로 하세나!"

그리하여 두 형제는 홀연히 북해를 떠나 周의 도읍인 풍읍을 향해 먼 길을 재촉했다. 당시만 해도 여전히 해수면이 높아, 천진 아래의 발해만이 북경 아래 하북보정保定 인근까지 너른 내해內海를 이루고 있었는데, 북해北海는 바로 이 내해를 지칭한 것으로 보였다.

그런데 백이와 숙제가 풍읍에 당도해 보니 막상 서백창은 죽고 없었고, 그의 아들 희발(무왕)이 제후에 올라 있었다. 희발은 자신의 부친인 서백창의 위패를 수레에 싣고 紂왕의 폭정을 막기 위해 殷나라와 전쟁을 하겠다며 막 출정하려던 참이었다. 이 소식에 놀란 두 형제가 희발의 앞으로 다가가 다짜고짜 그를 말리려 들며 소란을 피웠다.

"周나라는 殷의 신하 국가요! 제후가 되어 천자(紂왕)를 치는 일은 결코 옳은 일이 아니오!"

난데없이 나타난 고죽의 왕자들이 희발의 말고삐를 잡아채며 출정을 막아서자, 놀란 희발의 부하들이 크게 화를 내며 이들을 죽이려 들었다. 그러자 곁에 있던 강태공이 나서며 막아섰다.

"아니 된다. 이들을 죽여서는 아니 된다! 이들은 멀리서 온 의인들이라 그들에게 해를 가한다면 장차 백성들의 민심이 돌아설 수도 있는 일이니, 신중해야 한다!"

그 말에 희발이 차마 백이와 숙제를 죽이지는 않았으나, 그런 소동과 관계없이 백이, 숙제의 말을 듣지 않은 채 출정을 강행했고, 결국 殷을 멸망시켜 버렸다. 그러자 백이와 숙제는 周무왕(희발)이 하늘의 도를 어긴 것이라며 세속을 떠나, 고죽의 수양산首陽山으로 들어가 버렸다고 한다. 상나라도 아닌 번조선의 오랜 후국 고죽의 왕자들이 죽음을 불사하면서까지 주무왕의 전쟁을 말리려 했다는 것은 얼핏 수긍하기 어려운 이야기였다.

아득한 상고시대부터 동아시아의 모든 문명은 조선에서 비롯되었다. 농사와 치수, 역법 등의 농경 기술에서부터 마소와 같은 짐승을 기르는 목축기술, 비단을 짜는 양잠기술, 최첨단 무기인 단궁(활)과 기마술, 청동기와 자기류의 제작기술, 문자와 예악 등에 이르기까지 거의 모든 고대문명의 토대가 되는 기술이 古조선에서 시작된 것이었다. 이런 고대 선진문명이 서서히 하북과 산동반도를 통해 황하 중류의 중원으로 끊임없이 흘러 들어갔다. 그 과정에서, BC 1600년경 古조선의 이주민 세력이 건국했던 商나라가 중원을 차지하면서 가장 두드러진 가교 역할을 했던 것이다.

商나라는 처음 古조선계 주민의 소분국小分國으로 시작했지만, 이후 夏나라를 멸하고 중원을 다스리게 되면서 점차 화하족 주민들을 통합하고 눈부신 발전을 거듭했다. 조선에서 시작된 청동기문화와 문자(한자)는 오히려 상나라 시절에 더욱 화려하게 꽃을 피워 종주국인 古조선을 압도하는 수준이 되었다. 이후 상나라는 중원의 수많은 제후국을 거느린 천자의 나라가 되었고, BC 13세기 殷으로 천도해 무정武丁이 다스리던 시기에는 태항산맥을 넘어 서쪽의 낙수와 위수까지 뻗어 나갔던 것이다.

그즈음에 비로소 상나라는 동북의 고조선연맹이 분열의 조짐을 보이자 종주국이나 다름없는 조선에 도전하면서 패권을 겨루기 시작했다. 그러나 조선의 대반격에 밀려, 오히려 조선의 회대 진출을 허용하고 말았다. 그러던 와중에 商 말엽인 29대 제을왕부터는 다시금 회이의 나라들과 충돌하기 시작했고, 그 아들인 제신왕(紂王)에 이르러서는 아예 대놓고 전쟁을 다반사로 일으켰다. 그러나 백성들의 입장에서 전쟁은 병역과 조세의 의무를 져야 하는 데다 사상자가 속출하는 일이므로, 商나라 내부에 전쟁을 반대하는 세력들이 꾸준히 늘어났다.

결국은 紂王 말기에 殷나라가 동쪽 회이와 전쟁 중인 틈을 이용해, 서쪽의 제후국이던 周나라가 반란을 일으켰다. 그 결과 殷의 紂王은 회이와 같은 외부의 적이 아니라, 내부의 적인 周나라 희姬씨 부자에게 나라를 찬탈당하고 말았다. 紂王이 무모하게 앞만 보고 싸우다가 뒤통수를 크게 얻어맞고 쓰러진 셈이었다. 처음 백이와 숙제가 서주西周로 들어간 것은 희창을 설득해 그 야심을 포기하게 만들려는 것이었다. 그러나 그 아들인 희발이 군사를 동원하는 것을 보고는, 당장 전쟁을 막아야 한다는 절박감에서 희발의 말고삐를 당기며 목숨을 건 결기를 드러냈으니, 이들은 분명 천하의 의사義士들이 틀림없었다.

이들이 후일 〈고죽〉으로 돌아와서도 세속에 머물지 않고 수양산으로 들어간 것 또한 당시 오부五部와 구족九族이 서로 다투던 〈조선〉의 어지러운 상황을 걱정했기 때문이었다. 중국의 사서들이 이를 두고 백이 형제가 殷의 신하로서 패망한 殷을 위해 수절한 것처럼 기록한 것은 얼토당토않은 일이었다. 백이와 숙제는 스스로 부귀와 권세를 버리는 숭고한 모습을 솔선해 보임으로써, 조선의 풍속을 경계하고 깨우쳐 주려 했던 것이다. 이들이 수양산에서 들콩(미薇)을 따 먹으며 부른 노래가 〈채미가采薇歌〉였다.

수양산에 올라   登彼西山兮
들콩이나 따자꾸나.   采其薇矣

폭력을 폭력으로 대하면서도	以暴易暴兮
잘못임을 모르는구나.	不知其非矣
신농씨도 舜도 禹도 모두 가고 없으니	神農虞夏忽焉沒兮
이제 그 누굴 의지할꼬.	我安適歸矣
어하, 가야겠다.	于嗟徂兮
명이 다했구나.	命之衰矣

이 노래 속에서도 백이와 숙제는 비폭력 평화주의를 강조했다. 여기서 신농씨는 중원으로 이주해 가서 화하족들에게 밭을 갈아 곡식을 재배하는 방법을 처음으로 전수해 준 배달족 출신의 성인이었다. 古조선의 식민지 출신이었던 순舜은 처음으로 중원의 나라를 다스렸으며, 우禹는 단군왕검의 후계자 부루夫婁에게 중경中經을 받아 홍수를 다스리고 삼정오행三正五行의 원리를 중원에 널리 퍼뜨린 하夏의 시조였다.

백이와 숙제가 굳이 이들을 노래한 것은 배달 출신의 현인賢人들이 중원을 깨우친 역사를 들춰냄으로써, 식민지 나라가 상국인 조선을 공격해선 안 된다는 것과 나아가 조선과 화하족 간에 전쟁을 하지 말라는 심오한 뜻을 내포하고 있었던 것이다. 〈채미가〉는 들콩(고사리)이나 따먹으면서 청빈하게 살자는 노래가 아니라, 당시 양대 민족 간에 예상되는 대규모 충돌을 경고하는 노래였다. 그러므로 이들은 앞을 내다보는 선각자였다.

이런 이유로 후일 사마천司馬遷도 《사기史記》를 쓰면서 열전列傳의 맨 앞에 〈백이伯夷열전〉을 배치해, 그 숭고한 평화의 뜻(홍익, 상생)을 기리고자 했다. 일찍이 요순시대에 소부巢父와 허유許由는, 제왕지도와 패권주의를 앞세워 이웃 나라를 병탄하며 세상을 어지럽히던 요임금을 점잖게 조롱한 적이 있었다. 백이와 숙제의 등장은 요임금을 나무라던 소부와 허유가 1,300여 년이 지나 다시 등장한 것과 다름없는 사건deja vu이었던 것이다.

실제로 백이와 숙제 사후 얼마 지나지 않아 양대 민족 간에는 기어코 대규모 전쟁이 터지고 말았는데, 바로 〈무경武庚의 난〉이 일어난 것이었다. 주공단周公丹은 이를 빌미로 3년에 걸친 대규모 동이東夷 토벌 전쟁을 일으켰다. 이런 역사적 배경도 모르고 후일 한반도 조선朝鮮의 유생들은 자나 깨나 주공단을 충절의 표상으로 여기며 그의 행적을 칭송하기 바빴고, 백이와 숙제를 깊은 산속에 들어가 고사리나 캐 먹고 살던 청빈낙도淸貧樂道의 표상으로만 여겼으니 안타까운 일이었다.

周무왕이 상나라를 멸하고 나서 얼마 후, 기자箕子를 방문해 나라를 다스리는 일상의 법도를 가르쳐 달라고 청했다.

"하늘은 아무도 모르게 백성들을 안정시키고 화목하게 한다고 들었소. 그런데 나는 일상의 법도에 순서가 있음을 도통 알지 못하니 부디 가르쳐 주시오!"

기자는 딱히 내키지는 않았지만, 직접 자신을 찾아온 무왕의 정성을 생각해 넌지시 답했다.

"그 옛날, 홍수를 막아 내는 데 성공했던 우임금에게 하늘이 커다란 법도인 홍범 아홉 가지를 내려 주시니, 일상의 법도가 그 순서를 얻게 되었습니다."

그리고는 이내 〈홍범구주洪範九疇〉에 대해 조목조목 설명해 주었는데, 이는 주로 나라를 다스리는 통치기법에 관한 내용이었다. 그러나 그날 기자의 친절한 가르침에도 불구하고, 무왕은 기자를 결코 신하로 예우하지는 않았다고 한다.

167

그 후로 어느 날, 기자가 주무왕을 조회하러 가던 길에 옛 은(상)의 도읍지 은허殷墟의 훼손된 궁터를 보고, 〈맥수지가麥秀之歌〉를 지어 그 회한을 노래했다.

보리 이삭 끝은 점점 뾰족해지고	麥秀漸漸兮
벼와 기장은 반짝이는데,	米黍油油
저 교활한 아이는	彼狡童兮
내게 친하게 대하질 않네.	不與我好兮

교활한 아이(교동狡童)는 당연히 周무왕을 말하는 것이었는데, 이 노래를 들은 상나라 백성들이 모두 눈물을 흘렸다고 한다. 당시 기자와 같이 商 왕조 최상위 지배계층에 있던 사람 중 많은 이들이 새로운 왕조를 거부했다. 이는 비록 나라가 쓰러지긴 했어도 제후국의 일원에 불과했던 周왕실에 대해 여전히 혈통적, 문화적 우월감을 지니고 있던 만큼, 그 배신감이 씻을 수 없을 정도로 컸기 때문이었을 것이다.

대신 이들은 비록 오랜 경쟁 관계이기는 했어도, 혈연적으로 같은 동이 계열의 종주국인 조선에 인접한 지역, 아마도 옛 고향 가까이 돌아가는 길을 택한 이들도 많았다. 상나라의 귀족으로 명망이 높던 기자 또한 5천여 가솔을 데리고 조상의 발원지이자 동이와 인접한 상구商丘 기산岐山 쪽으로 피해 버렸다. 일설에는 이때 周무왕이 기자를 느닷없이 조선후朝鮮侯에 봉했다는데, 참으로 뜬금없는 얘기였다.

이로써 조선이 마치 신흥국 周의 제후국이라도 된 양 착각하게 했을지언정, 당시만 해도 무왕이 북방의 종주국 조선의 땅 한 뼘은커녕 전쟁 자체를 벌인 적도 없었고, 周의 동쪽으로 회이淮夷의 나라들이 건재했으니 결코 사실일 수가 없었다. 필시 후대 중원의 역사가들이 위대했던 고조선의 역사를 폄훼하기 위해 저질렀던 전형적인 역사 날조였고, 실제로도 진한秦漢시대 이후로 2천 년에 걸쳐 韓민족의 나라를 침공하기 위한 명분으로 늘 악용되던 단골소재cliche였다.

기자箕子란 원래 殷(상)에 속한 〈기箕〉라는 땅에 봉해진 제후를 뜻했다. 기箕라는 글자에 동쪽의 뜻이 있어 그 땅에 정착한 사람들이 동방에서 온 사람들이고, 일설에는 부여夫餘족의 일파라고도 했다. 이 땅은 殷의 강역 중 가장 북쪽이라 〈귀방〉(前흉노) 등으로 불리던 북방 유목민족이 강성했던 지역이었는데, 紂왕의 숙부인 기자가 이들을 잘 통치해 복속시켰다고 한다. 그러나 周무왕의 역성혁명으로 은나라가 멸망하자, 기자가 새 왕조를 피해 자기들 무리를 이끌고 가까운 동이의 서쪽 변방으로 달아나 버린 것이었다.

기자의 원래 성性은 상나라 왕족의 성씨인 자子였고 그 이름이 수유須臾(자서여子胥餘)였다. 따라서 나중에 이 지역 자체를 수유라고 불렀고, 대략 은나라가 일어났던 상구商丘 인근이었다. 말년에 기자는 상구 서남쪽 인근의 서화西華 지역에서 살다가 숨을 거두었다고 했다. 이 지역은 미자가 다스렸던 〈송宋〉의 영역이었으니, 미자微子가 제후의 신분으로 화려하게 복귀하게 되자 비로소 기자가 周나라, 즉 예전 商의 영역으로 되돌아갔던 것이다.

반면 수유 지역에 남았던 기자의 후손들은 북쪽으로 진출해 태항산을 넘어 조선의 강역이던 북경 아래까지 진출했고, 평양(낙랑) 일대를 장악했다. 그렇게 기자의 후손들이 이 지역 번조선의 읍차邑借(군장)로 지내다가, 전국시대에 이르러서는 중원과 조선 양쪽 모두의 중추 세력으로 다시금 도약하게 되었다.

8. 서언왕과 夷夏東西

周무왕이 일찍 사망해 버리자 그의 아들인 희송姬誦이 뒤를 이어 성왕成王에 올랐으나, 너무 어린 탓에 주나라 초기부터 일대 위기가 닥치고 말았다. 무왕의 아우인 주공단周公旦이 재빨리 섭정을 자처했으나, 정국이 결코 호락호락하게만 돌아가지 않았다. 당초 주공은 무왕의 신임이 커서 〈노魯〉나라에 봉해졌음에도 봉지에는 아들인 백금伯禽을 보내고, 본인은 낙읍雒邑(낙양)에 남아 무왕을 보좌해 왔다. 그런 탓에 주공이 무왕의 뜻을 따른 것이라고는 해도, 선왕의 유지를 조작해 권력을 빼앗으려 한다는 의심에서 벗어나기 어려운 상황이었다. 급작스러운 정세 변화에 무왕의 다른 아우들 또한 잔뜩 불만을 품고 있었다.

"단旦 형(주공)이 이리 독단적으로 일을 처리할 수는 없는 법이오. 형왕兄王(무왕)의 유지라고는 해도 의심스럽기 짝이 없는 것이라, 지금 백성들 사이에서는 단 형이 조만간 성왕을 없애고 왕위를 빼앗으려 한다는 소문이 파다하게 퍼져 있소."

상황이 어지럽게 돌아가자 마침 〈엄奄〉 등 이웃한 회이족의 나라들이 내란을 부추겼다. 결국 〈목야전투〉 이후 3년 만에 주공단의 독주에 반발하는 무왕의 다른 아우들이 옛 商나라 紂왕의 아들인 무경을 내세워 반란을 일으키고 말았다. 한마디로 周의 신흥정권이 안정되지 못하다 보니 商나라 부흥전쟁이 일어난 셈이었고, 周나라에 개국 이후 최대의 위기가 도래한 것이었다.

〈무경의 난〉은 그 파장이 워낙 커서 단순한 왕실 내의 권력다툼 수준을 넘어서는 것이었다. 관숙이나 채숙과 같은 주공의 아우들까지 난에 가담했기에 이를 〈삼감三監의 난〉이라고도 불렀다. 왕실 가족 외에도 무경을 중심으로 하는 商의 지지 세력과 회이의 나라들인 〈서徐〉, 〈웅熊〉, 〈엄奄〉, 〈영盈〉까지 연합해 반란군에 가담했을 정도였다. 이는 반란으로 〈상〉을 뒤엎었던 주周에 대해 동이족의 나라들이 크게 반발한 것은 물론, 그 저항의 수준이 매우 방대하고 집요한 것이었음을 반증하는 것이기도 했다.

그런 면에서 〈무경의 난〉은 크게 보면, 주공단이 이끄는 周나라 화하족과 옛 商나라 세력을 포함한 동이 연합체 간에 중원을 놓고 벌이는 패권전쟁의 양상을 띠고 말았다. 따라서 향후 그 승패의 결과에 따라 중원에서 두 민족 간 힘의 향배가 크게 좌우될 수 있는 일대 역사적 사건이었던 셈이다. 사태의 심각성을 간파한 주공단이 난을 제압하기 위해 작심하고 나섰다. 그는 강태공과 아우 소공을 급히 도성인 호경鎬京으로 불렀다.

"알다시피 이번 무경의 난은 단순한 형제들의 집안싸움이 결코 아니오. 이것은 商나라 부활전쟁이고, 나아가 우리 주周와 동이가 사활을 걸고 벌이게 될 민족 간 전쟁이란 말이오. 이 싸움에서 밀리게 되면, 앞으로 중원은 영원히 동이 오랑캐의 나라가 될 것이오. 나는 직접 토벌군을 이끌고 반군은 물론, 이참에 그 배후에 있는 동이의 나라들까지 차례대로 공격하기로 결심했소. 그것이 몇 년이 걸리더라도 마지막 토벌이 완수될 때까지 끝장을 볼 생각이오. 그러니 조정 안의 내정內政과 전장戰場에 대한 지원은 두 분께서 도맡아 주시구려, 나는 두 분만 믿고 떠날 것이오!"

그리하여 주공단이 비장한 각오로 직접 周나라 토벌군을 지휘해 원정길에 나섰다. 이때 그는 자신과 周의 모든 것을 걸고 승부수를 띄운 셈이었다. 그러나 동이의 나라들이 연합해 반란군 지원에 나서면서 내란이 쉽사리 진정되지 않았기에, 그의 원정길은 그야말로 가시밭 같은 고난의 길이 되고 말았다.

그런데 商나라와 동이 계열의 반발이 중앙의 도읍에서만 있었던 것도 아니었다. 일찍이 무왕武王 시절에 강태공이 제후에 봉해지자 그가 동쪽의 봉국封國으로 대군을 이끌고 갔다. 당시 산동에는 조선의 동이계 후국들이 많이 진출해 있었는데, 그중 〈래來〉, 〈엄奄〉, 〈우嵎〉 세 나라가 큰 세력을 이루고 있었다. 무왕은 강태공의 공로를 인정해 비옥한 토지에 물산이 풍부하다는 산동의 제후로 봉하긴 했지만, 그곳은 이처럼 강성한 회이淮夷(동이)의 나라들이 이미 터 잡고 있던 변방의 최전선이나 다름없었다. 무왕이 사실상 강태공에게 이들 동이족의 서진을 막아 내는 방파제 역할을 맡긴 셈이었던 것이다.

당시, 동이 중에서 가장 오래된 나라는 〈우嵎국〉으로 일찍이 단군왕검 때 성립되어 요나라와 인접해 있던 연주燕州 일대에 있었고, 후일 공자孔子와 맹자孟子가 이 지역에서 배출되었다. 〈래來국〉 또한 우嵎와 비슷한 시기에 생겨 제남齊南 등지에 기반을 두고 있었다. 산동 곡부 일원의 〈엄奄국〉은 후대인 아홀단군 시절 생겼으나 가장 세력이 컸고, 〈래국〉이 그중 약했다. 그 무렵, 상나라 紂왕의 정치가 혼탁해진 데다, 周나라 역시 신흥 왕조이다 보니 정치가 먼 변방까지 미치지 못했다. 특히 영구營口는 전임 제후가 서둘러 떠나 버린 상태라 강태공이 미처 부임하기도 전에 이미 텅 비어 있다시피 했다.

그때 영민한 〈래국〉의 왕이 이러한 소식을 접하고는, 강태공의 봉지인 영구(임치臨菑)를 차지하고, 장차 周에 대항할 요량으로 병력을 이끌고 출정했다. 비슷한 시간에 강태공도 군대를 거느리고 오다가 해가 저물어

여관에서 잠을 청했는데, 한밤중에 여관 주인이 그를 깨우며 말했다.

"모든 것에는 때가 있는 법이지요. 손님의 외모로 보아 결코 태평하게 지낼 분이 아닌 듯한데, 어찌 이처럼 잠만 주무시는 게요? 때를 읽을 줄 모르시는 게 아니오?"

그 말에 화들짝 놀란 강태공이 즉시 병사들을 깨워 길을 재촉한 결과 래국왕에 아슬아슬하게 앞서 영구에 도착했다. 얼마 후 래국왕이 영구에 들어와 보니 성 위로 周나라와 강태공을 상징하는 齊의 깃발이 나부끼고 있었다.

"아뿔싸, 분명 성안이 텅 비어 있다 들었거늘, 대체 강태공이 언제 도착해서 저렇게 성안에 진을 치고 있었단 말이냐? 에잇, 우리가 한발 늦었구나……"

강태공의 명성을 익히 알고 있던 래국왕이 기회가 사라졌다고 판단하고는 싸움을 포기한 채 군사를 돌려 물러났다. 이때 〈래국〉이 영구를 먼저 차지했다면, 그 후 산동의 판도가 전혀 다른 양상으로 전개되었을지도 모를 일이었다. 병법에 능한 강태공의 산동 진출은 이후 동이족의 서진을 성공적으로 차단하면서, 신생 주周나라가 일어나 자리를 잡기까지 크게 기여했기 때문이었다. 래국왕에 앞서 강태공이 숨 가쁘게 영구에 먼저 도착했던 그 순간이야말로, 후일 함곡관 입성을 놓고 다투던 항우와 유방의 〈홍문지회鴻門之會〉를 연상시키는 역사적 순간이었던 것이다.

또 다른 〈엄奄국〉은 사방 천 리의 강역을 둔 강국인 데다가, 〈무경의 난〉을 사주했기에 주공단이 제일의 토벌 대상으로 삼고 있었다. 그는 먼저 강태공에게 〈래국〉을 묶어 두게 해 〈엄〉에 대한 지원을 차단하게 한 다음, 비로소 대군을 동원해 〈엄〉을 공격했다. 엄국왕 또한 군사를 모집해 강한 저항을 결의했다.

"은나라를 반역으로 뒤엎고도, 무도한 줄을 모르고 날뛰던 희발의 아우 놈이 대군을 이끌고 쳐들어왔다. 병력이 많다고 해서 결코 우리가 주눅들 필요는 없다. 적들은 먼 거리 원정을 나온 만큼, 백성들이 힘을 모아 죽을 각오로 항전하고 버틴다면 반드시 우리에게 승산이 있을 것이니 절대 물러서지 말라!"

주공단은 엄나라 왕의 완강한 저항에 막혀 어언 3년의 혈전을 벌여야 했다. 그렇게 사방이 포위된 속에서도 오랜 세월을 군세게 버티던 엄나라도 마침내 식량이 고갈되면서 최후의 결전에 직면하게 되었다.

"결국 식량이 떨어졌으니, 이제 더 이상은 방법이 없게 되었다. 결사대를 조직해 포위망을 뚫고 나가는 수밖에 없으니 모두 나를 따르라!"

엄국왕이 직접 결사대를 이끌고 용맹하게 성 밖으로 나가 싸웠으나, 중과부적으로 고전하다가 장렬하게 전사하고 말았다. 〈엄국〉의 멸망은 곧장 〈우국〉의 멸망으로 이어졌는데, 후일 〈엄국〉은 강태공이 차지했고 〈우국〉은 주공의 아들 백금伯禽에게 주어졌다. 훨씬 후대에 삼한三韓을 통일한 〈신라〉의 조상들이 바로 이 우이의 후예들이라고 했다. 가장 미약했던 〈래국〉은 용케도 〈산동전쟁〉이라 불리는 이 혹독한 시절을 견디고, 수백 년을 이어 가면서 당당하게 〈제齊〉나라와의 대치를 이어 갔다.

그 무렵 주공의 진격로는 대체로 먼저 하남을 평정한 다음, 황하를 건너 북상해 〈상〉(은)의 본거지를 장악하고, 마지막으로 산동의 일부를 얻는 행보를 보였는데, 그사이 3년이라는 세월이 소요되었다. 그런데 이때 동이의 나라들이 〈무경의 난〉을 지지하기는 했지만, 동북 고조선이 분열되면서 강력한 중심국이 없다 보니 서로 한곳에 결집해 세력을 이루는 데 실패했다.

〈엄국〉이 3년을 버티는 동안 〈우국〉이나, 〈래국〉을 포함한 다른 동이의 나라들이 周나라의 배후를 치고 협공을 가해야 했으나, 주로 강태공의 방해로 그러질 못한 것이었다. 게다가 동북 조선으로부터의 지원마저 없다 보니 결국 한꺼번에 대군을 이끌고 다니는 周나라 토벌군에 〈엄국〉을 비롯한 동이의 여러 나라가 차례대로 패하고 말았다.

그 뒤로 3년이 넘는 긴 원정길을 통해 반란을 평정하고 승리를 쟁취한 주공이 마침내 호경에 개선했다. 〈무경의 난〉은 BC 1038년경 주공이 무경과 함께 아우인 관숙을 죽이고 채숙을 추방하는 골육상쟁을 거치고 나서야 마무리되었고, 비로소 정국의 안정을 되찾게 되었다. 특히 내란을 사주하며 조선의 대리전을 펼쳤던 엄奄과 우嵎, 기타 박고薄姑와 같은 회이의 나라들이 周나라에 완전히 점령당했고, 중원으로 진출했던 동이의 소국들이 크게 밀리는 결과를 초래하고 말았다.

당시 삼조선의 분열이 심각한 수준이라 저마다의 독립성이 강조되다 보니, 〈번조선〉의 중심국 〈고죽〉을 비롯해 낙랑, 람국 등의 동이계 나라들이 회이 나라들의 붕괴를 지켜보고만 있었던 것이다. 그 결과 산동 아래 황하와 회수 인근까지 퍼져 있던 〈조선〉(동이)의 후국들이 결정적 타격을 입게 된 데 반해, 周나라의 영토는 오히려 하북과 산동, 안휘성까지 크게 확장될 수 있었다.

주공단周公旦의 〈회이 원정〉은 중국의 고대사에서 중화민족이 산동의 나라들과 제대로 맞붙어 동이를 물리치는 데 성공한 사실상의 첫 번째 사례였다. 東夷의 강국들이 차례대로 周나라에 무너짐으로써 중원에서는 이제 중화민족이 우위를 점하게 된 반면, 동이의 중원 진출은 철저히 저지당하고 만 것이었다. 그뿐만 아니라, 후일 동이계 나라들이 周의 제후국들에 쫓겨 동북으로 밀려나는 결정적 단초를 제공하고 말았으니,

북방 동이족의 관점에서 보면 아쉬움이 큰 역사적 전환점이 아닐 수 없었다.

이는 또 일찍이 요임금이 〈朝鮮〉에 맞서 〈도당陶唐〉을 세운 이래로 무려 약 1,300년이 지난 후의 일로, 중원 화하족들의 자긍심을 고취시키는 결정적 계기가 되었을 것이다. 이런 연유로 중국에서는 주공단을 민족의 영웅으로 두고두고 추앙했다. 후대에 조상들의 역사를 잃게 된 한반도 〈조선〉의 유생들은 주공이 자신들의 먼 조상을 제압한 것도 모르고, 원수나 다름없는 그를 충절의 제일로 여기며 떠받들기에 바빴다.

〈무경의 난〉을 진압하고 난 주공은 곧바로 은나라 유민들을 분산시키는 정책을 시행했다. 이를 위해 商의 귀족들과 상에 대해 지지 성향이 짙은 사람들을 멀리 〈송宋〉나라로 보내 살게 했다. 그 대신 송을 견제할 장치를 따로 마련한 다음 명을 내렸다.

"송나라를 둘로 쪼갤 것이다. 한쪽은 무경을 대신해서 주왕紂王의 이복형 미자微子를 송의 제후로 삼아 은의 유민들을 다스리게 할 것이다. 동시에 다른 한쪽엔 강숙康叔을 보내 위衛에 봉하고 그 지역을 다스리게 할 것이다."

강숙은 무왕의 막내아우로, 이때 둘로 나뉜 송의 다른 한쪽인 〈위衛〉를 다스리게 되었다. 이처럼 주공은 주로 동성同姓의 친족 제후들에게 새로이 분봉을 실시했는데, 그 땅에는 원정을 통해 새로이 확대된 영토까지 포함되었다.

이때 소공에겐 〈연燕〉을, 성왕의 아우 당숙唐叔에겐 〈진晉〉, 주공 자신의 아들 백금에겐 〈노魯〉나라 땅을 각각 다스리게 했다. 크게 보아 태공망의 〈제齊〉가 동이를, 주공의 〈노魯〉가 회이를, 동북의 〈연燕〉은 북융을, 〈위衛〉는 은상殷商 유민의 반란을, 〈진晉〉이 서융을 막도록 함으로써 사방에서 周나라의 변방을 튼튼히 하는 거점별 배치를 완성한 셈이었다.

한 마디로 이는 당시 사방을 둘러싸고 있던 〈朝鮮〉(동이)계 나라들로부터 철저하게 周나라를 지켜 내고자 하는 방어 전략의 일환이었던 셈이다. 이는 또 중국의 맥을 잇는 대표적 고대국가 하夏, 은상殷商, 주周나라의 영역이란 것이 오늘날의 중국처럼 그리 광활한 것이 아니어서, 태항산 서변 아래 황하 중류와 회수 일부에 머물러 있었다는 의미이기도 했다.

물론 周나라는 이후에도 꾸준히 제후국들을 늘려 나가는 포석을 깔았다. 그러나 회이와의 싸움에 지친 나머지, 산서와 요동(북경 인근)에 분포한 동이계의 또 다른 강국들을 향해서는 싸움을 걸 엄두조차 내지 못했다. 당시 산서에는 태항산을 끼고 부여족과 연합한 〈적국赤國〉과 〈백국白國〉(先중산) 등이 있었고, 하북으로는 〈낙랑〉과 더불어 영평부永平府에 사방 천리의 영역을 가진 〈고죽孤竹〉, 순천부順天府의 〈영지令支〉, 기타 〈무종無種〉 등이 건재해 있었다. 바로 그 동쪽으로 강력한 삼조선과 그 후국들이 즐비했음은 굳이 말할 필요도 없었다.

그럼에도 불구하고 周나라는 초창기인 3대 성왕 시기에 이미 호경과 낙읍의 두 도성 외에 70여 개에 이르는 제후국을 두게 되었고, 그중 50여 개가 주왕실의 희姬씨 성을 가진 동성同姓 후국들이었다. 이로써 주나라는 지방의 군장이나 호족들과의 연합에 의한 계약보다는, 철저하게 혈연에 의존하는 낮은 단계의 봉건제로 출발한 셈이었다.

주공은 이어 본격적으로 행정조직의 개편에도 착수했다. 그는 중앙에 태사太師와 태보太保를 두어 왕을 보필하게 하고, 삼사대부三事大夫제를 두었다. 또한 서둘러 《주례周禮》를 저술해 周 왕조의 관혼상제에 적용할 예법과 악법樂法 등을 새로이 일신하는 등 周왕실의 관례 전반을 손보았다. 이 과정에서 그는 동이게 나라였던 은상殷商의 예법을 대거 차용하면서도, 뿌리 깊은 〈은〉의 흔적을 지우기 위해 애썼다. 이는 새로운 화하족의 나라 周의 정체성을 세우는 일이었으므로 주공이 직접 나서 세심하게 신경을 쓴 것이었다.

주공이 그렇게 부지런히 周왕실의 기반을 탄탄히 하는 사이에 성왕이 장성해 스스로 정사를 돌볼 정도가 되었다. 그러자 주공은 우여곡절 끝에 7년간의 섭정을 마치고, 마침내 자리에서 물러나 권력을 조카인 성왕에게 되돌려 주었고, 이에 후세 사람들의 칭송이 자자했다. 일설에는 주공단이 자신의 형인 주무왕을 시해하고 왕위를 찬탈하려 했다는 소문도 파다했으나, 알 수 없는 일이었다.

친정에 나선 성왕成王은 풍읍에 머물며 중앙정치를 펼쳤고, 소공에게 동쪽의 낙읍(낙양)을 주어 다스리게 했다. 주공은 이후로는 낙읍에 도성을 만드는 일에 다시 주력했는데, 이는 周무왕 때부터 시작된 일이었다. 주공은 낙읍에 대해 이렇게 평했다.

"이곳은 천하의 중심으로 사방에서 공물을 바치러 오는 거리가 모두 같다!"

그렇게 주왕실이 안정되고 자리를 잡자, 비로소 〈조선〉이 성왕에게 사신을 보내 입회했다. 이는 동북의 맹주 조선이 드디어 商왕실을 대체한 周왕실을 인정하고 화친을 희망한다는 의미였으므로, 주왕실 전체가 크게 흥분에 휩싸였다. 성왕 자신도 기쁨에 겨워 우쭐해져서는 수하에게 명을 내렸다.

"영백榮伯은 들으라! 조선의 사신들을 예의로 환대하고, 조선왕에게 그에 맞는 선물을 보내되, 이 모든 것을 기록으로 남기도록 하라!"

이에 영백이 회식신지명賄息愼之命 즉, '식신에게 선물을 주라는 명'이라는 글을 남겨 후대에 전하게 했다. 여기서 식신息愼이 바로 〈조선〉을 의미하는 것으로 숙신肅愼, 직신稷愼, 주신朱申 등으로도 불렸는데, 모두 쥬신과 비슷한 발음으로 단군이 다스리던 〈진조선眞朝鮮〉을 뜻하는 것이었다.

애당초 문왕(서백창)이 풍豊과 호鎬 사이에서 사방 백 리로 시작했던 周나라가 이렇게 중원의 광대한 땅에 뿌리를 내리게 된 이후, 대략 1백 년이 지나 BC 10세기가 되었다. 그사이 朝鮮과 그 제후국들 사이에서는 삼경三京의 분립이 더욱 진행되어 〈진조선〉 단제檀帝(천왕)의 명이 멀리 국외까지 뻗치지 못하고, 중앙 종주국 아사달로서의 역할도 날로 위축되고 있었다.

당시 색불루의 북방 융족들이 남진해 권력을 잡기는 했으나, 2백여 년이 흐른 뒤에는 이들도 다수 세력이었던 기존 농경민족에게 동화되어 농경과 목축을 병행하는 정착 문화에 녹아든 듯했다. 이에 반해 내몽골 동쪽에서 계속해서 조선으로 남진해 들어오는 이주민 세력들은 여전히 수렵과 유목의 습성에 익숙해서, 농경 정착생활을 하던 기존 세력과 반목하기 시작한 것으로 보였다.

BC 11세기부터는 적봉 아래 발해만을 끼고 색불루의 융족과 결합한 고조선 세력이 〈위영자문화〉를 이루었던 반면, 그 위쪽 현 요하의 서쪽에서 내몽골 동쪽에 이르는 광범위한 지역에는 북방 유목민 색채가 더욱 강한 사람들이 무리 지어 살았다. 이들이 〈하가점상층上層문화〉를 이룬 사람들로 기존 조선의 농경 세력에 동화되지 않은 북방의 융족들인 셈이었다.

후일 중원에서는 융족의 거점인 시라무룬강(서요하) 서쪽의 내몽골을 기점으로 그 서쪽의 광활한 초원지대로 진출한 세력들을 〈흉노〉(훈薰, 융戎)라 불렀다. 반대로 동쪽 적봉 아래 단단대령의 서남쪽 조선 강역으로 동남진한 세력들을 〈동호東胡〉(동쪽 오랑캐)라며 구분해서 불렀다. 동호의 조상 격인 이들 융족은 농경보다는 주로 목축이나 수렵에 의존했고, 맥족, 박족 또는 고리라고도 했다. 주나라 초기에 동북으로 〈숙신〉(조선)이 있고, 그 북쪽에 〈발〉(박달, 맥족)이 있다고 했을 정도니, 사실상 이들 두 민족이 서로 다른 나라인 양 기록될 정도로 이질적인 생활양식을 지녔던 것이다.

이들이 색불루의 후예들로 단군천왕이 다스리는 〈진조선〉에 속해 있었으나, 점차 그 영향력에서 벗어나 따로 세력을 이룬 것이 〈진한辰韓〉으로 보였다. 그 중심국은 북경 인근의 〈동도東屠〉(영지)와 산서 대동代同 북쪽의 〈도하屠何〉 등으로 추정되었다. 이들은 나중에는 상국上國인 진조선을 능가하는 강력한 세력을 형성해 독자적인 길을 택했을 뿐 아니라, 서남쪽의 연燕, 제齊를 비롯한 중원의 나라들과 싸우면서 조선의 방패 역할을 톡톡히 한 것으로 보였다. 그러나 아쉽게도 〈진한〉의 분화 과정 또한 자세하게는 전해지지 않았다.

그 와중에 周나라가 6백 년 은상을 멸망시킨 데다 〈회이원정〉으로 동이계 나라들을 차례로 꺾고 드디어 중원에서 우위에 서다 보니, 조선 연맹의 분열은 더욱 가속화될 수밖에 없었다. 그 결과 중원에 흩어져 있던 많은 동이계 나라들이 연이어 자립의 길을 걷게 되었는데, 그중 조선 구족九族의 하나로 회하 인근에서 커다란 세력을 떨치던 〈서徐국〉과 〈회淮국〉이 대표적인 경우였다.

특히 영嬴씨 성을 가진 〈서국〉의 경우에는 초창기 5백 리 땅에 인구도 그저 몇만 호戶에 불과해, 고조선의 해외 후국들 중에서도 소국으로 분류될 정도였다. 그런 〈서국〉에서 어려서부터 인덕仁德이 있어 궁중의 사람들로부터 존경과 사랑을 받았다는 어진 왕이 등장했는데, 사람들은 그의 머리가 태어날 때부터 한쪽으로 기울었다 하여 그를 언왕偃王이라 불렀다. 그가 아홉 살 무렵에 궁궐 앞을 흐르는 개천에서 놀다가, 물에 떠내려오는 붉은색의 활(주궁朱弓)과 화살(적시赤矢)을 얻게 되었는데 보자마자 그 신비한 힘에 크게 이끌리고 말았다.

'와, 정말 신묘한 활과 화살이네……. 어찌 이렇게 훌륭한 것들이 내 손에 들어오게 되었지? 그래, 이건 하늘이 내게 내려주신 것이 아니라면 절대 얻을 수 없는 것들일 거야……'

언偃은 어린 마음에도 그렇게 굳게 믿고, 이후 자라면서 부지런히 활쏘기를 익혔다. 그러다 보니, 어느새 백발백중의 솜씨를 자랑하게 되어 사람들에게 널리 알려지게 되었고, 마침내 궁왕弓王이란 별칭까지 얻게 되었다.

그사이 周나라에서도 무왕의 후손들이 대를 이어 5대째에 이르렀고, 만滿이라는 이름을 가진 목왕穆王(~BC 922년)이 다스리고 있었다. 목왕은 선대왕들과 달리 정치에 그다지 관심을 두지 않는 대신 음탕한 놀이에 열중했다. 그러던 어느 시기에 목왕이 하루에 천 리를 달린다는 여덟 마리의 준마가 이끄는 수레를 타고, 서쪽 멀리 티베트 북부의 곤륜산崑崙山으로 들어간 뒤로 돌아오지 않았다.

일설에는 당시 목왕이 서왕모西王母라는 먼 나라의 여왕과 만나 잔치판을 벌이고 유희에 빠져 있었다고도 했다. 후세 사람들이 이때의 서왕모가 바빌론의 여왕일 가능성이 있다고도 했지만 도통 알 수 없는 일이었고, 그저 시바의 여왕과 놀아난 솔로몬왕을 연상케 하는 이야기일 뿐이었다. 다만 당시 서왕모가 周나라 왕실까지 퍼질 정도로 유명한 여인이었고, 목왕 또한 그 소문을 쫓아갈 정도로 호기로운 성격을 지닌 인물임엔 틀림없었던 듯했다.

어쨌든 목왕이 곤륜산에서 돌아오지 않은 채 오래도록 자리를 비우자, 周나라 제후들이 마침내 목왕에게서 돌아서는 등 정국이 혼란스러워졌다. 그사이 서徐국의 언왕이 인의를 펼치고 정사에 더욱 힘쓰니 주변의 많은 소국들이 〈서국〉으로 기울기 시작했다. 회수가 흐르는 徐국의 위쪽으로는 당시만 해도 남북으로 3백 리나 되는 거대호수로 발해渤海(동해東海)로도 불렸다는 거야택巨野澤이 있어, 중원 나라들의 관심 밖에 있었다.

이곳은 또한 아득한 요순시대에 창수사자 부루와 하우夏禹가 지나갔던 곳으로, 백성들 사이에 여전히 단군과 부루가 남긴 중경中經의 가르침과 윤리가 널리 배어 있던 곳이었다. 그런 배경과 언왕의 어진 정치에 교화되어 강수江水(장강)와 회수淮水, 한수漢水(후베이胡北) 사이에 있던 나라들이 언왕에게 조공을 바쳐 오기 시작했는데 삽시간에 36국으로 늘어나게 되었다.

徐국의 언왕이 산동과 강소, 안휘성 일대를 장악한 채 한창 전성기를 구가하던 그때, 곤륜산의 목왕에게 기별이 갔다. 뒤늦게 周나라의 어지러운 소식을 접한 목왕이 소스라치게 놀랐다.

"무어라? 수많은 제후들이 주를 버리고 서언왕에게 돌아섰다고? 이런 표리부동한 자들이 있나? 아니 되겠구나. 지금 당장 호경으로 돌아갈 것이니 수레를 대령하거라!"

정신을 차린 목왕이 서둘러 팔八준마가 끄는 수레를 타고 곤륜산에서 돌아왔으나, 서언왕의 세력이 이미 周나라가 감당할 수 없을 정도로 커진 탓에 속앓이를 하는 지경이 되고 말았다. 당장이라도 徐국이 군사를 일으켜 周나라를 공격해 올까 봐 두려워하던 목왕은 고심 끝에, 먼저 언왕에게 화친을 위한 사신을 보내 파격적인 조건을 제시했다.

"중원을 공평하게 둘로 나누어 섬陝 이서以西의 제후들은 주周가 맡고, 섬 이동以東의 제후는 서徐가 맡아서 다스린다면, 서로 간에 다툼의 여지가 없어 평화와 번영을 누릴 터이니 부디 아국의 제안을 허락해 주시오!"

이로 미루어 목왕은 분명히 중원을 대표하는 周나라의 천자였음에도, 명예나 체면을 따지지 않는 데다 간특해 보일 정도로 매우 유연한 사고를 지닌 인물임이 틀림없었다. 그에 비해 인자하기 그지없던 徐언왕은 周목왕의 제안을 덥석 받아들여 수락하고 말았다.

중화민족의 종주국인 周나라와 중원을 반으로 나누어 다스릴 수 있다는 당장의 욕심에 눈이 먼 나머지, 앞뒤 가리지 않고 서둘러 내린 결정으로 보였다. 이로써 한동안 화하족의 周와 동이계의 徐나라가 동서로 경계를 이루면서 중원을 양분해 다스리게 되었다. 이런 역사적 사실들에 근거해 후대에 소위 〈이하동서설夷夏東西設〉, 즉 '동이와 화하족이 중원의 동쪽과 서쪽을 나누어 다스렸다'는 주장이 생겨난 것이었다.

그러나 언왕의 선택이 커다란 패착이었음을 깨닫게 되기까지는 그리 오랜 시간이 걸리지 않았다. 周목왕이 徐나라에 중원을 양분해 다스리자고 제안했지만, 이는 당장의 위기를 넘기고 시간을 벌기 위한 고육책으로 실상은 추호도 그럴 마음이 없었던 것이다. 그러나 세월이 흐를수록 〈서국〉의 기세가 조금도 수그러들지 않자 목왕은 다시금 초조해져 새로운 대안을 구하기 시작했다. 당시 서국의 남쪽에는 강소와 안휘 일대에 수천 리의 강역을 지닌 대국 〈초楚〉나라가 있었다. 목왕이 이번에는 그런 초나라를 이용하기로 하고, 초왕에게 은밀히 사신을 보내 황금과 비단을 주면서 부추겼다.

"周가 徐를 앞에서 치고, 楚가 徐의 뒤를 때린다면 서국이 결국 무너지지 않겠습니까? 양국의 협공으로 서국이 망한다면, 그 땅을 주초周楚 두 나라가 양분해서 나누면 될 일이겠지요!"

사실 초왕 또한 이미 대국이 된 입장에서 북쪽의 徐국이 세력을 떨치는 것을 마뜩하지 않게 여기고 있었다. 다만, 당시 초가 드넓은 강역을 지녔으면서도 대부분 열대지역의 미개척된 땅이라 상대적으로 인구가 큰 나라도 아니었다. 그런 마당에 주변의 많은 나라들이 서국에 복종하는 것을 보고는, 초나라 역시 겉으로 칭신稱臣을 한 상황이었다. 초왕은 목왕이 보낸 사신의 제안에 반색하면서 기뻐했다.

"호오, 그것 참 좋은 생각이구려. 그렇다면 당장 양국이 동맹을 맺도록 하십시다!"

그리하여 서국을 토벌하기 위한 〈주초周楚동맹〉이 비밀리에 체결되었다.

이렇게 상황이 급박하게 돌아가고 있었으나, 徐국에서는 주초 양국 사이에 밀약이 생긴 정황을 전혀 눈치채지 못한 채, 周楚 두 나라를 대함에 있어 언제나처럼 진심과 신의로 대할 뿐이었다. 그러나 세상은 참되고 바른 것이 속임수와 거짓을 이기지 못하고, 선한 사람들이 사악한 자에게 맥없이 당하는 일이 다반사인 법이다. 이는 악惡에 대한 경계를 소홀히 하기 때문이며, 그래서 악한 자들은 언제나 의심할 줄 모르는 선한 자들을 찾아 나서기 마련이었다.

마침내 楚왕이 군사를 일으켜 徐국의 남쪽을 침공해 들어오고, 그와 동시에 周나라 군사들이 북으로 쳐들어오니, 전혀 대비를 갖추지 못했던 서국이 주초 양국의 기습에 속수무책으로 당하고 말았다. 언제나 인의仁義를 앞세우던 언왕의 병사들은 그저 적의 칼과 창에 죽어 나가거나 달아나기 바빴다. 그럼에도 언왕을 따르던 서국의 백성들은 차마 언왕을 버리지 못한 채, 죽기를 각오하고 농성을 하며 싸우겠다고 전의를 다졌다. 그러자 언왕이 백성들을 말리며 이렇게 말했다.

"그대들의 충심은 잘 알겠다. 그러나 내가 덕으로 사람을 살리지는 못할지언정, 어찌 악으로 사람들을 죽게 할 수 있겠는가?"

그리고는 백성들의 청을 수락하지 않은 채 팽성彭城의 깊은 산속으로 몸을 피해 버렸다. 군주가 비현실적으로 망상에 가까운 윤리적 명예에 집착하게 되면, 이처럼 백성들이 고난에 빠지기 쉬운 법이다. 그럼에도 불구하고 이번에도 그를 따르는 백성들이 수만 가구나 되었다니, 그 백성들 또한 참으로 안쓰럽기 그지없는 일이었다.

어려서부터 주궁朱弓과 적시赤矢로 무예를 연마했다던 언왕이었으니, 실제 전쟁이 벌어지기 전까지는 누구도 승패를 예단하기는 어려운 상황이었을 것이다. 그런데도 그는 그토록 신묘하다는 붉은 활시위 한 번 제대로 당겨 보지도 못한 채, 나라와 백성을 스스로 포기하고 말았다. 영웅의 행동으로 보기에는 참으로 쉽게 이해하기 어려운 행보였고, 끝까지 그를 존경하고 따르던 백성들에게 커다란 실망과 불행을 안겨 준 셈이었다.

팽성의 초입에는 두 개의 큰 바위가 좌우로 우뚝 솟아 그곳을 뚫고 들어가기가 쉽지 않았는데, 이것이 마치 철문과 같다 하여 철문관이라 불렀다. 그 안으로 들어가면 사방이 높은 산으로 둘러싸여 있는 대신, 한가운데 수백 가구를 먹여 살릴 만한 벌판이 나오는데 그 속으로 들어갔던 언왕이 초의 추격병들에게 포위당하고 말았다. 다급하기 그지없는 그때 수백의 서국 결사대가 초병의 포위망을 뚫고 나타났다.

"대왕을 구하고자 용맹한 우리 결사대가 초병들의 포위망을 뚫었습니다. 즉시 여기서 빠져나가야 합니다!"

"오오, 이럴 수가……"

크게 감동한 언왕이 결사대를 선봉 삼아 관문으로 나와 탁 트인 둑 위로 말을 타고 또다시 달아났는데, 후일 그가 달린 곳을 주마당走馬塘이라 불렀다. 그러나 서언왕은 결국 팽성에서 붙잡혔고, 끝내 죽임을 당했다고 하는데 죽기에 앞서 이런 말을 남겼다고 한다.

"문사文事가 있으면 반드시 무비武備가 있어야 하거늘, 내가 인의仁義만을 보고 무비를 소홀히 한 나머지 이런 꼴을 당했으니, 죽어 마땅한 일이로다."

이는 곧 서언왕이 인의와 덕은 지켰으나, 힘을 갖추지 못해 망했다는 회한의 말이었다. 후일 한비자韓非子는 서언왕의 역사를 놓고 세이즉사이世異卽事異 즉, '세상이 변하면 그 하는 일도 달라져야 한다'고 했거늘 그렇지 못했다고 비판했다.

그런데 언偃왕은 살아생전에 채蔡나라의 장강과 진陳나라 쪽 회하의 운하를 파서 두 강을 서로 통하게 하는 대역사를 성사시킨 인물이었다. 후대에 이 운하를 오吳왕 부차夫差와 수양제隨煬帝가 계승해 세상에서 가장 큰 운하로 만들 수 있었으니, 그 높은 덕을 오늘날의 중국인들까지도 톡톡히 누리고 있는 셈이었다.

서徐국 언偃왕이 죽고 나서 일백 년쯤 흐른 뒤에 그 자손이 일어나, 회淮국과 연합해 조상의 원수를 갚으려 周나라와 싸우려 들었다. 그러나 周의 선왕宣王(~BC 782년)이 중원의 제후들을 동원해 徐國을 내치니 끝내 싸움에 패한 언왕의 후손들이 그 뜻을 이루지 못했다고 한다. 〈서국〉은 이후에도 그런대로 명맥을 유지하다가, BC 512년 최종적으로 〈오吳〉나라에 멸망 당하고 말았다.

그러나 서徐 왕조가 4백 년을 지속하다 보니 워낙 뿌리가 깊어져, 중원의 고대 왕국 가운데 영羸씨를 성으로 쓰는 나라들이 중국 최초의 통일제국인 진秦을 비롯, 회이淮夷국, 조趙국, 량梁국 등 10여 개가 넘을 정도였다. 이처럼 강성했던 서국徐國을 비롯해 많은 동이계 나라들이 고대 중원에 끼친 영향이 지대했으니, 어찌 보면〈춘추시대〉야말로 동이계의 전성시대라 부를 만도 했던 것이다.

한편 周왕실은 이런저런 노력으로 주나라 건국 이래 250여 년을 그런대로 지속할 수 있었다. 그러나 선왕宣王의 아들인 13대 유왕幽王에 이르러 정치가 어지럽혀지기 시작했고, 그사이 강성해진 주변 제후국 중에 새로이 周왕실에 도전해 오는 세력이 하나둘씩 늘어만 갔다. 게다가 강력한 삼조선 동이계 나라들의 공격에 끊임없이 시달리면서 周나라도 점점 쇠약해지고 말았다.

그 와중에 周유왕은 미인 포사褒姒를 총애하여 주색에 빠진 채 국정을 더욱 소홀히 했다. 급기야 유왕이 왕후인 신후申后를 폐위시키고 포사로 대체시킨 것도 모자라, 태자마저 포사의 아들로 교체하려 들었다. 결국 이에 분개한 유왕의 장인 신후申侯와 그 세력들이 들고일어났다.

"유왕의 횡포를 더 이상 두고 볼 수 없다. 무슨 수를 써서라도 반드시 유왕을 끌어내릴 것이다!"

놀랍게도 신후申侯가 이때 주나라의 오랜 숙적인 견융犬戎(元흉노)과 서이西夷(서융)를 끌어들이고 말았다. 용맹한 견융의 기병들이 질풍처럼 내달려 周의 도성인 호경을 순식간에 점령해 버렸고, 성을 버리고 달아나던 유왕은 여산驪山에서 전사하고 말았다. BC 771년경의 일이었다.

〈견융〉의 병사들은 호경을 마음껏 노략질한 다음, 포사를 납치해 바람처럼 사라져 버렸다. 신후의 세력은 원래 유왕의 태자였던 의구宜臼를 다시 옹립해 평왕平王(~BC 720년)으로 삼았다. 이듬해가 되자 평왕은 전란으로 피폐해진 호경을 떠나 周무왕 때부터 도성으로 키워 두었던 동쪽의 낙읍雒邑(낙양)으로 천도를 단행했다.

이 시기를 기점으로 주나라를 〈동주東周시대〉라고 불렀는데, 周는 이때부터 천자의 나라로서의 권위를 잃고 급격히 쇠락하면서 제후국에 대한 통제력을 상실하고 말았다. 사실상 천자의 나라라는 상징성만 유지한 채 낙읍을 도읍으로 하는 일개 소국小國으로 추락하고 만 셈이었다. 종주국이 사라져 버린 중원에서는 이때부터 강한 나라의 제후들이 약한 나라를 겸병하기 시작했는데, 특히 제齊, 초楚, 진秦, 진晉 등의 나라가 두각을 나타냈고, 이 시기를 〈춘추春秋시대〉(BC 770년~BC 453년경)라 불렀다.

9. 辰韓의 燕齊 원정

그런데 아직 문명이 발달하지 않았던 고대 중원에서는 여전히 성읍城邑 단위 부족국가 형태인 소왕국들이 많이 산재해 있었다. 이들 소국들은 周나라의 건국 이후에도 끊임없이 분화가 이루어져, 주나라가 낙양洛陽(낙읍)으로 동천할 무렵에는 대략 180여 개에 달했다고 한다. 그러나 동주東周시대 이후 周왕실이 통제력을 상실한 끝에, 제후국 간에 약육강식의 이합집산이 거듭되더니, 춘추시대 중엽에는 어느덧 수십 개국으로 줄어들어 있었다.

이처럼 周나라의 봉건 제후국들이 크고 작은 영역 다툼을 벌이는 동안, 태항산 동북쪽의 북경 일대와 하북 지역에는 몽골 쪽에서 주로 사냥이나 유목생활에 의존하며 살던 북방계 맥족 계열의 사람들이 동남진하여, 착실하게 영역을 넓히고 있었다.

일찍이 신석기시대부터 현 요하遼河의 서쪽 지역은 광대하고 비옥한 지역으로 농경민족들이 거주하면서 고대의 찬란한 〈홍산紅山문화〉를 낳았다. 원래 이들의 조상은 약 1만 년 전 마지막 빙하기가 풀리면서 현 요서와 내몽골자치지구 등지의 풍요로운 땅에 정착한 사람들이었다. 특히 약 7천 년을 전후로 현 대릉하大陵河와 시라무룬강 등의 유역은 기온이 상승하고 강우량이 증가해, 인간이 농사를 짓고 살기에 적합한 땅으로 변해 있었다. 따라서 이 지역으로 고대인들이 몰려들었고, 그들 중에는 한반도에서 농경기술을 터득한 채로 북상해 현지인들과 동화된 무리도 많았다.

그러나 BC 3000년경, 갑작스레 이 풍요로운 땅에 대규모 기상이변이 들이닥쳐 강수량이 급감하면서 오랫동안 건조화가 진행되었다. 농사를 짓던 광대한 땅이 메마른 대초원이나 사막으로 변해 버렸고, 이때 일부 부족들은 유목 생활로 삶의 형태를 바꾸기도 했다. 그러나 대다수 맥족들은 새로운 농경지를 찾아 여러 갈래로 나뉘어 남방으로의 대이동을 시작했다. 여족장이 이끌던 주류는 동남쪽 현 요동과 한반도로의 회귀u-turn를 감행했고, 다른 갈래는 해수면이 낮아지고 있던 발해만 연안으로 내려와 정착했으며, 또 한 갈래는 남방으로 더 멀리 이동해 산동을 비롯한 중국 동해안에 정착하기도 했다.

공교롭게도 이러한 기후재앙이 BC 1500년을 전후해서는 한랭건조화로 바뀌면서 재차 적봉 인근을 엄습하고 말았다. 이때 고조선 강역이 치명적인 타격을 입게 되었고, 그 틈을 타 조선의 서북방 몽골 지역에 살던 맥족 계열의 융족들이 조선으로 유입되기 시작했다. 동시에 조선이 쇠약해지는 모습을 보이자, 상商의 무정왕이 〈귀방〉을 제압한 데 이어 〈색도〉와 〈영지〉 등 동이의 나라들을 공격하면서 상국인 〈조선〉에 도전했다. 이때 맥족 계열의 북방 융족들을 대표하는 고등高登이 자신들의 세력을 규합해 商나라를 물리치는 데 성공했고, 그 손자 색불루 때는 마침내 천년 조선 왕조에 대한 역성혁명을 통해 권력을 차지했다.

북방 기마민족의 색채가 강한 이들은 조선의 서남쪽에 인접해 중원과의 경계를 이루고 지냈으며, 중원에서는 그 이전부터 이들을 朝鮮 9족(9부) 중 하나인 견이畎夷(畎部)라고도 했고, 이들을 훈족의 조상(元흉노)으로 보기도 했다. 춘추시대에는 특히 古조선의 서남쪽 변방인 하북 북변의 산악지대와 요수(영정하) 안팎에서, 발해를 끼고 북경과 천진을 아우르는 지역에 살던 사람들을 통칭해 〈산융山戎〉(북융北戎)이라 불렀다.

당시 중원의 화하족들은 자신들의 바깥 외부에 있는 모든 민족들에게 혐오의 의미, 즉 오랑캐의 뜻을 지닌 융戎이나 호胡라는 이름을 붙여 불렀다. 그런데 융(훈薰, Hun)은 후대의 동호어東胡語(퉁구스어)로 '사람'이라는 뜻을 지녔고, 글자 안의 갑甲옷과 창(과戈)은 전쟁의 무기라는 의미에서 대장大將이라는 뜻으로도 사용되어, 원래 나쁜 뜻과는 거리가 멀었다.

한편 북경의 서북쪽 인근은 소오태산小五台山(해발 2882m)을 비롯해 2천m급의 험준한 고산이 즐비한 천혜의 요지로, 고대 화하족들의 입장에서 산융의 주거지인 동북은 감히 넘볼 수 없는 지역이었다. 춘추시대에 이 지역은 새롭게 조선의 맹주로 부상한 〈진한辰韓〉의 강역이었는데, 그 속국들이 중원의 연燕나라와 접해 있었다.

따라서 산융이라 함은 사실상 辰韓과 그 속국을 의미하는 것으로, 중원의 나라들이 혐오의 뜻으로 부르던 통칭이었다. 특히 후대 중원의 사가들은 자신들에 앞서 상고시대 아시아 문명을 선도했던 朝鮮의 역사를 어떻게든 감추려 들었고, 조선이라는 국호 자체를 사용하지 않으려 했다. 따라서 辰韓에 대해서도 산융이니, 북융이니 하면서 관점을 흐트리려 했고, 후대의 동호나 흉노 또한 비슷한 맥락에서 생겨난 용어였다.

진한(산융)의 후국으로는 도하屠何(불도하), 동도東屠, 영지令支(불령지, 불리지) 등의 나라들이 포함되며, 그 외에 무종無終으로 불리던 소국들도 여기저기 흩어져 있었다. 또 산서 지역에도 부여족이 (몽)고리와 결합해 세운 적국赤國과 백국白國, 구주句注, 대代 등이 있었다. 이들은 서쪽의 광활한 초원지대로 떠난 서융과 달리 내몽골에서 동북의 산악지대에 걸쳐 생활했는데, 대표적인 북방 기마민족으로 말을 잘 타고, 무리지어 쉬이 이동하다 보니 통칭하여 산융이라 부른 듯했다. 이들 대부분이 진한의 속국으로 군사적, 신앙적 연맹 관계를 맺고 서로 협력하면서, 중원의 동북에 있던 周의 제후국들과는 교류와 대립을 반복했다.

이런 배경하에 주로 북경 아래로 발해만의 내해 주변 지역에는 백이와 숙제의 나라였던 〈고죽국〉이 번番조선의 서쪽 번국藩國으로 일찍부터 자리 잡은 것으로 보였다. 중원 최초의 나라라는 夏보다 더 빠른 BC 21세기부터 성립된 고죽국은 단군 9부족의 하나로 商이나 周와 같은 중원의 나라들과 경쟁 또는 밀접하게 교류하면서, 실질적으로 오랫동안 번조선을 대표하던 나라였다.

이처럼 고죽이 서북쪽으로 진한의 나라들과 인접해 있다 보니 북방민족의 색채가 많이 가미되었으나, 엄연한 번조선의 중심국으로 三韓시대부터 주로 농경 생활을 이어 오던 나라였다. 이에 따라 농경과 목축,

양잠, 직조 등의 수공업이 성행했고, 기본적으로는 농경 국가이면서도 기마민족의 전통을 살려 대규모의 말을 사육하고 별도의 기마부대를 운영하던 군사 강국이었다.

또 고대로부터 이어 온 율령국가로 왕자 시절의 백이가 고죽의 법률을 정비했다고도 했다. 《주례周禮》에 '고죽국의 피리'가 포함될 정도로 음악과 춤이 발달한 나라였으니, 오래된 나라로서 제천행사 등 각종 의례가 발달했다는 의미였다. 이렇게 일찍부터 도덕과 예의가 확립된 선진 문화국이었기에 후일 공자孔子도 〈고죽〉을 소위 '군자君子의 나라'라며 칭송했다.

그런데 古조선의 왕족 가운데 왕의 사위인 지방의 통치자에게 붙는 명칭이 고추가古鄒加였고, 당시 고죽孤竹과 고추古鄒(Kutsu)의 발음이 같았으니 고죽국이란, '고추가가 다스리는 나라'라는 의미였다. 고죽왕의 성씨는 고조선 건국에 동참했던 맥족의 한 갈래인 탁리槖里(Tari, 답리答理, 고리藁離)족의 고추가 묵(Mi, 묵태墨胎)씨로 추정되며, 따라서 타리족의 고추가라는 의미인 답리가答理呵(Tari-ga)를 왕의 칭호로 사용했다. 탁리족의 또 다른 일파는 古조선의 후국인 〈부여〉를 건국한 세력이기도 했다.

그 와중에 BC 7세기를 전후해 고죽의 서쪽, 周나라의 동북 변방에 불리지弗離支란 걸출한 인물이 나타났는데, 그는 조선의 군대를 인솔해 현 하북, 산서, 산동성 등의 일대를 장악했다. 그가 산서성 동북쪽 대현代縣 인근에 나라를 세우고 자기 이름을 딴 〈불리지국〉을 세웠으니, 바로 〈영지국〉의 초창기 모습으로 추정된다. 아주 먼 빙하시대에는 산동과 요동반도가 뭍으로 연결되어 있었고, 지금도 평균 수심이 40m에 불과한 발해는 당시 그 한가운데 위치한 커다란 호수 같았다고 한다.

여기서 발渤은 맥貊(맥족)과 같은 뜻으로 그 어원이 바로 '불弗(밝음, 발)'에서 나온 것이었다. 발해야말로 상고시대 韓민족의 주 무대였던 셈이며, 한민족을 상징하는 바다였던 것이다. 〈불리지국〉 역시 '불弗씨의 영지국슈支國'과 같은 발음으로 나중에는 〈영지국〉으로 불렸으며, 〈진한〉을 대표하는 나라로 성장했다. 원래 영지국은 맥족이 세운 古부여의 세력이었다. 그런데 그 주류가 동북의 눈강嫩江 유역으로 이주할 때 그들을 따라가지 않은 일부가 오히려 반대쪽인 서남쪽 상간하 유역에 자리를 잡고 조선의 후국으로 성장했던 것이며, 동쪽으로 이웃한 고죽과도 가깝게 지냈다.

이 무렵은 삼조선을 대표하던 진眞조선이 도읍을 적봉 북쪽의 임서林西 일원으로 추정되는 부여로 옮긴 뒤 대략 6백여 년이 지난 때였다. 따라서 이미 북방 융족 계열의 나라들이 약진하면서 단군 왕조의 삼조선이 분열되어 깨지고, 그 열국列國들 끼리 서로 다투는 지경이었다. 아울러 당시 삼조선 자체도 어떤 과정을 거쳐 분화되었는지, 자세히 알려지지 않았다. 당연히 여러 고기古記에 기록되었겠지만, 후대까지 온전하게 전해지지 못했으니 안타까운 일이었다.

이런 상황에서 朝鮮은 국외의 후국들이 중원의 다른 나라로부터 침략을 당하거나 고통을 겪어도 그 이상 서로를 돌아볼 여유가 없었다. 周나라 초기에 산동 인근의 래萊국과 엄奄국, 서徐국이 번갈아 가면서 周왕조와 3차례나 전쟁을 벌였어도, 그때마다 개별 나라가 겪는 전쟁이었을 뿐, 이웃한 朝鮮의 열국들이 이 사실을 몰랐던지 서로 간에 지원에 나서지 못했던 것이다.

그런데 이처럼 혼란스러운 상황은 당시의 중원도 마찬가지였다. 周나라 건국 이후 1세기쯤 지난 주목왕 때부터 왕실의 권위가 흔들리기 시작하더니, 유왕 때 견융의 침공으로 사실상 왕조가 멸망이나 다름없는 지경에 빠지고 만 것이었다. 이후 BC 770년경, 평왕이 낙읍으로 천도하면서 〈동주東周시대〉 즉, 〈춘추시대〉가 시작되었다. 그러나 周왕실이 권위를 되찾지 못하면서 제후들이 역대 周왕들의 명령을 따르지 않게 되었고, 그 결과 周나라는 그저 명목상으로만 종주국의 형태를 유지했을 뿐이었다.

그런 와중에 1세기쯤 지난 BC 7세기에 접어들면서, 양대 민족의 혼란스러운 상황이 비슷한 시기에 함께 정리되는 놀라운 일이 벌어졌다. 먼저 〈조선〉의 경우에는 새로이 등장한 〈진한辰韓〉의 왕이 무력으로 주변의 열국들을 제압하기 시작했는데, 얼마 지나지 않아 상국인 〈진조선〉을 대신해 사실상 조선연맹의 맹주에 오르는 데 성공했다. 정확하지는 않지만 그가 불리지왕일 가능성도 커 보였다.

당시 〈진한〉의 도성이 북부에 해당하는 현부玄部(현토玄菟)에 있었는데, 진한이 떠오르게 되자 진왕辰王을 현제玄帝라 부를 정도였던 것이다. 이렇게 진한이 조선연맹의 새로운 맹주가 되어 여러 군국과 후국을 거느리고 질서를 되찾아 가고 있을 때, 중원에서는 산동 서쪽의 〈제齊〉나라가 종주국인 周나라의 역할을 대신하면서 여러 제후국을 압도하고 있었다.

그 무렵 원래 장안長安 인근에서 시작했던 〈연燕〉나라가 북상하면서 기존 태항산 아래 흩어져 살던 〈진한〉의 후국들과 충돌하기 시작했다. 당시 진한을 위시한 조선의 나라들은 같은 동이족이 많이 살고, 물산이 풍부했던 남쪽 산동반도의 소국들과 일찍부터 교역을 했다. 이들은 조선의 담비, 여우, 너구리 등의 털가죽과 비단, 융단과 같은 직물을 수출해 발해 중심의 상업을 일으켰다.

그러던 차에 제齊나라가 강성해지면서 산동의 동이를 밀어내고 교역을 방해하기 시작했다. 정확한 상황은 알 수 없으나, 어느 시기에 제齊나라가 朝鮮의 오랜 후국이자 교역 상대인 산동의 래국萊國(래이)을 공격해 병합하려 들었다. 〈제〉의 일방적인 무력행사를 목전에 두게 되자, 조선의 맹주인 진한왕이 크게 분개하면서 양쪽의 긴장감이 극도로 고조되었다. 급기야 BC 706년 무렵, 진한왕(미상)이 마침내 선제적으로 〈제〉를 공략할 것을 결심하고 수하인 조을祖乙에게 단호하게 명을 내렸다.

"산동의 제나라가 우리 조선과 후국들의 교역을 방해하고, 래국을 병합하려 한다니 이 이상 좌시할 수 없다. 그러나 제나라를 치기에 앞서 그 북쪽의 연나라를 거쳐야 하니, 부득이하게 먼저 연나라를 칠 수밖에 없다. 그대는 이 길로 연의 도성으로 진격해 연나라부터 제압한 다음, 이어서 제나라를 치도록 하라! 이번 전쟁은 중원의 나라들을 다스리는 시금석이 될 것이니, 반드시 승리를 쟁취해야 할 것이다!"

진조선은 당시 35대 사벌沙伐단군이 다스리던 시기로 추정되는데, 이때 연燕의 동북쪽에 있던 진한辰韓이 먼저 연燕과 제齊를 공격한 것으로 보아, 멀리 떨어져 있던 진조선의 단군보다는 가까이 있던 진한왕이 이 원정을 주도한 것이 틀림없었다. 이에 조을이 1만여 군사를 이끌고 연나라 도성(하북역현易縣)으로 출정했다. 연나라 선후宣侯(~BC 698년)는 갑작스러운 진한의 침공에 속수무책으로 당해 순식간에 도읍을 내준 채 항복하고 말았다.

당시만 해도 연나라는 북으로 조선과의 경계 지역에 위치해 처음부터 중원의 방패막이 역할을 하던 소국이었고, 강성한 진한의 상대가 되지 못했다. 〈연〉이 무너졌다는 급박한 소식이 〈제〉나라의 희공釐公(~BC 698년)에게도 전달되었다.

"군후, 큰일이 났습니다. 북융(진한)의 군사들이 연나라를 침공해 연

선후가 항복을 하고 말았다는 전갈입니다. 연을 굴복시킨 북융이 이어서 우리 제나라를 공격해 오는 바람에 이미 축아祝阿가 함락되었고, 지금 역하歷下 근처까지 도달했다니 특단의 대책이 시급합니다!"

"무어라, 축아가 떨어졌다고? 심각한 일이로다. 공자원公子元과 공손대중公孫戴仲은 군사를 내줄 테니 즉시 출병해 북융을 막아 내도록 하라! 아울러 사태가 위중한 만큼, 지금 즉시 이웃한 노魯, 위衛, 정鄭나라 등에도 구원을 청하도록 하라!"

그리하여 진한의 침공에 맞서기 위해 제나라 군대가 서둘러 출정하는 한편, 지원을 요청하는 사자들이 이웃 중원의 나라를 향해 황급히 떠났다. 그러나 노와 위나라는 동북의 오랜 맹주인 〈조선〉과의 전쟁이 두려워 지원을 기피했다. 그들 나라 자체가 소국인 데다, 아직 제나라에 의존하기에는 미덥지 않았기 때문에 이리저리 눈치를 본 것이었다. 제齊의 요청에 가장 먼저 호응한 제후는 齊의 남쪽에 있던 정鄭나라의 장공莊公이었는데, 그가 자신의 태자 홀忽을 불러 명령을 내렸다.

"제나라는 우리 동맹국으로 우리가 출병할 때마다 도와주었다. 이번에 제나라가 구원을 청해 왔으니, 당연히 우리가 가서 돕는 것이 옳지 않겠느냐?"

그리고는 병거兵車 300승을 주고 태자 홀을 대장, 고거미를 부장副將으로 삼아 출정시켰다. 정나라 군병들이 밤낮으로 달려 역하(제수濟水)에서 제齊희공을 만났으나, 〈노〉와 〈위〉나라 군대는 보이지 않았다. 감격한 제희공이 구원병을 맞이하고자 성 밖에까지 나올 정도였다.

"오오, 과연 정나라 장공이야말로 의로운 군주로다. 태자께서 이리 직접 와 주시니 고마울 따름이오!"

반가운 환영 인사도 잠시, 이들은 곧장 진한에 대한 대응책을 위해 논의에 들어갔고, 그러자 태자 홀이 말했다.

"융적은 진격도 후퇴도 모두 빠르고 능한 데 반해, 우리는 병거를 이용하다 보니 모든 게 더디고 늦습니다. 그러나 융적들은 성품이 경망스러워 정돈할 줄 모르고, 탐욕스러운 데다 인정도 없어 패퇴할 때 보면 서로 도와주는 법도 없습니다. 그러니 이를 이용해 싸우다 지는 척하고 유인한 다음, 매복으로 공격하는 것이 제일 좋은 전략일 것입니다."

이에 제희공이 기뻐하며 매복 작전을 전개하기로 하고, 태자 홀이 북로로 이동해 길 양쪽에 병사들을 매복시켜 놓았다.

제나라 본대는 도성인 임치의 남쪽 인근에 위치한 역성歷城에 들어가 주둔해 있었는데, 과연 얼마 후 진한의 군대가 당도해 성 인근에 영채를 꾸리기 시작했다. 이에 먼저 공손대중이 역성의 문을 열고 나와 진한군 軍을 도발했고, 그러자 진한의 진영에서도 소량小良이 이끄는 3천여 명이 영채를 열고 쫓아 나왔다. 공손대중은 소량의 군대와 얼마간 싸우다가 힘에 부치는 척 병거를 돌려 달아나자 소량은 물론, 영채 안에서 이를 지켜보던 대량大良까지도 군대를 몰고 나와 추격에 가세했다.

그렇게 공손대중이 역성의 동문에 도착했을 무렵, 사방에서 굉음이 울리고 요란하게 북과 징소리가 울려 대더니, 길옆 풀숲에 숨어 있던 〈제〉와 〈정〉나라 군사들이 일제히 진한 군사들을 향해 달려들었다.

"아차! 적의 매복이다. 매복에 걸렸다. 모두들 달아나라!"

결국은 이 〈역성전투〉에서 진한의 군사들이 〈제정연합군〉이 펼친 매복에 걸려 적지 않은 희생을 당하고 말았다. 그런데 중국 측의 기록에 따르면 이때 정나라가 북융의 장수 대량과 소량에 이은 정예 갑수甲首 3백 명을 잡아 제에 바쳤다고 한다. 그러나 승리라고 보기에는 너무 초라해 보이는 실적이라, 오히려 패배한 전쟁일 가능성을 시사하는 내용이

197

었다.

그리고 실제로도 이 전쟁에서 최종적으로 승리한 것은 제정연합군이
아닌 진한의 군대가 틀림없었다. 당시 진한의 군사들은 말을 탄 기병으
로 구성되었기에 처음 정나라 군의 매복에 걸려 고전했음에도 신속하게
후퇴해 피해를 최소화시킬 수 있었던 것이다. 제정연합군의 장수들은
첫 전투에서 승리해 사기가 오르자, 자신감으로 가득 차게 되었다.

"그토록 사납다는 융적들도 막상 붙어 보니 별 게 아니었구려. 우리
가 수적으로 우세한 만큼 성안에서 눈치를 볼 일이 아니외다. 지금 곧
성 바깥으로 나가 들판에 진을 치고 집결한 다음, 적들이 전열을 가다듬
기 전에 한달음에 총공세를 펼치기로 합시다!"

그리하여 제정연합군이 곧장 성 밖으로 나와 역성의 교외 들판에 진
을 치기 시작했다. 후방에서 전열을 가다듬고 있던 진한의 장수 조을이
제정연합군이 역성 밖에 집결하는 모습을 보고는 이내 공격 명령을 내
렸다.

"모두들 보아라, 적들이 성 밖에서 집결하고 있다. 하늘이 우리를 돕
는 게로구나. 전군은 지금 즉시 총공격에 나서 적들이 달아나 성안으로
다시 들어가기 전에 무너뜨려야 할 것이다! 자, 북을 치고 공격 나발을
불어라! 총공격하랏!"

"뿌웅, 뿌웅! 공격이다. 공격하랏!"

발 빠른 진한의 기마부대가 돌풍처럼 내달려 성 밖의 제정연합군을
향해 파죽지세로 질주해 들어갔다. 초전의 승리에 도취해 상대를 얕보
고 있던 제정연합군이 딱히 이들을 제어할 방도가 없어 우왕좌왕하다가
곳곳에서 진영이 무너져 내렸다. 진한의 기마부대는 2차 공격에서 보

병 위주로 편성되어 움직임이 굼뜬 제정연합군을 순식간에 제압해 버렸다. 이로써 마치 처음의 패퇴가 성안의 병력을 성 밖으로 끌어내기 위한 유인책이었다는 듯이 진한군이 오히려 대역전에 성공했다.

이 시기 북방 기마민족의 색채가 강한 진한(북융)의 전투력은 말을 탄 기병 중심의 속도전으로, 중원의 나라들을 휘청거리게 할 정도로 막강한 것이었다. 처음 1차 전투에서 진한의 군사들이 정나라 부대의 매복에 걸려 고전하고도 이내 제나라 공략에 성공한 것은 이처럼 발 빠른 기병으로 구성되었기에 가능한 것이었다.

역성이 함락되자 제희공 또한 별수 없이 진한의 장수 조을祖乙 앞에 나타나 무릎을 꿇고 항복을 구걸할 수밖에 없었다.

"앞으로 매년 진한왕께 세공歲貢을 바치도록 하겠소. 또 진한왕께 현제의 존호를 올리고 상국으로 예우할 것을 맹세하겠소!"

이로써 조을이 이끌었던 진한의 〈연제 원정〉이 성공리에 마무리되었고, 중원 나라들의 기세도 한풀 꺾이게 되었다. 기록이 없어 자세히는 알 수 없지만, 제나라와 이웃해 전쟁의 원인을 제공했던 래국 또한 분명히 참전했을 것으로 보였다. 진한의 군대가 직접 중원 땅 깊숙이까지 내려가 원정을 감행한 것은 실로 드문 일이었고, 연과 제나라를 차례로 꺾었으니, 북방 진한의 군사력이 중원의 나라들에 비해 여전히 우위임을 확인해 준 역사적인 쾌거였다.

전쟁이 끝난 후 사후의 수습과정에서 제희공이 제나라를 위해 참전했던 제후들에게 감사의 표시로 가축과 곡물을 보냈는데, 이때 정나라가 아닌 노나라로 하여금 서열을 정하게 했다고 한다. 그러자 전쟁 초기 공을 세우고도 논공에서 정나라가 뒤로 밀린 것에 대해 정나라 태자 홀이 크게 분하게 여겼다. 이 또한 제정연합군이 진한(북융)에 역전패당한 것을 시사해 주는 대목이었다.

제희공이 이때 태자 홀을 달래려고 아름답기로 유명한 자신의 딸 문강文姜을 내주려 했는데, 홀은 그녀가 문란하다는 소문을 들었는지 이를 거절했다. 진한의 원정 공격에 패배를 당한 제희공은 패전의 후유증에 시달리다 사망했고, 아들 제양공齊襄公(~BC 686년)이 뒤를 이었다.

양공 4년, 제나라의 서남쪽에 이웃한 노나라의 환공桓公(~BC 694년)이 부인인 문강과 〈제〉를 방문했다. 그런데 사실 문강은 혼인 전부터 오라버니인 양공과 정을 통한 사이로, 15년 만에 재회한 이들 남매가 자제력을 잃고 다시금 불륜을 저지르고 말았다. 노환공이 이 사실을 알고 분개하자, 제양공은 아들을 시켜 오히려 노환공을 암살해 버리고 말았다. 이 일로 〈제〉와 〈노〉 두 나라의 관계가 크게 틀어지고 말았다.

군주의 사생활이 이렇듯 문란하니 제의 정사가 제대로 펼쳐질 리가 없었다. 급기야 내부반란이 속출하면서 양공에 이어 그의 자리를 찬탈했던 사촌 무지無知가 연달아 시해를 당하고, 졸지에 나라에 군주가 없는 황당한 사태가 이어졌다. 일찍이 형인 양공의 폭정을 피해 이웃 나라로 몸을 피했던 제양공의 배다른 아우들 간에 제후의 자리를 놓고 한바탕 싸움이 일어났다. 그 와중에 BC 685년경, 마침내 권력 쟁탈에서 승리한 소백小白이 군주에 올랐으니 그가 바로 제환공齊桓公(~BC 643년)이었다.

진한辰韓이 〈연제燕齊 원정〉을 승리로 이끌자 중원에서는 종주국인 周나라를 비롯해 노魯, 조曹, 송宋, 허許 등의 춘추 열국들이 제齊와 연燕의 뒤를 이어 〈진한〉을 상국으로 떠받들게 되었다. 주周 왕조가 시작된 이래로 조선연맹이 가장 빛나던 시대였고, 바야흐로 辰韓의 전성시대가

도래한 것이었다. 사실 이 전쟁은 조선을 대표하는 진한과 중원을 대표
하던 제나라가 서서히 팽창하던 과정에서 양측이 충돌했던 중대한 역사
적 사건이었다.

그 후 한 세대가 지나자, 중원에서는 새로이 군주에 오른 제환공이
부국강병책을 펼치면서 패업을 달성하려 들었다. 이때 그는 포숙아鮑叔
牙가 적극 천거한 명재상 관중管仲(이오夷吾)을 등용해 국상으로 삼았다.
포숙아의 절친한 친구였던 관중은 제후의 자리다툼 과정에서 환공의 배
다른 형인 규糾의 편에 섰던 사람으로 환공에게 활까지 쏜 인물이었다.
그러나 관중의 재주를 아낀 포숙아의 천거로 환공이 그를 용서하고 받
아들였다.

그런 관중은 강태공 이래 최고의 천재이자 지략가로 특히 이재理財
(경제)에 밝은 인물이었다. 당시 중원 최대의 관심사는 周의 제후국들
이 단결해 진한을 맹주로 하는 조선 열국들, 즉 북융의 세력을 축출하는
것이었다. 그러나 관중은 중원의 문물과 제도가 아직은 朝鮮에 미치지
못하다는 것을 잘 알고 있었다. 관중은 번조선의 평양(평나)으로부터
문피文皮를 사들여 군사들의 옷을 만들고, 부여로부터는 철기를 수입해
병장기를 제작하게 했다.

또한 古조선의 행정제도를 들여와 제나라에 이식하는 개혁을 단행하
기까지 했다. 즉 조선의 오부五部와 오군五軍의 법제를 본받아 여閭, 리里,
향鄕, 정井과 군軍, 오伍(종렬단위), 사師, 려旅(5백 명 단위부대) 등으로
바꾸었다. 또 조선의 징병제를 도입해 농민들에게도 농한기에 전투 훈
련을 시키고 변방에도 순환복무를 하도록 조치하니, 제의 군대가 더욱
강성해지면서 중원 제일의 군사력을 뽐내게 되었다.

관중은 또한 소금과 철을 나라에서 전매토록 하는 유명한〈염철제鹽

鐵制〉를 도입하고, 화폐를 유통시켜 순식간에 제를 부강하게 만들었다. 관중의 눈부신 활약으로 제의 재정이 탄탄해지고 국력이 커지게 되자, 제환공은 무서운 속도로 주변의 30여 소국들을 병합해 나갔다. 그 결과 환공이 제후에 오른 지 7년 만인 BC 679년경, 〈춘추시대〉의 첫 패자覇者에 오를 수 있게 되었다.

어지럽기 그지없던 제나라가 이렇게 빠른 시일 안에 패자의 반열에 오르기까지는, 환공이 포숙아의 천거를 받아들여 자신을 시해하려던 관중이라는 천재를 재상으로 받든 때문이기도 했다. 이처럼 때로는 훌륭한 인재 한 명이 나라의 운명을 좌우하는 법도 있었으니, 〈관포지교管鮑之交〉의 우정을 인정하고 관중을 받아들인 환공의 포용력이야말로 '신神의 한 수'였던 셈이다.

그러한 와중에 제나라가 중심이 되어 중원 열국들의 제후들을 불러 모은 다음 평화를 위한 공동의 맹약을 체결하기로 했는데, 그 첫 조항이 놀라운 것이었다.

"우리는 현제玄帝의 명령이 없으면, 서로 싸우지 아니한다!"

마치 중원의 열국들이 진한(조선)을 두려워한 나머지 辰韓의 왕(현제)을 삼가 받드는 모양새를 연출한 셈이었으니, 소문을 들은 진한에서도 한동안 제나라를 충실한 속국처럼 대할 정도였다고 한다.

그러나 이 모든 것은 관중이 주도한 제나라의 속임수였음이 드러나고 말았다. 당시 중원의 열국들은 겉으로는 평화를 선포하고 진한에 순응하는 듯했으나, 사실 뒤로는 조선 열국들을 중원에서 몰아내겠다는 비밀동맹을 은밀히 맺고 있었다. 제환공이 관중에게 조선 열국의 공격 순서를 묻자 관중이 계책을 내놓으며 말했다.

"우리 제나라의 가장 큰 우환거리는 바로 위쪽에 이웃한 래국이니,

래를 가장 먼저 공격해야 합니다. 문제는 래국의 백성들이 매우 용맹하다는 점인데, 다행히도 그 왕이 다소 어리석은 구석이 있으니, 힘으로 이기려 하기보다는 꾀로써 망하게 하는 편이 좋을 것입니다."

그리고는 제나라 조정의 황금까지 동원해 가며 래來국의 곡식과 나무를 아낌없이 사들이게 했다. 래국왕이 이런 보고를 받고는 제환공이 한심하다는 듯 혀를 찼다.

"황금은 나라의 보배가 아니더냐? 제의 군신들이 황금을 이처럼 헤프게 써 대니 제나라의 앞날이 훤하구나……"

그리고는 백성들에게 산에 가서 나무를 더해 오고, 창고에 있는 곡식까지 모두 제나라에 팔게 했다.

그러자 얼마 지나지 않아 예상치 못한 일이 벌어졌다. 어느 순간부터 래국의 집안마다 황금이 가득하긴 했는데, 그사이 산이 헐벗게 되면서 정작 먹을 곡식과 땔 나무들이 고갈돼 혼란이 가중되기 시작했다. 래국이 다급하게 이웃한 제나라로부터 곡식과 나무를 도로 구입하려 했으나, 제나라는 신속하게 바다와 뭍에서 나는 모든 물품에 대해 수출 금지 명령을 내려 버렸다. 그러자 하루아침에 무역 봉쇄를 당한 래국의 물가가 하루가 다르게 뛰어오르기 시작했다. 그러더니 조정에서 손쓸 겨를도 없이 경제가 순식간에 엉망이 되고, 먹을 것이 떨어진 백성들의 생활이 곤궁해지면서 혼란이 가중되었다. 그때서야 비로소 제환공이 추상같은 명령을 내렸다.

"자, 래국이 크게 혼란에 빠진 지금이야말로 래이를 쳐서 멸망시킬 절호의 기회다. 즉시 래국으로 출병하도록 하라!"

제환공이 군사를 일으켜 래국으로 쳐들어가니, 물가 폭등이라는 경제적 충격에서 헤어나지 못한 래국이 도저히 대응하지 못했고, 제나라 군대의 기습에 하루아침에 멸망 당하고 말았다. 〈래국萊國〉은 소국이기는 했어도 물산이 풍부하고 백성들이 용맹해, 일찍이 강태공에 맞서 싸우고서도 제나라를 물리칠 수 있었던 강소국强小國이었다. 그런 이유로 〈제〉에서는 래국을 원수처럼 여겼으면서도, 그때까지 역대 군주 누구도 래국을 이겨 내지 못했는데, 마침내 환공에 이르러 오랜 숙원을 해결한 셈이었다.

그 무렵 진한에서는 〈연제 원정〉이 있고 나서 2년쯤 뒤에 辰왕이 사망해 그의 아들이 다스리고 있었다. 제환공이 흉계를 써서 래국을 멸망시켰다는 소식이 알려지자, 새로이 즉위한 진왕(미상) 또한 크게 분노하여 말했다.

"제나라가 우리에게 순종하는 듯하더니, 이제야 그 시커먼 속을 훤히 드러내고 말았다. 저들의 야심은 조선 열국의 백성들이 중원의 땅에 절대 발붙이지 못하도록 하는 것이다. 제나라의 속셈을 알고도 이를 내버려 둔다면, 그들은 장차 산동에서 조선 열국들의 무역 활동을 방해하고 이를 독점하려 들 것이다. 그러니 다시금 조선 열국이 힘을 모아 반드시 제나라를 응징해야 할 것이다!"

당시 朝鮮의 열국들은 제나라의 확장이 발해만 일대 무역에 커다란 압박을 가할 것을 염려했다. 그리되면 진한과 제나라가 직접 부딪힐 것이 뻔하기 때문이었다. 그러한 와중에 중원의 나라들이 종전처럼 진한에 복종하지도 않을뿐더러, 그동안 연례행사처럼 해 오던 세공歲貢도 바치려 들지 않았다. 이에 진한왕이 마침내 중원의 나라들에 대해 손을 보기로 작심하고 나섰다. 이로써 한 세대가 지난 약 40년 만에 진한과 중원의 전쟁이 다시금 재개되고 말았다.

10. 山戎전쟁

산동반도의 래국을 멸망시킨 제를 비롯해 중원의 나라들에 대해 2차 원정에 나서기로 한 진한왕은 배포가 남다르고 매우 강성한 군주임이 틀림없었다. 당시 연나라 남쪽의 호타하를 경계로 바로 아래쪽에 태항산太行山이 있었는데, 그 동쪽의 하북지방엔 적赤, 백白, 구주句注, 대代와 같은 진한의 속국들이 있었고, 서쪽 산서지방엔 태원太原을 중심으로 진晉나라가 세력을 떨치고 있었다. 진한왕이 이때의 2차 원정을 계기로 내친김에, 태항산 일대를 주름잡던 晉에 대해서도 손을 보기로 했다. 이를 위해 〈진한〉에 속한 열국의 병력을 총동원해 좌우 2군軍으로 나눈 다음, 좌군은 종전처럼 연나라에 이어 제를 치게 했고, 우군은 태항산 아래의 晉을 공격하게 했다.

기록의 부족으로 자세한 내용을 알 수는 없으나 충분히 가능한 이야기였고, 이 경우 〈진한〉(조선)과 중원의 전쟁인 소위 〈산융전쟁〉의 규모가 생각보다 대규모로 전개된 것으로 보였다. 이처럼 辰韓의 공격으로 북쪽의 연이나 晉 어느 쪽이라도 뚫리게 되는 날이면, 진한과 제나라와의 전쟁으로 이어질 것이 불을 보듯 뻔한 상황이었다. 어차피 중원을 대표하는 패자의 입장이었기에, 제환공으로서도 사활을 걸고 선제적으로 연과 진晉의 구원에 나서야 했을 것이다.

BC 663년경, 마침내 진한왕의 중원에 대한 원정 명령이 떨어졌다. 이에 따라 먼저 〈비리卑離〉를 중심으로 하는 진한의 우군이 태항산을 지나 晉으로 들어갔다. 이어서 〈도하〉(동도)를 중심으로 영지, 무종의 나라들로 이루어진 좌군은 연의 도성인 역현易縣으로 향하게 했다. 그런데 당시 진한의 여러 열국들은 저마다 큰 산이나 강을 거점으로 여기저기 흩어져 있었고, 정착 농경보다는 수렵이나 유목 위주의 생활을 했으므로 성城에 의존하지 않았다. 또 상황에 따라 수시로 거점을 이동하기도 했다.

아울러 대체로 발 빠른 기병 위주로 구성되었기에 모두가 어느 한 곳으로 집결하지 않고, 자신들의 나라에서 곧바로 목적지를 향해 분산 출발하는 방식을 택하고 있었다. 이것이 말馬을 기반으로 하던 북방민족의 전형적인 전투방식으로, 빠른 공격과 후퇴가 장점이었다. 이런 방식은 짧은 전쟁을 전제로 하고 있어 대량의 식량 조달이 필요치 않았고, 대신 상대의 병력이 월등하게 크거나 성이 견고해 싸움이 길어지기라도 하면 미련 없이 돌아서서 다음을 기약하는 전략을 택하는 것이 일반적이었다.

당시 북경 일대에 근거지를 둔 〈영지국〉은 원정군의 좌군에 속해 있었고, 밀로密盧라는 왕이 다스리고 있었다. 영지는 남쪽으로 인접한 연과 충돌이 잦은 나라였기에, 진한왕의 명령을 받은 밀로왕이 가장 적극적으로 나섰다.

"예상대로 상국 현제의 명령이 떨어졌다. 어차피 연과는 늘 다투는 사이였으니, 이참에 우리가 제일 먼저 연의 도성을 함락해 다른 나라에 앞서 공을 세워야 할 것이다. 모두 나를 따르라!"

밀로왕이 친히 나서서 1만의 기병을 앞세운 채, 호기롭게 연(북연)의 도성인 계성薊城(하북역현)을 향해 출발했다. 과연 영지 기마부대의 발 빠른 선제 기습을 당해 내지 못한 연나라는 순식간에 국경이 뚫리고, 연장공이 성안에 갇히고 말았다. 위기를 맞이한 연장공이 서둘러 제나라로 사자를 보내 구원을 요청했다.

그 무렵 진한이 마침내 재차 燕나라를 공격한 것은 물론, 동시에 태항산 서쪽의 뀸에 대해서도 공세를 펼치고 있다는 소식에 제환공이 대신들을 모아 대책을 마련하기에 급급했다. 공교롭게도 그 이전에 노환공이 제나라에서 시해당한 이후, 노와 제나라가 전쟁을 치르는 등 양국의 관계가 극도로 틀어져 있었다. 당시 노장공魯莊公이 이웃한 장鄣나라와 함께 연합해 제에 반기를 들고 대치 중이어서 제환공의 고심이 컸다. 환공이 연나라 구원에 선뜻 나서지 못하는 것을 본 국상 관중이 제환공에게 간했다.

"오늘날 천하의 근심거리는 남쪽의 초楚와 북쪽의 융戎, 서쪽의 적狄입니다. 중원에서 일어나는 모든 환란의 책임이 맹주께 있는 만큼, 설령 융의 침입이 없다 해도 일부러 군사를 일으켜야 하거늘, 하물며 연이 구원을 요청해 왔는데도 이에 응하지 않는다면 맹주로서 책임을 저버리는 일이 될 것입니다."

그러자 환공이 되물었다.

"허나 연나라 지원에 나서는 동안 가까이에 있는 노나라와 장나라가 우리를 배반할 수도 있지 않겠소?"

"군후께서는 걱정을 마시지요. 연과 노나라를 세운 이들은 모두 주공周公의 형제들이 아니었겠습니까? 그런 연나라를 돕는데, 노나라가 뒤를 때린다면 노나라 군주의 부덕을 세상에 알릴 뿐이라 득 될 것이 없을 것입니다."

환공이 그 말에 수긍한다는 표정을 짓자 관중이 말을 보탰다.

"무엇보다도 장차 군후께서 패업을 이루시려면 남쪽의 초를 제압하셔야 합니다. 그러기 위해서는 그 전에 먼저 북쪽의 융을 눌러 놓아야, 비로소 마음껏 남쪽에 전념할 수 있을 것입니다. 따라서 이번 출정은 단순히 연을 구원하는 데서 그칠 것이 아니라, 산융(북융) 토벌에 나서는 전쟁이 되어야만 합니다."

〈연〉나라 구원을 구실로 이참에 아예 〈산융 원정〉에 나서야 한다는 말에 제환공이 놀라는 표정이 되었다. 관중이 이에 아랑곳하지 않고 말을 이었다.

"이번 산융의 침공은 중원 열국 간의 일상적인 경쟁이 아니라, 우리와는 족속이 다른 융적의 대규모 침입입니다. 더구나 이번엔 좌우 2군으로 나누어 연 외에도 쯥까지 공략의 대상으로 추가했으니, 마지막엔 필시 우리 제를 노리는 것이 분명합니다. 그러니 어차피 피할 수 없는 싸움이라면, 융적이 나타나기를 기다릴 것이 아니라 오히려 우리가 적극 나서서 연진燕晉을 구원하고 산융을 토벌하는 일에 앞장설 필요가 있습니다."

그 말에 많이 놀란 제환공이 되물었다.

"이참에 아예 산융까지 토벌해 버리자는 말이오?"

"그렇습니다. 이번 전쟁은 북융과 우리 측 주나라 열국 사이에 사활을 건 전쟁이 될 터이니, 이는 곧 천자의 나라인 周나라를 구하는 것과 같은 것이 아니겠습니까? 군후께서 산융 원정에 앞장서신다면, 다른 제후들이 결코 구경만 하지는 못할 것입니다."

관중의 거침없는 말에 환공이 비로소 수긍이 간다는 듯 고개를 끄덕였다.

"흐음, 과연 그러하겠구려……. 역시 중보仲父(높임말)께선 항상 멀리 보시는구려……"

환공으로부터 긍정적인 반응이 나오자 관중이 한마디를 더 보탰다.

"한 가지 더 있습니다. 옛날부터 산융은 싸움에 능하고 강성한 민족입니다. 지난날 산융의 침공 때 선후이신 희공께서 정나라의 도움에도 불구하고 크게 곤욕을 치렀던 사실을 잊어서는 아니 될 것입니다. 이번에야말로 선후께서 산융에게 당하신 굴욕을 반드시 도로 갚아 줄 기회입니다. 그러니 이 원정에 군후의 모든 것을 걸고 총력을 기울이셔야 승리할 수 있을 것입니다!"

"내 기꺼이 중보의 뜻을 따르고 이번 원정으로 부후夫侯께서 당하신 수모를 반드시 갚도록 할 것이오. 제나라의 모든 것을 걸겠소이다!"

결국 제환공이 관중의 말에 따라 연나라를 구하기 위한 장거리 원정에 나서기로 했다. 그는 급히 조曹, 위衛, 송宋, 허許, 노魯 등 이웃한 열국에 사자를 보내 북융과의 전쟁이 불가피함을 역설하고, 연합군 결성을 위한 파병을 요청했다. 노나라에서도 장공이 이 사안을 놓고 대책을 논의했으나 신하들이 반대하고 나섰다.

"우리가 수천 리를 간다고 한들 험준하기로 유명한 만이蠻夷(조선)의 땅에 일단 발을 들이게 된다면 절대 돌아오지 못할 것입니다. 그러니 우선은 지원에 응하겠다는 시늉만 하고, 실제로는 파병하지 않는 것이 좋습니다!"

노나라야 제환공에 대한 원한이 있다손 치더라도, 험준한 산악지대로 둘러싸인 조선(진한)과 전쟁을 치르는 것 자체를 더욱 두려워했다는 의미였다. 그러나 그런 노 등을 제외하고는, 관중의 추측대로 주변 제후국들도 동참을 선언하며 쯥과 연나라 구원에 나섰고, 소규모의 병력이라도 보태려 했다. 그렇게 중원의 열국들이 파병해 온 병력에 제나라 군대가 합쳐서서 제齊를 중심으로 하는 연합군이 서둘러 결성되었다.

이렇게 해서 결국 진한(조선)과 齊 사이의 2차 전쟁, 소위 중원에서 일컫는 〈산융전쟁〉이 불붙고 말았다. 이때 제나라 측에서는 산융의 열국들이 저마다 움직일 것을 간파하고, 연합군을 나누지 않는 대신 모두가 하나로 집결해 진격하는 전략을 택하되, 먼저 태항산 너머 쯥을 구원한 다음, 북상하여 燕을 구원하기로 대책을 세웠다.

이윽고 〈제연합군〉이 떠들썩하게 출정을 개시하자, 파병을 회피하던 노의 장공이 고민에 빠졌다.

"흐음, 제환공이 저토록 요란스럽게 산융 원정에 나섰는데 마냥 모른 척하기도 난감한 일이 아닌가……"

이에 노장공의 신하가 안을 하나 내놓았다.

"그렇다면 주변의 시선을 생각하지 않을 수 없으니, 군후께서 친히 국경인 제수 강변까지 나가서서 환공을 만나 격려하시면 어떻겠습니까?"

노장공이 좋은 생각이라며 그 안을 따라 제수齊水까지 나가 〈산융 원정〉에 나서는 제환공과 연합군 일행을 배웅했으나, 정작 제환공이 원정에 성공해서 무사히 귀환할 것으로 기대하지는 못했을 것이다.

이때 산융토벌에 나선 주나라 제후국들은 주력인 제를 비롯해, 조曹, 허許와 같은 나라들이었다. 齊환공이 형식적이나마 이들 제후국들이 보낸 병력을 모아 소위 周나라 보호를 위한 〈제연합군〉을 편성했으나, 그 절대다수는 제나라의 군사들이었고 齊환공 외에 직접 함께 출병한 제후는 아무도 없었다. 환공은 비장한 각오로 관중을 포함한 대다수 수하 장수들을 거느리고, 직접 제수를 넘어 서쪽으로 향했다.

그런데 이때 齊연합군이 처음 의도대로 태항산을 넘어 晉나라 구원에 나섰는지는 제대로 된 기록이 없어 알 수 없었다. 필시 이때 진한의 우군에 속한 소국들이 진과 전쟁을 벌인 것으로 보였으나, 그 양상이 어떠했는지 알려지지 않았다. 다만, 이후로는 제연합군이 연나라 도성인 계성에 나타난 것으로 미루어 제연합군이 태항산을 넘은 것 같지는 않았다. 진한의 우군이 晉과의 전쟁 중에 제연합군의 대규모 출정 소식을 접하고는, 이내 싸움을 그치고 철군해 버렸을 가능성이 커 보였고, 따라서 제연합군이 구태여 태항산을 넘을 필요가 없었던 것이다. 실제로 이들 중 백국白國은 후일 태항산을 중심으로 동이의 나라 〈중산국中山國〉을 세웠고, 晉나라와 격하게 충돌했으니 이때부터 이미 서로가 원한을 지니게 된 것이 틀림없었다.

이러한 상황은 연을 둘러싼 〈영지〉의 경우에도 비슷하게 일어났다. 그 무렵 연나라 도성 안에 갇혀 버린 燕장공(~BC 658년)은 齊환공이 이끄는 지원군이 도착하기만을 기다리며 하루하루를 버티고 있었다. 이때 이미 〈연〉나라 경내로 진입한 영지국 병사들은 2달이 넘도록 연의 외곽을 유린하고 도성인 계성을 포위하고 있었다. 가뜩이나 미약한 燕으로서는 그야말로 망하기 일보 직전이었다.

그런 와중에 영지의 밀로왕에게 제연합군의 대규모 지원군이 연나라 도성의 관문인 계문관薊門關에 당도했다는 속보가 날아들었다.

"흐음, 중원의 연합군이 벌써 이 먼 곳까지 도착했다니 생각보다 그 속도가 꽤 빠르구나, 과연 제환공이로다!"

강성한 齊연합군의 대군과 맞부딪쳐야 하는 상황이 되자 불안을 느끼기 시작한 밀로왕의 수하 장수들이 철수를 권유했다.

"제나라는 이미 중원의 맹주국이라 병마수와 전력이 우리보다 월등합니다. 계성을 함락시키지 못해 아쉽긴 하지만 연나라가 당분간 일어서기 곤란할 지경으로 눌러 놓았으니, 이쯤 해서 신속하게 철수하심이 옳을 것입니다."

부하들의 건의가 옳다고 생각한 밀로왕은 이내 포위망을 풀고 신속하게 본국으로의 퇴각을 결정했는데, 틀림없이 그즈음에는 아래쪽 태항산 방면에서도 우군이 晉과의 전쟁을 중단하고 제각각 철수해 버렸다는 소식을 들어 알고 있었을 것이다. 밀로왕이 이때 철수하는 길에 도성 밖에 살던 수많은 연나라 백성들을 포로로 잡아가기로 했다.

그 무렵 영지군이 철수를 시작했다는 소식에 크게 안도한 연장공은 계문관 문밖까지 나가 제환공과 그 연합군을 열렬하게 영접했다.

"오오, 군후께서 이렇게 친히 지원군을 이끌고 출정해 주셨으니, 그저 감읍할 따름입니다!"

"별 말씀을……. 당연히 출병해야지요. 군후야말로 그간 고생이 심하셨겠소이다. 융적이 달아났다니 이제 안심하셔도 좋을 것입니다!"

그때 관중이 끼어들어 의미심장한 말을 했다.

"다행히 영지왕이 물러나긴 했지만, 그 왕은 자기 뜻을 어느 정도 이루었고, 그 군사들은 크게 상하지 않은 채 그대로입니다. 우리가 그냥 철수한다면 산융은 반드시 또 쳐들어올 테니 이번 기회에 영지를 토벌해 우환을 하나 없애는 것이 좋을 듯합니다!"

그러자 연장공이 반색을 하며 관중의 말에 적극 찬동했다.

"군후께서 그리만 해 주신다면야, 연나라가 선봉에 서서 영지 정벌에 앞장서겠습니다!"

그러자 제환공이 손사래를 쳤다.

"아닙니다. 공의 연나라 군대는 지금껏 융적을 막느라 전투를 치러 많이 지쳐 있을 것이니 선봉은 무리입니다. 차라리 후방에서 지원을 맡는 편이 나을 것입니다만, 문제는 산융이 북동쪽 산간에 멀리 떨어져 있어 우리가 그 지리를 잘 모른다는 점입니다……"

"우리를 그토록 배려해 주시니 참으로 고맙습니다. 사실 우리 연도 북동 변방 깊숙이까지 진출한 적이 없어 길을 모르기는 매한가지입니다. 다행히 우리를 대신해 길 안내를 맡길 만한 나라가 따로 있습니다. 여기서 동쪽으로 80리쯤 가면 무종이라는 소국이 있는데, 이들은 융족이면서도 영지와 같은 다른 나라들과 경쟁 관계라 중원의 나라를 딱히 적대시하지도 않습니다. 이들을 재물로 회유하고 향도(길 안내)를 맡긴다면 기꺼이 응할 것입니다."

"그래요? 그렇다면 그 방법을 찾아보기로 하십시다!"

기마민족의 성향이 강한 무종인들은 농사보다는 수렵 등에 의존해 깊은 산속 여기저기에 무리 지어 흩어져 살다가도, 필요시엔 신속하게 이합집산하는 특징을 지닌 부족이었다. 비록 진한의 속국이긴 했으나 일찍부터 이웃한 연나라와도 교역을 하는 등, 여타 조선의 열국에 비해 중원의 화하족에 대해 유연한 입장이었다.

〈무종국無終國〉의 주요 본거지는 북연에서 동쪽 영지를 지나 요동의 옥전玉田 인근으로 역현에서도 6백 리나 떨어져 있었다. 그런데도 무종까지 80리라 했으니, 이는 역현의 인근에 있던 또 다른 무종의 일파로 보였다. 어쨌든 무종의 얘기를 접한 제환공은 논의 끝에 무종에 사자를 보내 영지 토벌을 위한 길 안내를 부탁해 보기로 했다. 이를 위해 제환공이 신하인 공손습붕公孫隰朋에게 명을 내렸다.

"습붕은 들으라. 이제부터 그대에게 황금과 비단을 내려 줄 것이다. 그대가 사자가 되어 먼저 무종으로 들어가 그 왕에게 공물을 바치고, 길 안내를 청해 보도록 하라!"

그리하여 공손습붕이 먼저 무종으로 들어가 협상을 시도했다. 습붕이 이때 협상을 잘 이끌었는지, 무종의 군주가 제환공의 제안을 받아들이고 호아반虎兒斑이라는 장수를 대장으로 삼아 기병 3천을 내주기까지 했다. 아무래도 연과 진한의 나라들 사이에서 왔다 갔다 하던 무종의 군주가 우선 황금을 챙기는데 눈이 멀어 동족을 배신한 것이 틀림없었다. 습붕이 다시 돌아와 결과를 보고하니, 마침내 齊환공이 燕장공과 더불어 영지 토벌에 나서기로 결의했고, 연군이 가세하여 재차 행군에 나섰다.

얼마 후 무종의 3천 기병을 이끌고 나타난 호아반이 제연합군과 환공 일행을 영접하자, 환공이 크게 기뻐하면서 말했다.

"오호라, 장군이 말로만 듣던 무종 최고의 영웅 호아반 장군이구려…. 그대의 왕이 우리와 뜻을 같이하기로 하고 이렇게 환영해 주니 반갑기 그지없소이다. 내가 장군께 후한 상으로 보답하려는데, 기왕이면 우리의 향도 겸 선봉도 맡겼으면 하오, 받아 주시겠지요? 껄껄껄!"

"예, 영광으로 알고 기꺼이 그리하겠습니다!"

그리하여 제연합군은 선봉이 된 호아반의 기병대를 따라 무종국의 경내를 거쳐 영지를 향한 진격을 지속했다.

이후 연합군이 동진을 지속해 2백여 리쯤 가니, 그때부터 오르막길이 심해지며 길이 험악해지기 시작했다. 필시 영지에 대해 기습공세를 펼치고자 무종에 이웃한 영지의 변경을 피해 돌아가다 보니, 험준한 산길을 거쳐야 했을 것이다. 환공이 규자奏玆라 부르는 곳에 이르렀는데, 이곳은 융병들이 드나드는 핵심 길목이었다. 제환공은 관중과 상의한 끝에 만일에 대비해 군수품과 식량을 반으로 나누고, 군사들을 풀어 나무를 벤 다음, 흙을 쌓아 규자에 임시로 관문을 만들게 했다. 그리고는 포숙아鮑叔牙에게 이를 지키게 하는 동시에, 후방에서의 군량 수송을 책임지게 했다. 이후 3일 동안 병사들을 충분히 쉬게 한 다음, 노약병을 제외한 정예병만을 추슬러 다시 영지로 향했다.

그 무렵 진한의 열국들은 영지를 비롯해 좌우군에 속한 대부분의 열국이 원정을 접고 철수했다는 소식에 전쟁이 마무리된 것으로 보았는지, 더 이상의 움직임을 보이지 않았고 이는 영지 또한 마찬가지였다. 그런 마당에 제연합군이 추격해 온다는 소식에 밀로왕이 크게 놀라 신하들과 급히 대책을 숙의했다.

"중원의 나라들이 이곳 험지까지 쳐들어오다니 생전 처음 있는 일이 아니냐? 더구나 임치에서 계성을 거쳐 험준한 이곳까지 추격해 오고 있다니 도무지 믿을 수 없는 일이다. 제환공이 보통 심지가 굳은 인물이 아닌 게로구나……"

이를 본 장군 속매速買가 불안해하는 밀로왕을 안심시키려 들었다.

"대왕께선 너무 심려하지 마소서. 제나라 군사들이 여기까지 오려면 십중팔구 장거리 산악행군에 지칠 수밖에 없습니다. 제군이 영채를 만들기 전에 우리가 먼저 급습한다면 반드시 승산이 있을 것입니다!"

"아무래도 그렇겠지? 적병들이 크게 지쳐 있긴 할 것이다. 우선 장군에게 기병 3천을 줄 테니 적당한 때를 노려 기습을 가하도록 하라. 장군을 믿겠다!"

속매는 영지국의 기병 3천을 이끌고 나와 산중 여기저기 매복시키고 제연합군이 나타나기를 기다렸다. 이윽고 연합군의 선봉이 모습을 드러내자 속매가 깜짝 놀랐다. 다름 아니라 동족인 무종의 군대를 이끌고 호아반이 나타났기 때문이었다. 잔뜩 화가 난 속매가 단지 백여 명의 기병들만을 데리고 무종 군대의 앞을 막아선 다음, 호아반을 향해 무섭게 질타했다.

"무종의 장수가 어찌하여 중원 원수 나라의 개가 되어 나타났느냐? 너희들은 자신의 근본도 잊었느냐? 비열하기 그지없는 배신자들 같으니라구, 에이, 퉷!"

그러자 호아반이 응수했다.

"잔말은 필요 없다. 어서 길을 비키지 못하면 죽음만 있을 뿐이다!"

결국 선봉에 있던 호아반의 철과추(쇠몽둥이)와 속매의 대간도大桿刀

가 격렬한 소리를 내며 맞부딪쳤다. 그렇게 서로 한참을 불을 뿜고 겨루던 중, 속매가 슬그머니 밀리는 척하며 달아나기 시작했다. 기세가 오른 호아반이 이를 추격해 숲속으로 들어오자 속매가 매복해 있던 영지 병사들을 향해 날카로운 신호음을 냈다.

"휘이익!"

그러자 순식간에 양쪽 숲에서 엄청난 함성과 함께 수많은 화살이 날아들었다.

"아뿔싸, 매복이닷! 교활한 놈, 모두들 당황하지 말라! 흩어지지 말고, 한곳으로 모여 방패를 높이 들어 올려라! 죽기를 각오하고 싸우자!"

호아반의 무종국 선봉대가 죽을힘을 다해 저항했으나 기습을 당해 겁에 질린 나머지 열세에 몰리게 되었고, 호아반의 말도 화살을 맞는 등 절망적인 상태에 빠지고 말았다. 그때 뒤쪽에서 독전을 알리는 고등 소리와 함께 제환공의 본진이 기적처럼 나타났다. 왕자 성보成父가 앞서 달려와 속매의 기병들을 내쫓고, 수세에 몰려 있던 호아반과 그 병사들을 구했다.

"장군, 조금만 늦었더라도 큰일 날 뻔했소! 아무튼 융적이 크게 패해 달아났으니, 일단은 안심하시오! 고생하셨소!"

매복에 걸려든 것을 책망하는 대신 위로의 말을 아끼지 않는 환공을 보고 호아반은 몹시 부끄러워했다.

"장군은 상심할 필요가 없소이다! 큰 전장에서 이기고 지는 것은 늘 있는 일이 아니겠소? 전투는 얼마든지 더 있으니, 다음 기회를 노려 봅시다!"

제환공이 한술 더 떠 명마까지 하사하고 격려하니, 호아반이 크게 감동하는 모습이었다.

그 후 제연합군이 30리쯤 더 나아가니 복룡산伏龍山이 나타났다. 너른 평야에서나 쓰던 중원의 전차는 이런 험한 산길에선 무용지물이나 다름 없었다. 관중은 영지의 발 빠른 기마병들이 제군의 진지에 쉽게 기습해 오지 못하도록 전차를 방어에 활용하기로 했다. 연합군이 큰 수레를 골라 서로 연결하고 쌓아 올려 성처럼 방어벽을 치니, 훌륭한 영채가 만들어졌다.

제환공과 연장공은 복룡산 위쪽에, 왕자 성보와 장군 빈수무賓須無 등은 산 아래쪽에서 각각 경계를 튼튼히 했다. 다음 날, 영지왕 밀로가 장군 속매와 함께 주력부대인 만여 騎의 기병을 이끌고 친히 공격해 왔는데, 여러 번 공격을 시도해도 산성처럼 잘 쌓은 영채를 넘어뜨리지 못했다. 오후가 되어 관중이 산 정상에서 싸움을 지켜보니, 갑자기 영지군의 숫자가 줄어든 데다 병사들이 말에서 내린 채 땅에 누워 욕을 해대는 모습이 보였다. 관중이 호아반에게 슬쩍 귀띔했다.

"장군, 지난번 패배를 씻을 절호의 기회요! 이번에 반드시 그 치욕을 갚아 버리시오"

관중의 격려에 호아반이 큰 수레 몇 대를 밀쳐내고 휘하의 기병부대를 이끌고 영채 밖으로 쏜살같이 달려 나갔다. 이를 본 습붕이 관중에게 걱정스레 말했다.

"융적의 유인계가 아닐는지요?"

"나도 이미 알고 있소……"

관중은 곧 수하 장수들에게 지시를 내렸다.

"왕자 성보는 좌측에서, 장군 빈수무는 우측에서 병사들을 조용히 이끌고 나가 숲속에서 별도 신호가 있을 때까지 대기토록 하시오!"

원래 진한의 병사들은 산속을 이용한 매복과 발 빠른 기병을 이용한 기습 전술에 능했다. 오전의 전투에서 영채를 뚫는 척하다가는 병사들이 말에서 내려 욕을 해댄 것도 사실은 좌우에 복병을 숨겨 놓고 영채 안의 군사들을 유인해 공격하려던 계책이었는데, 관중이 이를 꿰고 있었다. 마침 호아반의 부대가 당도하니 영지군들이 또다시 말을 버리고 달아나는 척했다. 호아반의 부대가 영지군을 추격하려는 순간, 산 정상 제군 본영에서 징소리가 크게 울렸다. 호아반이 추격을 멈추고 말머리를 돌려 회군하기 시작했는데, 숲속에서 이를 지켜보던 밀로왕이 큰 소리로 계곡에 매복해 있던 영지군들을 향해 명령했다.

"지금이다. 총공격하라! 중원의 군사들을 모조리 쓸어 버려라!"

"뿌웅, 뿌우웅!"

공격을 알리는 날카로운 고각 소리가 숲속에 울려 퍼지자, 날랜 영지 기마병들이 함성을 지르며 달려 나와 숲속을 가득 메웠다. 이때 왕자 성보와 빈수무의 부대는 숲 중간에 숨어, 제나라 본대를 향해 질풍처럼 내달리는 영지 기병들이 모두 지나가기를 기다리고 있었다. 곧이어 신호를 받은 제연합군이 숲속에서 나와 영지군대의 뒤를 추격하면서 그 배후를 치기 시작했다. 갑작스레 제군이 뒤쪽에서 나타나자 졸지에 앞뒤로 포위된 것을 안 영지 군사들은 크게 당황하여 혼이 나가고 말았다.

"아뿔싸, 앞뒤로 포위되었다. 큰일이다. 어서 달아나라. 달아나라!"

다급하게 후퇴를 알리는 고각 소리가 날카롭게 하늘로 퍼졌지만, 대군의 역매복에 걸려든 영지군은 이 전투에서 많은 희생을 치러야 했고, 겨우 살아남은 나머지 군사들도 흩어져 달아나기에 바빴다.

본대 간의 두 차례 정면 대결에서 오히려 제연합군의 역 매복에 걸려 비참하게 패한 채 밀로왕이 도성인 거성居城으로 돌아왔으나, 그는 이미 크게 낙담한 상태였다.

"휴우, 무종왕 이 비겁한 놈이 감히 동족을 배신하다니……. 도저히 용서할 수 없는 일이다!"

밀로왕이 무종왕을 탓하며 화풀이를 하자, 속매가 영지왕을 위로하며 다시금 계책을 내놓았다.

"송구하오나 아직 실망하기엔 이릅니다! 제나라 군사들이 이곳까지 오려면 반드시 황대산黃臺山 입구를 통과해야 합니다. 그러니 산 입구를 나무와 돌로 막아 버린 다음, 그 밖에는 참호를 깊게 파 놓고 바로 앞에서 군대를 시켜 지키게 하면 백만 대군이 온다 해도 그곳을 빠져나올 도리가 없을 것입니다!"

밀로왕의 눈이 휘둥그레졌다.

"또 복룡산 주변 30여 리 사방에는 강물도, 샘물도 하나 없어 반드시 유수濡水에서 물을 길어다 마셔야 합니다. 그러니 유수의 상류에 미리 둑을 쌓아 물길을 막아 놓으면 제나라 군사들이 혼란에 빠질 것입니다. 그때를 틈타 적들을 공격하면 승리를 장담할 수 있습니다. 동시에 대왕께서는 서둘러 고죽과 동도 등으로 사자를 보내 구원병을 청하도록 하소서!"

"과연 좋은 방안이로다! 역시 장군은 우리 영지의 희망이다! 나도 우선 가까운 고죽국에 즉시 사자를 보내 청병을 할 터이니 모두 만전을 기하도록 하라!"

밀로왕은 다소 안심이 되어 속매의 계책을 즉시 이행하도록 하고, 서둘러 고죽국 등으로 사자를 보냈다.

영지군은 이후 황대산 입구의 좁은 통로를 틀어막아 중원의 군사들이 쉽게 통과하지 못하도록 하고, 상류의 강물을 막아 적들이 식수 부족에 시달리게 했다. 그러자 복룡산 깊은 계곡에 꼼짝없이 갇힌 채 오도가도 못 하는 신세가 된 제연합군이 식수 문제에 시달리면서 갑자기 최악의 위기에 처하고 말았다. 그러나 그런 긴박한 상황에서도 제연합군이 놀라운 해결책을 찾아내고 말았다. 갑자기 제나라 병사들이 뿔뿔이 흩어져 산속의 개미굴을 찾아 나섰는데, 그렇게 개미굴을 찾아 파내니 과연 물이 올라왔고 병사들이 환호했다.

"와아, 물이다! 과연 개미굴에서 물이 솟았다! 와아, 와아!"

이로써 제연합군이 마침내 식수난 해결에 성공했는데, 이는 공손습붕公孫隰朋의 제안에 따른 것으로 그가 또다시 큰 공을 세운 셈이었다. 영지의 밀로왕은 제연합군 진영에 물이 떨어지지 않는다는 소식을 듣고 놀라서 속매에게 물었다.

"어찌 된 일이냐? 하늘이 중원의 나라를 돕고 있는 것이 아니냐?"

속매가 다시 밀로왕을 다독였다.

"물은 어찌해서 얻었는지 모르겠으나, 멀리 산 넘고 물 건너오느라 적들의 병참선이 길어졌을 테고, 그러니 병사들의 양식을 제때 공급하기가 여간 어려운 일이 아닐 것입니다. 지금부터 영채의 보루를 더 높이 세우고, 해자를 더 깊이 파 놓아야 합니다. 그런 다음 싸움에 응하지 않고 장기 농성으로 굳게 대응한다면, 머지않아 제연합군도 식량이 바닥나 결국은 물러나지 않을 재간이 없을 것입니다!"

그사이 제연합군 측에서도 본격적인 영지국 공략을 위해 치밀한 작전을 짜기 시작했다. 관중이 먼저 빈수무에게 명을 내렸다.

"장군은 지금 당장 군사를 이끌고 서남쪽 지마령을 우회하도록 하시오. 6일간의 기한을 줄 테니 그때까지 반드시 지마령을 넘어 영지의 배후를 쳐야 하오! 지마령은 험준하기 짝이 없어 거마를 이용할 수 없으니, 필시 병사들에게는 지옥 같은 산악행군이 될 것이오. 병사들을 잘

단속하도록 하시오!"

그리고는 빈수무 부대로 하여금 겉으로는 식량 조달을 위해 규자 방면으로 되돌아가는 듯 보이게 했다. 대신 아장 연지를 시켜 황대산을 지키는 영지 군영 앞에 나가 매일 싸움을 걸어 시선을 묶어 두고, 영지군의 의심을 사지 않도록 했다. 그러나 연지가 이끄는 제군이 6일 동안 매일같이 공격을 감행해도, 영지 병사들은 일체 싸움에 응하지 않은 채 군영만 굳게 지킬 뿐이었다.

그사이 약속한 6일이 지나자 관중이 나서서 부하 제장들에게 추가로 작전을 하달했다.

"빈수무 장군의 부대가 영지의 배후에 닿을 때가 되었다. 이제부터 황대산을 돌파해 공격한다! 먼저 명이 떨어지는 대로 일제히 진군해 산 입구에 융병들이 쌓아 둔 장애물을 신속하게 제기한다. 2단계로 황대산을 넘으면 깊은 참호가 파여 있다. 빈 수레 2백 대를 몰아 황대산 앞의 참호에 빠뜨리고, 흙을 가득 채운 포대 자루를 던져 넣어 메우도록 한다. 이를 위해 출발 시 모든 병사들에게 배낭을 나눠 주고 미리 흙을 채워 출발하도록 한다. 3단계는 메꿔진 참호를 넘어서 황대산 관문을 돌파하고, 영지군 진영을 전면 공격한다!"

마침내 제연합군 본진은 일제히 함성을 지르며 황대산 입구를 지키던 영지 부대를 공격하니, 화들짝 놀란 경비병들이 산속으로 뿔뿔이 흩어져 달아났다. 이에 신속하게 산 입구를 막고 있던 장애물들을 치우고, 빈 수레와 포대 자루를 던져 그 앞의 참호마저 메워 버렸다. 이윽고 제연합군이 황대산 관문을 가볍게 돌파하고 나자, 전방의 영지군 영채를 향해 일제히 함성을 지르며 쇄도해 들어갔다.

중원의 군사들이 황대산을 넘지 못할 것이라 철석같이 믿고 있던 밀로왕은, 뜻밖에 제연합군이 영채 앞으로 쇄도해 들어오자 화들짝 놀랐다. 밀로왕이 허겁지겁 말에 올라 영채 앞으로 나가서, 적들과 싸우는 영지 군사들을 독려했다. 그때 병사 한 명이 달려와 보고했다.

"큰일입니다! 동쪽에서 제의 군사들이 물밀듯이 나타나 아군의 배후를 공격해 들어오고 있습니다!"

"뭣이라! 우리가 다시 적들에게 앞뒤로 포위되었다는 말이냐?"

그 시간 장군 속매는 유사시에 사용하는 영채 뒤쪽의 좁은 도주로까지 제연합군에게 완전히 장악되었음을 알고는 사실상 전의를 상실하고 말았다. 그가 황급히 밀로왕을 찾아 다그쳤다.

"황송하오나 지금 위급한 상황이니 속히 말을 타고 이곳을 피하셔야 합니다!"

속매와 일부 병사들이 신속하게 밀로왕을 호위해 동쪽으로 달아났다. 빈수무가 몇 리를 추격했으나, 산길이 험하고 영지 군사들의 말 타는 솜씨가 워낙 뛰어나 따라잡지 못한 채 부대로 돌아와야 했다. 제연합군은 영지군 영채에 쌓여 있던 많은 식량과 군수품, 병장기들을 챙길 수 있었다. 이어 밀로왕에게 납치되어 끌려왔던 연나라 부녀자들과 아이들을 서둘러 귀환시켰다. 그렇게 영지국을 점령하게 된 제환공이 항복한 융병을 불러 물어보았다.

"너희들 왕은 대체 어디로 달아난 게냐?"

"남쪽 가까이 국경을 접하고 있는 고죽국은 우리와 친하게 지내는 동맹입니다. 이번에 우리 왕이 사자를 보내 청병을 했는데, 아직 지원병이 당도하지 않았으니 틀림없이 왕이 고죽으로 달아났을 것입니다."

이에 환공이 고죽까지의 지리와 군사력 등에 대해 자세한 정보를 캐물었다.

"고죽은 우리 동남쪽에 있는 대국으로, 은나라 때부터 지어진 성곽을 갖춘 아주 오래된 나라입죠. 여기서 고죽 방향으로 백어 리 나아가면 비이縣耳강이 나오는데, 그 강을 건너면 바로 고죽 땅입니다. 다만 길이 험하고 높아 대부대가 행군하기에는 절대 만만치 않을 것입니다."

환공이 비장한 표정으로 말했다.

"고죽이야말로 조선을 대표하는 나라로 무리 지어 이웃 중원의 나라를 괴롭혀 왔으니, 이참에 그곳까지 정벌해 아예 후환을 없애려 하오!"

때마침 포숙아가 아장 고흑高黑을 보내 가져온 수레 50대 분량의 말린 양식이 군영에 도착했다. 환공이 고흑의 부대를 진영에 합류시키는 한편, 항복한 영지 병사들 중에서 천여 명을 골라 무종국 장수 호아반의 부대에 편입시켜 그동안 잃어버린 병력을 보충케 했다. 이어 3일간 병사들을 쉬게 한 다음, 마침내 고죽국을 향해 출정했다.

당시 고죽국에서는 왕을 답리가(Tariga)라 불렀다. 고죽으로 달아난 영지왕 밀로는 그를 보자 땅에 엎드려 통곡하며 저간의 사정을 얘기하고는 구원을 요청했다. 그러자 답리가가 변명이라도 늘어놓듯이 말했다.

"내가 왕의 요청에 응답해 바로 군사를 보내려다가, 몸에 작은 병이 생겨 다소 지체하는 사이 이 지경이 되어 버렸습니다. 그렇더라도 왕께서 이런 모습으로 직접 여기까지 달려오시게 될 줄은 정말 생각도 못 했습니다. 제환공이 그 먼 곳을 돌아 이 험준한 땅까지 발을 들이다니, 그가 이리도 집요할 줄 누가 알았겠습니까?"

밀로왕이 답리가의 변명에도 불구하고 패퇴한 마당에 면목이 없다는 듯 고개를 떨구자 답리가가 위로하려 들었다.

"제나라 군대가 이곳까지 오려면 비이강을 건너야 하는데, 작은 강인데도 수심이 깊어 배를 이용하지 않으면 결코 건널 수 없습니다. 하여 비이강 주변의 뗏목을 모두 거두어들여 깊숙한 곳에 숨겨 놓으면, 제아무리 강한 제나라 하더라도 달리 방법이 없을 것입니다. 제연합군이 물러날 때를 기다려 우리와 영지국이 힘을 합쳐 그 뒤를 공격한다면 왕께서 영지국의 땅을 되찾을 수 있지 않겠습니까? 그러니 조급하게 생각할 필요가 없을 듯합니다."

이때 곁에서 듣고 있던 고죽군 원수元帥 황화黃花가 거들었다.

"적들이 뗏목을 만들어 강을 건너올 수도 있으니, 당장 군사를 보내 비이강변을 지키게 하고 주야로 순찰을 강화해 만전을 기하겠습니다!"

그러자 답리가 웃으며 황화의 말을 일축했다.

"허허, 만약 적군이 뗏목을 만들라치면 우리가 그 사실을 모르고 있겠소? 그러니 장군도 사소한 것까지 지나치게 마음 쓸 필요는 없을 것이오!"

그즈음 북경의 서쪽 일대로 추정되는 영지의 거성을 떠나 동쪽의 고죽을 향해 진격하던 제연합군은 어렵사리 산봉우리를 몇 개 넘은 끝에 드디어 비이(비리)강에 도달했다. 그때 척후병이 보고하기를 수심이 깊은 데다 고죽의 병사들이 뗏목을 모두 거두어 가 강을 건너기 어렵다고 했다. 그러나 강 왼쪽 아래로 강폭이 넓어지면서 수심이 얕은 여울을 찾아냈는데, 무릎을 적시지 않고도 건널 수 있다고 했다. 호아반이 말했다.

"비이강을 건너면 먼저 단자산團子山이 나타나고, 다음에 마편산馬鞭山과 쌍자산雙子山이 나타나는데 세 산이 연달아 붙어 있고 거리가 30리 정도 됩니다. 거기서 25리쯤 더 가면 무체성無棣城에 이르는데 그곳이 바로 고죽국의 도성입니다."

이에 관중이 병사들에게 산속의 대나무를 베어 등나무로 엮은 뗏목 수백 개를 만들게 한 다음, 군수품을 싣고 본대를 좌우로 나누어 도강을 시작하게 했다.

얼마 후, 고죽왕 답리가는 제연합군이 뗏목을 만들어 거마車馬를 싣고 비이강을 건너오는 중이라는 급보를 받고 크게 당황했다. 즉시 원수 황화에게 기병 5천을 내주어 도강을 저지하라고 명했다. 영지왕 밀로에게는 서북쪽의 요충지인 단자산 길목을 맡겼다.

그사이 비이강으로 달려간 황화는 강어귀에 당도하기도 전에, 제나라 선봉인 고흑의 부대와 마주쳐 삽시간에 혼전이 벌어지고 말았다. 고흑이 황화를 당해 내지 못하고 고전하는 사이, 왕자 성보의 부대가 도착했다. 성보가 큰소리로 황화에게 달려들었다.

"황화, 네 이놈! 여기 왕자 성보가 오셨느니라! 나랑 한 판 겨뤄 보자!"

"좋다! 왕자고 나발이고 누구든지 오너라! 어서 덤벼랏, 이 애송이놈아!"

양쪽의 병사들이 황화와 성보 둘 사이의 대결을 침을 삼키며 지켜보았고, 격렬하게 맞부딪치는 병장기 소리가 강어귀로 가득 퍼져나갔다. 그러나 둘의 실력이 비등해 50여 합에 이르도록 좀처럼 승부가 나지 않았다. 그사이 후방에 있던 제환공이 급히 강을 건너와 공자 개방과 수초의 군대를 좌우로 대동하고 나타났다. 갑작스레 나타난 대군의 기세에 황화가 적잖이 놀랐다.

"아니, 이럴 수가……. 도저히 안 되겠다. 에잇!"

당황한 황화가 싸움을 포기한 채 말머리를 돌려 달아나면서 고죽의 병사들에게 퇴각을 명했다. 그러나 제환공의 대부대가 한발 앞서 속속 강어귀에 당도하더니, 순식간에 고죽 군사들이 미처 달아나기도 전에 에워싸기 시작했다. 이 〈비이강전투〉에서 5천에 이르던 고죽의 기마병들이 수적 열세를 이기지 못하고 허둥대다가 태반이 죽거나 항복하고 말았다. 황화의 군대를 격파한 제환공은 단자산까지 파죽지세로 진격해 들어갔고, 먼저 강을 건너 단자산을 점거하고 있던 빈수무 부대와 합류했다. 제연합군 본대는 비로소 그곳에 영채를 짓고, 무체성으로의 다음 진격로를 모색하기 시작했다.

그 무렵 단자산으로 행군하던 영지 밀로왕은 제나라 군대가 이미 단자산을 장악했다는 보고를 받고는, 할 수 없이 건너편인 마편산에 영채를 세워야 했다. 그사이 우여곡절 끝에 겨우 살아남아 무체성으로 돌아온 황하가 답리가에게 무릎을 꿇고 사죄를 했다.

"타리가, 패장을 죽여 주옵소서……. 워낙 많은 적들이 쇄도해 중과부적이었습니다……"

그러나 전쟁 중에는 단 한 명의 군사라도 아쉬운 법이고, 게다가 전군의 사령관인 황하를 벌할 수는 없는 일이었다. 답리가는 오히려 황하를 위로하기에 바빴다.

"지금 그럴 시간이 없으니 장군은 어서 일어나시오. 중과부적에다 사전에 적들을 얕본 탓이니 어쩔 수 없는 일이었소! 지금쯤 진한의 현제께도 기별이 닿았을 테니, 머지않아 지원군이 도착할 것이오. 그러니 경계를 강화하고 착실하게 다음 전투에 대비하도록 하시오!"

그때 답리가의 재상 올률고兀律古가 계책을 하나 내놓았다.

"북쪽으로 한해旱海라는 땅이 있는데, 미곡迷谷이라 부르기도 합니다. 황폐한 사막지대라 모래와 자갈투성이에 풀 한 포기 자라지 못하고, 수시로 모래바람이 불 때면 앞뒤 분간도 어렵습니다. 게다가 미로처럼 구불구불한 계곡 안에는 독사와 맹수들이 들끓어, 사람들이 미곡 안으로 들어서면 도저히 살아 나오지 못하는 곳입니다."

순간 모두가 올률고의 말에 더욱 집중해 귀를 기울였다.

"그러니 제환공의 군중에 사람을 보내 거짓 항복을 하고 이곳으로 유인할 수 있다면, 힘들게 싸우지 않고도 십중팔구 적들을 패퇴시킬 수 있을 것입니다. 타리가께서는 잠시 군마를 정돈해 동남쪽 양산陽山으로 피해 기다리면 될 터이니 묘책이 되지 않겠습니까?"

"과연 제나라 군대를 그곳까지 따라오게 할 수 있겠는가?"

"일단 백성들에게 산속 골짜기로 피신하라 명을 내려 도성을 비운 다음, 사자를 보내 제환공에게 항복 사실을 알리는 것입니다. 그때 다만 우리 군주는 사막 한가운데 있는 나라에 구원을 청하러 떠났다고 말하게 하옵소서. 그러면 필시 제나라 군사들이 우리를 추격할 것이고, 그리되면 유인책이 성공할 수 있을 것입니다."

이 말을 듣고 있던 원수 황화가 패배를 만회하려는 듯 사자를 자청하고 나섰다. 답리가는 그에게 기병 1천을 내주고, 속히 올률고의 계책을 이행하기로 했다. 곧바로 제나라 진영으로 찾아가 제환공을 만난 황화는 계획대로 고죽국의 거짓 항복을 알렸다.

"우리 타리기께선 전세가 기울어 버린 상황에서, 항복을 권유하는 신의 말을 듣지 않고, 외국의 군사를 얻어와 복수하겠다며 북쪽 사막 한가운데로 도주했습니다. 황망한 중에 어쩔 수 없이 신이 군후 앞에 이렇게 섰습니다만, 신의 뜻을 가상히 여기시어 우리를 받아 주신다면, 군후의 향도가 되어 우리 타리가의 뒤를 추격하는 데 앞장서고자 합니다. 부디 우리의 청을 들어 주십시오!"

환공 일행은 일단 황화의 말을 믿어 보기로 하고, 그를 선봉으로 삼아 앞에 내세운 채로 대군을 이끌고 고죽국의 무체성으로 입성했다. 과연 견고하기 짝이 없는 성안은 그러나 텅 비어 있어 황화의 말이 더욱 실감이 났다. 환공은 이후 연장공에게 무체성을 맡기고, 자신은 나머지 대군을 이끌고 밤낮으로 답리가를 쫓기로 했다.

이때 황화가 길 안내를 자처하니 환공이 고흑을 딸려 앞서 출발시키고, 자신의 부대 또한 그 뒤를 따라 추격을 지속했다. 제연합군이 어느덧 사막지대에 당도했으나, 아무리 찾아보아도 황화의 선봉대가 보이질 않았다. 날이 어두워지자 짙은 안개가 끼더니 사방이 보이질 않고, 천지가 거친 바람 소리와 낯선 짐승들 우는 소리에 모골이 송연해질 정도였다. 예사롭지 않은 낯선 상황에 관중이 서둘러 환공을 호위하면서 말했다.

"신이 예전에 듣기로 북방에 한해라는 곳이 있는데, 지극히 위험하다 들었습니다. 틀림없이 이곳이 바로 그 한해인 것 같으니, 전진을 멈추고 상황을 수습해야겠습니다."

관중은 군사들의 행군을 멈추게 하고는, 북과 징을 두드려 우선 병사들이 흩어지지 않게 했다.

"병사들은 행군을 멈추라! 행군을 멈추고 그 자리에서 흩어지지 마라!"

이어 서둘러 불을 지펴 진을 치게 한 다음, 병사들을 한곳에 머물도록 했다. 한참이 지나서 하늘이 밝기를 기다려 장수들에게 군사 점호를 시키니 유독 공손습붕의 부대가 보이질 않았다. 그날 밤 본대에서 이탈했던 습붕의 부대는 결국 사막에서 길을 잃고 헤매다가, 열에 칠, 팔이 행방불명되어 죽거나 크게 다치고 말았다. 관중이 군사들에게 다른 길을 찾아보도록 했으나, 골짜기 사방으로 난 길이 꼬불꼬불 휘감겨 도저히 출구를 찾지 못했다. 다시 관중이 말했다.

"신이 듣기로 늙은 말이 길을 찾는 데 탁월하다고 했습니다. 무종과 고죽은 둘 다 이웃해 있어 틀림없이 무종국 병사들의 말 중에는 산융의 여러 험지와 고죽의 북쪽 사막지대를 다녀 본 늙은 말이 있을 것입니다. 호아반에게 늙은 말 여러 마리를 추려 내게 하고, 그 말들을 따라가 보면 길을 찾을 수도 있을 것입니다."

환공이 관중의 말대로 호아반에게 노마老馬(늙은 말) 여러 마리를 찾아내 앞세우고 뒤를 따르게 했더니, 과연 노마들이 꼬불꼬불한 길을 한참 따라가 기어코 출구를 찾아내는 것이었다. 제연합군은 그때서야 겨우 지옥 같은 한해에서 벗어날 수 있었다. 이후로 사람들이 늙은 말의 지혜를 일러 '노마지지老馬之智'라 했다.

고대에는 오늘날보다 해수면이 더 높아서 고죽의 무체성은 바로 발해만의 서안 깊숙이 위치했던 내해에 인접해 있었고, 그 주변으로 하천의 토사가 쌓인 삼각주와 거대한 습지 등이 뒤엉켜 있을 가능성이 있었다. 한해澣海 또한 한때 바닥의 굴곡이 심한 바다였다가 뭍이나 습지로 변한 지역으로 사람이 들어가면 빠져나오기 힘든 험지였던 것으로 추정된다. 후일 수양제와 당태종도 인근의 고구려성 공략에 실패해 달아나다가 거대습지인 요택遼澤(천진서남)에서 죽을 고생을 했으니, 발해만을 끼고 있는 이 지역은 역사적인 험지로 악명 높던 곳이었다.

한해에서 혼쭐이 난 제환공이 관중 등과 대책을 논의했다.

"우리가 잠시 승리감에 취해 황하의 기만술에 속는 실수를 범했습니다. 이 험준한 지역의 사정을 잘 모르면서도 적장의 말만 듣고 무턱대고 따라나섰으니, 하마터면 큰일을 당할 뻔했습니다. 병사들도 놀라고 많이 지쳐 있으니, 고죽왕의 추격을 여기서 멈추고 일단 무체성으로 돌아가는 것이 좋을 것입니다!"

제환공 또한 지형도 모르는 낯선 곳에서 더 이상의 추격이 무리라고 판단해, 병력을 점검한 다음 전원이 일단 무체성으로 돌아가기로 했다.

한편 황화는 제나라 장수 고흑과 선두에서 행군하다가, 답리가가 피해 있는 양산으로 향하는 지름길로 접어들었다. 뒤따르던 고흑이 후방의 제연합군 본진과 멀어져 시야에서 사라져 버리자, 문득 불안한 생각에 황화를 제지하려 들었다.

"장군, 어째서 이리 서두르는 것이오? 본대와 너무 멀리 떨어진 듯하니, 잠시 뒤에 처진 본대를 기다렸다가 가는 것이 옳지 않겠소?"

그러나 황화는 막무가내로 서두르기만 했다. 고흑이 이를 의심해 황화의 말고삐를 잡고 행군을 멈추게 하자, 황화가 순식간에 고흑을 말에서 끌어 내리고는 사정없이 그의 목을 쳐 버렸다. 고흑의 군사들이 놀라 쩔쩔매는 와중에 황하는 뒤도 돌아보지 않은 채 양산 방향으로 내달렸고, 곧장 먼지 속으로 사라져 버렸다. 얼마 후 고죽의 본대에 도착한 황하가 답리가에게 상황을 보고했다.

"타리가, 제환공을 찾아 거짓 항복을 하고, 그가 이끄는 연합군을 한해 복판으로 끌어들이는 데 성공했습니다. 제환공의 부대는 지금쯤 한해에 갇혀 한창 지옥을 맛보고 있을 것입니다. 지금 도성은 연장공의 부대가 수비하고 있으니, 즉시 달려가 성을 탈환하시면 될 것 같습니다!"

그리하여 답리가가 무체성을 되찾고자 서둘러 고죽의 군대를 이끌고 도성을 향해 진격했다. 얼마 후 무체성을 지키던 연장공은 갑작스레 성 앞에 고죽의 내군이 나타난 것을 보고는 아연실색했다.

"대체 이게 어찌된 일이더냐? 환공이 이끄는 연합군은 그림자도 보이질 않고 갑자기 고죽 군대가 나타났으니……, 설마 우리 연합군이 패한 것이더냐?"

불안감에 휩싸인 연장공은 성을 지키는 병사들이 도저히 중과부적이라 생각해 일단 성을 나와 달아나기로 했다. 그는 성안 곳곳에 불을 지르게 한 다음, 서둘러 무체성을 빠져나왔다. 그리고는 일단 단자산 인근에 진을 치고 상황을 기다려 보기로 했다.

제연합군이 미곡을 빠져나와 10여 리를 행군한 끝에 한 무리의 제나라 군마를 만났는데 알고 보니 엉망이 된 습붕과 그의 부대였다. 습붕이 탄식을 했다.

"말도 마십시오! 순식간에 본대와 떨어지는 바람에 병사들이 뿔뿔이 흩어지고 밤사이 희생자가 엄청 나왔습니다. 휴우!"

"참으로 고생하셨소, 이렇게 살아 돌아온 것도 다행이니, 어서 잔병들을 본대에 합류시키도록 하시오!"

그런 연후에 제연합군이 계속해서 무체성으로 행군해 가다 보니, 앞쪽에서 난리를 피해 산속으로 피신했던 고죽의 백성들이 도성으로 돌아가는 모습이 보였다. 관중이 사람을 시켜 물어보게 하니, 고죽국 답리가가 연나라 군대를 내쫓고 이미 무체성에 입성했다기에 성안으로 다시금 돌아가는 중이라는 말을 들었다.

과연 성 앞에 다가가니 고죽국과 답리가의 깃발이 성루에 휘날리고 있었다. 관중 등은 날이 저무는 데다 지친 병력으로 당장 무체성을 공략하는 것이 무리라 판단하고 있었다. 마침 연장공이 단자산에 진을 치고 기다린다는 기별이 오자, 성 앞에 일부 병력만을 남긴 채 모두 단자산으로 철수해 연장공의 부대와 합류하기로 했다.

그 시간 먼저 무체성으로 귀환한 답리가는 연장공이 후퇴하면서 내지른 불을 서둘러 끄게 하고는, 백성들을 위로하고 생업에 복귀하도록 조치했다. 이어 원수 황화를 시켜 한해에 묶여 있을 제연합군을 공격할 준비를 서두르게 했다. 어느덧 날이 저물었는데 다급하게 병사 한 명이 뛰어와 왕에게 보고를 했다.

"아뢰오, 제나라 군사들이 지금 막 성 밖에 도착해 와 있습니다!"

답리가가 화들짝 놀라 성루에 올라보니 과연 제나라 깃발과 함께 환공의 본대가 저 멀리 무체성 앞에 열을 지어 나타나 있었다. 원수 황화가 걱정스러운 표정으로 말했다.

"환공이 대단하긴 합니다. 그 지독한 한해를 어떻게 뚫고 여기까지

나온 것인지 도무지 알 수 없습니다……"

다행히 제환공의 본대가 곧바로 성을 공격하지 못하고, 일단 철수하는 모습을 보이자 답리가는 가슴을 쓸어내렸다. 그런 모습을 본 황하가 의연하게 말했다.

"답리가, 이젠 별수 없습니다. 곧 닥쳐올 제연합군의 공격에는 장기 농성전으로 맞서고, 진한의 지원군을 기다리는 수밖에 도리가 없을 것입니다."

답리가가 고개를 끄덕이고는, 향후 있을 제연합군의 공격에 철저히 대비하라고 주변에 지엄한 명령을 내렸다.

이렇게 해서 답리가가 이끄는 고죽 군대는 도성인 무체성에서 장기 농성에 들어갔고, 제환공이 이끄는 중원의 연합군은 무체성에서 약 50여 리나 멀리 떨어진 단자산에 성채를 쌓고 대치했다. 공교롭게도 이후 제연합군이 다시금 무체성을 공격했는지는 분명치 않았다. 양측 모두 서로 자기네가 승리했다고 주장했기 때문이었다. 중국 측에서는 이때 제환공이 무체성을 공격해 성을 함락시킴과 동시에 영지의 밀로왕과 고죽의 답리가를 처형하는 등, 전쟁을 완전한 승리로 이끈 다음 당당히 개선했다고 했다.

그러나 이 모두를 사실로 믿기는 어렵다. 조선 측에서는 뒤늦게 무체성으로 辰韓 열국의 지원 병력이 들이닥쳤다고 했다. 이에 양측에서 재차 전투가 벌어졌는데 제연합군이 이때 진한의 복병을 만나 고전한 다음, 비로소 화친을 구걸하고 물러갔다는 것이었다. 일설에는 제환공이 당시 다급히 노나라에 지원을 요청했다고 한다. 그런데 노장공이 파병을 약속하고서도 끝내 군대를 보내지 않는 바람에, 결국 제환공이 진한에 휴전을 제안하고 서둘러 철수를 했다는 것이었다.

그럼에도 대체로 중국의 역사는 이후 더욱 과장되게 부풀어진 반면, 불행히도 조선의 고기古記들은 불타고 사라져 버린 데다, 그마저도 오랜 세월에 걸쳐 훼손되고 날조되었다. 그러다 보니, 후대 사람들은 진한왕이 주도했던 2차 〈중원 원정〉을 중원의 입장에서 〈산융전쟁〉이라 부르고 중원의 일방적인 승리라고 여기게 되었다. 그러나 중원 역사 기록의 특징 중 하나는 자기네가 승리했을 때는 병력의 규모에서부터 전과까지 상세하다 못해 훨씬 과장되게 기록한다는 점이었다.

그런데도 이 거대한 전쟁에서는 중원 측에서 어느 정도 규모의 병력이 출전해 얼마의 희생이 있었는지 일체 기록이 전해지지 않았다. 이런저런 정황으로 미루어 볼 때 제연합군은 이때 무체성을 함락시키지 못한 것이 틀림없었다. 설령 일시적으로 성을 장악했다 해도 바로 고죽이나 진한의 군대가 되찾았을 가능성이 컸다. 게다가 무체성은 당시 고죽국의 도성이 아니고, 답리가 또한 고죽국 서쪽 변방의 소왕일 가능성도 커 보였다.

다만 영지의 경우 이때 그 땅의 일부를 잃고 한동안 연나라가 지배했을 가능성은 있어 보였다. 그렇더라도 이후 3백여 년이 지나 BC 4세기가 되도록 조선의 열국들, 즉 동도, 영지, 고죽 등의 나라뿐 아니라, 심지어 연나라조차도 두드러진 민족 대이동이나 강역의 변화는 없었다고 했다. 특히 〈연〉이 이때 제환공의 양보로 5백 리의 강역을 새로 얻었다고 했지만, 그 후로도 이렇다 할 성장세를 보이지 못해 전국시대 중엽까지 늘 조선 열국에 치이는 신세를 면치 못했다.

그러나 진한의 서쪽 강역은 그때까지 조선과 중원의 열국에 의해 수시로 주인이 바뀐 듯했다. 실제로 고죽국이 패망한 것은 이후로 2세기가 더 지나고 난 뒤 기씨왕조에 의해서였다. 따라서 당시 제연합군은 장거리 원정에 희생자가 늘고 피로가 누적되다 보니, 어느 순간 더 이상의 싸움을 포기하고 단자산에서 철군을 감행했을 가능성이 컸다. 애당초 험준한 산악지형에다 지리도 어두운 상황에서, 그 먼 곳까지의 원정이 조선 열국의 병합을 전제로 했다고 보기도 어려운 것이었다. 아마도 수시로 연을 괴롭히던 영지국을 토벌함으로써 동이족(진한, 융족)의 남진을 차단하려 했던 것이, 승리감에 취해 고죽까지 넘보다 끝내 실패로 끝난 것이 틀림없어 보였다.

어쨌든 당시 진한의 열국과 중원의 열국, 아시아 양대 민족 간 벌어졌던 〈산융전쟁〉은 이제껏 양측의 역사에서, 周나라 개국 직후 주공단이 벌였던 〈회이 원정〉을 능가하는 사상 최대의 대결로, 4백 년 만에 재개된 대규모 충돌이었다. 처음 강성한 진한왕이 작심하고 중원에 대해 2차 기습 원정을 감행했으나, 이후로 제연합군의 결성과 대대적인 반격으로 세가 꺾이면서 열국들이 저마다 철수하기 시작했고, 이로써 전쟁이 흐지부지되는 양상이었다. 그러나 놀랍게도 제환공이 이끄는 연합군이 연을 구원한 이후로도 영지국에 대한 추격에 나서면서 상황이 돌변했다. 그 결과 중원의 연합군이 험준하기 그지없는 동북의 고죽성까지 장거리 역원정을 감행했고, 이로써 양측의 대규모 충돌이 본격적으로 전개되었던 것이다.

그때까지 중원의 어느 나라도 북경 일대의 험준한 고산지대로 발을 들인 적이 없었기에, 제환공의 원정은 누구도 예상치 못했던 고난의 산악행군이었고, 그만큼 진한 열국의 허를 찔렀을 것이다. 〈산융전쟁〉은 작게는 산동 일원과 발해만의 무역 패권을 놓고 북방 조선연맹을 대표하는 〈진한辰韓〉(山戎)과 중원을 대표하는 〈제齊〉나라가 벌인 전쟁이었다.

그러나 크게는 중원의 화하족이 북방 古조선의 남하를 막고, 중원에서 조선족(동이)을 축출하기 위해 조선의 맹주 〈진한〉 세력에 도전했던

234

민족 간 전쟁이기도 했다. 물론 이 양대 민족 간의 전쟁은 이후로도 오래도록 지속되었다. 제환공의 산악 원정로는 그 일부가 후일 〈오환烏桓〉 토벌을 위해 백랑산을 넘었던 조조曹操는 물론, 공손씨의 〈연〉나라 원정을 위한 사마의司馬懿의 진격로가 된 것으로도 보였다. 모두가 매우 험난한 산악 원정길을 택함으로써, 상대의 허를 찌르는 작전으로 승리한 전쟁이었다.

중원의 입장에서 〈산융전쟁〉은 사실 齊나라 국상 관중菅仲이 주도한 것이나 다름없다 보니, 그로서는 이 거대한 전쟁의 의미를 자신의 군주인 제환공의 승리로 남겨야 했을 것이다. 따라서 그의 사후 남겨진 《관자管子》에 특히 과장된 기록이 많이 남았다. 그러나 주로 마차에다 느린 보병 위주로 구성되었던 제연합군이 낯설고 험준한 산악전투에서, 발 빠른 산융의 기병대를 제압하기란 결코 쉬운 일이 아니었을 것이다. 필시 제연합군 측의 희생도 사실상 패배에 가까울 정도로 엄청났던 것이다.

그럼에도 불구하고 제환공의 산융 원정은 고대에 지리도 잘 파악하지 못한 상황에서 험준하기 그지없는 산세를 극복하고, 머나먼 길을 고된 행군으로 감내하며 감행했던, 다분히 모험적이며 대범한 도전이었다. 중국 측에서는 이때 관중이 지어 병사들이 행군 중의 피로를 잊게 하려 부르게 했다는 〈상산가上山歌〉와 〈하산가下山歌〉가 전해졌다. 그중 〈하산가〉의 내용만 보더라도 당시의 분위기가 잘 전해지는 듯했다.

산에 오르기는 어렵더니, 내려가기는 쉽구나.
바퀴가 잘 구르니, 말굽 소리 경쾌하다.
말굽 소리 요란하니, 병사들 숨소리 가쁘구나.
굽이굽이 돌아 나오니, 어느새 평지로세.

산융마을 쳐부수니, 봉화불이 꺼졌구나.
고죽을 쳐 세운 공, 길이길이 만세로다!

반면, 진한 측에서는 충분한 사전 준비 없이 기습적으로 먼저 싸움을 걸었다가, 중반에 역전을 허용한 꼴이 되고 말았다. 〈영지〉, 〈고죽〉과 같이 천 년 된 〈진한〉의 동맹국들은 요새처럼 험준한 지형만 믿고 제나라 연합군의 침공을 꿈에도 생각지 못했다가, 한순간 붕괴되는 치욕을 겪어야 했다. 전쟁 막바지에 진한의 지원군이 나타나 매복전을 펼친 끝에, 휴전으로 전쟁이 마무리되었으나, 이때 영지와 고죽이 치명적 타격을 입은 것은 틀림없어 보였다.

중원의 입장에서는 이때 산융(진한)의 나라들을 완전히 제압하지 못하고 되밀렸다 하더라도 연나라를 구한 것은 물론, 현제玄帝의 나라로 불리며 산동과 하북 일대를 호령했던 진한(조선)의 중원 진출을 차단하는 데 성공한 셈이었다. 그것만으로도 중원의 나라들이 나름 승리한 전쟁이라 해도 과언이 아니었던 것이다.

무엇보다 주공단 이후 북방민족에게 또다시 커다란 타격을 가함으로써, 그때까지 2천여 년 동안 억눌려 있던 朝鮮에 대한 중원 화하족들의 열등감을 극복하고, 민족적 자긍심과 자신감을 얻게 되었을 것이다. 이것이야말로 진정한 쾌거라 할 법했고, 그런 점에서 제환공의 〈산융전쟁〉은 중원의 역사에서 매우 중요한 일대 전기가 아닐 수 없었다. 조선의 관점에서 보면 〈산융전쟁〉을 주도했던 제환공과 관중은 제2의 주공단이자 강태공이나 다름없었던 것이다.

중원의 열국 모두는 이러한 의미를 충분히 알고 있었기에 제환공을 따라 참전했던 병사들을 개선영웅으로 열렬히 환영했다. 노나라 장공은 구원舊怨을 뒤로 한 채 다시금 제수까지 나와 제환공을 영접해야 했다.

"어서 오십시오. 군후께서 그 먼 장거리 원정에 얼마나 노고가 많으셨습니까? 위대한 개선을 진심으로 감축드립니다!"

지원군 파병 약속을 어긴 노장공의 파렴치한 행동에 분노한 제환공은 돌아오는 길에 노나라를 쳐 분풀이하려 했으나, 재상인 관중이 이를 극구 말렸다.

"이번 전쟁은 어디까지나 산융을 토벌하는 것이었고, 그 성과 또한 적지 않습니다. 그렇게 전쟁이 끝이 난 마당에 새삼스레 중원의 열국을 상대로 또다시 전쟁을 벌인다면 원정의 의미를 퇴색시키는 일이 될 것입니다. 오히려 중원의 열후들을 관대하게 대하셔야 이 전쟁이 비로소 군후께서 승리하신 전쟁이 될 것입니다."

"흐음……"

관중의 속뜻을 알아차린 제환공이 그때서야 화를 풀고 생각을 바꾸었다. 환공은 자신을 영접하러 나온 노장공의 성의에 보답하겠다며 전리품의 절반을 나누어 주는 호기까지 부렸다. 그뿐 아니라 새롭게 장악한 땅을 〈연〉나라에 양보하는 등 만방에 드높은 덕을 과시하려 애썼다. 후일 노장공은 관중의 식읍食邑인 소곡小穀이 노나라 변경에 있음을 알고는 그곳에 많은 장정을 보내 성을 쌓아 주었다. 관중이 제환공의 침공을 만류해 준 데 대해 치하하고, 그의 환심을 사려 한 것이었다.

제환공은 이러한 명성으로 이후 춘추시대 첫 패자로서의 지위를 더욱 확고히 할 수 있었다. 이런 이유로 백 년 뒤의 공자마저도 제환공과 관중의 산융 원정을 일컬어 중국을 살린 전쟁이라며 역사적인 의미를 부여했다.

"관중이 아니었다면 우리는 피발披髮(머리 땋기)을 하고 좌임左衽(왼

쪽여밈)을 했을 것이다."

일설에는 제환공이 이때 북융 원정 후 돌아오는 길에 융숙戎菽(大豆)과 대파를 가져와 중원에 널리 보급했다고 한다. 한반도가 원산지인 대두(콩)가 고대 배달족의 발자취를 따라 당시만 해도 만주를 거쳐 북경 일대까지 퍼져 있었으나, 중원까지는 미치지 못했던 것으로 보였다. 대두大豆(콩)가 엄청난 식량자원super food임을 간파하는 데는 관중의 천부적 감각이 빛을 발했을 가능성이 컸다. 고대의 전쟁은 대량 살상만을 수반한 것이 아니라, 이처럼 사람과 자원, 문화의 이동까지도 촉발했던 것이다.

孤竹이라는 말은 '광명의(빛나는) 땅'이라는 해석도 있다. 고孤는 '홀(하라)'을, 죽竹은 '다(다라)'를 한자로 표기한 것으로, 각각 해(빛)와 땅을 뜻하였기에 태양을 숭상한 고조선계 나라의 이름 그대로였다. 〈고죽국〉은 중원의 하나라 때부터 존재해 온 백이와 숙제의 나라로 그때까지만 해도 무려 1,600년을 이어 온 고대 동북아의 강소국이었다. 이미 왕자 시절의 백이가 법령을 제정했던 율령국가였으며, 칼 모양의 도폐刀幣(칼돈)가 널리 사용되었고, 농경과 목축, 양잠과 직조, 수공업 등의 산업이 번성했다.

고죽은 원래 배달족의 후예로 농경민족이었으나, BC 14세기부터 북방민족인 융족들이 대거 유입되면서 당시에는 북방문화의 색채가 많이 가미되어 농경과 목축을 겸했다고 한다. 이들은 수렵에 익숙한 융족의 영향으로 말을 잘 타고 싸움을 잘하는 호방한 기질을 지닌 데다, 나라에서도 별도의 기마부대를 편성, 운영할 정도였다.

오늘날 고죽의 도성을 하북의 당산唐山 일대로 보고 있으나 그곳은 번조선의 강역이자 후일 고죽을 멸망시켰다는 기씨箕氏조선의 땅이었으므로, 번조선에 편입된 고죽인들의 집단 이주 지역일 수도 있었다. 따라서 당시 고죽 서변의 무체성이 과연 도읍이었는지 정확히 알 수는 없어도, 그 인근에 한해瀚海가 있었다니 천진 아래 악명 높은 요택의 서쪽 일대로 추정되는 지역이었다. 발해만의 서쪽 내해였던 이곳은 다시 3, 4백 년이 지나 전국戰國 말기인 진한秦漢시대에는 마침내 육지로 변했는데, 새로이 〈창해국〉이 들어선 것이 틀림없었다. 예맥조선으로 불리던 창해가 〈남국藍國〉이나 〈고죽〉의 후예일 가능성이 커 보이는 이유였다.

영지 또한 당시는 요서의 서북변에 위치했으므로, 〈산융전쟁〉이 있던 춘추시대만 해도 연이나 제나라 등 중원의 나라들은 결코 요수(영정하)를 넘지 못한 것이 틀림없었다. 다만, 후일 BC 3세기 초엽에 연나라 진개의 〈동호東胡 원정〉으로 조선이 요수 동쪽으로 밀려나다 보니, 고죽처럼 그 위치를 놓고 혼란이 야기된 것으로 보였다. 초기의 영지(불내예) 또한 대동의 서북변에서 일어나 점차 북경 서쪽까지 이동한 것으로 보였는데, 비교적 험준한 산세를 배경으로 하는 요새를 갖고 있어, 중원의 나라들이 감히 공략할 엄두를 내지 못했던 것이다.

진한辰韓은 2차 중원 원정을 시도했으나, 〈산융전쟁〉 이후로 산동 일대를 비롯한 중원으로의 진출이 막히는 바람에, 그동안 중원의 열국들로부터 받아 왔던 세공歲貢이 끊기고 말았다. 후일 이들은 몽골 흥안령 산맥에 살던 선비鮮卑족들을 흡수하면서 시라무룬강 북쪽에 고리국槀離國(탁리국槖離國)을 건설했고, 서쪽으로 훈족(흉노) 및 연燕나라와도 경쟁을 지속했다.

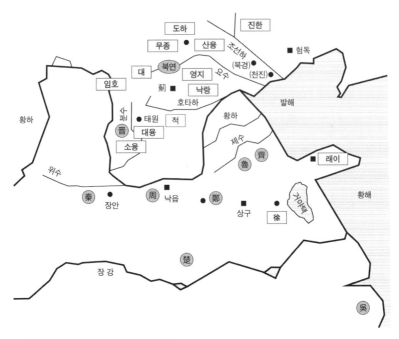

고대 산융과 중원 제후국의 분포(추정)

　전국戰國 말기에는 이 지역의 주도권을 기자의 후예들이 잡게 되었는데, 이때부터 산융이라는 말이 더욱 광범위한 개념의 〈동호〉(퉁구스)로 대체되기 시작했고, 서쪽의 흉노(서융)와 구분되었다. 이후로 동호東胡라는 말은 중원에서 조선 서변의 나라를 통칭하거나, 朝鮮 전체를 지칭하는 것이기도 했다. 나중에 한무제와의 전쟁으로 〈위씨衛氏조선〉이 분열되면서 열국의 시대로 접어들었을 때도, 이들 산융의 후예들인 맥족 계열이 사실상 예맥의 연합을 주도했다. 특히 〈산융전쟁〉 이후 6백여 년이 지나 난하 중류의 흘승골홀(하북승덕承德) 인근에서 〈고구려〉가 일어섰는데, 이들이 바로 〈고리국〉에 이어 〈북부여〉를 계승했던 것이다.

11. 春秋戰國

상商나라 말기 주紂왕 때 백예伯翳의 후손 중 비렴蜚廉이란 자가 있었는데, 그는 달리기를 잘해 하루에 5백 리를 달리는 장사였다고 한다. 그의 아들인 오래惡來 또한 맨손으로 범 가죽을 찢어 내는 천하장사로 紂왕이 이들 부자 모두를 총애했다. 그러다 보니 주무왕周武王이 商을 무너뜨리고 난 직후, 비렴 부자는 紂왕의 온갖 무도하고 포악한 짓을 곁에서 도운 간신으로 내몰렸고, 가장 먼저 처형을 당했다. 당연히 그 후손들도 周왕실로부터 멀어져 서쪽 변방으로 쫓겨나고 말았다.

그 후 백 년 정도 지난 BC 10세기 초, 비렴의 5대손으로 조보造父라는 인물이 나타났는데 그는 말을 기르고 다루는 데 천부적인 재주를 지녔다. 당시 주목왕周穆王이 유달리 말을 아껴 8마리 준마에 각각 이름을 붙여 줄 정도였는데, 그때 조보가 발탁되어 목왕의 8준마가 끄는 수레를 몰았다. 조보는 이후 목왕의 곤륜산 순행길 내내 수레를 몰았는데, 목왕의 부재를 틈타 〈서徐〉나라가 부상하게 되자 하루에 천리 길을 달려 목왕의 무사 환궁을 돕는 공을 세웠다. 이에 목왕이 조보에게 조趙 땅을 하사했고, 조보는 조趙씨들의 시조가 되었다. 이들 조보의 후예들이 후일 진문공晉文公(~BC 628년)을 도와 그의 패업 달성에 일조했던 것이다.

다시 일백 년이 지나 BC 9세기 초인 주효왕周孝王 시절, 조보의 자손 중에 비자非子라는 자가 견구犬丘에 살면서 말을 사육하고 번식시키는 데 뛰어난 재능을 보였다. 소문을 들은 효왕이 비자로 하여금 견수犬水와 위수渭水 사이에서 말을 기르게 했는데, 좋은 말들을 번식시키는 데 크게 성공했다. 효왕이 이를 기뻐하면서 후사했다.

"비자에게 서쪽 진읍秦邑의 영지를 내려 주고, 그간 끊겼던 영嬴씨들의 제사를 잇게 하라!"

이후로 비자의 후예들을 진영秦嬴이라 불렀는데, 그 땅이 현 감숙성 청수青水현 동북 일대였다. 비록 변방의 궁벽한 땅이었어도 이제 어엿하게 대부가 된 영씨들이 이 땅을 기반으로 비로소 일어나게 되었다. 또 이로써 후일 조보의 아들 중에 장남 계열은 〈진秦〉나라 영嬴씨로, 차남 계열은 〈조趙〉나라의 趙씨로 각각 분화되는 계기가 마련되었다.

그 후 진영秦嬴씨 비자로부터 6대째인 BC 771년경, 주유왕周幽王이 견융에게 피살되고, 평왕平王(~BC 720년)이 즉위하면서 〈동주東周시대〉가 열렸다. 당초 周유왕이 애첩 포사褒似를 총애해 왕후와 태자를 폐하자, 유왕의 장인이던 신후申侯가 위협을 느끼고는 이웃한 견융犬戎의 왕을 끌어들여 난을 일으켰다. 난이 성공해 周유왕이 죽었으나, 견융이 철군하지 않고 도성에서 횡포를 지속하자 신후가 3로路의 제후들에게 연락해 견융을 쫓아내기로 했다.

그때 서로의 진양공秦襄公 영개嬴開가 앞장서 호경鎬京으로 군사를 몰고 와 융병과 용감히 맞서 싸웠고, 견융을 몰아내는 데 공을 세웠다. 평왕이 그 공을 인정해 부용국에 불과했던 秦양공에게 백작伯爵의 관작을 내려 진백秦伯에 오르게 하니, 비로소 진秦나라도 중원의 기라성 같은 나라들처럼 정식으로 제후국의 반열에 오르게 되었고, 사실상 이때 나라가 건국된 셈이었다.

서쪽 자신들의 땅으로 돌아간 견융의 왕은 이후 앙심을 품고 수시로 이웃한 호경을 침범했다. 불안을 느낀 周평왕이 동쪽 별궁이 있던 낙읍洛邑으로 천도를 단행하게 되었는데, 이 소식을 들은 秦양공이 다시금 달려와 평왕의 호위를 맡으면서 동천을 도왔다. 천도를 무사히 마친 후 양공이 귀환 인사를 드리자니, 평왕이 그의 공을 잊지 않고 치하하면서 당부를 했다.

"지금 기岐와 풍豐 땅의 절반을 견융이 점거했소. 앞으로 경이 견융을 몰아낸다면 그 땅을 모두 경에게 내리겠소. 이는 경이 어가를 따르며 과인을 호위한 공로에 보답하려는 것이고, 장차 경의 진秦을 나라의 서쪽 울타리인 번병藩屛으로 삼고자 함이오!"

평왕이 이때 秦양공에게 내린 땅은 기산岐山의 서쪽 변방, 오늘날 감숙과 산서의 광활한 땅이었다. 그러나 그 땅은 이미 강성한 견융이 장악하고 있어 식읍이라 부를 것도 없는, 명목상의 봉지나 다름없었다. 이 땅은 또 9백여 년 전 상나라 건국 초기에 색불루단군이 보낸 여파달이 진출해 〈여국黎國〉을 세운 곳이었고, 그 바람에 周 왕조의 조상인 고공단보가 피난을 해야 했던 지역이었다. 그러나 이후 고공단보의 손자인 서백창이 일어나 周 왕조를 세웠으니, 周왕실 입장에서는 자신들의 본향인 이곳을 주원周原이라 부르며, 성역처럼 여기던 곳이었다.

따라서 평왕은 불가능한 줄을 알면서도 견융에게 빼앗긴 주원을 누군가 나서서 되찾아 주기를 바란 것이었다. 그러나 제후라는 가문의 명예만 얻었을 뿐 이렇다 할 실리가 없다 보니, 秦양공의 아들인 진영공秦寧公 때는 기산에 새로이 옹雍이라는 도읍을 지어 옮겨 갔다. 이후로 秦나라는 7대에 걸쳐 백여 년이 지나도록 별다른 성과를 내지 못했다.

그러던 秦나라가 9대 진목공秦穆公(~BC 621년)에 이르러 획기적인 도약의 전기를 마련하게 되었다. 당시 서융西戎에서 유여由余라는 인물이 사신으로 내방했는데, 목공은 한눈에 그가 인재임을 알아보고 그를 포섭하려 들었다. 목공은 서융의 왕에게 많은 미인을 바치고, 밤낮으로 춤과 노래에 빠지게 하는 대신, 유여를 오래도록 억류한 채 시간을 끌었다. 나중에 유여가 귀국해 보니, 서융의 왕은 이미 주색에 빠져 정사를

243

소홀히 하는 지경이었다.

'아아, 지금 진후秦侯는 나라를 일으키고자 온 힘을 다 쏟고 있는데, 우리 왕은 어찌하여 저리 태평하단 말인가? 실로 나라가 걱정이로구나……'

유여가 자신의 왕에게 크게 실망해 한탄하고 있을 때 마침 목왕의 사자가 찾아와 秦으로의 망명을 설득했고, 끝내 유여의 결심을 이끄는 데 성공했다. 그렇게 서융으로부터 영입한 인재가 유여였던 것이다. 秦목공의 신하가 된 유여는 이후 군사 등 많은 정보를 제공하면서 〈서융〉토벌에 앞장서게 되었고, 끝내는 周왕실의 발원지나 다름없는 기岐와 풍읍豐邑에서 서융을 몰아내는 쾌거를 이루었다.

秦나라가 이때 서융의 12개 소국을 멸망시키고 한꺼번에 무려 천 리나 되는 강역을 확보하면서, 주변국들 모두를 놀라게 했다. BC 659년경, 인재 영입에 혈안이던 秦목공은 초楚나라 출신으로 나이 칠십의 백리해百里奚를 대부로 맞이했다. 그는 진목공에게 다음과 같은 주문을 했다.

"진은 사방으로 강성한 융적에 끼어 있습니다. 그러니 그런 오랑캐와 다투기보다 오히려 그들을 포용할 수 있다면, 더욱 강한 군세를 이룰 수 있을 것입니다."

백리해는 장차 강성한 서방 세력이 천하를 떨치게 된다는 거대 담론, 소위 〈서방西方패권론〉을 주창했다. 이로써 그는 변방의 秦왕실로 하여금 원대한 꿈과 목표 의식을 갖게 함과 동시에, 제환공을 모신 관중처럼 진목공을 보필했다. 그때부터 秦나라는 오래도록 갈망해 왔던 동쪽 중원으로의 진출에 박차를 가하기 시작했다. 바로 그 무렵 반대편 동쪽에서는 제齊가 북방의 진한(산융)과 전쟁을 벌여, 조선족들의 남진을 막느라 혈안이 되어 있던 때였으니, 진秦의 동진은 〈산융전쟁〉과도 결코 무관한 것이 아니었다.

일찍이 주나라 2대 성왕成王은 자신의 아우 숙우叔虞를 요임금의 나라였던 당唐에 봉해, 唐숙우라 부르게 했다. 황하와 분하의 동쪽에 있던 〈당〉은 백여 리 크기의 땅이었는데, 숙우 사후 그 아들 대에 도읍을 진수晉水 근처로 옮기면서 국호를 〈진晉〉으로 바꾸게 되었다. 이후 BC 8세기 중엽, 晉나라는 〈익翼〉과 〈곡옥曲沃〉 둘로 나뉘었다가, 진무공晉武公(~BC 677년)이 두 나라를 통일시키면서 다시 옛 이름 晉으로 돌아갔다.

晉무공은 다 늙은 나이에도 나라의 안녕을 위해 당시 춘추 패자로 부상한 제나라 환공의 딸 제강齊姜을 첩으로 들였다. 동시에 신흥 강국으로 떠오르던 秦에도 딸을 보내 진후秦侯(목공)를 사위로 삼았다. 그사이 젊고 아름다운 제강이 몰래 태자와 눈이 맞아 아들 신생申生을 낳았다. 이후 진무공이 죽자 태자인 진헌공晉獻公(~BC 651년)이 뒤를 이었는데, 그는 곧바로 제강을 정실로 삼고 신생을 태자에 봉했다. 제강은 이후 헌공의 딸을 낳다가 사망했다.

바로 그 무렵에 晉나라가 조선 辰韓(산융)의 침공을 받았던 것으로 보였다. 당시 헌공은 융족과의 충돌을 피하고자 대융大戎과 소융小戎이라는 융국의 여인들을 첩으로 삼았는데, 이들에게서 각각 중이重耳와 이오夷吾라는 두 아들을 두었다. 그 후 晉헌공이 여융驪戎을 쳤는데, 여융의 군주가 두 딸 여희驪姬와 소희小姬를 바치며 화친을 청했다.

이후 두 여인 모두 헌공의 아들을 낳았는데, 晉헌공은 특히 여희를 몹시 아끼고 총애했다. 기세가 오른 여희가 욕심을 내 자기 아들 해제奚齊를 태자로 삼고자 헌공을 움직였다. 그 결과 여희는 태자인 신생을 포함해 헌공의 촉망받는 아들 셋을 모두 국외로 내보냈는데, 신생은 곡옥으로, 중이는 포蒲 땅으로, 이오는 굴屈로 떠나야 했다. 여희는 그것으로도 부족해 태자인 신생을 제거할 음모를 꾸몄다. 그녀가 어느 날 신생을 찾아갔다.

"주군께서 제강의 꿈을 꾸셨다니 속히 사당에 제를 올리고 그 음식을 주군에게 바치도록 하세요!"

당시는 죽은 자의 꿈을 꾸면 아들이 제를 올리는 풍습이 있었다. 신생이 여희의 말대로 죽은 모친인 제강의 제를 올리고, 그 음식을 부친인 헌공에게 바치려는데, 여희가 술병에 미리 독을 타 놓고는 태자가 늙은 헌공을 죽이려 든다며 무고했다. 신생은 급히 신성으로 달아났으나, 이내 좌절감에 스스로 자진해 버렸고, 그 여파가 배다른 형제들인 중이와 이오에게도 미쳤다. 그때 굴성屈城의 이오는 방비를 강화하고 정부군에 철저히 맞선 데 반해, 중이는 어머니의 고향인 적狄으로 피했는데, 이때 43살의 나이로 길고 긴 망명 생활을 시작하게 되었다.

BC 651년은 제나라 환공이 소집한 유명한 〈규구葵丘회맹〉에 晉헌공이 늦게 출발했다가 중도에 되놀아온 해였다. 여행에서 돌아오자마자 晉헌공이 사망했는데, 헌공의 사후를 수습하는 과정에서 여희가 다른 공자들을 계속해서 핍박했다. 이처럼 여희가 나라를 어지럽히고 분열시킨 탓에, 晉나라의 군신들과 백성들로부터 증오의 대상이 되었다. 결국 이극里克 등이 난을 일으켜 여희의 아들 해제를 죽인 뒤, 이어 소희의 아들인 탁자卓子마저 제거해 버렸다. 이극 등은 서둘러 적狄 땅에 피해 있던 중이에게 사자를 보내 귀국을 종용했으나, 중이는 굳이 사양했다.

"나는 부친의 뜻을 어기고 도망친 데다, 장례에도 참가하지 못한 불효를 저질렀으니 후계의 자격이 없소이다."

중이重耳는 서둘러 제나라로 몸을 피했는데, 그 후로도 여러 열국을 전전하면서 오랜 망명 생활을 이어 가야 했다. 그사이 晉에서는 중이를 대신해 이오夷吾를 영입해 제후로 삼았는데, 그가 곧 진혜공晉惠公이었다. 이후 혜공이 십여 년 동안 晉나라를 다스렸으나, 秦목공과의 전쟁에 패한 이후로는 권위가 크게 실추된 채로 지내야 했다. 그러던 BC 637년 晉혜공이 죽자, 그간 秦나라에 인질로 있다가 극적으로 탈출해 온 태자 어圉가 그의 뒤를 이어 제후에 오르니 진회공晉懷公이었다.

晉회공은 秦목공의 사위였음에도 秦나라를 탈출했기에 당장이라도 秦나라가 공격해 올까 걱정했다. 회공은 또 당시 〈초楚〉에 머물던 중이를 의식해서 그와 관련된 인사들을 탄압하는 등 공포정치를 일삼았다. 이로 인해 晉의 권신들 사이에서는 회공을 피하려는 분위기가 팽배해 있었다.

그런 상황 속에서 초성왕楚成王이 중이를 晉나라에 이웃한 秦으로 보냈다. 눈썰미가 남다른 秦목공은 자신의 딸을 버려둔 채 달아난 晉회공을 대신해, 늙은 중이에게 그 딸을 재혼시키고 중이를 사위로 삼았다. 그런 다음 중이에게 군사를 내주고, 그의 晉나라 복귀를 적극 후원했다. BC 636년, 19년의 오랜 망명 생활을 접고 마침내 복귀에 성공한 중이重耳가 晉회공을 내치고, 62세의 나이에 즉위하니 그가 바로 진문공晉文公 (~BC 628년)이었다.

뒤늦게 제후의 자리에 오른 晉문공의 활약은 그야말로 눈부신 것이었다. 종주국인 周나라에서 반란이 일어나자 권신이 된 조쇠가 간했다.

"다소 무리가 따르더라도 천하의 패자가 될 수 있는 절호의 기회니 반드시 천자를 도우셔야 합니다. 주군께서 그리되시는 모습을 보는 것이 노신의 평생소원입니다!"

"알았소, 내 그리하리다."

이에 晉문공이 난을 제압해 주양왕周襄王의 복귀를 도왔고, 그 공으로 하내河內와 양번陽樊 두 땅을 얻었다. 그러던 문공 4년에 초나라가 북쪽

송나라를 공격해 도성을 포위하자, 송나라가 晉에 지원을 요청했다. 晉 문공이 망명공자 시절에, 송나라 양공은 〈홍수대전泓水大戰〉에서 초나라 에 대패한 직후였음에도 문공에게 호의를 베풀어 준 제후였다. 그런 연 유로 晉문공은 〈송양지인宋襄之仁〉의 주인공이기도 한 宋양공을 모른 척 할 수만은 없는 처지였고, 그러자 문공의 측근이 묘책을 내놓았다.

"초는 조曹나라를 병합하고, 위衛나라와는 혼인 관계를 맺고 있습니 다. 또 초는 송과 마찬가지로 망명 시절의 군후를 우대해 주었고 秦나라 로 보내 준 공이 있으니, 직접 초를 공략하기도 곤란한 지경입니다. 그 러나 우리가 조曹와 위衛를 친다면 초왕은 두 나라를 구하기 위해 반드 시 송에 대한 포위를 풀고 말 것입니다."

결국 晉문공이 오히려 송의 위쪽에 있는 조曹나라와 위衛나라를 때렸 다. 그러자 사태를 주시하던 초성왕이 슬그머니 송나라 공격을 풀고 철 수했다. 병참선이 길어지는 데다 강성한 晉과의 싸움이 내키지 않았던 것이다. 晉문공의 망명 시절, 송은 그를 후대했던 반면 조曹와 위衛는 홀 대했으니, 받은 대로 돌려준 셈이었다. 그러나 이후에도 초나라가 계속 해서 북쪽을 넘보자, BC 632년 晉문공의 주도 아래 강력한 齊와 秦은 물 론, 송나라까지 연합해 성복이라는 곳에서 초나라와 일전을 벌이게 되 었다.

晉나라와 그 연합군이 이때 초나라와의 〈성복城濮대전〉을 승리로 이 끌면서 〈춘추시대〉의 상황이 급변하게 되었다. 우선 명목상의 천자이긴 하지만 周양왕이 개선하는 연합군을 위해 천토踐土까지 마중을 나갔다. 晉문공이 이때 그곳에 왕궁을 짓고 맹주가 되어 제齊, 노魯, 송宋, 채蔡, 정 鄭, 위衛, 거莒의 제후들을 모아 〈천토회맹〉을 가졌는데, 제후들끼리 周 왕실을 돕고 서로 침해하지 않기로 맹약을 했다. 이를 계기로 晉문공은 이제 齊환공에 이어 두 번째로 패자가 되어 〈춘추5패〉의 반열에 오르게 되었고, 이 모든 것이 그의 재위 기간 단 9년 만에 이룩한 성과였다.

그 무렵 秦목공은 뛰어난 안목으로 백리해 같은 현사들을 등용하여, 기岐와 풍豐 땅에서 견융을 몰아내고 천 리 강역을 확보했다. 이어 먼 앞을 내다보는 정책으로 중원으로 집요하게 파고들면서, 황하의 서변을 차지하고 마침내 서쪽의 강자로 우뚝 서게 되었다. 그는 약 40년의 재위 기간 중 동쪽에 이웃한 강국 晉나라의 다섯 제후를 상대했는데, 晉헌공에 이어 혜공, 회공, 문공과 그 아들인 양공까지 이어졌다.

목공 말년에 사위였던 晉문공이 먼저 죽자, 晉양공과는 곧장 적대 관계로 돌아섰다. 그 무렵 秦목공이 주위의 반대를 무릅쓰고 정鄭나라 정벌에 나섰는데, 晉나라가 개입하면서 참패로 끝났다. 목공은 절치부심한 끝에 이내 직접 출병해 황하를 건너 晉나라에 복수전을 펼쳤다. 이때 황하를 건너자마자 목공이 청천벽력 같은 명령을 내렸다.

"지금부터 타고 온 모든 배를 하나도 남김없이 강물에 빠뜨려 버려라! 晉을 정벌하지 못한다면 누구든 결코 돌아가지 못할 것이다!"

목공의 결의를 확인한 秦나라 군사들이 사생결단으로 싸움에 임하니, 결국 晉양공에 승리하여 복수에 성공했음은 물론, 하서河西의 땅까지 확보할 수 있었다. 솥을 깨고 배를 가라앉힌다는 '파부침주破釜沈舟'의 지략은 초패왕 항우項羽에 4백여 년 앞서 秦목공이 먼저 선보인 것이었다.

그 3년 후에 秦목공도 죽음을 맞이했다. 서쪽 변방의 오랑캐 나라라며 멸시받던 〈秦〉을 강국으로 일으키고, 중원으로의 진출을 위해 죽기 직전까지 맹활약했던 秦목공은 보기 드문 군주였다. 그러나 공교롭게도 그의 사후 秦나라는 약 250년간 이렇다 할 성과를 내지 못했다. 지도자의 품성과 능력이 한 나라의 발전에 얼마나 중요한지를 일깨워 주는 사례였다.

이후 BC 606년경, 초楚나라 장왕이 육혼陸渾의 융戎을 토벌하여 명성을 크게 떨쳤다. 10년 뒤에는 장차 천하의 패자를 꿈꾸던 초장왕楚莊王 (~BC 591년)이 다시금 북진을 시작해 정나라를 공격했다. 당시 鄭나라는 남쪽의 楚와 북의 晉나라 사이에 끼여 동네북 신세나 다름없었는데, 결국 석 달 만에 초에 항복하고 말았다. 晉나라가 鄭을 돕기 위해 출정했는데, 중도에 정나라의 항복 소식을 듣고도 주전론자들이 진격을 멈추지 않았다. 그 바람에 군영이 무너지고 대오가 크게 흐트러졌다. 이를 본 초장왕이 때를 놓치지 않았다.

"적군이 우왕좌왕하는 이때가 적기다. 전군은 전력을 다해 총공격하랏!"

황하의 남쪽 필邲이라는 구릉지에서 벌어진 이 전투에서 晉나라는 일찍이 당해 보지 못한 큰 패배를 당하고 말았다. 대신 춘추오패의 나라 晉을 꺾은 楚장왕은 이 승리로 〈춘추시대〉 세 번째 패자로 인정받게 되었다. 6년 후 초장왕이 죽고 초공왕楚共王이 즉위했는데, 그때쯤 한때 의기소침해 있던 晉이 일어나 북방의 강호 적狄(辰韓의 속국)을 토벌하면서 다시금 옛 명성을 되찾게 되었다.

진여공晉厲公 6년인 BC 575년에는 〈언릉鄢陵전투〉에서 마침내 초나라를 대파했는데, 이 싸움에서 楚공왕이 눈에 화살을 맞고 달아나는 일까지 벌어졌다. 그러나 이 전쟁 이후로는 중원에 패자라 불릴 만한 제후가 등장하지 못했다. 물론 그사이에 장강 하류 지역에 오吳와 월越나라가 강성했지만, 오吳는 BC 473년경 아래쪽 월越에 멸망 당했고, 越은 그 후로 쇠락을 거듭하던 끝에 BC 306년경 초나라에 패망하면서 사라져 버렸다.

이제 중원은 晉과 楚나라가 남북으로 대치하고, 齊와 秦나라가 동서로 맞서는 형국이 조성되면서 이들 4강의 시대로 접어들게 되었다. 나머지 약소국들은 이들 사이에서 눈치를 보면서 우왕좌왕하는 형국이 오래도록 이어졌다.

〈산융전쟁〉이 끝나고 대략 2백여 년이 지난 BC 453년경, 〈춘추오패〉의 강자였던 晉나라가 한韓, 위魏, 조趙 3국(3晉)으로 분열되는 일대 사건이 벌어졌다. 원래 晉나라는 육경六卿이라 하여 여섯 가문이 정권을 좌우했는데, 범范씨와 중항中行씨 가문은 난을 일으켰다가 일찍 사라졌고, 이 시기엔 지智씨 일족이 압도적으로 강했다. 지씨의 영수인 지백智伯이 힘을 앞세워 3성姓 가문의 영수들에게 차례대로 땅을 내놓으라 압박했다. 한韓씨의 강자康子와 위魏씨의 환자桓子는 순응했지만, 강성한 조趙씨의 양자襄子는 끝내 이를 거절했다. 결국 지백은 한강자와 위환자를 억지로 끌어들여 함께 조양자를 공격했다.

趙양자가 견고하기 이를 데 없는 진양성晉陽城(산서태원太原)으로 들어가 농성전으로 맞서자, 지백은 근처를 흐르는 진수晉水의 물길을 성안으로 흐르게 하는 수공水攻을 펼쳤다. 위기의 순간에 조양자가 가신 장맹담張孟談을 남몰래 한韓, 위魏의 진영으로 보내 韓강자와 魏환자를 설득하게 했다.

"조나라는 물에 잠겨 이제 곧 망할 것입니다. 그러나 입술이 없으면 이가 시린 법(순망치한脣亡齒寒)이니, 그다음은 누구 차례이겠습니까? 결국은 지백이 모든 것을 차지하게 될 테니, 차라리 韓, 魏, 趙 3성姓이 힘을 합해 지백을 치는 길만이 모두 함께 살 수 있는 길이겠지요!"

결국 이들 3성姓의 가문이 연합하기로 하고 약속된 날에 진수의 물길을 반대로 지백의 군영으로 돌리는 역공을 펼쳤다. 그 바람에 물길에 휩쓸린 지백의 군대가 대패했고, 결국 지백의 일족은 멸문지화를 당하고 말았다. 위력을 내세워 이웃을 탄압하고 강탈하려던 지백은 오만함을 뽐내다 스스로 몰락을 자초한 셈이 되었고, 한韓, 위魏, 조趙 3성姓은 나라를 3분 하여 각각 독립적으로 다스리기로 했다.

　晉나라의 분열로 탄생한 이들 신생 3국을 일컬어 〈삼진三晉〉이라고 했는데, 〈한韓〉은 평양平壤, 〈위魏〉는 안읍安邑, 〈조趙〉는 한단邯鄲을 제각각 도성으로 삼았다. 이들 삼진은 50년이 지난 BC 403년이 되어서야 종주국인 주나라 왕실로부터 정식으로 제후국으로 인정을 받을 수 있었다. 당숙우에서 시작해 〈춘추시대〉 최강자의 지위를 누렸던 晉나라는 얼마 후 29대 진정공晉靜公(~BC 376년) 때 약 6백 년 만에 역사 속으로 사라지고 말았다. 이 시기를 구분해 삼진이 탄생한 후, 秦시황이 천하를 통일(BC 221년)하기까지의 시기를 〈전국戰國시대〉라 했다.

　이에 따라 후대의 사가들은 주평왕의 동천(BC 771년) 이후부터 〈전국시대〉 이전의 시대를 〈춘추春秋시대〉라 부르며 〈전국시대〉와 구분해 불렀다. 약 3백 년간 지속된 〈춘추시대〉는 철기시대로 진입하면서 농업의 생산성 증대와 인구 증가, 고대 노예사회에서 봉건사회로의 전환 등 인류사에 있어서 획기적인 진전을 이룬 시기였다. 무엇보다 전쟁과 사회변혁으로 인한 인간 사유의 진화, 정치철학과 같은 다양한 사상적 진보가 두드러진 시기였으며, 공자公子를 비롯해 노자老子, 묵자墨子 등 인류가 낳은 위대한 사상가들이 줄줄이 출현했다. 참혹한 전쟁과 대량 살상을 목도하면서 인간 삶의 본질에 대한 깊은 성찰과 함께, 평화로운 삶의 추구 또는 부국강병을 위한 국부론들이 다양한 철학의 체계로까지 승화되었던 것이다.

　춘추시대만 해도 겉으로나마 천자의 나라인 周왕실을 중심으로 오랑캐를 무찌르자는 '존왕양이尊王攘夷'의 정신이 대세였지만, 새로운 전국시대에는 강대국 간에 생존을 건 패권 싸움이 치열해지면서 오로지 나라의 힘만이 강조되는 '부국강병富國强兵'이 지배적인 풍조가 되었다. 결국 전국시대를 거치며 살아남은 나라는 고작 10여 국에 불과했는데, 그중 강한 제齊, 초楚, 연燕, 조趙, 한韓, 위魏, 진秦 일곱 나라를 〈전국7웅戰國七雄〉이라 했으며, 기타는 종주국인 周나라를 비롯해 노魯, 송宋나라 정도뿐이어서 전국시대의 역사는 바로 이들 간의 치열한 패권 다툼 그 자체였다.

한편, 〈춘추시대〉에는 처음부터 周왕실에 복종하지 않은 초楚나라만이 스스로 왕이라 칭했을 뿐, 나머지 나라의 군주들은 공公이나, 후侯로 불렀다. 〈전국시대〉에는 周왕실이 더욱 힘을 잃어 일개 영주가 다스리는 작은 제후국의 신세로 전락해 버렸는데, 급기야 BC 333년경 위魏나라를 비롯해 한韓, 조趙, 연燕 외에 중산국中山國 등이 차례대로 칭왕稱王을 하는 어지러운 상황이 전개되었다. 이제 전국시대 군주들이 추구하게 된 목표는 오로지 '천하통일天下統一'에 있을 뿐이었는데, 처절한 승자독식勝者獨食(The winner takes it all)의 시대에서는 그것만이 생존을 위한 유일한 길이기 때문이기도 했다.

전국시대에 가장 먼저 두각을 나타낸 나라는 3진의 하나인 〈위魏〉나라였다. 魏는 일찌감치 서쪽의 떠오르는 강자 秦나라를 제압하고 황하 서쪽의 땅을 빼앗아 중원으로의 진출을 차단했으며, 동쪽으로 齊나라를 공격해 서쪽으로의 진출을 견제하려 들었다. 趙나라와도 싸워 그 도읍인 한단을 공략하는 한편, 남쪽의 초나라를 밀어붙여 황하 이남의 너른 땅을 확보했다. 이런 위업을 달성한 사람이 바로 위의 문후文侯(~BC 387년)였다. 그는 병법의 대가인 오기吳起(오자吳子)를 비롯해 즉위 초기부터 많은 인재를 등용했는데, 이러한 인재경영이 그의 성공을 이끄는

데 주효했던 것이다.

한편 서쪽의 신흥 강자 秦나라는 전국시대에 들어와 위나라에 제압당하기 시작했다. 이로써 약 250년 전 秦목공 때 어렵게 확보했던 황하 서쪽의 땅을 전국시대에 결국 삼진에 빼앗기고 말았다. 그 결과 중원의 나라들로부터 다시금 오랑캐 취급을 받고 회맹에서도 배척당하는 수모를 겪어야 했다. 그 후 진효공秦孝公(~BC 338년)에 이르렀는데, 21세의 젊은 나이에 군주에 오른 그가 야심 차게 천하의 인재를 모시겠다며 〈초현령招賢令〉을 내렸다.

"秦을 강대하게 만들 수 있는 계책을 내는 자에게는 높은 관직과 후한 녹봉을 내릴 것이다!"

그런 노력으로 秦효공은 위왕衛王의 서자 출신으로 법치에 밝았던 공손앙公孫鞅(위앙衛鞅)을 등용하면서 부국강병을 위한 개혁에 박차를 가했다. 그 핵심은 우선 행정체계를 획기적으로 개편해 중앙에서 직접 임명한 관리가 지방을 다스리게 하는 소위 〈군현제郡縣制〉를 도입하는 것이었다. 동시에 종전 나라를 거점별로 분할해 제후들이 다스리던 〈봉건제〉를 혁파하려는 것이었다. 이는 중앙의 강력한 왕권을 중심으로 나라를 다스리는 〈중앙집권제中央集權制〉의 시작을 의미하는 것으로, 세계사적으로도 중대한 의미를 지닌 혁신이었다. 이런 사고의 배경에는 국가는 오직 권력으로만 유지될 수 있고, 그 권력은 대규모 군대와 식량에서 나올 뿐이라는 믿음이 강하게 깔려 있었다.

다음으로는 정전제井田制를 폐지한 것이었는데, 이 시기에 이미 철기가 널리 보급되어 농업생산력이 크게 향상되자, 경작면적을 더욱 넓혀 그만큼 소출을 확대하려 한 조치였다. 이어 도량형 등의 통일, 범법자에 대한 엄벌주의와 연좌제, 밀고의 장려와 신상필벌 등 엄격한 법치주의의 도입이 뒤따랐다. 두 차례에 걸쳐 단행된 이러한 일련의 개혁조치를 〈상앙의 변법變法〉이라 불렀다. 공손앙은 이때 변법을 효과적으로 시행하고 중원으로의 동진東進 의지를 분명히 할 목적으로, 효공을 설득해 함양성 안에 신궁을 짓고 장차 천도를 추진하려 했다.

그러나 秦의 귀족들은 물론 백성들까지 이국 출신 위앙의 급진적 개혁에 크게 반발했다. 특히 태자 사駟(진혜문왕)가 앞장서서 천도에 반대하고 변법의 잘잘못을 지적했다. 그러자 크게 당황한 공손앙이 효공을 강하게 압박했다.

"변법이 잘 시행되지 않는 것은 높은 자리에 있는 사람들이 먼저 법령을 위반했기 때문입니다. 태자는 주군의 후사라 형벌을 내릴 수는 없으나, 사면 또한 불가하니 연좌제를 적용해 그 사부에게 죄를 물어야 합니다!"

결국 태자의 스승인 태부太傅, 태사太師 등이 코를 베는 의형劓刑이나 얼굴에 먹을 뜨는 경형黥刑을 당하고 말았다. 지위의 높낮이에 상관없이 형벌이 누구에게나 추상같이 적용되자, 백성들의 저항도 수그러들기 시작했다. BC 350년, 결국 秦효공이 옹雍에서 함양咸陽으로의 천도를 단행하니, 이때 秦나라의 수천 개 가문이 함께 이주했다고 한다. 효공은 즉시 秦나라 전역을 31개 현縣으로 나누어 관리를 파견하기 시작했고, 전국에 황무지 개간을 명하니, 삽시간에 불어난 세금이 일백만 전錢에 달했다고 한다.

이렇듯 강력한 개혁조치는 秦의 귀족들로부터 봉지를 빼앗고 백성들을 두려움에 떨게 했으나, 점차 나라에 도둑이 사라지고 길에서 남의 물건을 줍는 사람이 없게 되는 긍정적 효과도 있었다. 또한 〈군공수작제軍功授爵制〉를 실시했는데, 20등급의 작위를 정하고 엄격한 신상필벌을 적용하기로 하면서 다음과 같이 선언했다.

"귀족일지라도 공이 없다면 아무런 혜택도 없을 것이고, 공이 있는 백성이라면 누구든지 작위를 얻을 수 있을 것이다!"

전투에 임해서도 적의 머리를 가져오는 병사라면 누구든지 등급을 올려 주니, 秦나라 병사들은 전쟁터에서 호랑이(범과 이리)처럼 호전적으로 사력을 다해 싸웠다. 공정과 경쟁이 자리를 잡으면서 나라에 점차 부가 쌓이고, 군대의 전투력이 강해지니 10년 후 놀라운 성과가 드러나기 시작했다.

그 무렵 BC 342년경, 위魏나라가 齊나라의 손빈孫臏에게 〈마릉馬陵전투〉에서 대패했다. 그러자 秦의 공손앙(衛鞅)이 이틈을 타 재빠르게 5만의 군사를 이끌고 패전으로 혼란에 빠진 위나라로 진격했다. 秦의 기습에 위에서도 공자 앙卬에게 5만의 군사를 주고 대적하게 했다. 그러자 공손앙이 먼저 공자 앙에게 과거 위나라에서 같이 일하던 때를 환기시키며 화친을 맺자는 서신을 보냈다.

"내가 위나라에서 일할 때 우리는 서로 마음이 맞는 친한 사이였소. 그런 우리가 서로 다른 군주를 모시며 양국의 장수로 마주하게 되었으나, 어찌 살육전을 펼칠 수 있겠소이까?"

공손앙이 겉으로는 이렇게 화친을 위한 교섭을 제의하는 척하고는, 교섭 장소에 군대를 매복시켜 공자 앙의 허를 찌르고 말았다. 이 계책으로 공손앙은 秦나라 군대에 별다른 피해도 없이 오랜 숙원이던 황하 서쪽 땅을 간단히 되찾는 공을 세웠다. 齊와 秦나라에 연거푸 타격을 입은 위나라는 급기야 도읍인 안읍安邑을 버리고 동쪽인 대량大梁(개봉開封)으로 천도까지 해야 했다. 위문후 때 가장 먼저 패자의 소리를 듣던 魏나라는 이후 서서히 쇠퇴하면서 좀처럼 힘을 쓰지 못했다.

秦의 숙원을 이룬 공으로 공손앙은 상商 땅에 봉해졌고, 이때부터 상앙商鞅(상군商君)으로 불렸다. 그러나 그사이 조정에서는 지나치게 가혹한 정치에 피로를 느낀 상앙의 정적들이 늘어만 갔다. 마침 그를 아끼던 효공이 죽어 혜문왕惠文王(~BC 311년)이 들어서면서 상앙은 퇴출되었고, 끝내 사지가 찢기는 거열형車裂刑을 당해야 했다. 그러나 상앙의 변법과 개혁의 전통에 힘입어 날로 강성해진 秦나라는 이후 백여 년 뒤 천하를 통일하는 패업을 이루게 되었다.

12. 합종연횡

위魏나라를 꺾고 새로이 전국의 최강자로 부상한 秦나라는 동쪽의 강자 齊나라와 대치하기 시작했는데, 관건은 영토와 인구가 제일 크고 많은 남쪽의 楚나라를 누가 먼저 차지하느냐에 달려 있었다. 반면 다른 제후국들은 이제 강성한 秦나라의 위협으로부터 어떻게 나라를 안전하게 지킬 것인가를 고민해야 했다. 이로부터 〈합종연횡설合縱連橫說〉이 크게 유행했는데, 전국시대를 풍미했던 이 두 가지 외교술은 동문수학했던 소진蘇秦과 장의張儀에게서 비롯된 것이었다.

동주東周 낙양 출신인 소진이 최강 秦나라를 견제하기 위해 나머지 6국이 연합해야 한다는 〈합종론〉을 펼쳤지만, 사실 그가 처음부터 이를 구상한 것은 아니었다. 그도 처음에는 출세를 위해 秦나라로 가서 혜문왕을 만나고, 10만 자字에 달하는 책을 바쳤다. 그러나 당시는 막 상앙이 처형된 직후라 혜왕은 소진과 같은 유세객遊說客들을 멀리했다. 秦에 이어 趙조나라에서도 그의 등장에 별 반응이 없자, 소진은 북쪽의 연燕나라까지 가서 문공文公(~BC 333년)을 찾았다.

"연나라가 중원의 전쟁에 휘말리지 않은 것은 조나라가 남쪽 나라들을 차단해 주기 때문입니다. 그러니 군후께선 앞으로도 조나라와 종縱으로 친교를 두텁게 하는 것이 좋을 것입니다!"

그러자 당시로선 가장 약했던 연나라 문공이 처음으로 소진의 말에 반응을 보였다.

"그대가 합종으로 연을 안전하게 해 줄 수 있다면 과인은 기꺼이 그 계책을 따르겠소!"

BC 333년, 연문공의 지원에 힘입은 소진은 다시금 조나라로 들어가 숙후肅侯를 만나 설득에 나섰다.

"지금 6국이 있는 산동 일대에서는 조나라가 가장 강하고, 그래서 진나라가 조를 끼립니다. 게다가 秦이 감히 趙나라를 치지 못하는 또 다른 이유는 배후에 韓과 위魏나라가 있기 때문이지요. 그러나 韓과 魏 두 나라는 험준한 산과 강이 없는 평탄한 지형이 많아 일단 秦이 공격해 들어가면 바로 무너지기 쉽고, 그리되면 그 여파는 고스란히 趙나라에 미치게 될 것입니다. 그런데 사실은 秦을 제외한 열국의 땅이 진나라보다 1만 리나 더 크고, 병력도 그 열 배나 더 많았습니다. 그러니 산동의 6국이 하나로 뭉쳐 서쪽의 秦나라 하나를 격파하는 일이 어찌 어렵기만 하겠습니까?"

趙숙후는 소진의 말에 크게 공감하여 소진을 무안군武安君에 봉한 다음 즉시 5국에 사자를 보내 원수洹水에서 회맹을 갖자고 초대했다. 얼마 후 연문공이 제일 먼저 도착했고, 이어 한선혜후韓宣惠侯, 위양왕魏襄王, 제위왕齊威王, 초위왕楚威王까지 5국의 군주들이 차례대로 모여들었다. 이때 楚, 齊, 魏나라는 이미 왕호를 사용했으나 나머지 나라들이 아직 후侯를 쓰고 있어서, 소진이 불편하다며 모두 칭왕을 하는 것으로 정리해 버렸다.

"秦나라는 원래 말이나 키우며 살던 천부賤父의 나라입니다. 함양의 험준한 지형에 기대 열국을 잠식하고 있지만, 그렇다고 어찌 秦나라를 섬길 수 있겠습니까?"

사실 서쪽 변방에 치우친 秦나라는 중원으로의 진출을 원했으나, 분열되기 전의 강대한 晉나라에 가로막혀 좀처럼 동진東進의 꿈을 이루지 못했다. 그러니 삼진三晉의 분열은 그야말로 秦나라의 동진을 서둘러 자초한 것 이상이었다. 뒤늦게 이를 깨달은 열국들이 강력한 秦의 중원 진출을 막기 위한 고육지책으로 정치적 연합인 합종合縱을 택하지 않을 수 없었고, 소진은 그런 상황을 정확히 꿰뚫고 있었다.

소진이 6국의 군주들을 대상으로 〈합종론〉을 설파한 끝에 모두가 형제의 맹약으로 서로 돕기로 하고, 짐승의 피를 나누어 마시는 삽혈歃血의 의식까지 거행했다. 또 1국이 맹세를 어기면 나머지 5국이 함께 친다는 맹약서를 1통씩 나누어 가졌다. 〈원수회맹洹水會盟〉으로 소진은 종약從約의 장長은 물론 6국의 상국을 겸하는 독보적인 영예를 누렸고, 과연 합종의 힘이 효과를 발휘해 秦나라는 이후 15년간 동쪽의 함곡관 밖으로 나오지 못했다.

일찍이 楚나라 영윤 소양昭陽은 위나라를 대파한 공으로 초위왕楚威王 (~BC 329년)으로부터 천하의 보배라는 〈화씨지벽和氏之璧〉을 하사받았다. 소양이 빈객들과 함께 안휘성의 적산赤山에 놀러 갔다가 화씨지벽을 자랑했는데, 현장에서 감쪽같이 귀한 백옥이 사라져 버렸다. 마침 빈객으로 와 있던 초라한 행색의 장의張儀가 이를 훔친 것으로 의심받아 채

찍질을 당하면서 거의 초죽음이 되었다. 이 일로 장의는 장차 楚나라에 반드시 복수하겠다는 앙심을 품게 되었다.

몸과 마음에 커다란 상처를 안고 고국인 魏나라로 돌아온 장의는 그 무렵 친구인 소진이 趙나라의 상국에 올랐다는 소문을 듣고 소진을 찾아 趙로 들어갔다. 그러나 기대와 달리 소진에게 홀대와 모욕을 당하고는, 이를 악물고 강대국인 秦나라로 향했다. 마침 秦혜문왕이 소진을 붙잡지 못한 것을 후회하던 터에 측근들이 장의를 천거했고, 장의는 곧 객경客卿(외국인 고문)에 임명되었다.

그런데 장의는 이렇게 되기까지, 소진이 몰래 가사인賈舍人이라는 심복을 딸려 보내 물심양면으로 자신을 도와준 사실을 모르고 있었다. 장의가 秦나라 조정 진출을 도와준 가사인을 찾아 고마움을 표시하자, 그는 이제 趙나라로 떠나야 한다며 장의에게 자초지종을 얘기하고 소진의 뜻을 전했다.

"蘇蘇상국은 秦나라가 장차 趙나라를 친다면 합종책에 방해가 될 것을 염려하셨습니다. 그래서 내게 막대한 자금을 주며 선생께서 秦나라에 등용될 수 있도록 도우라 하셨습니다. 또 선생께서 趙나라에 머물며 작은 성취에 안주할 것을 우려해 일부러 업신여기고 분발을 유도하려한 것이니, 서운해하실 일도 아닐 것입니다."

장의는 뒤늦게 소진의 속 깊은 뜻을 깨닫고, 秦의 趙나라 원정을 막을 것을 약속했다. 그 무렵 魏나라가 秦나라의 공격에 패해 하북의 10개성을 바치고 秦나라와 겨우 강화를 맺게 되었다. 이후 秦나라가 군사를 돌려 趙나라를 칠 것이라는 소문에 趙숙후가 잔뜩 걱정하고 있었다. 이때 소진은 장의가 秦의 趙나라 침공을 막을 수 있을 것이라 믿고 뒤에서 장의를 도운 것이었으니, 한 수 앞을 내다보는 소진의 지략이 놀라울 뿐이었다.

장의는 과연 秦혜문왕을 설득해 魏나라를 공격하고 산서의 포양蒲
陽 땅을 빼앗았다. 그렇게 먼저 魏나라에 秦나라의 실력을 확인시켜 주
는가 싶었는데, 뜻밖에도 그는 이내 그 땅을 魏에 되돌려 주는 파격적
인 행보를 보였다. 그렇게 주었다 빼앗았다 하는 현란한 방식으로 위양
왕의 혼을 쏙 빼놓고는 결국 魏나라와의 우호 관계를 이끌어 냈다. 그런
다음 장의는 魏양왕을 찾아 재차 설득에 나섰다.

"秦왕은 실로 위나라에 성의를 다해 예우하고 있습니다. 빼앗은 성읍
을 돌려주는 것도 모자라, 공자 요繇를 볼모로 보내오는 것이 그렇지 않
습니까? 그러니 대왕께서도 진왕에게 이에 대한 사의를 표하는 것이 좋
을 것입니다. 사실 秦나라는 무엇보다도 땅을 좋아하니 이쯤에서 대왕
께서 땅을 조금 베어 진왕에게 내주고, 장차 秦과 함께 열국을 도모한다
면 그 열 배의 땅도 회수할 수 있지 않겠습니까?"

魏양왕이 장의의 말을 좇아 섬서의 소량少梁 땅을 떼어 秦에 바치고,
인질도 받지 않으니 장의의 현란한 계책에 秦혜문왕도 허를 내두를 지
경이었다. 그 일로 장의는 결국 秦의 상국에 오를 수 있었다.

처음 장의가 秦나라를 위해 내놓은 계책은 소진의 〈합종론〉을 깨뜨
려서 원래의 상태대로 돌려놓자는 것이었다. 장의는 장차 각 나라의 군
주들을 만나 종약을 깨고 제각각 강대한 秦나라를 섬기는 것이 나라의
화를 더는 것이라는, 이른바 〈연횡連橫론〉을 펼치고 이를 완성하는 것을
최종 목표로 삼았다. 장의가 秦혜문왕을 찾아 상국의 인수를 돌려주며
또다시 위나라로 가겠다고 했다.

"지금 나라 밖 6국의 왕들이 소진의 말에 미혹되어 좀처럼 합종맹약
을 깨려 들지 않습니다. 신이 위나라로 가서 권력을 잡은 다음, 제일 먼
저 위왕이 진나라를 섬기도록 만들고자 하니, 신을 믿고 윤허해 주시기

바랍니다!"

장의가 魏나라로 가자 위양왕이 그를 상국으로 삼았으나, 양왕은 여전히 마음을 정하지 못하고 〈합종〉에서 나오려 하지 않았다. 고심 끝에 장의가 몰래 秦왕에게 사람을 보내 위나라를 슬쩍 칠 것을 주문했다. 秦혜문왕이 즉시 거병하여 〈위〉를 공격해 곡옥曲沃 땅을 빼앗아 버렸다. 그러자, 크게 반발한 魏양왕은 오히려 합종에 더욱 매달려 楚회왕을 종약장으로 삼고자 했고, 소진은 더욱 각광을 받게 되었다.

때마침 연燕나라에서도 문공이 죽고 역왕易王(~BC 321년)이 즉위했는데, 역왕의 왕비는 秦혜문왕의 딸이었다. 그때 魏와 함께 趙나라를 공격했다가 실패를 맛보았던 齊나라의 위왕威王(~BC 319년)이 이번에는 북쪽의 연나라를 노리고 있었다. BC 332년, 燕에 국상이 생긴 틈을 타 齊위왕이 가차 없이 연나라를 공격해 10개의 성을 빼앗는 일이 벌어졌다. 역왕이 크게 분노해 소진을 불러 책망했다.

"보시오, 제위왕이 조나라에 이어 우리 연을 치니 선생 때문에 燕은 지금 천하의 웃음거리가 되고 말았소. 그러니 선생께서 燕이 빼앗긴 성을 도로 찾아 주시오!"

소진이 즉시 齊나라로 달려가 위왕을 찾아 다그쳤다.

"비록 연나라가 약하다고는 하나 연왕은 진혜문왕의 사위가 아닙니까? 어찌하여 秦나라와 굳이 원수를 맺으려 하십니까? 즉시 10개 성을 燕에 돌려주셔야 합니다. 그로써 齊와 燕, 秦나라가 한편이 된다면 천하에 두려워할 게 없으니, 고작 열 개 성만으로도 패업을 이루는 셈이 아니고 무엇이겠습니까?"

과연 齊위왕은 소진의 말을 받아들여 燕나라에 10개 성을 돌려주었다.

그런데 죽은 燕문공의 부인이자 秦혜문왕의 딸이었던 역왕의 모친은 소진의 재주를 사모한 나머지 둘이 남몰래 사통한 사이였다. 역왕이 이를 알면서도 모른 척하고 있었는데, 소진이 제 발이 저렸는지 역왕에게 핑계를 대고 다시 齊나라로 가겠다고 했다.

"신은 이제 대왕을 위해 제나라가 장차 망국의 길로 가게 하는 반간계反間計를 쓰려 합니다. 신이 죄를 지은 것처럼 해 놓고 제나라로 달아난다면, 제왕은 신에게 중임을 맡기지 않겠습니까?"

역왕이 이를 허락하여 소진에게서 곧장 상국의 인수를 회수했고, 소진은 齊나라로 달아나니, 과연 소진의 명성을 높이 사던 齊위왕은 그에게 객경客卿의 벼슬까지 내려 주었다. 소진은 齊위왕을 부추겨 수렵과 사치스러운 연회에 빠져들게 하고, 세금을 대폭 올려 백성들의 원성을 자아내게 했다. 齊나라 상국 전영田嬰과 객경으로 와 있던 당대의 유학자 맹자孟子까지 나서서 간했으나, 위왕威王은 전혀 들으려 하지 않았다.

그러던 BC 319년, 齊위왕이 죽어 그의 아들 선왕宣王(~BC 301년)이 들어섰다. 비슷한 시기에 燕에서도 역왕易王이 죽어 쾌噲(~BC 312년)가 즉위했고, 위魏에서도 양왕襄王이 죽고 애왕哀王이 뒤를 이었다. 이때 초회왕(~BC 299년)이 조문 사절을 보내면서 은밀하게 제후국들끼리 재차 합종해 秦나라를 공격할 것을 제안했다. 결국 한韓선혜왕, 조趙무령왕, 연燕쾌왕까지 가세하기로 했는데, 楚회왕이 마지막으로 齊선왕에게 사자를 보내 호응을 요청했다. 제나라 군신들은 모두 齊가 秦나라와 혼인한 사이임을 들어 합종 참여를 반대했다. 그러나 맹상군孟嘗君(전문田文)이 다른 견해를 폈다.

"지금 참여나 불참 모두 비책이 아닙니다. 토벌에 나선다면 秦과 원수가 될 것이고, 합종에 불참하면 여타 산동 5국의 분노를 살 것입니다. 일단 군사를 내어 합종에 참여하고 산동 5국에 신의를 지키되, 완행으로 사태를 관망하면서 진퇴를 결정하시지요!"

이에 齊선왕이 맹상군에게 2만의 병력으로 합종에 참여케 했다. 맹상군은 이후 병病을 핑계 삼아 시간을 끌며 일부러 행군 속도를 지연시켰다. BC 318년 韓, 趙, 魏, 燕의 4국 군주들이 함곡관에서 종약장인 楚회왕을 만나 이후의 진공 시기 등을 정하기로 했다. 그러나 실제로는 저마다 자신의 군대를 거느린 채 서로 눈치를 보면서, 도통 힘을 합치려 들지 않았다. 그렇게 5국의 군사가 공격을 가해 오질 않자, 관문을 지키던 秦나라 장수 저리질樗里疾이 오히려 관문을 열고 나가 도발을 할 지경이었다. 그럼에도 불구하고 여전히 선발을 떠넘기면서 누구도 앞으로 나서려 하지 않았다.

그 틈을 타 저리질이 楚나라 군영을 기습하니 당황한 〈초〉나라 군대가 먼저 패주했고, 이를 본 나머지 4국의 군주들도 덩달아 철군해 버리고 말았다. 두 번째 합종이 이렇게 실없이 무산되자, 齊선왕이 맹상군의 교계巧計에 크게 감탄했다.

"잘못하여 소진의 계책을 따를 뻔했소. 과연 천하의 맹상군이구려, 하하하!"

齊선왕은 맹상군을 치하하면서 백 근의 황금까지 하사했다. 맹상군은 이렇게 영화를 누렸을지 모르지만, 사실 그는 〈합종〉에 커다랗게 금을 낸 장본인이었다. 이 일을 계기로 열국이 서로를 믿지 못하면서 이후 합종에 힘이 빠지는 최악의 결과를 초래한 것이었다. 더구나 맹상군은 그 화가 후일 자신의 조국 齊나라에까지 미치게 되리라고는 꿈에도 생각지 못했을 것이다.

당시 합종의 붕괴가 불러올 재앙을 미리 읽어 낸 사람은 아무도 없었을 것이다. 당장 楚회왕 측에서도 秦이 다시금 齊와 가까워질 것을 우려해 서둘러 맹상군에게 사람을 보내는 등, 齊와의 친교를 더욱 두터이 하고자 애쓸 정도였다.

그 무렵 齊나라에 머물며 합종이 깨지는 것을 지켜봐야 했던 소진은 크게 당황했으나 별도리가 없었다. 그때쯤에 齊선왕의 관심이 맹상군 쪽으로 기울면서 소진의 입지가 크게 흔들렸기 때문이었다. 당시 왕의 총애를 놓고 齊나라 귀척 중에 소진을 시기하는 자가 많았는데, 급기야 소진은 그들이 보낸 자객에게 허망하게 피살당하고 말았다. 합종책을 구상해 냈던 소진의 죽음으로 〈합종〉의 앞날은 그야말로 한 치 앞을 내다보기 어렵게 되었다.

그 무렵 위나라 상국으로 있던 장의張儀 또한 魏양왕이 초를 중심으로 한 5국합종에 참여하는 것을 내내 구경만 해야 했다. 마침 5국 연합군이 秦을 공격했으나 아무런 성과도 내지 못한 데 이어, 소진마저 피살당했다는 소문에 장의는 내심 반가워했다. 합종의 무산에 목소리가 더욱 커진 장의가 魏왕을 만나 이제야말로 반진反秦 동맹에서 완전히 빠져나와 秦과 화친해야 한다고 설득했다.

"실로 진나라의 힘은 산동 5국의 힘을 제압하고도 남을 정도입니다. 신이 진왕을 만나 대왕께서 지난날의 합종을 후회하고 있다고 아뢴 다음, 장차 진과 위 양국이 우호관계를 맺도록 추진해 보겠습니다!"

魏애왕이 반색을 하면서 화려하게 장식한 수레를 내주고 장의를 秦나라로 보냈다. 장의는 秦과 魏의 우호관계를 성사시킨 뒤 그대로 秦에 남아 다시 상국으로 복귀했다.

그 무렵, 燕나라에서는 연왕 쾌噲와 상국 자지子之가 선양 사건을 일으켜 정국이 불안하기 그지없었고, 열국으로부터도 많은 비난을 받았다. BC 314년, 齊선왕이 이틈을 이용해 광장匡章을 대장으로 삼아 10만 대군으로 燕나라를 침공함으로써, 연왕 쾌와 자지를 제거하는 데 성공했다. 齊나라가 전광석화처럼 燕나라를 정벌하자 그 위상이 크게 올라가게 되었고, 秦혜문왕조차 齊의 위세를 걱정할 정도였다. 그러자 6국의 종약장이던 초회왕이 이번에는 제나라에 바짝 다가가 연합을 시도했다. 秦혜문왕이 장의를 불러 대책을 묻자 장의가 답했다.

"신이 초나라로 가서 유세하여 초왕이 제나라와의 우호관계를 끊고 전하의 秦과 관계를 강화하도록 만들어 보겠습니다!"

이제 〈연횡론連橫論〉의 핵심은 楚나라를 꺾는 데 있었으므로 장의는 다시금 秦나라 상국의 인수를 바친 다음, 초나라로 향했다. 장의는 楚회왕의 총신寵臣 근상斯尙에게 접근해 뇌물을 잔뜩 바치고는 회왕과의 알현을 청탁했다. 다행히 楚회왕이 장의를 국빈으로 극진하게 예우하니, 장의가 회왕을 설득했다.

"오늘날 천하는 사실 楚, 齊, 秦 3강이 있을 뿐입니다. 과군(秦혜왕)께서는 齊나리와 혼인으로 맺어졌음에도 제나라가 유독 秦나라를 배반하다 보니, 마음은 사실 楚에 기울어 있습니다. 해서 대왕께서 만일 齊나라와의 종약을 깬다면, 秦은 과거 상앙에게 빼앗긴 상어商於의 6백 리 땅을 楚에 돌려줄 것입니다!"

눈앞의 이익에 눈이 멀었던지, 회왕은 주변의 반대를 물리치고 장의의 말에 따라 齊나라와의 단교를 택하고 말았다. 소식을 들은 齊선왕이 처음엔 크게 노했으나, 내심 秦을 두려워하던 그도 이내 몸을 낮춘 채 오히려 秦나라와 친교를 맺자고 달려드니, 이것이야말로 장의가 노린 바였다.

그런데 楚회왕은 장의가 秦으로 돌아간 뒤로 아무런 반응이 없자, 비로소 6백 리 땅을 돌려준다는 그의 약속이 거짓임을 깨닫고는 격노했다.

"장의는 과연 반복反覆을 일삼는 소인배였다. 내 그자를 반드시 사로잡아 생살이라도 뜯어 먹을 것이다!"

일개 유세객의 농간에 놀아나 체면이 크게 구겨지다 보니, 楚왕이 복수심에 눈이 뒤집히고 만 것이었다. BC 312년, 楚왕이 주위의 만류를 무릅쓰고 굴개屈匄를 장군으로 삼아 10만의 병력으로 秦을 공격하게 했다. 그러자 秦혜문왕 역시 10만의 군사로 초군을 막게 하고는, 곧장 齊로 사자를 보내 함께 楚나라를 칠 것을 제의했다. 결국 楚는 秦과 齊의 연합군에게 〈단양丹陽전투〉에서 크게 패해 8만에 이르는 병사들을 잃고, 굴개 또한 진군秦軍의 부장 감무甘茂의 칼에 맞아 전사하고 말았다.

秦齊 연합군이 승기를 몰아 楚나라 한중漢中의 6백여 리 땅을 점령해 버리자, 초나라 조정이 비로소 두려움에 떨게 되었다. 엎친 데 덮친 격으로 楚가 대패했다는 소문을 들은 韓과 위나라까지 연합해 楚나라 땅인 등鄧을 침공해 오자 楚회왕은 더 버틸 힘을 잃고 말았다. 楚회왕은 부득이 楚의 2개 성을 秦에 떼어 준다는 굴욕적인 강화를 맺고 군대를 철수시켜야 했다.

장의는 이후 탁월한 기지로 秦혜왕을 설득해 한중漢中 땅의 5개 현縣을 다시금 초에 돌려주게 하고, 楚나라 왕실과의 겹혼을 권유했다. 장의를 원수로 여기던 楚회왕이 그제야 기뻐하며 장의가 과연 자신을 속이지 않았다고 믿고, 秦나라와 우호관계를 맺었다. 그 무렵 합종론을 펼치던 소진도 죽고 사라진 만큼, 장의는 이후 한韓과 제齊, 조趙, 연燕나라 왕들을 차례대로 설득하기 시작했다. 그 결과 끝내 소진의 합종合縱을 모두 깨뜨리고 연횡連橫을 성사시킴으로써, 중원을 합종 이전의 원상태로 되돌려 놓았다.

그가 마지막으로 연소왕燕昭王(~BC 279년)을 설득한 후 秦의 함양으로 돌아왔으나, 그사이 秦혜(문)왕이 죽고 무왕武王이 즉위해 있었다. 그런데 秦무왕은 태자 시절부터 유세가인 장의를 좋아하지 않았다. 결국 조정에서 그를 모함하는 자가 늘고, 장의와 무왕의 사이가 나쁘다는 소문까지 퍼지게 되자 제후들은 다시금 〈연횡〉을 버리고 〈합종〉으로 돌아서고 말았다. 위기를 느낀 장의張儀는 그 무렵 고국인 魏로 돌아와 정승이 되었다가 1년 뒤인 BC 309년에 죽었는데, 유세객 중에 드물게 제명을 살다 죽었다.

〈합종연횡〉은 전제군주가 지배하던 약육강식의 험악한 시대에 거짓과 속임수 등 수단과 방법을 가리지 않고, 어떻게든 상대를 위험에 빠뜨리거나 제압해 승리를 쟁취하려는 고도의 정치술이었다. 이는 권력자들이 너 나 할 것 없이 단기간의 성과만을 노리던 점에 착안해, 그들의 비위를 맞춰 주고 벼락출세를 하려는 정객들의 야심에서 비롯되었을 것이다. 그러나 시간이 지나면 모든 일들의 전모가 드러나기 마련이라, 결국 거짓과 암수에 의존했던 종횡가들의 끝도 대부분 좋지 않았다. 그런 점에서 사마천은 이들 유세객에 대한 평가에 박했다.

그럼에도 불구하고 〈합종연횡〉은 세상의 본질 즉, 힘(권력power)의 원천을 추적하고 파악해 내려는 지식인들의 치열한 지적知的 경쟁이자, 고대의 정치공학이나 다름없었다. 〈합종연횡〉이 주는 분명한 교훈은 복잡한 이해관계가 얽힌 다수의 합종이, 힘의 우위에 기초한 연횡을 당해 내기 어렵다는 점이었다. 무엇보다 강자의 입장에서는 약자의 나라를 상대로 내부분열을 책동하는 이간계 즉, 이이제이以夷制夷라는 강력한 술수를 쓸 수 있는 이점이 있었으니, 예나 지금이나 개인이든 사회든 세상은 변함없이 강력한 〈힘의 논리〉에서 벗어나기 힘든 모양이었다.

3부

고조선의 분열

13. 箕氏왕조의 등장

중원의 화하족이 조선족을 막아 냈던 〈산융전쟁〉이 끝나자, 朝鮮의 맹주로 무리하게 중원에 대한 원정을 주도했던 辰韓의 힘이 서서히 약화되고, 삼조선의 분열은 더욱 가속화되었다. 그사이 상나라의 멸망과 함께 조선 열국의 서쪽 변방 상구商丘 인근으로 피했던 기자箕子의 후손들이 꾸준히 북상하여 태항산 동북쪽의 낙랑樂浪 아래쪽에 정착한 것으로 보였다. 이곳을 기반으로 착실하게 실력을 다져 나간 기씨箕氏 일족은 특히 농업과 양잠에 힘쓰는 한편, 북쪽으로 낙랑과 고죽을 비롯한 번조선과 진한의 나라들은 물론 아래로 중산, 제나라 등과도 통상을 하면서 안정과 부를 일궈 나갔다.

주변 나라들 대다수가 전쟁의 참화에 휘말려 과거의 영화를 잃고 쇠퇴하는 동안에도 기씨 일족은 비교적 안정적인 번영을 누릴 수 있었는데, 소위 〈팔조八條〉의 가르침을 따르면서 전쟁을 피한 채 수백 년간 농상農商에 매달려 온 덕분이었다. 그렇게 되자 인근 조선 열국의 백성 중 많은 사람들이 전쟁의 폐해를 피해 기씨 일족에게 모여들기 시작했다.

그러던 중 〈산융전쟁〉이 끝난 후 약 2백 년쯤 흐른 BC 5세기경, 기씨 일족에 강성한 지도자가 출현했는데, 그는 선대로부터 쌓아 온 부富를 가지고도 기씨 일족이 주변으로부터 여전히 변두리 소국만도 못한 취급을 받는 사실을 못마땅하게 여겨 스스로 왕위에 올랐다. BC 434년경 기씨왕조(기조箕朝)의 왕이 갑작스레 이웃한 진번眞番 조선의 군현들을 습격하고 그 땅들을 차지하기 시작했다.

이 시기에 기조箕朝가 번조선의 서남쪽, 고죽과 인접해 있던 낙랑을 병합한 것으로 추정되는데, 하북 보정保定시 바로 위쪽의 수성遂城 일대가 낙랑이었고, 그 다른 이름이 평양平壤이었다. 낙랑은 원래 단군의 구족 가운데 하나였던 양부良部(양이良夷)를 후대에 달리 부르던 이름이었다. 당시 낙랑의 뒤에 조선을 붙여 〈낙랑조선樂浪朝鮮〉이라고도 불렀으므로, 후세의 사가들이 기조가 〈낙랑〉을 병합한 것을 이유로 〈기씨조선箕氏朝鮮〉이라 부르기도 했으나, 이때의 기씨箕氏왕조는 아직은 번조선 서변의 낙랑에 불과했다.

이처럼 가장 오래된 조선 열국의 하나였던 낙랑을 기조箕朝가 병합하는 등 분위기가 어수선해지자, 朝鮮 곳곳에서 파열음이 나기 시작했다. BC 425년경, 내몽골로 추정되는 융안隆安의 사냥꾼 우화충于和冲이란 자가 스스로 장군이라 칭하면서 수만 명의 무리를 이끌고 조선 서북의 36개 군郡을 일거에 장악했다. 진조선 조정에 급보가 들어오자 물리勿理단군이 명했다.

"즉시 군사를 보내 역적 우화충을 막고 백성들을 보호토록 하라!"

천왕이 다급하게 명령은 내렸으나, 실제로 당시 진조선은 반란을 막아 낼 만큼 충분한 군사력을 유지하지 못했다. 결국 정부군이 출동했음에도 사납기 그지없는 우화충의 반란군에 힘없이 패하고 말았다. 겨울이 되자 급기야 반란군이 진조선의 도성으로 진격해 와 아사달을 포위하는 지경까지 이르고 말았다. 급박하게 수세에 몰린 물리단군이 어쩔 수 없이 좌우의 궁인들과 함께 종묘와 사직의 신주神主만을 챙겨 든 채로, 도성을 나와 배를 타고 급히 달아나야만 했다. 천왕이 눈물을 흘리면서 한탄을 했다.

"아아, 어찌하여 2천 년 대조선의 사직을 이토록 위태롭게 만들었단 말이냐? 그저 한스러울 뿐이로다!"

천왕 일행이 탄 배가 해두海頭라는 곳에 이르렀을 때, 심리적 압박을 이기지 못했는지 물리단군이 덜컥 사망하고 말았다.

진조선이 천왕의 죽음으로 최대 위기에 봉착한 그때, 요동 지역으로 추정되는 백민성白民城의 욕살 구물丘勿이 군사를 일으켜 반군에 대적하자며 깃발을 올렸다. 구물이 병사들을 이끌고 먼저 난하 하류의 창려아사달을 점령하자, 사방에 흩어져 있던 조선 열국들이 호응해 군대를 보내오는 등 구물의 군대를 지원하기 시작했다. 이에 힘을 얻은 구물은 진조선의 도성인 북쪽의 백악산아사달을 향해 진격했다. 이듬해 봄이 되자 갑자기 때아닌 큰비가 내려 홍수가 났는데, 도성 안에서도 집과 식량이 떠내려가거나 물에 잠기는 등 물난리로 아수라장이 되었다.

그 바람에 도성 안에서 농성하던 반란군 역시 식량난으로 크게 애를 먹게 되었다. 구물이 이때를 놓치지 않고 병사들에게 진격 명령을 내리며 싸움을 독려했다.

"도성의 반란군들이 물난리로 큰 혼란을 겪고 있다. 이것이 바로 하늘과 조상님들이 우리를 돕는 것이 아니고 무엇이겠느냐? 병사들은 조금도 두려워 말고, 지금 즉시 아사달로 총진격해 역적들 토벌에 앞장서자! 총진군하라!"

구물이 1만의 병사들을 거느리고 아사달로 들이닥치자, 물난리로 정신이 없던 반란군은 제대로 대응하지 못한 채 달아나기 바빴고, 이내 완전히 궤멸되고 말았다. 구물이 포로가 되어 잡혀 온 우화충을 병사들이 보는 앞에서 가차 없이 참수해 버렸다.

비록 〈우화충의 난〉을 진압하긴 했으나, 단군천왕의 자리가 오래도록 비워진 만큼 천왕의 자리를 잇는 문제가 가장 시급한 현안으로 대두되었다. 결국 난의 진압에 앞장서고 가장 큰 공을 세운 구물에게 이목이 집중될 수밖에 없었다.

"구물 욕살께서 역적 우화충의 난을 진압하고, 백척간두의 위기에 처한 조선을 구하셨으니, 당연히 천왕으로 추대하는 것이 마땅할 것이오!"

그해 3월 중순, 결국 모든 장수들의 추대로 구물이 무난하게 단군에 오르게 되었고, 아사달에서 즉위하게 되었다. 그런데 이때 구물丘勿천왕은 분위기를 일신하기 위해 2천 년을 이어 온 국호를 새로운 것으로 바꾸어 부르게 하는 특단의 조치를 취했다.

"단군왕검께서 조선을 여신 지 어언 2천 년이라는 세월이 흘렀소. 그동안 삼한을 거쳐 색불루천왕 때부터 삼조선으로 나라를 다스려 왔으나, 모두가 알다시피 삼조선의 분열이 더는 통제할 수 없는 지경에 이르고 말았소. 이번 우화충의 난에 조선이 맥없이 흔들린 것 자체가 이를 입증한 것이나 다름없을 것이오. 겨우 난을 진압하고 나라의 맥을 잇기는 했으나, 실질적으로 진조선의 명이 다른 이조선二朝鮮에 미칠 여지가 전혀 없는 것이 오늘의 현실이오. 따라서 이번에 나라의 이름을 바꾸어 새로이 대부여大夫餘라 부르고, 분위기를 크게 일신하고자 하니, 모두가 따라 주기 바라오!"

이는 곧 그동안 단군천왕이 다스리는 진眞조선 외의 二조선, 즉 번番조선과 막莫조선에 두 개의 분조分朝를 두어 朝鮮 전체를 통치하던 〈삼조선〉 체제가 무너졌음을 인정하는 것이었다. 따라서 이후로는 나머지 二조선의 정치나 외교에 대해 서로 간섭하지 않고 사실상 삼조선이 각각 독립적으로 나라를 다스리되, 다만 종전처럼 〈대부여〉(진조선)를 중심으로 하는 朝鮮연맹 체제의 틀만을 유지하겠다는 것을 대내외에 널리 천명한 셈이었다.

구체적으로는 그동안 중앙의 진조선만이 행사할 수 있었던 외교, 군사(전쟁)권을 나머지 二조선이 제각각 행사할 수 있도록 허용하겠다는 전향적인 내용이었다. 이로써 단군왕검이 朝鮮을 개국한 이래 대략 2천 년이 되기 전에 〈고조선〉 연맹이 본격적인 해체 단계로 접어들게 되었다. 구물천왕은 여름이 되자 해성海城(창려)을 개축하게 하고 평양이라 이름 지었으며, 그곳에 별궁을 지어 위기에 대처하게 했다. 평양은 장당경藏堂京이란 별칭으로도 불렸는데, 말 그대로 '숨겨 놓은 예비도성'이라는 의미였다.

조선이 이처럼 〈우화충의 난〉을 계기로 삼조선으로 분립하는 등 우여곡절을 겪게 되자, 이웃한 나라들에게도 그 소문과 영향이 빠르게 퍼져 나갔다. 특히 낙랑을 차지하면서 일순간 국력이 크게 향상되어 동북의 강소국으로 부상한 기조箕朝의 왕이 이러한 조선의 동향을 예의주시하고 있었다. 그는 〈우화충의 난〉에 이은 조선의 분립으로, 인접해 있던 〈진한〉과 〈번조선〉의 힘 또한 더욱 위축될 것으로 내다보았다.

그 무렵에 기조의 서북쪽으로는 또 하나의 강력한 세력인 선비鮮卑가 있었는데, 기조의 왕이 마침내 이들 선비 토벌에 나서기로 작정했다. 〈선비〉는 古조선의 제후국 동도東屠(동호)를 구성했던 기마민족으로 주로 맥족 계열인 소위 산융의 후예로 보였으며, 오래도록 辰韓에 속해 있었다. 춘추시대에 진한이 강성하던 시절, 진한왕이 동몽골 지역을 공격해 선비족을 병합했던 것이다. 그러나 〈산융전쟁〉 이후 진한이 점차 쇠퇴하면서, 전국시대 초기에는 선비 또한 구심점을 잃고 쇠락한 것으로 보였다. 그런 선비를 기조箕朝가 노린 것이었다.

그런데 선비는 북방 기마민족의 특성이 강해 주로 수렵 등에 의존해 생활했다. 그러다 보니 도성을 짓고 한곳에 모여 사는 것이 아니라, 거점별로 여기저기 흩어져 살다가 유사시 이합집산을 하는 민족이었다. 그러므로 대군大軍을 동원할 수 있는 기조의 입장에서는 오히려 이들을 토벌하기가 수월한 측면이 있었다. 선비는 싸움에 불리해지면 말을 타고 흩어져 바람처럼 달아나 버리기 때문이었다.

결국 강성하기 그지없던 기조의 왕이 대군을 동원해 그야말로 파죽지세로 선비족들을 공격해 들어갔다. 선비는 예상을 뛰어넘는 기조의 엄청난 군세에 놀라 사실상 전의를 상실하고 말았다. 기조왕의 예상대로 선비족들이 사방으로 흩어져 달아나기 바빴고, 자기들끼리 다시 모여 기조를 공격해 오지도 않았다. 그 결과 실제로는 토벌이라 할 것도 없이 일방적으로 선비를 추방해 내쫓았다고 보는 것이 타당할 정도였다. 선비의 종주국이었던 辰韓 또한 크게 쇠락해 있던 탓에 기조에 위협이 되지 못했기에, 기조는 수월하게 선비 토벌에도 성공할 수 있었다.

낙랑에 이어 서북방의 사나운 민족 선비를 물리치고, 표면적으로 조선의 맹주였던 〈진한〉을 압도하게 된 〈기조〉의 왕은 그야말로 승승장구였다. 거칠 것이 없게 된 그는 내친김에 방향을 돌려, 원래 기조의 종주국이었던 동북쪽의 번조선을 겨냥하기 시작했다. 그런데 번조선을 대표하는 나라는 낙랑의 바로 동북에 위치한 데다, 낙랑만큼이나 오래된 전통의 강호 고죽국이었다. 기조의 왕이 그런 고죽을 치기로 작심하고 군신들에게 말했다.

"잘 알다시피 지금 전통의 맹주인 조선이 삼조선으로 분열된 지 오래다. 지난번 선비를 때렸음에도 그 종주국이라는 진한이 아무런 움직임도 보이지 않았으니, 그 세력이 크게 쇠잔해진 것이다."

"그러합니다. 이제 진한은 옛날의 맹주가 아닌 것이 확실합니다!"

그의 신하들이 맞장구를 치자, 기조의 왕이 말을 이었다.

"그러니 이제 삼조선 중에서는 우리 낙랑의 상국인 번조선이 사실상 최대 세력이다. 그런데 다들 알다시피 번조선을 대표하는 나라는 바로 우리와 이웃한 고죽이다. 그러니 이제 낙랑과 선비에 이어 고죽까지 쳐서 무너뜨린다면, 이는 곧 우리가 번조선을 차지하는 것과 같을 것이다. 우리가 번조선을 차지한다는 것은 곧 조선 전체를 장악하는 것과 같은 일이 아니겠느냐? 그러니 이번 기회에 고죽을 쳐서 반드시 멸망시켜야 한다!"

마침내 기조의 왕이 과감하게 대군을 일으켜 고죽을 공격하라는 명령을 내렸다. 뜻밖에도 〈고죽국〉은 〈기조〉(낙랑)의 기습을 예상치 못했는지 이 시기에 허망하게 멸망하고 말았다. 고죽은 낙랑만큼이나 오래된 전통의 강국으로 산융전쟁 때 齊나라 환공에게 잠깐 서변의 무체성을 내준 것을 빼고는 타국의 공격에서 져 본 적이 없었다. 이 전쟁에 대한 자세한 기록이 남아 있질 않아 구체적인 정황은 알 수 없으나 다만, 이 무렵 고죽이 기조의 공격에 멸망한 것은 틀림없는 사실로 보였다.

고죽孤竹은 단군왕검 때부터 2천 년에 가까운 오랜 세월 동안 조선의 서쪽 울타리가 되어, 중원의 나라로부터 朝鮮을 방어해 준 대표적인 나리었다. 백이와 숙세 같은 의인들의 드높은 기풍이 전해져 왔고, 율령과 높은 수준의 예술을 자랑하던 고대의 문명국이었다. 춘추시대에 辰왕이 일으켰던 산융전쟁 때 강성했던 제환공의 원정을 막아 내고 나라를 지켜 냈으나, 이 시기에 기조의 공세로 일거에 무너져 내리고 말았다. 이는 곧 朝鮮을 지켜 주던 가장 든든한 방파제가 무너진 것과 같은 대사건으로 장차 조선연맹 전체가 더욱더 심한 격랑에 빠져들 것임을 예고하는 것이었다.

선비 토벌에 이어 전통의 강호 고죽의 병합마저 성공시킨 기조(낙랑)의 왕은 순식간에 새로운 동북의 강호로 군림하기 시작했다. 선비를 빼앗긴 〈진한〉이나, 낙랑에 이어 고죽마저 병합당한 〈번조선〉이나 두 나라 모두가 이 시기에 기조에 제압당한 채, 사실상 껍데기만 남은 꼴이 되고 말았다. 삼조선의 분열로 진한과 번조선이 더는 서로를 돕지 못하다 보니 빚어진 결과였다.

당시 고죽과 같이 크고 오래된 나라가 몰락한 것은 2천 년 고조선의 역사에서 처음 있는 일이었다. 이처럼 강력한 기조의 등장에 삼조선의 정세가 그야말로 요동치기 시작했다. 이제 낙랑과 고죽을 모두 잃고 졸지에 스스로를 지켜 내기도 어려운 형편에 처하게 된 번조선(변한)의 천왕에게 수하들이 고했다.

"더는 어쩔 수가 없습니다. 할 짓은 아니지만, 부득이하게 진한왕에게 기대어 원조를 청하는 수밖에 없으니, 서둘러 사람을 보내셔야 합니다!"

그러나 안타깝게도 과거 그토록 강성했던 辰韓 역시 그 무렵 선비마저 잃을 정도로 세력이 시들어 있기는 마찬가지였다. 결국 동북의 강호에서 약소국으로 전락해 버린 두 조선이 전략적으로 서로 힘을 합하기로 하면서 새로이 진변辰卞연합이 탄생하게 되었다. 이로써 동북에서는 〈진변조선〉과 〈기씨왕조〉(낙랑)가 대치하는 가운데, 북쪽의 〈대부여〉(부여조선)와 그 남쪽의 막莫조선(마한馬韓)이 병존하는 새로운 국면이 조성되었다. 진변조선은 후일 그 일족이 한반도의 남단으로 이주해 나라를 세우게 되었는데, 그때도 진변辰卞 또는 변진弁辰이라 불렀다.

〈진변조선〉과 〈기씨왕조〉가 대립하던 그 시절에는 춘추시대와 달리 강한 나라가 작은 나라를 겸병하는 '부국강병'이 이미 대세를 이루고 있었다. 이 시기에 철기시대로 완전히 접어들면서 농업의 생산성이 배가되자, 땅과 농사가 중시되었기 때문이었다. 나라마다 개혁을 부르짖으며 중앙에 있는 왕의 권한을 강화하기 바빴고, 정전제井田制를 폐지해 단위당 소출을 늘려 나갔으며, 황무지 개간에 열을 올렸다. 이 시기 삼조선의 나라들은 소출의 1/20을 조세로 거뒀으나, 경쟁이 더욱 극심했던 중원의 나라들은 개인 소출의 1/10을 나라에서 가져갔다. 개인의 능력이 중요시되고, 상업이 일어나면서 이미 빈부의 격차가 커져 버린 시대였다.

이처럼 새로운 분위기 속에서 중원 또한 강호 晉나라가 한韓, 조趙, 위魏의 소위 〈삼진〉으로 분열되면서 약육강식의 시대인 〈전국시대〉로 접어들어 있었다. 〈대부여〉로 변한 진조선과 마찬가지로 천자의 나라라는 周왕조 역시 이제는 그야말로 껍데기만 유지한 채, 〈전국7웅〉이라는 7개의 제후국들을 중심으로 서로 사활을 건 생존경쟁에 돌입해 있었다.

한편 삼조선의 분립과 함께 새로이 〈기씨왕조〉가 무섭게 일어나던 그 무렵, 〈대부여〉(진조선)에서는 구물천왕이 죽고 여루余婁천왕이 즉위해 있었다. BC 396년경 그는 장령長嶺과 낭산狼山에 새로이 성을 쌓게 했는데, 적성赤城 남쪽의 조선하 상류 지역으로 보였다. 이로 미루어 〈부여〉 또한 떠오르는 강국으로 난하 인근까지 세력을 뻗치기 시작한 〈기씨왕조〉와 대치했음이 틀림없었다.

그런데 십여 년이 지난 BC 380년경이 되자, 북방의 소국에 불과했던 〈연〉나라가 조선(부여)이 기조와 대치하는 틈을 타, 서쪽 변방을 침범해 오기 시작했다. 이때쯤 燕나라는 〈조선〉과의 경계 지역인 동북의 과거 진한山戎 땅을 잠식하면서 강역이 커져 사방 2천 리의 땅을 갖게 되었고, 꾸준히 군사력을 키운 결과 갑옷 입은 병사 수십만에, 기병 6천 기를 보유할 정도로 강성해졌다.

그러나 사실 이는 후일 燕의 전성기인 소왕꼐王 때의 모습을 말하는 것으로 이 무렵엔 그 수준에 훨씬 미치지 못했다. 당시 燕의 실제 강역은 그리 크지도 않았거니와 북방에 치우쳐 이렇다 할 치적을 쌓은 것도 아니어서, 전국7웅으로 부르기에도 애매한 나라였던 것이다. 일찍이 周

무왕이 동생인 소공석을 燕에 봉했으나, 그는 주로 도읍인 호경鎬京의 조정에서 정치활동을 하기 바빴고, 따라서 장남인 극克이 봉지를 다스렸다.

또 당시에는 燕이 아닌 언匽으로 불렸는데, 초기에는 하남河南에서 시작해 이후 주성왕 대에 북경 아래 계薊(탁주涿州)로 이동했고, 이때부터 〈북연〉으로 구분해 불렀다. 그러나 이때도 아래로는 낙랑과 고죽 등이 있어 연나라는 결코 요수(영정하)를 넘지 못했다. 따라서 燕은 주로 산서山西의 동북 일대와 하북河北의 서북 지역을 강역으로 했고, 〈전국시대〉초기만 해도 중산국 정도의 크기였다.

이후 연장공 때 제나라와 연합해 〈진한〉(북융)을 쳐서 영지와 고죽을 격파했으나, 그 땅 모두를 차지하지도 못했다. 다만, 북쪽으로 요수遼水의 상류(상간하)를 따라 도하屠河에서 영지에 이르는 진한 땅의 일부를 차지한 것으로 보였다. 이후 〈전국시대〉에는 새로이 기조가 들어서서 낙랑과 선비, 고죽 등을 병합해 더더욱 강력하게 맞섰으므로, 연나라는 좀처럼 발해만에 접근조차 하기 힘들었던 것이다.

그랬던 〈북연〉이 조선이 분열하는 틈을 타, 차츰차츰 朝鮮 열국의 서쪽으로 침공해 들어와 변경의 군현들을 함락시키고 압박해 들어오기 시작했다. 북연의 빈번한 조선 침공은 내분에 휘말려 있던 朝鮮 열국들의 시선을 다시금 서쪽 중원으로 돌리게 하는 계기가 되었다. 이처럼 조선 열국들이 특히 북연과 첨예하게 대립하게 된 것은 주로 〈연〉의 환공桓公과 문공文公 대에 걸쳐 일어난 일이었다.

그러던 중 번조선왕 해인解仁이 연나라가 은밀하게 보낸 자객에게 시해당하는 사건까지 터지고 말았다. 그러자 번조선 내의 오가五加들이 서로 왕위를 차지하기 위해 군사를 일으키는 등 한바탕 소동이 벌어졌고,

다행히 해인의 아들 수한水韓이 이를 제압하고 BC 340년, 번조선왕에 올랐다. 그러나 이듬해 왕위 교체로 어수선한 틈을 타, 배도倍道가 이끄는 연나라 군대가 번조선을 또다시 침공해 왔다. 배도의 군사들은 이때 이틀 걸리는 길을 단 하루 만에 달려와 안촌홀安村忽(안시성安市城)에서 노략질을 하고, 도읍인 험독險瀆(한성韓城)까지 쳐들어오니 번조선 조정이 크게 위태롭게 되었다.

그때 수유須臾 지역의 읍차 기후箕詡가 5천여 젊은 군사들을 거느리고 달려와 싸움을 도왔는데, 그가 바로 기씨왕조의 왕으로 추정되는 인물이었다. 수유는 기자箕子의 이름(서여)에서 유래한 명칭으로 낙랑이자 평양을 지칭하는 동시에 그 자체가 〈기씨왕조〉를 뜻하는 것이었고, 읍차는 단군천왕으로부터 아직 왕으로 인정받지 못해 임시로 부른 군장의 명칭으로 보였다. 기후가 이때 벼락같이 번조선까지 출정한 것은 기울어 가는 번조선을 연나라에 빼앗기지 않으려는 계산 때문으로 보였다.

그런데 그 무렵 번조선이 위기에 처하게 되자, 나머지 진眞, 막莫 二조선에서도 모두 지원군을 보내왔는데, 서쪽 辰韓의 속국으로 연과 국경을 맞대고 있던 〈동도東屠〉(불도하弗屠何)가 가장 적극적으로 응해 왔다. 이들은 진한(산융)의 중심국으로 기마전에 강하고 싸움을 잘해 조선 분립 이후 다시 강성해진 것으로 보였는데, 이 무렵 사실상 껍데기뿐인 진한의 역할을 대신해 오고 있었다. 정작 진한은 번조선과 진변연합의 형태를 이루고 있던 데다, 동도 자체도 燕과의 충돌이 잦았다. 그런 이유로 燕이 번조선을 침략해 오자, 이를 막고자 앞장서 출정했던 것이다.

동도왕이 〈번조선〉 진영에 당도해 보니 그때까지 번조선과 대립 관계에 있던 기조의 왕이 번조선을 돕겠다며 나타났다는 소식에 크게 당황했다. 동도왕이 서둘러 번조선의 수한왕을 찾아 캐물었다.

"천왕, 이게 어찌 된 일입니까? 어떻게 저 기씨 놈들이 와 있는 겝니까? 감히 상국의 후국들을 병합한 저 뻔뻔한 놈들이 이참에 천왕의 나라를 송두리째 차지하려는 것이 아니겠습니까?"

동도왕이 펄펄 뛰며 다그치자 수한왕이 타이르듯 사정을 말했다.

"우선 진정부터 하시지요! 당연히 그런 의심을 가질 만합니다. 그런데 기씨 왕이 사자를 보내 이르길 이민족인 연나라의 침공에 조선연맹의 일원으로 지원하기 위해 온 것일 뿐, 결코 우리를 공략하러 온 것이 아니라며 극구 부인했소. 실제로 지금 저들의 병력만으로는 우리를 집어삼키기에는 역부족이지요, 기씨 왕은 훨씬 더 큰 대군을 동원할 수 있지 않겠소이까?"

그러자 동도왕이 한심스럽다는 표정으로 되물었다.

"아니, 그렇다면 천왕께서는 정녕 기씨 놈들의 말을 그대로 믿고 계신다는 말씀이십니까?"

"아니지요! 그런데 설령 의심이 가더라도, 그보다는 지금 당장 연군의 공세를 서둘러 막아 내는 게 더 시급합니다. 솔직히 기씨의 군대도 우리에겐 지금 커다란 힘이 된다는 말이오. 마침 동도왕께서도 이렇게 와 주셨으니, 일단은 저들과 힘을 합해 연의 도적부터 막아 내고, 그다음을 생각해도 늦지는 않을 것이오, 부디 그렇게 하시지요!"

그리하여 우여곡절 끝에 번조선과 진한(동도), 기조의 군대가 연합해 朝鮮연맹군을 이루고, 연군에 대해 대대적인 반격에 나섰다. 갑작스레 번조선의 원군이 잇달아 나타나자 배도의 연군이 크게 당황하게 되었다.

"장군, 느닷없이 기씨 왕과 동도왕이 나타나 번한왕을 돕고 있으니 참으로 낭패입니다. 더구나 저들은 전투에 강한 왕들의 친위부대라 우리 군대가 연일 밀리고 있습니다. 자칫 꾸물대다가는 큰일을 치를 수도 있으니, 안타깝더라도 이쯤 해서 철군을 서둘러야 할 듯합니다!"

결국 강력해진 조선연맹군이 협공으로 적성赤城 동북쪽의 오도하五道河 일대에서 연나라 본대와 일전을 치른 끝에 연군을 크게 격파했다. 〈오도하전투〉에서 조선군에 참패한 배도가 별수 없이 퇴각 명령을 내리면서 연군이 물러나자, 辰韓을 대표해 참전했던 동도왕이 새로운 주장을 펼쳤다.

"연나라는 걸핏하면 조선을 침공해 오니, 양 조선의 군대가 집결한 이참에 이대로 해산하지 말고, 연나라의 위세를 뿌리부터 뽑아 버릴 필요가 있소. 지금 연나라는 퇴각하면서 일단 전쟁이 끝난 줄 알 것이오. 그러니 우리가 서둘러 연군을 계속해서 추격한다면, 수도인 계성을 기습 공략할 수 있지 않겠소이까?"

그러자 기후도 이에 적극적으로 찬성하고 나섰다.

"맞는 말씀이오. 지금이 연나라를 공격할 절호의 기회가 틀림없소."

내내 기조왕을 의심하던 동도왕은 뜻밖에 기후가 燕나라 원정을 적극 찬성하고 나서자 크게 고무되었다. 강력한 기조와 함께라면 틀림없이 앙숙인 북연을 이참에 토벌할 수 있겠다는 확신이 든 것이었다.

이런 우여곡절 끝에 얼마 전까지만 해도 서로를 적대시하던 이들이 이민족 나라인 燕나라 토벌이라는 대의명분 앞에 모처럼 하나가 되기로 했다. 朝鮮연맹군은 군사를 나누고 서쪽 국경을 넘어 역으로 연나라 공략에 나섰다. 조선연맹군이 국경 너머까지 추격해 올 것이라고 전혀 예상하지 못했던 연군은 한 마디로 뒤통수를 맞은 꼴이 되어, 계성으로 달아나기에 바빴다. 조선연맹군은 燕의 군대를 추격하면서 우북평右北平(북경 서남쪽), 어양漁陽과 상곡上谷(부평阜平) 등 燕나라 땅을 차례로 빼앗고, 급기야 燕의 수도인 계성(탁주) 남쪽까지 진격해 들어갔다.

조선의 추격과 역공을 전혀 예상치 못했던 연나라 조정이 벌집을 쑤신 듯 우왕좌왕했다. 잔뜩 겁을 먹기는 연문공 또한 마찬가지여서 서둘러 군신들과 대책을 숙의했다.

"큰일입니다. 조선이 이처럼 하나가 되어 강력하게 반격을 가해 오고, 도성까지 역습을 가해 올 줄은 정녕 몰랐습니다. 지금 상황이 너무 긴박해져서 제나라 등에 도움을 요청할 시간도 없습니다. 그러니, 일단 군후께서는 조선에 급히 사자를 보내 정중히 사과의 뜻을 밝히시고, 황금과 예물을 보내 화해를 청하옵소서!"

애당초 이 전쟁은 기조와 대치하고 있던 번조선을 연나라가 수월하게 보고 시작했던 것이었다. 따라서 燕나라는 기조가 태도를 바꿔 오히려 번조선을 도울 수 있으리라고는 꿈에도 생각지 못했다. 게다가 燕의 군사력이 동도와 기조 등의 연합을 상대할 수 있는 것이 아니었으므로 쉽사리 무너지고 말았다. 결국 燕문공이 조선연맹군 진영으로 사자를 보내 예물을 바치고 정중한 사과와 함께 화해를 청했다. 그러나 전쟁을 주도한 동도왕의 진영에서는 다시는 燕나라가 조선을 침공하지 않겠다는 약속과 함께 예전처럼 조선에 매년 조공을 바치고, 세자를 인질로 보낼 것을 강력하게 요구했다.

이에 燕문공이 동도가 지나치게 무리한 요구를 한다고 크게 반발하면서 저항하려 들었으나, 일부 燕의 군신들이 나서서 문공을 설득했다.

"군후, 지금은 가타부타 따질 처지가 아닙니다. 자칫 나라를 잃을 수도 있으니, 일단 세자의 인질 문제를 포함해 조선이 요구하는 조건은 무조건 받아들이셔야 합니다. 지금 저들은 연합군이라 조만간 반드시 철수하게 될 터이니, 그런 연후에 다음을 도모하심이 옳은 일입니다!"

그리하여 燕문공은 동도의 요구 조건을 모두 수용하기로 약속했고, 조선연맹군은 그제야 계성의 포위를 풀고 철군하기에 이르렀다. 조선은 이로써 제환공의 〈산융전쟁〉 이래 영지 등이 燕에 내주었던 고토 대부분을 회복할 수 있었다.

燕문공은 성급한 정세 판단으로 〈조연朝燕전쟁〉을 벌였다가 패하는 바람에 동북 변방의 주요 거점을 대거 잃게 되었을 뿐 아니라, 세자를 동도東屠에 인질로 보내는 굴욕마저 감수해야만 했다. 조선으로서는 전국시대에 조선의 열국들이 하나로 뭉쳐 이민족인 중원의 침공을 막아낸 보기 드문 성과였다. 게다가 연나라 일국만으로는 여전히 조선에 미치지 못함이 분명하게 입증된 전쟁이었다. 또 이 전쟁을 계기로 燕으로부터 진한辰韓의 옛 강역을 차지하게 된 동도東屠가 새로운 강국으로 급부상한 것으로 보였다.

〈朝燕전쟁〉이 끝난 뒤 몇 년이 지난 BC 333년경, 燕문공이 조선에 대한 회한을 품은 채 사망하고 말았다. 그의 치세 중에 중원은 부국강병을 위한 개혁의 소용돌이 속에 열국 간 치열한 경쟁과 전쟁이 시작된 시기였다. 변방의 약소국에서 떨치고 일어나려 애를 쓰던 그가 당시 아무도 거들떠보지 않던 소진을 전격 영입했으니, 그는 〈합종연횡〉의 시대를 열게 한 주역이기도 했다. 뜻밖에도 그런 문공의 발목을 잡은 것은 중원의 경쟁국들이 아니라, 동도를 비롯한 조선연맹이었다.

燕문공의 죽음으로 동도(동호東胡)에 인질로 갔던 세자가 돌아와 제후에 오르니 그가 바로 역왕易王(~BC 321년)이었다. 아마도 연나라에서는 이때 세자를 귀국시키기 위해 동도왕에게 막대한 공물을 바쳐야 했을 것이다. 그뿐 아니라 이때 연나라 조정에서는 역왕을 대체할 인물로 진개秦開라는 장수를 공자로 속여 동도에 인질로 보낸 것으로 보였다.

그 후 10여 년이 지난 BC 323년경, 번조선의 수한왕水韓王이 후사도 없이 죽음을 맞이했다. 그사이 기후箕詡는 북연의 침공으로부터 번조선을 구해 낸 것을 계기로 번조선에 부쩍 공을 들여 오고 있었다. 노련한 지도자였던 그는 종전처럼 번조선을 침공하거나 위협을 가하지 않는 대신, 종주국으로 예우하며 과거의 고죽처럼 기조 역시 상국인 번조선의 일원이라는 자세를 유지했다.

번조선 왕실이 이미 기울어 버렸기에, 인내심을 갖고 번조선의 군신들과 백성들의 신뢰를 쌓다 보면 자연스레 그 왕이 될 수 있다는 믿음을 가진 듯했다. 그의 예측대로 과연 번조선 조정은 그간 기후가 쌓은 공덕으로 기조에 크게 기울어 있었다. 강력한 기후가 번조선을 이끌 만하다고 믿는 사람들이 늘어만 갔던 것이다. 그런 터에 번조선왕이 후사도 없이 죽었으므로 기후箕詡가 조정의 명으로 군령을 대행하여, 燕나라 계성 북쪽 변경 가까이 있던 번한성番汗城(번조선 서경西京)에 머물며 만일의 사태에 대비하기로 했다.

그 무렵 중원에서도 제후들 간의 영역 다툼이 정점을 향해 내달리고 있었다. 당시 중원의 제후들은 자신들의 부족한 지식을 소위 유세객(책사策士, 문객門客)이라는 정치전문가들에게 의지하려 했고, 이들 책사들은 제후국들을 떠돌며 자신의 정치적 역량을 펼치고자 했다. 당시는 서남쪽의 진秦나라가 가장 강성한 가운데, 소진蘇秦이 연문공에게 나머지 나라들을 규합하여 秦에 대항하자는 합종론을 펼쳤다. 이에 맞서 그의 친구 장의張儀는 秦혜문왕에게 열국의 제후들이 합종에 휘말리지 않도록 각개 격파하여 분열시키면 된다는 연횡론을 제시하면서 소위 〈합종연횡〉의 돌풍이 거세던 시절이었다.

제후들 또한 이러한 시류에 맞춰 앞다투어 스스로 王이라 칭하며 세를 과시하려 들었다. 중앙의 천자 나라인 周나라는 이제 완전히 껍데기만 존재할 뿐이었다. 먼저 楚에 이어 齊와 秦나라가 칭왕稱王을 했다. 그러자 얼마 후 燕나라를 비롯한 나머지 3진晉(한韓, 위魏, 조趙)에 이어 태항산 아래 중산국까지도 모두 칭왕을 했다.

燕의 역왕이 칭왕을 하던 그 무렵, 연나라가 다시금 조선을 공격할 것이라는 정보가 번조선에 날아들었다. 역왕의 부친인 문공이 조선연맹에 패한 데 대해 통한을 품고 죽은 데다, 역왕 스스로 동도에 인질로 있었던 터라 조선에 복수할 기회를 노려 온 것이었다. 새로이 왕을 정하지 못한 번조선 조정이 크게 술렁이고 모두들 불안해했다. 그러자 번한성을 지키던 기후의 부하들이 그에게 고했다.

"지금 연나라가 번조선왕의 국상을 이용해 침공하려 한다는 소문이 파다합니다. 수한왕께서 후사를 두지 못해 왕위가 비어 있으니 이보다 큰 위기가 어디 있겠습니까? 오가五加에서 왕위를 놓고 서로 눈치를 보며 다시금 내란이 일어날 조짐이지만, 어디 하나 특출한 세력도 없고 우리 수유 세력을 능가할 만한 곳도 없는 만큼, 차제에 주군께서 일어나실 때가 된 것 같습니다!"

"그렇습니다, 주군! 10년 전 朝燕전쟁 때도 주군의 공이 가장 컸던 만큼, 백성들이 부패한 데다 무능하기 짝이 없는 오가의 귀족들보다는 주군을 더 지지할 것입니다. 주군께서 분연히 일어나서서 서둘러 왕위를 잇는 것이 진정 번조선 모두의 안녕을 위해 옳은 일입니다!"

기후가 덥수룩한 구레나룻을 쓰다듬고 고민하면서 즉답을 주지 못하자, 수하들이 거듭 재촉했다.

"주군! 지금 이대로 당장 번한성을 떠나 병력을 이끌고 험독으로 먼저 입성하는 것이 중요합니다. 먼저 도성과 조정을 장악해 버린 연후에, 부여(진조선)의 보을천왕에게 윤허를 청하면 될 일입니다. 그리하시지요. 하늘이 주신 기회를 따르지 못하면 오히려 해가 미친다지 않습니까?"

주변의 천거가 들끓었지만, 이는 명백한 역성혁명에 해당하는 것이므로 기후는 여전히 고심하는 모습을 보였다. 그러다가 마침내 결단을 내리고는 수하들에게 명을 내렸다.

"오랫동안 고민하고 기다려 왔으나, 지금의 번조선에 희망이 보이질 않는다. 누군가는 나서서 나라를 지켜야 하니, 제장들의 뜻에 따라 이제 내가 일어설 것이다. 모두 험독을 향해서 가자!"

"와아, 와아! 기후왕 만세!"

기후箕詡가 질풍처럼 병력을 몰아 마침내 험독성(왕검성)으로 입성했다. 조정에선 오가의 귀족들을 중심으로 일부 반발이 있었으나, 강성한 기후의 병력이 철저한 계획으로 도성을 일거에 장악하는 바람에 쉽게 제압되었다. 기후는 번조선왕임을 자처하고, 의례적인 일이었지만 〈부여夫餘〉(진조선)의 보을천왕에게 사람을 보내 윤허를 구했다.

그러자 이 사실을 알게 된 燕나라가 번조선의 동쪽에 있던 마馬(막莫)조선왕 맹남孟男에게 사신을 보내 뜻밖의 제안을 하고 나섰다.

"이번에 번조선에서 혁명이 일어나 오가의 적통을 무시하고, 수유의 기후가 번조선의 왕을 자칭하면서 무력으로 조정을 장악했습니다. 이는 엄연히 인의仁義에 벗어나는 무도한 일이 아닐 수 없습니다. 연왕께서는 이러한 사태를 엄중하게 여기시고, 차제에 마조선과 함께 번조선을 공략해 인의를 바로잡고자 하십니다. 연과 마조선이 힘을 합치면 기후가 어찌 당해 내겠습니까? 번조선을 제압한 다음에는 두 나라가 그 땅을 공평히 나누면 될 일이니, 절호의 기회인 만큼 반드시 호응해 주실 것을 고대합니다!"

그러나 이는 연나라가 조선연맹을 너무 가벼이 생각해서 빚어진 일이었다. 周나라 제후국들과 달리 三韓시대만 해도 조선은 단군이라는 뿌리 깊은 신앙으로 연결된 군사연맹체였고, 평화주의를 오랜 전통으로 삼고 있었다. 또 매년 조선 전역에 둔 소도蘇塗를 번갈아 돌며 진행되는 제천행사를 통해, 제사장 격인 중앙의 천왕을 비롯한 삼한의 왕들이 한자리에 모여 서로의 갈등을 조정하고 화해하는 관례도 있었다.

물론 당시는 심각한 분열 국면에 처한 나머지 부여의 천왕이 주재하는 행사가 끊어진 지 오래되었다. 그럼에도 여전히 20여 조선의 열국 간에는 〈주〉나라의 제후국들처럼 생사를 건 치명적인 전쟁이 거의 일어나지 않았다. 마조선의 맹남왕은 웃으면서 연나라 사신을 점잖게 타일러 돌려보냈고, 곧바로 그 사실을 번조선과 부여에 통보해 주었다.

燕나라 역왕의 번조선 침공 제안 사실이 백일하에 드러나자, 그동안 시간을 끌던 부여의 보을천왕이 서둘러 기후왕을 번조선왕으로 인정하고 즉위를 윤허하면서, 오히려 연에 대해 철저한 방어를 주문했다. 이렇게 하여 기후는 그 조상인 기자箕子가 周무왕을 피해 조선의 서변으로 망명한 이래 7백여 년 만에 번조선왕의 자리에 오르게 되었다. 인내심을 갖고 기다리던 기후의 오랜 숙원이 이루어진 끝에, 번조선이 곧 〈기씨조선箕氏朝鮮〉이 된 셈이었다. 그러나 안타깝게도 이 사건은 그 후 사실상 朝鮮의 분열과 몰락을 더욱 가속화시키는 쪽으로 작용하게 되었다.

한편 번조선의 국상을 이용해 마조선과 함께 번조선을 치려던 燕역왕은 마조선의 반대와 함께 오히려 강력한 기조箕朝의 왕이 번조선의 왕이 되었다는 소식에 난감한 입장이 되고 말았다. 게다가 마조선의 의중을 떠본 결과 그 역시 조선연맹의 일원일 뿐이라는 사실을 확인한 터였기에 번조선 공략이 더욱 어렵게 느껴졌기 때문이었다.

그러한 상황에서도 연나라의 강경파들은 여전히 번조선을 칠 것을 주장했고, 자나 깨나 복수를 꿈꾸던 역왕 자신도 같은 생각이었다. 이에 반해 연나라 조정의 또 다른 대신들은 강력한 기조의 힘을 알고 있었기에 번조선 원정에 반대했다. 연나라 조정이 조선 원정을 둘러싸고 찬반 논쟁에 빠진 가운데 이러한 소식이 번조선 조정에 전해지자, 새로이 왕위에 오른 기후가 크게 노했다.

"중원의 소국에 불과한 북연이 주제도 모르고 칭왕을 하더니 그 행태가 점입가경이로구나. 대체 우리를 어찌 보기에 또다시 침공 운운한단 말이더냐? 지난번 그 아비인 문공 때의 교훈을 전혀 도외시한 채 연왕이 복수만을 꿈꾸고 있다는 얘기가 아니더냐? 참으로 가소로운 일이로다. 내가 이참에 다시금 북연을 공격해 연왕의 그 교만한 심사를 반드시 고쳐 주고 말겠다!"

이렇게 해서 기씨조선(번조선)의 조정에서도 갑자기 연나라에 대한 선제공격과 관련한 갑론을박이 벌어졌다. 당시 노쇠한 번조선을 대신한 기씨왕조는 동북의 떠오르는 강자로 부상해 있었다. 비록 신흥국이기는 하지만, 드넓은 강역으로 보나, 인구 등 모든 면에서 기씨조선의 국력이 연나라를 훨씬 능가하는 형편이라 연나라 정벌론이 당연히 대두될 만한 상황이었다. 그런데 이런 국면에서 대부大夫 예禮가 연나라 원정을 만류하고 나섰다.

"천군께서 지금 燕을 치는 것은 피차 유익할 것이 아무것도 없습니다. 실로 이제부터 우리가 신경 써야 할 것은 조선의 통일이 아니겠습니까? 언젠가는 기울어져 가는 진한과 부여를 공략해 조선 통일을 이뤄 내야 하는 마당에, 연과 전쟁을 치르다 보면 자칫 서북의 진한과 동북의 부여로부터 협공을 당할 우려가 적지 않습니다. 더구나 燕역왕은 중원의 최강자 秦王의 사위인지라, 연나라가 예전의 나약한 연이 아님에 유의하셔야 합니다. 그러니 이러한 상황에서는 연과 전쟁에 나서기보다는 오히려 연왕을 설득하고 화친을 유도해 전쟁을 피하는 것이 득일 것입니다."

그러자 다른 대신이 반대의 의견을 펼쳤다.

"대부의 말씀에 일리가 있습니다만, 그러나 양면에서 위협을 받고 있기는 연나라가 오히려 우리보다 더한 상황에 있지 않겠습니까? 연도 아래로는 趙와 齊라는 오랜 숙적이 있고, 그들은 연과는 비교도 되지 않을 만큼 강성한 나라들입니다. 그런 상황에서 연이 우리를 도발하면서 스스로 전쟁의 명분을 안겨 주려 하니, 지금이야말로 연을 병합해 버릴 절호의 기회가 아니겠습니까?"

여러 대신들이 고개를 끄덕이며 이 말에 동의하는 듯하자 다시 대부 예가 나서서 말했다.

"바로 보셨습니다. 제 말은 설령 우리가 연나라 정벌에 성공한다손 치더라도, 그 이후엔 방금 말한 趙나, 齊나라와 국경을 맞대야 하는 또다른 어려움에 직면하게 된다는 것입니다. 더구나 지금 중원은 합종연횡으로 배신과 타협이 난무하는 엄혹한 시절을 보내고 있습니다. 지난번 齊위왕이 연문후의 국상 때 燕을 침공했다가 빼앗은 성을 돌려준 사례가 바로 그것입니다. 연나라 아래로는 그보다 더욱 강력한 나라들이 즐비한 만큼, 연나라야말로 그 강성한 나라들과 우리 조선 사이에 있는 좋은 완충지대임에 주목하셔야 합니다."

그러자 대신들 중에는 예禮의 말에 고개를 끄덕이며 수긍하는 자들도 보였다. 대부 禮가 말을 이어 나갔다.

"그러니 연과의 전쟁으로 섣불리 전선을 확대하기보다는, 아직은 새로 병합한 땅의 백성들을 다독이고 힘을 축적하는 것이 더욱 실속 있는 일일 것입니다. 하오니 소신을 연나라에 사절로 보내 주옵소서! 소신이 연왕을 설득해 반드시 양국이 평화적 관계를 맺을 수 있도록 해 보겠습니다!"

연나라 원정에 대한 군신들의 열띤 논쟁을 본 기후왕은 번조선의 제위에 오른 지 얼마 되지 않은 현실을 감안해, 일단 전쟁의 부담에서 벗어나 대부 禮의 말에 따르기로 했다.

결국 대부 예禮가 사신의 자격으로 연나라 조정으로 가서 역왕을 만나 설득에 나섰다. 그는 연나라와 새로운 기씨조선 양국이 처한 상황을 역왕에게 환기시키고, 전쟁이 양국 모두에게 득이 아님을 강조했다.

"전하, 우리 조선에서는 연에서 먼저 도발하지 않는 한 절대로 먼저 연을 공격하지 않을 것입니다. 그러니 차제에 양국이 강화를 통해 전쟁을 미연에 방지하고 상호 간에 신뢰를 쌓는다면, 양국은 각자 자기의 주요 관심사, 즉 연은 남쪽의 중원에, 조선은 뒤쪽의 이조선에 더욱 신경을 쓸 수 있지 않겠습니까? 이것이야말로 양국 모두에게 득이 되는 것이겠지요……"

사실 연의 역왕이 애당초 번조선을 겨냥했던 것은 자신의 복수도 있지만, 북쪽을 눌러 놓아야 아래쪽 제나라를 비롯한 중원의 나라들에 더욱 집중할 수 있기 때문이었다. 대부 예가 이러한 사정을 정확히 읽고 기씨조선과의 화친을 주장하니 딱히 이를 마다할 이유가 없었기에 역왕 또한 조선에 대한 공격의 뜻을 접고, 화친을 약속했다. 얼마 후 역왕은 대부 예의 방문에 답하는 뜻으로 사신을 기후왕에게 보내 양국의 의사를 재확인하고, 상호 불가침의 강화를 맺게 했다.

대부 예禮는 그렇게 뛰어난 외교력을 발휘해 燕나라와의 전쟁을 막는데 성공했고, 이로써 양측은 한동안 평화시대를 맞이하게 되었다. 그러나 원래 朝鮮의 큰 축이었던 번조선이 중원과 타협하고 오히려 중원의 편에 서는 듯한 애매모호한 모양새를 취하자, 진한과 부여 등 조선 열국들이 느끼는 배신감과 증오가 서서히 증폭될 수밖에 없었다. 이는 2천년을 강고하게 이어온 古조선연맹 전체의 균열을 더욱 가속화시키는 결과를 낳았다.

사실 대부 예는 당시 유행하던 유세객의 하나로 기조에서 영입한 인물이 틀림없었다. 중원에서 벌어지고 있는 어지러운 상황을 잘 알고 있던 예인 지라, 자신이 나서서 요동에서의 전쟁을 막고, 자신의 이름을 드높일 기회로 삼은 듯했다. 그러나 조선은 오랜 세월 요동을 지배한 부동의 종주국이었고, 燕나라는 중원에 속한 나라임이 틀림없었다.

기후왕은 대부 예의 현란한 외교술에 놀아난 나머지, 두 나라가 결코 양립하기 어려운 서로 다른 민족의 나라라는 사실을 잊고 말았다. 당시 기조의 강성함에 비추어 여전히 약소국에 불과했던 燕나라를 선제공격할 절호의 기회였다. 그러나 이때 일시적인 안일을 택한 나머지 오래 지나지 않은 시기에, 그 후대의 왕들이 참혹한 대가를 치러야만 했다.

어쨌든 이렇게 새로 시작한 기씨조선의 땅은 동으로 난하의 중하류에 이르렀고, 북으로는 조양造陽을, 남으로는 요수, 서로 태항산에서 상곡을 경계로 燕과 국경을 나눈 것으로 보였다. 기씨조선은 광활해진 강역을 효과적으로 다스리기 위해 단군조선의 오랜 체제를 본떠 3곳의 주요 거점에 삼경三京을 두어 다스리되, 이들 모두를 평양平壤이라 부르기로 했다.

고대에 서경西京(서서울)을 변나弁那라 했는데, 나那(라)는 강江이나 하천河川을 뜻하는 '내'와 같은 말로 평양과 같은 발음이었다. 처음 평양은 변한卞韓(번조선)의 서울로 삼조선 전체로는 서경에 해당했다. 이제 낙랑인 기조가 변한의 주인이 되면서 〈낙랑변한樂浪弁韓〉이 되었으므로, 이 시기에 평양은 곧 낙랑의 별칭으로도 사용되었다.

당시 기씨箕氏왕조는 번조선의 서울이었던 평양(광령현, 험독)으로 이동하여 그곳을 첫 도읍으로 삼았는데 후일 이곳을 북평양으로도 불렀다. 그 외에 개평현의 봉황성 인근에 중평양을, 또 다른 곳에 남평양을 두었다는데, 그사이에 도성을 옮기기도 해서 후일 그 정확한 위치에 대한 해석 또한 분분할 수밖에 없었다. 어쨌든 이 시기야말로 빠르게 일어났던 기씨왕조가 바야흐로 전성기를 누리던 때임이 틀림없었다. 그러나 봄날의 꿈처럼 달콤했던 시절은 그리 오래가지 못했다.

그러는 사이 번조선 왕이자 기씨조선의 시조였던 기후箕詡가 사망했다. 그는 번조선의 작은 속국에 불과했던 기조箕朝를 불같이 일으키고, 사실상 동북의 맹주나 다름없던 강력한 번조선으로부터 낙랑과 선비, 고죽과 같은 전통의 강호들을 차례대로 빼앗은 걸출한 정복군주였다. 이후 연나라를 굴복시킨 데 이어, 기회를 엿보다 마침내 번조선을 누르고 기씨조선으로 대체시켰으니, 그는 고대 격변기 동북아에서 탄생한 또 다른 영웅임이 틀림없었다.

그러나 그의 출현으로 삼조선의 분열이 가속화된 데다, 그의 기씨왕조가 조선을 통일시키지 못했기에 그 정체성을 의심받았다. 무엇보다 기씨왕조를 중원 출신(은상)으로 보거나, 후대 중국의 사가들에 의해 조작된 왕조라는 등 부정적인 인식도 있었다. 그런 이유로 기후왕箕詡王은 조선朝鮮의 역사에서 철저하게 배척당하는 불운한 인물이 되고 말았다. 그러나 그는 분명 고대 삼조선의 가장 큰 주축이었던 번조선의 천왕이

었으며, 그가 지배했던 백성들 모두가 朝鮮연맹의 백성들이었음을 감안
할 때 〈기씨조선〉은 마땅히 조선朝鮮의 중추세력으로 기억되어야 했다.

14. 中山國과 호복기사

중국 문명의 요람 황하는 서쪽 티베트 곤륜崑崙(몽골어 쿠룬, 구름)산
맥의 고지대에서 발원한다. 황하는 이후 중국의 중북부 전역을 관통, 동
쪽 발해만으로 흘러드는데, 그 길이만 해도 5,500km가 넘는 거대한 강
이다. 서쪽 상류 지역의 황토고원과 가파른 협곡을 지나면서 이제껏 동
쪽으로 흐르던 황하는 하서주랑의 입구인 난주蘭州 지역에 이르러 갑자
기 북쪽을 향하게 되는데, 이어 음산산맥을 만나서는 동쪽으로 수평을
이루며 흐르다가, 다시 태항산맥에 막히면서부터는 거의 수직으로 방향
을 바꿔 남쪽으로 흐른다. 이후 서안西安 인근에 다다른 다음에야 비로
소 다시금 동쪽 발해만으로 향한다. 여기까지 강의 흐름이 마치 모자와
같은 형상인데, 바로 그 안쪽에 해당하는 황하 이남의 땅을 하남河南이
라 불렀고 특별히 그 북변을 하투河套(오르도스)라 했다.
황하의 북쪽으로는 해발 2천m급의 가파른 음산陰山산맥이 강을 따라
동서로 가로 놓여 있고, 북쪽 그 너머로는 완만한 경사면을 따라 드넓은
몽골의 초원지대가 나타난다. 이곳이야말로 고대로부터 북방 유목민의
생활 터전이자 주요 거점으로 이름난 곳이었다. 풀과 가축을 따라 부락
이나 가족 단위로 여기저기 이동하면서 흩어져 살던 이들 역시 다양한

부족들로 분화되었으며, 문명의 발달과 함께 이합집산을 반복했다.

급기야 BC 3세기 〈전국시대〉 말엽부터는 그 지도자를 王에 해당하는 선우單于(하늘의 아들)라 부르면서 세력 결집이 가속화되고, 본격적인 국가의 형태로 발전하기 시작했다. 그렇게 세력을 확장하던 이들이 결국 남쪽의 음산 아래로 향하게 되면서, 자연스럽게 황하 이남의 하남 지역에 살던 중원의 화하족들과 충돌하게 되었다.

그런데 북방의 유목민들은 황량한 자연환경에 놓여 일찍부터 말(馬)을 이용할 줄 알았고, 긴 사정거리를 자랑하는 강력한 단궁檀弓으로 무장했다. 따라서 기질도 사납고 호방한 데다 말을 타고 폭풍처럼 쇄도하는 기습 공격에 강해, 한곳에 터 잡고 농사를 짓는 농경민족에게 이들은 그야말로 공포, 그 자체였다. 유목민들은 주로 가축의 젖과 피, 고기를 주식으로 했지만, 곡식도 필요로 했던 만큼 농사를 짓는 아래쪽 농경민들의 도움이 있어야 했다.

그러나 실상은 가을의 수확기를 중심으로 약탈이 일어나는 경우가 더 많았다. 그래서 고대 중국인들에게 하늘이 높고 말이 살찌는 천고마비天高馬肥의 계절이란, 가을 수확기의 풍요로움보다는 곧 북방 유목민의 습격을 예고하는 시름 거리를 뜻하는 것이기도 했다. BC 470년경 《시경詩經》에 등장하는 노래 속에 당시 중국인들이 흉노인들에 대해 느끼던 두려움과 원망이 잘 표현되어 있었다.

우리가 집을 잃게 된 이유도,
우리가 잠시도 한가로이 쉴 수 없게 된 원인도,
험윤玁狁 때문이다.

이때의 험윤이 〈춘추전국시대〉를 거치면서 점차 흉노라 불리게 되었는데 '시끄러운 족속'이라는 의미를 지닌 것이었다. 중국인 스스로 소위 상투를 틀어 관을 쓰고, 속대束帶(예복)를 하는 문명인임에 비해, 흉노(훈족薰族)는 가죽옷에 상투도 틀지 않고 문자가 없는 야만인이라 비하하면서 혐오의 의미를 덧씌워 부른 것이었다.

그런데 일찍이 상고시대부터 북방에서 가장 오래되고 강대한 나라는 약 5천 년 전에 동아시아 최초의 고대국가로 출발했던 〈고조선〉이었다. 바로 그 朝鮮의 서쪽에 있던 훈족(서융, 흉노)은 한때 조선에 예속되었거나, 일부가 조선과 동화된 것으로 보였다. 그러나 그 주류는 한곳에 정착하지 못하고 이동하는 유목민 특유의 정체성을 고집한 데다, 점차 세력이 커지면서 독자적인 길을 걷게 되었다.

기후 이변이나 중원 열국들과의 충돌 등으로 조선연맹의 정치적 격변이 끊임없이 이어지고, 조선의 분열과 함께 구심점이 흐려진 것도 흉노의 이탈을 가속화시켰을 것이다. 그럼에도 전국시대 중원에서는 〈훈족〉과 〈조선〉의 그런 혈통적, 종교적 친연성 때문에 양쪽을 다 같은 오랑캐(호胡)로 대했다. 한술 더해 동북방의 조선에 대해서는 북방민족을 대표하던 종주국임에도 불구하고 오히려 〈동호東胡〉(퉁구스)라 하여 서북방의 오랑캐인 흉노와 구별하기도 했다.

어쨌든 중원대륙과의 관계에 있어 훈족은 유목민족이라는 태생적 한계로 인해, 어쩔 수 없이 중원 서북부 나라들의 변경 지역을 약탈하면서 오랜 적대 관계를 지속해 왔다. 그 와중에 중원이 특히 전국시대로 접어들면서부터는 강력한 철기문화가 확산되면서 정치, 경제적 변화가 더욱 빨라지게 되었다. 무기는 물론 농경 도구마저 단단한 철제로 대체되면서 농업 생산성이 급격히 증가했고, 이와 함께 인구도 늘기 시작했던 것이다. 그러자 농사를 지을 땅이 더욱 중요해졌고, 이에 제후국 간에 사활을 건 영토 다툼이 본격적으로 전개되기에 이르렀다.

그리하여 전국시대 말엽인 BC 3세기경에는 중원 제후국 간에 크고 작은 전쟁으로 끊임없이 이합집산을 지속한 결과, 겨우 10여 개의 나라만이 살아남게 되었고, 그중 7강을 이루던 나라들을 〈전국7웅七雄〉이라 불렀다. 이들 가운데서도 북쪽으로 훈족이나 조선과 국경을 마주했던 연燕·조趙·진秦 세 나라는 강력한 북방민족의 침입을 막기 위해, 방어용 장성長城을 쌓기도 했다. 특히 趙나라 무령왕武靈王(~BC 299년)은 BC 307년, 북방민족과의 싸움에 이기기 위해 내부의 거센 반대를 무릅쓰고 파격적인 개혁을 단행했다.

"우리가 오랑캐와의 전쟁에서 전과를 올리지 못하는 근원적인 폐단이 있다. 먼저 우리 병사들은 옷이 지나치게 길고 갑옷과 투구가 무거워 움직임이 둔하다. 이를 개선하기 위해 이제부터 기마민족의 전사들처럼 간편한 복장으로 대체토록 할 것이다."

중원의 오랜 전통복식을 버린다는 청천벽력 같은 말에 대신들이 놀라 눈을 휘둥그레 뜨고 웅성거렸다. 그러나 무령왕은 그에 아랑곳하지 않고 단호하게 말을 이었다.

"다음으로 창병, 궁병, 마부 등 3인 1조를 태운 전차를 보병들이 지키던 지금까지의 전투 유형 또한 전면 수정할 것이다. 이제부터 우리 군대는 아예 말을 탄 기병 중심의 군대로 전격 개편하고, 기마민족의 전투방법을 적극 도입해 병사들을 집중 훈련시켜 나갈 것이다!"

사실 전차는 평지전戰에서는 유리하지만, 산악이 많은 지형에서는 기마병의 위력과 속도를 따라잡기 어려워 무용지물인 경우가 많았다. 무령왕이 이렇게 북방식으로 무장시킨 전사들을 〈호복기사胡服騎射〉라 했다. 그는 북방 기마병과 견주어도 될 만큼의 정예부대를 육성한 다음 가장 먼저 서북쪽에 이웃한 〈임호林胡〉와 〈누번樓煩〉을 공격했다. 융족戎族(또는 부여) 계열의 이들 두 나라는 당시 조선의 속국과 같은 위치였으나, 결코 호락호락한 나라가 아니어서 오히려 조나라를 얕보고 있었다.

말이 호복기사지, 천 년 넘게 이어 오던 전통적인 중원의 전투복과 보병 전투에 최적화된 마차를 버리고, 익숙지 않은 말 위에 올라탄다는 것은 평상시 쓰던 언어를 바꾸라는 것과 다름없을 정도로 파격적인 것이었다. 내로라하는 군신들과 왕실의 원로들까지 나서서 반대하고 이처럼 급진적인 조치에 거세게 저항했다.

"융적의 말 탄 병사들이 강력하다고는 하나, 그렇다고 우리가 오랑캐의 복장으로 말을 타고 싸운다는 것은 가당치 않습니다. 명을 재고해 주십시오!"

그러나 무령왕은 그들을 파직으로 대응하는 등 강경하게 맞서며 코뿔소처럼 자신의 의지를 관철시켰다. 그야말로 살가죽을 뜯어내는 혁신 그 자체였고, 지금껏 중원의 어느 왕도 가 보지 않은 길을 택한 모험이었다. 그러나 그토록 고통스러운 혁신의 성과는 놀랄 만한 것이었다. 그때까지 조나라를 가벼이 보고 이렇다 할 대비에 허술했던 〈임호〉와 〈누번〉의 병사들은 갑작스레 자신들과 똑같이 말을 타고 나타난 趙나라 기마부대의 등장에 소스라치게 놀라고 말았다.

"아니, 저게 뭐냐? 조나라 군대가 말을 타고 나타났다고? 귀신이 곡할 노릇이로다. 대체 이게 무슨 일이냐?"

사실 그때까지 북방의 나라들은 대규모 정예군을 한곳에 오래도록 주둔시키는 법이 없었다. 평상시는 사방에 흩어져 제 할 일을 하다가,

군주로부터 출정명령이 떨어지면 한데 모여 군사 활동을 펼치고 다시 흩어지는 방식으로 군대를 운용했던 것이다. 따라서 대규모 趙나라 기병대의 출현에 소규모로 흩어져 있던 양쪽 나라의 군사들은 바람에 휩쓸리듯 차례대로 허망하게 무너져 내렸다.

순식간에 강성했던 북방의 두 나라를 초토화시키고, 호복기사들의 강화된 전투력을 확인한 무령왕의 기쁨은 이루 말할 수 없이 큰 것이었다.

"하하하, 과인이 무어라 했더냐? 융적을 잡으려면 그들을 능가하는 호복기사를 양성해서 대응해야 한다고 하지 않았더냐? 호복기사의 위력이 분명히 확인되었으니, 이제야말로 중산을 손볼 차례다. 더는 망설이지 않을 것이다!"

자신감으로 가득한 무령왕은 이번에는 방향을 반대로 돌려 태항산太行山 아래 있던 숙적 중산국中山國을 공격하면서 사활을 건 전쟁에 돌입했다.

태항산 아래 현 하북 석가장石家庄과 정주定州시 일대를 주 무대로 하던 〈중산국〉은 은殷나라 왕족 기자箕子의 후예인 선우鮮虞씨들이 다스리던 나라로 춘추 말, 전국 중기에 걸쳐 전성기를 누렸다. 중산은 원래 周의 제후국이 아니라, 호타하滹沱河 북쪽에 소위 백적白狄이 세운 선우국鮮于國의 연장으로 보며, 〈진한〉의 속국으로 배달동이 계열의 나라였다.

BC 7세기 중엽, 조선의 진한과 중원 제나라연합 사이에 벌어졌던 소위 〈산융전쟁〉 이후 하북과 산동의 동이계 나라들이 북쪽의 조선과 차단되게 되자, 기箕씨에서 분파된 선우씨들이 독자 세력을 이루었다. 그러던 BC 530년경 선우씨는 백 년 전 자신들(백적)과 다투었던 진晉나라가 강성해지자, 별수 없이 晉에 굴복해 조공을 바쳐야 했다. 그러나 그 후 20여 년이 지나서는 마침내 晉국으로 출병해 중인성中人城을 되찾게 되었고, BC 506년, 그곳을 도읍 삼아 정식으로 〈중산국〉을 출범시켰다.

그 후 BC 493년경, 晉나라에 내란이 일어났는데, 육경六卿 중 범范씨와 중항中行씨가 연합해 주도한 것이었다. 이들 두 가문이 사돈 관계였으므로, 사실상 이때의 내란은 晉나라 내 최대 벌족인 趙씨 가문과의 기득권 다툼에 다름 아니었다. 결국 이 싸움에서 대부 조앙趙鞅(조맹)이 이끄는 晉나라의 정부군이 반란군을 꺾고 승리했다.

그러나 2년 뒤에는 이웃의 또 다른 齊나라가 범씨를 돕는다는 명분으로 晉나라를 전격 침공해 여러 곳의 땅을 점령했다. 정치적으로 동쪽의 강호 제나라에 많이 의존했던 中山도 이때 齊의 요청으로 晉나라 공격에 나섰다. 이를 계기로 나중에 중항씨를 대표하던 순인荀寅이 조앙을 피해 중산으로 달아났을 때도 그를 받아들여 주었다. 분노한 조앙이 BC 489년, 군사를 이끌고 중산을 공격했으나 晉나라는 결국 중산을 이기지 못했다. 중산국이 晉을 당해 낼 만큼 강성했던 것이다.

이런 우여곡절 끝에 晉나라는 끝내 한韓, 위魏, 조趙 세 나라, 소위 〈삼진三晉〉으로 분열되고 말았고, 전국시대의 문이 열리게 되었다. BC 414년 中山의 군주였던 무공武公(~BC 405년경)이 산구山口에서 동부 평원으로 진출해 신도新都를 세우고 일찌감치 칭왕을 했다. 그 무렵 3진 중제일 먼저 두각을 나타냈던 위魏나라 문후文侯는 북쪽의 趙나라가 장차 중산국을 병합하면 더 큰 위협이 될 것을 우려해, 조나라에 앞서 중산을 차지하기로 했다.

그런데 중산국은 조나라의 동쪽 한복판에 자리하여 조나라를 남북으로 나누고 있는 형국이었다. 따라서 위나라가 북쪽 중산국으로 가려면 그사이에 있는 조나라 영토를 거쳐야 했다. 위魏문후(~BC 387년)가 趙에 사신을 보냈다.

"중산왕이 오만하게 칭왕을 하는 것은 북방족의 무례함 자체를 드러낸 것이라 이를 내버려 둘 수 없는 일입니다. 해서 과군께서 북쪽의 중산국을 공격하고자 해도 그사이에 조나라가 있어 용이하지 못한 실정입니다. 결국 소신을 보내 잠시만이라도 조나라에서 길을 터 주실 것을 요청하셨습니다. 부디 허락해 주시기 바랍니다!"

그러나 조나라 열후烈侯(~BC 400년) 또한 중산이 비옥한 땅을 가진 나라였기에 언젠가는 이를 병합할 속셈으로 이를 거절하려 했다. 그러자 대신인 조각趙刻이 열후를 설득하고 나섰다.

"중산국은 그리 만만한 나라가 아니라서, 만일 魏가 중산과 전쟁을 치르게 된다면 크게 쇠약해질 것입니다. 또 설령 魏가 중산국을 정벌한다 해도 우리 趙를 가운데 두고서 중산을 소유한다는 것은 결국 의미가 없는 일입니다. 그러니 고생해서 군대를 동원하는 것은 魏나라고, 최후에 중산을 얻는 나라는 결국 우리 趙가 될 것입니다. 오히려 길을 내달라는 요청을 이번 기회에 반드시 들어주는 것이 득일 것입니다."

그리하여 조나라 열후는 격론 끝에 조각의 말을 받아들여 위나라에 길을 터 주기로 했다. 위문후는 유명한 오기吳起를 대장으로 삼아 〈중산국〉을 공격했으나, 중산무공은 위나라 명장 오기의 공격을 막아 내는 데 성공했다. 이후 중산은 그 명성이 높아져 중원의 강국들과도 어깨를 나란히 할 정도의 위엄을 갖추게 되었다.

그 후에도 위문후는 중산을 포기하지 못했는데, 그사이 중산무공이 죽어 나이 어린 환공桓公(~BC 350년경) 희굴嬉窟이 뒤를 이었다. 결국 BC 408년, 위문후는 장수 악양樂羊을 발탁한 다음, 군사 5만을 주어 재차 중산국을 공격하게 했다. 魏의 침공 소식을 접한 중산에서는 급히 대장 고수鼓須로 하여금 하북 영대 추산楸山에 방어망을 구축하게 했다. 악양이 추산 인근 문산文山에 진陣을 꾸렸고, 그렇게 양측이 한 달가량을 대치했으나 좀처럼 승부가 나지 않았다.

8월 중추仲秋가 되어 중산왕이 위군을 맞이해 선전하고 있는 병사들을 위로하고자 양고기와 술을 추산의 진지로 보냈다. 천혜의 요새를 끼고 있어 방어에 자신이 있던 대장 고수가 기뻐하며 말했다.

"변방에서 위나라 적들과 싸우고 있는 우리를 위해 대왕께서 친히 술과 고기를 보내셨으니, 오늘 밤은 모든 근심을 잊고 실컷 술이나 한번 마셔 보자, 껄껄껄!"

그날 밤 대장 고수는 병사들과 함께 휘영청 밝은 달빛 아래 모처럼 맘껏 술을 마셨다. 그 시간 위군 진영에서는 소수의 병사들이 중산 진영으로 몰래 접근하고 있었다. 이때 악양은 위군 병사들을 시켜 마른 가지를 군데군데 쌓고 기름을 부어 넣은 다음, 횃불을 던져 사방에서 불을 지르게 했다. 고수가 한밤중에 군영 인근 숲속에서 불길이 치솟아 오르는 것을 보고, 취중에도 군사들을 동원해 불을 끄러 달려 나갔다.

그러나 사방이 가래나무 천지라 온 산에 금세 불길이 번져 속수무책이었다. 고수가 군영 앞쪽에 위군이 있음을 알고 급히 추산 뒤쪽으로 달아나려 했다. 그러나 그때 악양이 이끄는 위군이 이미 매복하고 이들을 기다리고 있었다.

"흐음, 드디어 예상대로 적들이 달아나 이쪽으로 오는구나! 자, 한 놈도 살려 두지 말고 총공격하랏!"

한밤중에 위군의 매복기습에 걸린 중산군이 우왕좌왕하다가 크게 패했고, 사상자가 속출했다. 그 와중에 고수는 혈전을 벌이다 겨우 탈출에 성공해, 백양관白羊關에 당도했다. 그러나 연이어 추격해 오는 위군의 기세에 다시 백양관마저 포기한 채 잔병들을 이끌고 도성으로 달아나기 바빴다. 〈추산전투〉에서 중산군에 압승을 한 악양이 이끄는 위군이 결국 중산 도성에 당도해 성을 완전히 포위해 버렸다.

중산의 도성이 위군에게 철저하게 포위되자 다급해진 중산왕은 당시 중산에 살던 악양의 아들 악서樂舒를 잡아들여 인질로 삼고, 위군의 철군을 종용했다. 그러나 석 달이 지나도록 인질극은 먹혀들지 않았고, 그사이 재개된 위군의 총공세 도중 대장 고수가 머리에 화살을 맞고 전사했다. 분노한 중산환공이 결국 악서를 자결케 한 다음, 그 시신을 삶은 국을 끓여 수급과 함께 악양에게 보냈다. 악양이 상심하여 한순간 전의를 잃을 것으로 미루어 짐작하고, 그 틈을 타 위군을 공격할 요량이었다. 그러나 사자가 도착하자 악양은 자식의 수급을 향해 마구 욕을 퍼부었다.

"모자란 놈, 무도한 군주를 모셨으니 죽는 게 마땅하다!"

그리고는 국그릇을 당겨 국물 한 방울 남기지 않고 들이켠 다음 사자에게 말했다.

"우리 진영에도 큰 가마솥이 있다. 그러니 너희들 성이 떨어져 너희들의 모진 군주를 잡을 날만 기다리겠다!"

사자의 말을 전해 들은 중산왕은 악양의 서슬 퍼런 독언에 질린 나머지, 성이 함락되면 모욕을 당할 것을 두려워해 스스로 목을 매 죽었다고 했다. 결국 성안에 남아 있던 왕의 수하들이 성문을 열고 투항하면서 도성이 함락되고 말았다.

그러나 사실 이때 중산왕은 측근들과 함께 태항산으로 달아난 것이었다. 이후에도 중산국의 저항은 지속되었고, 최종 굴복하기까지는 3년이나 더 소요되었다. 악양은 자식을 죽게 하는 고투를 벌인 끝에 중산을 정벌하고, 중산의 지도를 구해 위문후에게 바쳤다. 문후는 그런 악양에게 중산의 영수靈壽에 봉해 준 데 이어, 태자 격擊을 중산에 봉해 다스리게 했다. 이처럼 그 당시 30년을 전후해 〈중산국〉은 晉에 이은 魏나라의 공격으로 멸망과 복국復國을 되풀이했다. 그러나 그 와중에도 결코 나라를 포기하지 않음으로써 강인하고 질긴 북방민족의 면모를 여실히 드러냈다.

그 무렵 魏문후는 명장 오기로 하여금 서쪽의 秦나라로부터 하서河西 인근의 성읍 5곳을 빼앗게 했다. 그는 이회李悝 등의 인재들을 두루 등용하여 중원에서 제일 먼저 〈변법變法〉을 도입하는 등 적극적인 개혁을 추진했다. 그 결과 魏나라를 3진晉 가운데 가장 강성한 나라로 만드는 데 성공할 수 있었다. 이를 본 제나라 상국 전화田和가 재빨리 위나라에 접근해 유대관계를 깊게 맺었다. 그런 다음 그가 魏문후에게 은밀하게 청탁을 넣었다.

"군후께 어려운 청이 하나 있습니다. 周나라 천자께 제나라의 제후로 지금의 강공康公을 대신해 소신을 천거해 주십시오. 소신의 뜻대로만 된다면 이후 군후의 은혜를 절대 잊지 않겠습니다!"

그리하여 BC 389년경, 허울뿐인 천자 주안왕周安王이 위문후의 청을 들어 전화를 齊나라의 새로운 제후로 봉했다. 이로써 태공망의 후손들인 강姜씨의 제나라가 끝나고, 새로이 전田씨의 제나라가 시작되었다. 전화는 초대 군주에 올라 제태공齊太公(~BC 383년)이 되었는데, 그의 조상이 제나라로 망명해 제환공의 대부가 된 이래 10대代 만에 7백 년 강씨들의 나라를 빼앗은 셈이었다.

이듬해 위문후가 위독해져 중산을 다스리던 태자 격을 급히 소환했는데, 그 소식이 빠르게 조나라로 전해졌다.

"위 태자 격이 위나라로 돌아가 중산이 비어 있는 지금이야말로 우리 조나라가 중산국을 빼앗을 절호의 기회입니다. 즉시 병사를 내어 중산국을 치서야 합니다!"

이에 조나라가 급히 군사를 내어 중산 땅을 빼앗아 버렸고, 이때부터 魏와 趙의 사이가 급격하게 악화되었다.

그 와중에 태항산으로 피신했던 중산환공은 기회를 엿보면서 힘을 기르고 있었다. 그는 잔여 세력들로 하여금 상인으로 활약하게 했는데, 주로 물물교환에 의지하면서도 부를 모으는 데 성공했고, 결국 태항산 북부 지역을 장악하게 되었다. 당시 중산의 동북으로는 동이계열인 〈낙랑〉과, 산동반도 위쪽으로 발해를 끼고 있는 〈창해국〉(예맥)이 있었고, 이어 〈번조선〉으로 이어졌다. 〈중산〉이 이때 재기할 수 있었던 것은 같은 동이(조선)계 나라들과의 교역을 통해 좀 더 수월하게 부를 축적할 수 있었기 때문으로 보였다.

BC 380년경이 되자 중산환공은 趙와 魏가 전쟁을 벌이는 틈을 타 齊나라의 지원을 끌어냈고, 마침내 중산의 영토에서 위군을 몰아내는 데 성공했다. 이처럼 이미 망했던 나라가 다시 일어서는 것은 극히 드문 경우였다. BC 378년 중산왕은 악양의 봉지였던 서쪽의 영수靈壽로 천도를 단행하고, 20여 년 만에 〈중산국〉의 부활을 알렸다.

이로써 중산국은 동으로 태항산, 남으로는 화북華北평원을 차지하게 되었고, 백성들에게 농업과 목축을 장려했다. 또 교통의 이점을 최대한 활용해 무역과 상업의 진흥에도 박차를 가했다. 그 결과 특히 수공업에서 뛰어난 기술을 발휘해 금속의 세밀한 가공이나 직물과 의류 제조 기술 등에서 두각을 나타냈다. 중산국은 이어 魏와 趙 두 나라에 당했던 수모를 의식해 남쪽 국경에 장성長城을 축조하는 등 수비를 강화했다.

환공 치세 때 부활에 성공한 중산국은 북방민족만의 독특한 문화를 지니고 있었고, 문자 또한 중원의 한자와 다소 달랐다고 한다. 주로 동쪽의 齊와 협조 관계를 유지했지만, 틀림없이 동북의 동이계 나라들과도 활발하게 교역을 이어 나갔을 것이다. 이후 中山이 비약적인 발전을 거듭한 결과 BC 4세기 중엽에는 중원의 어느 나라에도 뒤지지 않을 만큼 강력한 나라로 성장해 있었다.

이후 중산환공이 죽은 다음에는 4대 성공成公(~BC 328년경)이 뒤를 이었다. 그는 BC 332년경, 齊나라, 魏나라와 함께 연합해 숙후肅侯(~BC 326년)가 다스리는 趙를 공격하는 데 가담했다. 3국 연합군의 공격으로 조나라는 이때 쾌수의 제방이 무너지고 성시城市가 포위되면서 커다란 타격을 입고 말았다.

그 무렵 중원은 소진과 장의의 등장으로 〈합종연횡〉이 시작되면서, 제후국 간에 이합집산이 반복되는 등 극심한 갈등과 혼란을 겪고 있었다. 그 와중에 BC 325년 위나라 양왕襄王(~BC 319년)이 먼저 칭왕을 했다. 이후 魏의 공손연公孫衍(서수犀首)의 활약으로 2년 뒤 한韓, 조趙, 연燕 3국이 다 함께 칭왕을 하게 되었다. 중산국 역시도 이 무렵에 칭왕에 동참하면서 중원의 나라들과 어깨를 나란히 했는데, 이들 5국이 서로 연합해 당시의 2강, 즉 서쪽의 강력한 秦과 동쪽의 齊에 맞서고자 했다.

그럴 즈음 이번에는 제나라 위왕威王(~BC 319년)이 중산국의 칭왕에 대해 격하게 반발하면서 시비를 걸어왔다.

"백적白狄의 나라 중산이 그동안 우리 齊의 지원이 없었다면 어찌 오늘과 같이 일어설 수 있었겠느냐? 그런데도 배은망덕하게 공손연의 세치 혀에 놀아나 5국 연합에 가담하다니 괘씸하기 그지없는 일이다! 게다가 우리 齊는 만승지국萬乘之國(천자국)이요, 중산은 천승지국千乘之國(제후국)에 불과하거늘 주제도 모르고 칭왕을 하겠다니 대체 이것이 가

당키나 한 일이냐?"

그러면서 齊나라는 중산 쪽의 관문을 닫아 버리고, 사신의 출입을 금지시켰다. 이어 중산국을 齊나라에 귀부한 나라로 간주하면서, 필요하면 언제든지 공격할 수 있다며 협박을 서슴지 않았다. 齊와의 오랜 우호관계가 깨질 것을 우려한 중산왕 착錯(~BC 310년)이 유세객인 장등張登을 급하게 불러들여, 제나라에 사신으로 보냈다. 장등은 막대한 보물을 들고 제의 상방相邦인 전영田嬰을 찾아 설득에 나섰다.

"중산이 5국 연합에 가담하고 칭왕을 하는 것은 주변국들과의 화친을 고려한 형식적인 조치임을 잘 알고 계시지 않습니까? 제왕이 이를 곡해하여 중산을 공격한다면, 중산은 필시 조趙와 위魏나라에 지원을 요청해 齊에 맞서려 할 텐데 이는 齊나 중산 양측 모두에게 최악의 경우가 될 것입니다. 齊가 중산을 치지 않는 한, 중산은 齊의 이익에 반하는 일을 절대로 하지 않을 것이니, 상께서 위왕을 설득해 칭왕을 허용해 주시기 바랍니다."

장등의 유세가 힘을 발휘해 제나라가 중산의 칭왕을 허용하자, 중산왕 착은 너무도 기뻐 백성들의 조세를 면해 주고 죄수들을 방면해 주었으며, 수일 동안이나 전 국민이 축제를 즐기게 했다.

그러나 기쁨도 잠깐, 齊나라는 중산을 믿지 못한 채 齊의 군대가 주둔할 땅을 내놓으라거나 제나라에 신속을 요구했고, 끝내는 趙, 魏와의 단교를 강요하는 등 조금도 압박을 늦추지 않았다. 중산이 별수 없이 齊나라의 일부 요구를 받아들여 趙魏와의 단교를 감행하자, 이번에는 두 나라가 크게 반발했다. 중산이 중원의 열강들에 둘러싸인 채 감내하기 어려운 외교적 교착상태(딜레마)에 빠지고 만 것이었다. 그러나 중산왕은 결코 포기하지 않았다. 그는 사신들을 보내 부지런히 주변국을 설득하면서 외교전에 총력을 기울였는데, 평화를 사기 위해서 커다란 비용을 지불해야 했다. 그 결과 일단 주변 강국들과의 충돌을 방지하는 데 성공할 수 있었다.

그 무렵 북쪽의 燕에서는 BC 321년 역왕이 죽고 쾌왕噲王이 뒤를 이었는데, 그는 즉위하자마자 주색에 빠진 채 도통 정사에 무관심했다. 쾌왕은 상국인 자지子之를 신뢰해 그에게 모든 정사를 내맡겼는데, 子之는 왕위를 찬탈하려는 속내를 품고 있었다. 그러던 차에 BC 317년, 유가儒家의 선양설禪讓說에 빠진 연왕 쾌噲(~BC 312년)가 군신들을 모아 놓고는 뜻밖의 선언을 했다.

"그 옛날 요순堯舜이 칭송을 받는 것은 堯가 舜에게 천하를 양보했고, 그 뒤를 이어 순舜이 우禹에게 천하를 양보했기 때문이오. 지금의 상국은 그야말로 정무에 밝은 사람으로, 마치 제나라의 맹상군과 같은 천하의 대현大賢이 아닐 수 없소. 과인은 이런 그가 燕을 위해 마음껏 정사를 펼칠 수 있도록 상국에게 나라를 내주고자 하오!"

청천벽력 같은 선언에 많은 세족들이 반대했으나, 연왕 쾌는 태자 평平을 폐하고, 子之에게 왕위를 넘겨준 다음 자신은 스스로 별궁으로 나가 기거했다. 연나라에 이런 어처구니없는 상황이 3년이나 지속되자, 나라를 걱정하고 분노하는 사람들이 하나둘씩 나오면서 반기를 들기 시작했다. 대표적 반정부 인사였던 장수 시피市被가 마침내 휘하의 병력을 동원해 일어섰다.

"子之는 결코 나라의 군주가 될 수 없다. 태자 평을 받들어 연의 새로운 군주로 모시고, 하루빨리 나라를 정상으로 되돌려야 할 것이다!"

시피가 태자 평과 함께 子之를 공격하자, 많은 백성들이 반란군을 지지하면서 내란으로 번졌다. 이때 도성 안에서 10여 일 동안이나 전투가 치열하게 지속되는 바람에 수만 명이 죽거나 다쳤다. 그러나 반란군은 끝내 子之를 제압하는 데 실패했고, 오히려 장수 시피마저 불행히도 피살되고 말았다.

아래쪽에서 이 소식을 접한 제나라 선왕宣王(~BC 301년)이 바쁘게 움직였다.

"연왕 쾌가 선양을 하는 등 제정신이 아닌 짓을 일삼더니 결국 내란이 일어나고 말았다. 지금이 연나라를 차지하기 위한 절호의 기회니 절대 놓칠 수 없다. 당장 출병을 서둘러야겠다!"

齊선왕은 燕나라의 안정을 핑계로 광장匡章을 대장으로 삼고 10만에 이르는 대군으로 하여금 급히 발해를 건너 연나라로 침공해 들어가게 했다. 제나라와 동맹관계에 있던 중산에서도 사마조司馬錯를 대장군으로 삼아 서둘러 군대를 연나라로 파병했고, 제나라와 함께 燕의 도성을 함락시키는 데 동참했다.

연나라에 도착한 齊와 중산의 연합군은 시피의 반란군을 진압하느라 이미 기력을 상실한 子之의 군대를 만나 손쉽게 격파해 버렸다. 이때만 해도 이웃 나라들은 다 같이 子之의 행적을 비난해 오던 터라 齊와 중산의 연나라 원정을 칭송했는데, 문제는 그다음부터였다. 제중齊中연합군이 이번에는 돌연 태자 평平의 군대마저 가차 없이 공격하면서, 순식간에 燕의 수도 계성薊城(하북역현)을 점령해 버린 것이었다.

전혀 생각지도 못했던 齊나라의 침공에 나라를 잃게 된 쾌왕은 절망에 빠진 나머지 목을 매 자살했고, 상국 子之는 능지처참을 당하고 말았다. 이 아수라장에 연나라 왕실은 제나라 군사들에 의해 종묘사직이 파헤쳐지는 치욕을 당해야 했고, 나라 절반 이상의 땅을 빼앗기고 말았다. 게다가 일시적이나마 2년간 齊나라에 복속되는 씻을 수 없는 수모를 당해야 했다.

중산국은 이때의 연나라 침공으로 5백 리의 땅을 확보했고, 10개의 성을 빼앗는 등 개국 이래 최대의 전과를 올렸다. 중산의 군대는 귀국길에 燕으로부터 무수한 청동기를 약탈해 갔는데, 이들 청동기를 녹여 청동방호方壺(사각항아리)를 제작한 다음, 연나라 원정의 결과를 기록으로 남겨 놓기까지 했다. 그러던 그즈음 중산왕 착錯이 사망했고, 아들인 자차(~BC 299년경)가 6대 왕위를 잇게 되었다. 당시 연의 동쪽 기씨조선은 번조선을 장악한 직후였기에, 연나라가 무너져 내리는 상황을 방관할 수밖에 없었던 것으로 보였다.

BC 312년, 연나라 백성들이 무종無終(하북옥전玉田)으로 피신해 있던 태자 평平을 모셔다 왕위에 올려 받드니, 곧 연소왕燕昭王이었다. 연소왕은 곽외郭隗를 상국으로 삼아 내분을 빠르게 수습하고 정국을 안정시키는 데 주력했다. 이어 연나라 도성에 제齊나라에 항전하는 격문을 돌리니, 도성은 물론, 순식간에 제나라에 빼앗겼던 연나라 고을의 백성들까지 모두 호응해 일어났다. 애국심으로 뭉친 연나라 백성들이 제나라에 격렬하게 저항하니, 결국은 齊선왕도 다급하게 철군을 결정해야만 했다. 이에 燕소왕이 도성인 계성으로 돌아와 종묘를 다시 세우고 제나라에 대한 복수를 다짐했다.

그 무렵 중산왕 자차는 권신인 사마희의 딸을 왕후로 삼으려 했다. 마침 사마희가 趙나라의 사신으로 가게 되었는데, 조나라 무령왕은 사마희를 보자 느닷없이 그의 딸인 음희를 후비로 삼고 싶다고 노골적으로 요구했다. 사마희가 서둘러 귀국해 무령왕의 뜻을 전하자 중산왕이 펄쩍 뛰었다.

"대체 무령왕 그자의 속내가 무엇이란 말이오? 틀림없이 예전의 복수를 노리고 우리를 도발하려 드는 게 아니겠소? 그렇다고 결코 그대의 딸을 보낼 수는 없는 일이오!"

결국 음희를 빌미 삼아 조나라는 중산과의 동맹을 깨 버렸고, 양국이 대치 국면으로 접어들고 말았다. 사실 조나라 무령왕은 선왕先王인 숙후肅侯 때 〈중산, 齊, 魏〉3국 연합군의 조나라 침공으로 당한 수모를 잊지 않고 있었다. 그때의 치욕이 오랜 악몽으로 남아서 자나 깨나 복수를 꿈꾸던 그는, 우선 그중 가장 약한 중산국을 벼르던 터였다. 그는 조나라의 모든 복식과 전투방식을 북방식으로 개혁해 소위 호복기사胡服騎士를 양성하는 등 만반의 준비를 해 놓고 있었던 것이다.

BC 307년 마침내 무령왕이 중산왕 착錯의 사망을 계기로 삼아, 군사를 내어 中山을 전격적으로 침공해 들어갔다. 그러나 중산은 원래 周나라의 제후국이 아닌 동이계열의 나라였다. 따라서 그 백성들 또한 주로 북방 기마민족인 융戎족과 예濊족 계열의 사람들이라 기마전투에 능하고 싸움을 잘해, 조나라가 결코 이들을 쉽게 굴복시키지 못했다. 양국의 전쟁이 호각지세를 이루며 좀처럼 승부가 나질 않자, 전투는 해를 넘겨 장기전의 양상을 띠게 되었고, 결국 두 나라 모두 이 전쟁에 사활을 건 셈이 되고 말았다.

한편, 연소왕 역시 제나라와 중산국의 연합군에게 나라의 도성을 점령당한 데다 많은 강역을 빼앗긴 터라 실지失地 회복을 노리고 있었다. 군신들이 소왕에게 건의했다.

"지금 아래쪽에서는 원수의 나라 중산이 조나라와 10년이 넘는 장기전을 펼쳐 온 터라 크게 쇠약해졌을 것입니다. 그런 지금이 바로 중산을 쳐서 잃어버린 땅과 자존심을 되찾을 때입니다. 조나라와의 협공으로 우리가 중산의 북쪽을 때린다면, 오랜 전쟁에 지친 중산이 더는 버티지 못하고 금세 무너져 버리지 않겠습니까?"

이에 연나라가 때를 놓치지 않고 조나라를 도와 중산국을 공격했다. 중산은 이제 趙와 燕으로부터 위아래에서 동시에 협공을 당하는 꼴이 되었고, 순식간에 절체절명의 위기로 내몰리고 말았다.

중산국은 조무령왕의 강력한 공격에도 초기에는 선전하면서 잘 막아 냈다. 그러나 이후 조금씩 힘이 부치는 모습을 보이더니 BC 305년경에는 주요 읍들을 내주기 시작했고, 어느 사이 나라의 1/3을 잃고 말았다. 이에 만족하지 못한 무령왕은 BC 300년이 되자 추가로 20만 군대를 증파해 끝장을 보고자 달려들었고, 그 와중에 북쪽의 燕나라까지 슬그머니 끼어들었다. 결국 BC 296년, 무령왕의 끈질긴 집념에 조나라 군대는 난공불락이던 중산국의 도성 영수靈壽를 점령하는 데 성공했다.

중산왕 자차는 급히 제나라로 피해야 했다. 조나라는 무려 12년에 걸친 장기전에서 마침내 중산국에 승리하면서, 북쪽으로 영토를 5백 리나 확장하는 쾌거를 이루었다. 이로써 한때 전국戰國 12강의 위상을 자랑하며, BC 6세기 초 〈선우국〉 시절부터 대략 3백 년을 이어 오던 〈중산국〉이 마침내 멸망하고 말았다. 중산왕 자차는 나라를 되찾지 못한 채, 마지막 왕이라는 불명예를 안고 이국땅인 제나라에서 쓸쓸히 사망했다.

선우鮮虞의 복식을 했던 중산中山은 백적白狄의 나라라고도 하지만, 유독 은상殷商의 흔적을 많이 지니고 있었고, 묘장 문화도 북방계열의 형식을 따랐던 만큼, 분명한 이족夷族의 나라였다. 그 왕들이 희姬씨 성을 사용했던 것은 아마도 한때 中山을 지배했던 魏나라의 영향 때문인 듯했다. 사방이 중원의 강자에 둘러싸인 이민족의 나라로서 중산은 고립무원인 데다, 5백 리 안팎의 작은 강역을 지닌 소국이라 3晉을 위시한

齊나라 등으로부터 끊임없는 위협에 시달려야 했다.

그런 와중에도 상공업을 진흥시켜 국부를 쌓아 힘을 기르고, 외교적으로는 전통의 강호인 동쪽 제나라에 의지하면서 용케 버텨 낼 수 있었다. 중산은 지정학적 이유로 표면적으로는 중원의 나라임을 지향했겠지만, 필시 동북의 낙랑(기조)이나 창해(예맥조선), 고죽 등 번조선의 조선계 나라들과 무역교류를 일상으로 유지했을 가능성이 컸다. 齊와 함께 燕나라를 제압하거나, 강성한 趙나라 무령왕에 맞서 12년이나 전쟁을 치를 수 있었던 힘도 그런 배경에서 나왔을 것이다. 중산이 동이계 나라가 아니고 燕에 앞서 멸망하지 않았다면, 전국7웅의 자리는 마땅히 연이 아닌 중산국이 차지했을 것이다.

中山은 결코 힘없는 소국이 아니라 오히려 중원 패자의 자리를 좌우하는 위치에 있었고, 따라서 中山을 차지하려는 주변 강국들의 다툼 자체가 곧 전국시대 역사의 큰 부분이었다. 물론 中山은 결국 주변의 견제를 이겨 내지 못하고 역사 속으로 사라지고 말았다. 그러나 얼마 후 진시황에 의해 나머지 모든 나라들도 같은 길을 걷게 된 것을 생각한다면, 〈중산국〉은 분명 중원의 한복판에서 강인한 북방민족의 역사를 써 가며 별처럼 빛나던 동이東夷의 나라였다.

망국 〈중산〉의 왕족들은 후일 秦나라에 의해 태원太原으로 옮겨졌다가, 秦 멸망 이후로는 성씨를 역易으로 바꾸고 사방으로 흩어져 버렸다. 중산의 백성들 역시 이웃한 중원의 나라에 흡수되었으나, 상당수는 그들과 혈연적으로 가까운 낙랑이나 창해를 비롯해 북경 근처의 옛 영지 슈支나 고죽孤竹 땅으로 스며들었다. 혹자는 중산국이 지나치게 유교를 숭상했다고 하는데, 이는 이웃한 중원의 나라들과 가까워지려 했던 노력이었는지도 모를 일이었다.

그러다 보니 예절과 제사를 중시하는 외에 이름난 선비(현사顯土)들을 많이 중용하면서 외교에 치중했는데, 이 때문에 재정 낭비가 적지 않았을 것이다. 또 목축과 상공업을 중시해 상대적으로 농경을 가볍게 여기거나, 왕실이 사치를 누린 것도 국력이 쇠약해지게 된 원인일 수 있었다. 실제로 중산은 법정화폐인 주폐鑄幣(칼돈)를 사용할 정도로 상공업이 활발했다. 당시 가장 부유한 지역으로 알려졌던 〈낙랑〉(기씨왕조)에서도 유사하게 칼돈을 사용한 것으로 보아, 같은 동이 계열에다 이웃한 양국 사이에 상당한 무역거래와 교류가 있었을 것이다. 유독 동이계 나라에서 나타나는 〈칼돈문화〉는 후일 한반도 〈가야伽倻〉에서 철정鐵鋌화폐의 형태로 부활하기도 했다.

　　〈중산국〉은 서쪽의 〈의거국義渠國〉과 함께 참혹했던 춘추전국시대를 통틀어 중원에서 살아남은 유일한 북방계 나라였다. 인구가 10만에 달했다는 도성 영수靈壽는 齊의 임치臨菑와 趙의 한단邯鄲에 비견되는 고대 중원 최대 수준의 상업 중심지였다. 특히 청동 주조 공예기술은 당대 최고 수준으로 많은 유물을 남겼는데, 그 정교함과 화려함은 물론, 호방한 기상이 감탄을 자아내게 한다. 중산 여인들이 입었을 기하학적 격자格子 무늬의 색동치마는 후일 〈고구려〉 벽화에서 다시 나타나게 되는데, 오늘날 유행하는 세계적 명품브랜드의 디자인을 연상케 할 정도로 빼어난 것이었다.

　　일찍이 태항산 아래 호타하胡沱河가 흐르는 하북 평원에 둥지를 틀고, 웅비하려 했던 중산인들의 꿈과 역사, 그 찬란했던 문명은 안타깝게도 이후 朝鮮과 같은 북방민족은 물론, 중국인들 모두의 기억 속에서 아스라이 사라지고 말았다.

천하의 조나라 무령왕조차도 숙적 중산국을 복속시키기까지는 무려 12년에 걸친 장기전을 감내해야만 했다. 어렵게 승리를 따내는 데 성공한 무령왕은 초기에는 중산왕 착錯의 서자 상尙을 중산왕으로 삼아 다스리게 했다. 그러나 정국이 안정되자 이내 尙을 서인으로 강등시켜 귀족들과 함께 산서의 부시로 추방해 버렸다. 조나라는 이어 난적 북방민족으로부터의 침입에 대비하기 위해 신속하게 국경 안팎으로 내외 장성長城을 쌓아 방비를 튼튼히 하고는, 비로소 秦나라를 포함한 중원의 다른 제후국들로 눈을 돌리려 했다.

그러나 중산과의 오랜 전쟁은 결국 조나라의 국력을 크게 고갈시켰고, 이는 무령왕이 그토록 바라던 秦나라 공략을 무력無力하게 만들고 말았다. 얼마 후 무령왕이 죽고 나자, 조나라는 중원의 제후국들, 특히 서쪽의 최강국 秦에 대항해 사활을 건 영토전쟁에 휘말리게 되었다. 그사이, 훈薰족을 포함한 북방민족이 틈만 나면 趙를 기습하고 괴롭혔다. 서쪽의 秦나라와 북쪽 흉노의 양쪽에 낀 상태에서 곤혹스러워진 조의 효성왕孝成王(~BC 245년)이 군신들을 불러 모아 다시금 전쟁을 논의했다.

"위아래로 흉노와 秦의 협공에 한꺼번에 시달릴 수는 없는 노릇이다. 秦나라가 강성하니 우선 북의 흉노부터 확실하게 제압한 연후에 남쪽에 대비해야 할 것이다!"

BC 265년경, 마침내 조趙나라가 전차 1천3백 대, 기병 1만3천, 보병 5만, 궁수 10만이라는 대군을 동원해 훈족과의 대혈전에 나서기로 했다. 효성왕은 변방의 장수인 이목李牧을 과감하게 발탁하고, 趙軍의 지휘를 맡겼다. 흉노의 습성을 잘 아는 이목이 흉노를 토벌할 전술을 수립하고는 부하장수들에게 자신의 전략을 설명했다.

"잘들 들어라! 흉노가 자주 쓰는 전술이 있다. 흉노는 발 빠른 기마를 이용하여 적진을 선제공격한 다음 후퇴하는 척하면서 적들을 유인하는

기만전술을 자주 사용한다. 적을 산속 깊이 유인해 내면, 그곳에 미리
숨겨 둔 복병들이 일시에 나타나 적을 덮치는 매복전이 흉노가 늘 쓰는
전술이다. 이번에는 역으로 우리가 흉노를 유인해 낸 다음 매복전을 펼
치는 작전으로 흉노의 허를 찌를 것이다!"

마침내 훈족의 대부대와 마주친 이목은 처음 전투에서 후퇴하는 척
하면서 훈족을 유인했다. 결국 어이없게도 조군의 매복에 걸려든 훈족
이 무려 10만에 달하는 기병을 잃는 기록적인 참패를 당하고 말았다. 다
분히 과장된 기록이었겠으나, 어쨌든 훈족은 그 충격이 너무도 커서 이
후로 십 년 동안 조나라 변방을 넘보지 못했다고 한다.

훈족과의 싸움을 빛나는 승리로 이끌기는 했지만, 거듭된 대규모 전
쟁으로 인해 조나라 또한 더없이 쇠약해지고 말았다. 게다가 이웃 나라
들도 그즈음에는 모두 북방민족의 기마전술을 채택하여 趙의 전투력이
더는 특별할 것도 없게 되었다. 경쟁국인 秦나라 입장에서는 중산국이
강적인 조나라의 기력을 빼놓았고, 흉노라는 북방의 가장 큰 우환덩어
리는 趙나라가 제거해 준 셈이 되었으니, 결과적으로 중산과 趙나라가
오히려 秦의 통일대업을 차례대로 도와준 형국이었다.

대규모 전쟁과 살상, 승자독식의 참혹한 시대였던 〈전국시대〉는, BC
221년 서쪽 변방의 가장 나약했던 秦이 나머지 여섯 나라를 물리치고
대륙 최초의 통일제국을 이루면서 막을 내렸다. 이로써 BC 2070년경
시작되어 하夏, 상商(은殷), 주周 3국으로 이어진 중국 상고上古시대 또한
1,800여 년 만에 대단원의 막을 내리게 되었다. 광활한 중국대륙은 이제
〈秦〉이라는 하나의 통일국가가 이끌게 되었으나, 그 길 또한 여태껏 한
번도 가 보지 않은 낯설고 새로운 것임이 틀림없었다.

15. 진개의 東胡 원정

　대부 예禮의 활약으로 〈연〉과 〈기씨조선〉이 강화를 맺고 난 후 2년 뒤
인 BC 320년, 연나라에서도 역왕이 죽어, 그의 아들 쾌噲가 뒤를 이었다.
그러나 그가 상국 자지子之에게 정사를 내맡기려다 내란이 일어났고, 이
틈을 이용해 齊와 中山 연합군이 침공해 오는 바람에 燕은 졸지에 멸망
에 가까운 시간을 보내야 했다. 연나라는 이때 절반 이상의 땅을 제나라
에 빼앗기고 2년 동안 齊에 복속되는 참혹한 지경에 이르고 말았다.
　그러나 BC 312년, 위기 속에서도 연燕나라 사람들이 옛 세자 평平을
받들고 군주로 세우니, 그가 연소왕燕昭王(~BC 279년)이었다. 일설에 세
자 平은 제나라 광장의 침입 때 전사하는 바람에, 소왕은 韓나라에 인질
로 있던 연왕 쾌의 서자 직職이라고도 했다. 소왕이 이후 곽외郭隗를 상
국으로 삼고 나라를 다시 일으켜 齊나라의 점령군을 내쫓는 데 성공했
음에도, 그는 마음속 깊이 제나라에 대한 응징을 벼르고 있었다.
　연나라가 이렇게 제나라에 굴욕을 당하는 동안 燕의 북쪽에 있던 〈동
도〉는 세력을 키워 더욱 강성해져 있었다. 기씨조선이 번조선을 대체하
게 되자, 동도는 〈신조선新朝鮮〉이라는 새로운 이름으로도 불리게 되었
으며, 진한에 이어 진변연합을 대체하는 세력으로 성장한 듯했다. 또한
이 시기부터 중원에서는 서쪽의 흉노에 대비되는 세력으로 동도東屠를
동쪽의 오랑캐란 뜻에서 〈동호東胡〉라 부르기 시작했다.
　이런 복잡한 과정을 거치다 보니 동도東屠가 곧 진한이요, 진변조선
이고, 신조선이자 동호라는 다양한 이름으로 기록된 듯했다. 따라서 그
강역 등에 대해서도 여러 이견이 분분하고, 그 정확한 내용은 여전히 밝
혀지지 않았다. 어쨌든 전국시대 중엽부터 중원에서는 동북 지역에 대

해 아예 동호(퉁구스)라는 별칭을 더욱 광범위하게 사용했다. 그러나 춘추시대 조선을 북적이라 했던 것처럼 동호가 이를 대신하는 통칭이었던 반면, 〈동도〉는 진한을 대신하는 나라의 이름이었다.

그런 와중에 연나라에서는 역왕을 대신해 동도東屠에 오랜 세월 인질로 가 있던 진개秦開에 대해 아무도 신경 쓰지 못했다. 동도 내에서조차도 이제는 그가 朝鮮 사람인지, 연나라 인질인지 구별이 되지 않을 정도였다. 그러나 진개의 속마음은 시커멓게 타들었고, 고국(燕)에 대한 서운한 마음은 동도는 물론 동호(조선) 전체에 대한 적개심과 복수심이 되어 더욱 불타올랐다.

"두고 보자! 언젠가 燕으로 돌아가는 날엔 내 인생을 송두리째 빼앗은 동호에 대해 반드시 복수하고 말리라!"

진개는 그럴수록 동도의 귀족들과 더욱 친하게 어울리는 동시에 그곳의 지리와 산천의 특징 등을 잘 익혀 두었다. 그리고는 손수《치국요람治國要覽》이라는 통치술을 다룬 책을 저술해 동도왕에게 바치니, 동도왕이 그를 달리 보게 되었다. 이후 동도왕이 진개를 매우 신임해 항상 가까이 곁에 두고, 수시로 수행을 허용하는 바람에 진개는 당시 조선 전역에서 일어나는 고급정보를 누구보다 많이 알게 되었다. 덕분에 진개는 심지어 기씨조선의 도성에 입조하는 동도의 귀족들을 따라 동행을 승낙받고, 기조箕朝의 너른 강역까지 두루 여행하며 살펴보기까지 했을 정도였다.

그러던 어느 날, 진개가 마침내 동도왕에게 귀국을 허락해 달라고 청을 넣었다.

"소신이 대왕의 하해와 같은 보살핌으로 진한의 땅에서 진한사람이다 돼 생활한 지 어언 이십 년이 넘다 보니, 숫자를 헤아리기도 힘들 지경이 되었습니다. 그간 아국에서는 소신을 잊어버렸는지 부르지도 않습니다만, 그래도 가솔들이 어찌 되었는지 궁금하기 그지없고, 늙은 몸이라도 죽어서는 고국 땅에 묻히고 싶습니다. 부디 소신을 어여삐 여기시어 이젠 귀국을 허락해 주소서."

동도왕이 진개를 측은하게 여긴 데다 다른 신하들의 반대가 없어 그의 귀국을 승낙해 주었고, 마침내 진개는 꿈에도 그리던 연으로 돌아가게 되었다. 그러나 그사이 연나라가 제나라에 침공을 당하는 등 유례없던 수난을 겪다 보니 사정이 그리 호락호락하지 않았다. 진개는 생각했다.

'상황이 너무 좋지 않다. 내 말에 귀 기울여 줄 사람도 없으니, 동호에 대한 복수는 뒤로 미루고 때를 기다리는 수밖에 없겠다……'

그런 상황이 지속되는 가운데, 제나라에 대한 복수를 꿈꾸던 연소왕은 즉위 후의 어지러운 상황을 수습하고 국정을 안정시킨 다음, 곧바로 천하의 인재를 모으는 일에 주력했다. 고심 끝에 그는 우선 역수易水 근처에 〈황금대黃金臺〉라는 높은 누각을 짓게 하고는, 주위에 다음처럼 명을 내렸다.

"이제부터 황금대 위에 황금을 잔뜩 쌓아 놓을 것이다. 이 사실과 함께 우리 조정에서 널리 현사賢士를 초빙한다는 소문을 사방에 퍼뜨리도록 하라!"

연소왕의 기발한 발상에 소문이 빠르게 퍼져 나갔고 그러자 중원의 여러 나라에서 인재들이 모여들었는데, 그중에는 장군 악의樂毅와 극신劇辛, 소대蘇代 등의 인재들도 끼어 있었다. 燕은 작은 나라였으나 농토가 많아 생산력이 월등한 나라였으므로, 燕소왕은 불필요한 전쟁을 자제하고 힘을 축적하는 데 주력할 수 있었다.

그 무렵에 〈부여夫餘〉(진조선) 조정에서도 커다란 변화가 일어났다. 어느 순간 국정이 문란해진 틈을 타, 조정의 실질적인 권력이 외척인 환윤桓允 세력의 수중으로 들어간 것이었다. 또 이들 외척 세력과 함께 손을 잡은 환관 등 천왕 측근의 권세가 비대해지고 잦은 국정농단이 자행되면서, 백성들의 삶이 피폐해지고 나라의 운세가 크게 기울게 되었다. 그 와중인 BC 304년경 도성에 큰불이 나서 궁궐이 모두 타 버리는 일까지 벌어졌다. 천왕이 어쩔 수 없이 번조선 가까이 요동에 있는 해성海城의 이궁으로 피난을 했다.

〈대부여〉의 조정이 이렇게 불안정한 상황에서 번조선 옆의 임시도읍으로 옮겨 오다 보니, 뜻밖의 사태에 직면하고 말았다. 엎친 데 덮친 격으로 BC 296년경 번조선의 수유須臾사람 한개韓介라는 자가 군대를 이끌고 〈부여〉의 임시 궁궐로 입성해 스스로 천왕이 되려고 했다. 번조선을 차지한 기후의 세력과 마찬가지로 한개 또한 기자의 먼 후손으로 보였는데, 기箕씨는 이때 한韓씨와 선우鮮于씨로도 분파되어 있었다.

선우씨의 중산국은 이웃한 魏, 趙, 燕 등과 치열하게 경쟁해 오던 중, 공교롭게도 마침 한개가 부여를 침공하던 무렵인 BC 296년경 조나라 무령왕과의 12년 전쟁 끝에 멸망하고 말았다. 당시 번조선 한개의 갑작스러운 침입으로 부여(진조선)의 임시 수도가 엉망이 되고, 나라가 다시 쑥대밭이 되었다. 적대 관계인 연이 아래쪽의 중산을 공략하는 틈을 타, 한개가 재빨리 북쪽의 부여를 노린 것으로 보였다. 그러자 부여의 상장上將으로 있던 고열가古列加가 의병을 일으켰다.

"나 고열가는 물리勿理천왕의 현손玄孫(먼 후손)이다. 분조국인 번조선의 기씨들이 한개를 보내 단군천왕이 다스리는 종주국 조선을 배신하고 침공해 왔다. 이천 년 조선의 역사에서 이러한 사례가 없었으니, 이는 패륜에 다를 바 없다. 기씨들이 난을 일으켜, 유구한 조선의 왕통을 끊고 천하를 어지럽히는 것을 두고 볼 수는 없다. 누구든지 조선의 피를 가진 사람이라면 일어나 나를 따르라!"

이에 많은 백성들이 호응하여 고열가가 한개의 반란을 진압하는 데 성공할 수 있었다. 이후 보을丕乙천왕이 도성으로 돌아와서 대사면을 행하고 안정을 찾고자 했으나, 나라의 재정이 고갈되고, 국력은 더욱 약해지기만 했다. 한개의 부여 침공을 기씨조선(번조선)이 사주했는지는 분명치 않았다. 그럼에도 결과적으로 이는 분조국인 번조선이 중앙의 부여(진조선)를 침공한 획기적인 사건으로, 삼조선연맹의 갈등과 함께 사실상 조선이 완전히 분열된 상태였음을 뜻하는 상징적 사건이었다.

이처럼 삼조선의 불안한 정정이 오래 지속되는 가운데, 燕나라에도 그런 조선의 흉흉한 소식이 빠짐없이 전해졌다. 그사이 연소왕은 착실하게 국력을 키우는 데 성공하면서 점차 제나라에 대한 복수를 더욱 갈망하게 되었다. 그런데 아래쪽의 제나라를 치기 위해서는 전통의 맹주인 동북의 강호 朝鮮을 의식하지 않을 수 없었다. 당시 연의 동쪽으로는 신흥강자로 떠오른 기씨조선이 있었고, 북으로는 기조에 밀리던 와중에 세력을 다시 일으킨 동도와 그 열국들이 건재했다. 따라서 제나라를 공략하기 전에 반드시 숙적 조선을 먼저 제압하는 문제가 현실적 과제로 떠오르게 되었다.

그런 터에 오래도록 때를 기다려 왔던 진개秦開가 마침내 소왕을 찾아 조선 정벌을 건의했다.

"전하, 지금 동호(조선)의 불안한 정정이 이어지고 있습니다. 강력했던 번한의 땅은 기조가 차지한 지 오래고, 그러한 터에 최근 번한왕이 진조선(부여)을 공략해 사실상 2천 년을 이어 온 동호가 완전히 분열되고 말았습니다. 특히 동도는 동북의 강국으로, 선후先侯이신 문공文公 이래 여전히 굴욕적인 관계를 이어왔습니다. 마침 동호 전체가 이처럼 내란에 흔들리고 있으니, 지금이야말로 그 고리를 끊어낼 때가 된 것이 아니고 무엇이겠습니까?"

연소왕이 늙은 장수 진개의 얼굴을 뚫어지게 바라보며 그의 말을 경청하자, 진개가 말을 이었다.

"소장은 20여 년을 동도에 인질로 가 있었습니다……. 그사이 동호 곳곳의 산천과 지리는 물론, 그곳의 정세와 풍속을 두루 익히고 귀국했습니다. 지금 우리와 국경을 맞대고 있는 숙적 동도는 일찍이 선왕께서 화친을 맺어 평화를 유지해 온 덕에, 우리 연나라에 대한 수비가 매우 느슨해진 지 오래입니다. 무엇보다 선대에 우리가 동도에 크게 패한 데다가, 제나라에 연이어 굴욕을 당하는 바람에 동도는 물론 기조에서조차도 우리를 얕잡아 보는 실정입니다. 게다가 동쪽의 기조는 뒤쪽의 진조선을 병합하려는 데만 온통 신경을 쓰고 있습니다. 그러니 동도가 잔뜩 방심하고 있는 지금이 분열된 동호를 공략할 절호의 기회일 것입니다."

소왕이 생각에 잠긴 듯하더니 이내 상기된 표정이 되어 되물었다.

"그것이 정녕 가능한 일이겠소? 아무리 동호가 분열되었기로서니 동호는 2천 년의 역사를 가진 동북의 맹주요. 그런 동호를 지나치게 얕보는 것이 아닌지 모르겠소."

그러자 진개가 조금도 주저하지 않고 답했다.

"동도를 전광석화처럼 기습 공격한다면 반드시 승산이 있을 것입니다. 이를 위해서는 동도를 능가하는 기마부대를 육성하고, 그들의 전술을 터득해야 합니다. 소장이 비록 늙었으나 전하께서 기회를 주신다면 반드시 동도를 토벌하고 말겠습니다."

장수 진개의 진정 어린 호소에 연소왕은 물론 그의 대신들마저 크게 고무되어 〈동호 원정〉을 찬성하고 나섰다.

"진 장군의 말이 일리가 있습니다. 전하께옵서도 누차 천명하셨다시피, 전하의 숙원은 언젠가는 반드시 제나라 민왕을 쳐서 굴복시키고, 선왕(연왕 쾌)의 원수를 갚는 것입니다. 그러나 설령 그날이 온다고 할지라도 동호가 건재하다면 뒤를 신경 써야 하므로 제나라 정벌에 전력을 다하기 어려울 것입니다. 따라서 중원을 도모하려면 그 전에 먼저 우리 뒤쪽에 있는 동호를 단단히 눌러 놓는 것이 전제되어야 합니다."

연소왕이 고개를 끄덕이며 말했다.

"맞는 말이오. 차제에 선대 때 동도에 내준 고토를 회복하고 나라의 위엄을 되찾을 때가 된 것이오!"

그렇다 해도 동도의 동남쪽으로는 기씨조선(낙랑)이 나란히 있어 자칫 조선 전체를 상대로 전쟁을 벌여야 하는 위험에 빠질 수도 있었다. 燕조정에서 격론을 거친 끝에 일단 연나라의 고토 회복을 위한 〈동호 원정〉을 목표로 삼기로 했다. 아울러 모든 것은 속전속결에 달려 있다는 결론을 내리고, 이를 위해 진개에게 기마병을 양성케 하는 등 원정 준비 일체를 일임하기로 했다.

얼마 후 진개로부터 원정 준비를 마쳤다는 보고가 있자, 마침내 연소왕이 그를 대장군으로 삼아 동호에 대한 전격적인 기습 공격을 명했다. 진개가 이끄는 燕나라 대군이 우선 동도東屠의 땅으로 곧장 진격해 들어가자, 연나라와의 접경 지역 최전선에 있으면서도 연에 대한 수비를 소홀히 했던 동도의 국경이 맥없이 무너지고 말았다. 진개의 예상 그대로였던 것이다. 燕나라 대군의 갑작스러운 기습으로 순식간에 국경이 초토화되었다는 보고에 동도왕이 아연실색했다.

"뭣이라, 연나라 대군의 기습이라고? 그것도 진개가 대장군이라고?

오오……, 그놈을 진즉에 죽여 없앴어야 했는데, 이토록 시커먼 놈의 속도 모르고 내가 그놈을 총애하고 곁에 두었으니, 참으로 낭패로다!"

그러나 동도왕이 뒤늦게 사태를 파악했을 때는 상황이 이미 돌이킬 수 없을 만큼 악화일로에 처해 있었다. 동도군은 날벼락을 맞은 듯 속수무책으로 연나라 기마군단에 대패하고 말았다. 동도가 이때 무너져 내린 것은 사실상 진한辰韓이 사라진 것이나 다름없는 일이었다.

동도(진한, 신조선)를 일거에 무너뜨리는 데 성공한 진개가 이쯤 해서 기씨조선의 동향을 파악하게 했으나, 기조는 전혀 아무런 조짐도 보이지 않고 있다는 보고가 들어왔다. 진개가 수하의 장수들을 모아 놓고 논의했다.

"동도를 손쉽게 무너뜨렸으나 문후 때 잃었던 옛 고토의 일부는 여전히 기조 땅에 속해 있다. 다행히도 아직은 기조의 움직임이 전혀 없다니, 기조가 방심하고 있음이 틀림없다. 어렵게 대군을 동원했고, 동도와의 싸움에서 피해가 미미하니, 이참에 기씨조선을 치는 것이 옳지 않겠느냐?"

그러자 일부가 진개의 의견에 반대했다.

"장군, 여기서 방향을 동쪽으로 돌려 천 리나 떨어진 기조를 치는 것은 병사들이 감당하기에 지나치게 먼 원정길이 될 것입니다."

그러자 진개가 굳은 표정을 지으며 단호한 어조로 답했다.

"제장들은 지금이야말로 조선을 토벌하고, 선대 때 잃었던 고토 전체를 되찾을 절호의 기회임을 부디 잊지 마라! 적을 알고 있는 한 승산은 분명 우리에게 있다. 우리가 지금 조선을 확실하게 눌러 놓아야 비로소 제나라에 대한 복수가 가능해지는 일이 아니더냐? 그러니 두려워 말고 지금의 이 여세를 몰아 기조를 쳐야 한다!"

그리하여 진개의 강경한 의지로 연나라 대군은 동쪽으로 방향을 돌려 기조를 공략해 들어갔다. 당시 기씨조선은 기후의 뒤를 이은 기욱箕煜이 다스린 지 20년이나 되었다. 그러나 燕과의 화친에 매달려 연의 기습에 대비하지 않은 것은 동도와 마찬가지였다. 당시 기씨조선이 古조선을 통일시키려는 과욕에 빠져 부여(진조선)를 공격하고 동북에만 눈이 멀어 있던 사이, 서쪽의 연나라가 뒤통수를 때릴 줄을 몰랐던 것이다.

결국 기씨조선의 군대 또한 이렇다 할 저항도 하지 못하고 진개가 이끄는 燕나라 기마군단에 패퇴를 거듭했다. 급기야 연군燕軍이 요수(영정하)를 넘어 파죽지세로 도성 근처로 밀고 들어오자 기욱왕이 전전긍긍했다.

"연이 동도와 진한을 꺾고 여기까지 진격해 들어오다니, 진개 그자가 그토록 유능한 장수였더란 말이냐? 이제 적들이 도성을 향해 오고 있다니 대체 이를 어쩌면 좋단 말이냐?"

"망극하옵니다! 그러나 상황이 몹시 다급합니다. 일단은 도성을 비우고 몸을 보전하는 것이 중요합니다. 연은 이곳에서 워낙 멀리 떨어져 있으니, 나중에 기회를 보아 얼마든지 대적할 수 있을 것입니다!"

기욱은 정복 군주였던 기후의 용맹함을 닮지 못했던지, 진개의 연군에 맞서 온몸을 던져 대항하지 못했다. 그는 대신들의 권유를 따라 일단 도성을 버린 채 서둘러 난하를 넘어 동쪽으로 달아나고 말았다.

다행히 진개의 연나라 군대는 조선하(패수浿水)에 이르러 더 이상의 진격을 멈추고, 강 건너 동남쪽으로 넘어오지는 못했다.

"흐음, 이제 여기서 강을 건너면 부여의 땅이다. 지금까지 제장들이 잘 싸운 덕분에 동도와 기조 등을 일거에 무너뜨리고 옛 번한의 땅 상당 부분을 차지할 수 있게 되었다. 그것만으로도 기대 이상의 성과다. 여기서 강을 건넌다면, 전선이 너무 길어져 식량 등 후방의 지원에 차질이 생길 수도 있으니, 이쯤 해서 돌아가는 것이 맞을 것이다. 제장들은 서둘러 철군을 준비하도록 하라!"

그리하여 연나라 군대는 조선하를 앞에 둔 채 비로소 병력을 되돌려 철수하기 시작했다. 진개의 대범한 기습 공격으로 조선 진영은 선대에 빼앗았던 상곡 등의 땅을 순식간에 모두 잃고 말았다. 당시 기씨조선이 다스렸던 선비의 땅은 으레 조선이 중원으로 진출하던 길목이었고, 낙랑 땅은 중원 열국의 동북 진출을 막아 내며 방파제 역할을 하던 곳이었다.

자세한 내용을 알 수는 없지만, 연나라는 이때 진개의 〈동호 원정〉으로 동도까지 1천 리, 기씨조선의 낙랑 땅까지 합해서 모두 2천여 리의 강역을 새로이 확보했다고 한다. 그러나 이는 다분히 과장된 기록으로, 실제로는 燕의 국경에서 번조선인 북경 인근 요수(영정하)를 넘지 못하는 약 1천여 리의 땅을 확보한 것으로 보였다. 중원의 군대가 요수를 넘어 요동의 조선하까지 도달한 것은 이때가 최초였음이 틀림없었다. 그나마 진개가 철수한 뒤로는 많은 땅을 조선 측에서 되찾게 되어, 연나라가 병합한 땅은 요수의 상류인 상간하 일대 옛 진한의 땅인 도하屠河를 포함해 북경 서남부의 낙랑 일대로 추정되었다.

진개의 기습 공격에 주로 서변 낙랑의 땅들을 허망하게 잃고만 기씨조선은 한동안 패배의 충격에서 헤어나지 못했다. 대부 예禮의 외교술에 놀아나 연나라에 대한 선제공격을 포기한 채 화친을 택한 것이 결과적으로 상대에게 재기의 기회를 준 셈이었고, 그 대가는 얼마 지나지 않은 후대에 이르러 참혹한 결말로 돌아왔던 것이다.

이로써 삼조선은 물론, 조선 열국 전체의 분열이 가속화되면서 조선연맹이 사실상 붕괴되기에 이르렀다. 진개의 〈동호 원정〉은 중원 화하족과 朝鮮 양대 민족의 2천 년에 걸친 대결에 있어 周나라 초기 주공단

周公旦의 〈동이東夷 원정〉과, 춘추시대 제환공의 〈산융전쟁〉에 견줄 만한 역사적 사건이 되고 말았다.

진개는 본인이 인질로 가 있던 숙적 동도東屠를 패퇴시키고, 동도와 번조선(기조)의 땅 1천여 리를 확보하는 쾌거를 이룬 다음 당당하게 개선했다.

"어서 오시오, 장군! 그대의 충정과 영웅적 쾌거로 선후이신 문후文侯의 치욕을 깨끗하게 씻어 낸 것은 물론, 새로이 동호의 땅을 천 리나 개척했으니, 과인의 소원이 절반은 이루어진 것이나 다름없소, 정말로 노고가 많았소이다!"

연소왕은 일단 진개의 개선을 환영하고 칭송했다. 그러나 이후 연나라 역사에서 갑자기 진개의 행적이 사라진 것으로 보아, 그는 영웅적 대접이 아니라 오히려 권력에서 멀어진 것으로 보였다. 어쩌면 기씨조선과의 무리한 전쟁으로 병력 손실 등 연군의 피해도 막대했을 터라, 그에 대한 책임을 추궁당했는지도 모를 일이었다.

일설에는 진개秦開가 원래 朝鮮의 열국인 맥국貊國 출신이었는데, 무슨 연유로 동족을 배신하고 연나라로 망명했다는 소문도 있었다. 그가 맥족의 나라인 동도에 인질로 있을 때, 동도왕에게 책을 바친 이유도 있었겠지만, 동도의 많은 귀족들이 그를 총애했다는 점에서 그리 터무니없는 얘기도 아닌 듯했다. 당시 진개는 동도왕의 환심을 사기 위해 오히려 연나라에 대한 고급정보를 동도에 제공했을 수도 있었고, 그러다 마음을 바꿔 연나라로 귀국을 감행했을 수도 있는 일이었다.

그는 燕과 동도東屠 양국 사이에서 철저하게 기회주의자로서의 삶을 살았을 가능성이 매우 큰 인물이었다. 실제로 진개는 연나라로 돌아가서 조선(동호)의 수준 높은 철제병기 제작기술이라든가, 발전된 징병제도 등을 도입하는 데 앞장섰다. 그뿐 아니라 연나라 군대가 조선의 병법과 전술을 익히게 하는 등 연군을 철저하게 훈련시켜 강군으로 만드는 데 기여했다. 진개의 동호 원정 군단이 대략 2천 리에 이르는 대장정을 성공리에 수행하기까지는 필시 기동력이 빠른 기마군단 위주였을 가능성이 농후했다. 이 또한 진개가 동도에서 배우고 익힌 기마 관련 기술을 응용한 결과였을 것으로 보는 시각도 많았다.

연나라가 이후 더욱 힘을 길러 제나라를 공략할 정도로 국력이 신장되기까지는 진개의 성공적인 〈동호 원정〉이 결정적 계기가 되었음은 말할 필요도 없을 것이다. 그럼에도 연나라 최고의 영웅인 진개가 이후 역사 속에서 자취를 감춘 채 사라지고 만 것은 꽤 석연치 않은 일이었다. 그의 탁월한 공로를 감안할 때 그는 燕소왕으로부터 최고의 공신으로 대접받을 법했건만, 진개가 자신의 공적에 걸맞은 대접을 받았는지는 사뭇 의심스러웠다.

燕소왕은 진개의 〈동호 원정〉으로 숙적 조선(동호)의 세력을 멀리 밀어내는 데 성공했지만, 그렇다고 곧바로 동남쪽의 제나라에 대한 복수에 나선 것도 아니었다. 연나라는 진개가 넓혀 준 새로운 조선의 강역을 다스리고자 동쪽 변경 곳곳에 장새障塞를 쌓고 관리들을 두면서 적극적으로 방어에 나섰다. 당시 燕나라가 상곡上谷과 어양漁陽, 우북평右北平과 요서遼西, 요동遼東의 5개 군郡에, 소위 〈연오군燕五郡〉을 새로 두었다는 것이었다.

이어 조양造陽(상곡)에서 양평陽平(하북계현)까지 장성長城을 쌓았다고 했는데, 당시 요동遼東이 燕의 땅이 아니었으므로 이 모두는 과장일 수밖에 없었다. 심지어 연나라가 만번한滿番汗을 조선과의 경계로 삼았다는 주장도 있는데, 설령 그 근처까지 진격해 왔을지언정 이내 철수할 수밖에 없었을 것이고, 그 자체도 후대 진秦시황 때의 일이었다.

임시 요새에 불과한 장새를 연장성이라 하면서 부풀린 것은 후일 진시황이 쌓았다는 장성長城과 맞닿아 있기 때문이었을 것이다. 후대의 사가들이 중국인들의 정체성을 상징하는 〈만리장성〉 축조를 역사적으로 미화시키려고 활용한 측면이 컸던 것이다. 실제로 연소왕은 진개 사후 朝鮮과의 다툼에 크게 시달린 것으로 보였고, 그 결과 자신이 그토록 열망했던 齊나라에 대한 복수도 10년이나 지난 BC 285년에서야 실행에 옮길 수 있었다.

어쨌든 동호(조선)를 꺾은 연나라는 이제 중원의 신흥강국으로 급부상하게 되었고, 건국 이래 7백 년 만에 최고의 전성기를 누리게 되었다. 그럼에도 연소왕은 결코 자만하지 않은 채 10년 가까이 치밀하게 국력을 키우고, 〈제〉에 대한 복수를 위해 주력했다. 그렇게 착실하게 국력을 키운 燕소왕이 이제 강력한 齊나라를 겨냥하면서 전국시대 중원의 전쟁에 본격 가세하기 시작했다. 그사이, 조선 열국들은 기씨조선(번조선)을 중심으로 燕으로부터 빼앗긴 옛 땅을 되찾고 재기할 기회만을 엿보고 있었다.

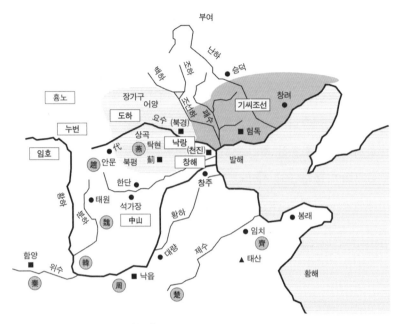

진개 동정 후의 고조선 강역(추정)

16. 戰國의 영웅들

〈합종연횡〉의 광풍이 지속되는 가운데 BC 305년, 중원의 秦나라에서는 무왕武王이 일찍 죽어 소양왕昭襄王(~BC 251년)이 뒤를 이었다. 秦나라는 상앙 시절에 추진했던 변법들이 변함없이 이어져 다른 어떤 나라보다 공고한 전체全體주의 왕국으로 성장해 있었다. 이제 소양왕에게는 되살아난 합종合縱을 깨는 것이 관건이었다.

"지금 제와 초나라가 친교 상태니 반드시 이를 깨야 합니다. 따라서 초나라 회왕에게 값비싼 뇌물과 미녀를 바쳐 제나라와 단절케 하고, 우리 진과 화친하도록 해야 합니다!"

소양왕이 대신들의 건의를 받아들여 초나라 회왕懷王을 친진親秦 정책으로 돌리는 데 성공했다. 그러자, 제나라는 합종의 맹약을 깨뜨린 이유를 들어 韓, 魏와 더불어 3국이 연합해 楚나라를 공격했다. 다급해진 〈초〉나라가 태자를 秦에 인질로 보내는 조건으로 秦나라에 원군을 요청했고, 막상 秦이 출정하자 3국의 연합군은 꼬리를 내리고 철수했다. 그러던 차에 秦나라에 인질로 있던 초나라 태자가 사사로이 秦의 대신과 싸우다가 그를 죽이는 바람에 본국 초나라로 탈출해 오는 불상사가 터지고 말았다.

BC 302년, 秦나라가 이를 빌미로 齊, 韓, 魏 3국을 끌어들여 〈4국연합〉으로 楚나라를 공격했다. 이 전투에서 초나라는 장군 당말唐眛이 전사하고 동쪽 중구重丘를 빼앗긴 데 이어, 이듬해 진나라가 펼친 단독공세 때도 장군 경결景缺을 포함한 2만여 군사가 죽는 참패를 당하고 말았다. 초나라는 궁여지책으로 제나라와 다시 친교를 맺고 태자를 인질로 보내야 했다. 그러자 그다음 해에 秦이 다시금 초나라를 공격해 8개의 성을 빼앗고는, 초나라 회왕에게 국서를 보내 무관武關에서 회담을 갖자고 제안했다. 초나라의 친제親齊파 대신 굴원屈原이 이에 반대하고 나섰다.

"秦은 범과 같아 좀처럼 믿을 수가 없는 나라니, 회담에 응하지 않는 것이 좋을 것입니다!"

친진親秦파와 친제親齊파가 나뉘어 갈등하는 사이 초회왕이 결국 秦과의 담판을 위해 직접 무관으로 들어갔다. 그러나 미리 군사를 숨겨 두었던 진나라는 회왕의 배후를 끊고 그를 억류한 다음, 서쪽 파촉巴蜀 인근의 땅 일부를 떼어 달라고 협박했다. 단순한 회왕이 이를 거부하고 고집을 부리다가 억류 상태가 길어지자, 초나라 조정에서는 왕의 오랜 공백 상태를 방치할 수 없었다.

"나라에 군주가 없어서는 아니 될 것이오. 제왕을 설득해 인질로 나가 있던 태자를 불러들이고, 한시라도 바삐 왕위를 채워야 할 것이오!"

대신들이 설왕설래하던 끝에 급기야 제나라에 머물던 태자를 모셔 왕위에 오르게 하니, 경양왕頃襄王(~BC 263년)이었다.

이 사실을 알게 된 秦소양왕이 즉시 군사를 동원해 무관에서 초나라를 공격해 들어가서, 초나라 군사 5만을 참수하고 15개 성을 빼앗고 말았다. 그때 허수아비로 전락한 회왕이 어렵게 秦나라를 탈출해 조나라와 위나라를 전전했으나, 그를 추격하던 진나라 병사들에게 사로잡혀 다시금 秦으로 연행되었다. 秦의 포로가 되자 화병이 난 회왕이 어느 날 피를 한 말이나 쏟더니 이내 죽고 말았다. 秦나라에서 3년이나 억류된 채 고생만 하다가 맞이한 쓸쓸한 죽음이었다. 그는 일찍이 연횡론을 주창하던 장의張儀에게도 잔뜩 농락당한 적이 있었으니, 군주로서의 기백만 내세웠을 뿐 냉정하게 상황을 내다보는 판단력은 부족한 모양이었다.

그 무렵 齊나라와 秦나라가 동서로 패권 다툼을 벌이는 동안, 趙나라 무령왕은 호복기사를 양성해 흉족들의 기마술과 단궁을 활용한 전술 혁신에 성공하면서, 나라를 일약 중원의 군사 강국으로 떠오르게 했다. BC 307년, 자신감에 가득 찬 무령왕이 숙적 중산국과 전쟁을 개시했다. 그러나 의외로 중산의 강력한 맞대응에 쉽게 승부가 나지 않아 장기전의 양상을 띠게 되었다.

무령왕은 이때 아예 왕위를 태자에게 물려주고, 자신은 중산 공략에 전념해 하루빨리 전쟁을 끝장낸 다음, 장차 秦나라 등 사방의 땅을 경략하고자 마음먹었다. 그러나 후계자 문제를 다루는 과정에서 그간 태자였던 공자公子 장章을 폐위시키고, 그가 총애하던 맹요孟姚의 아들로 겨우 열 살에 불과한 공자 하何에게 왕위를 물려주니 그가 조혜문왕趙惠文王(~BC 266년)이었다. 왕위에서 물러난 무령왕은 스스로 상왕 격인 주부主父의 신분이 되어 정사에 관여하는 특이한 행보를 취했는데, 그사이 지루하게 이어 오던 중산과의 전쟁을 12년 만에 종식시키고 중산국을 병합하는 데 성공했다.

그 후 1년쯤 지나 조혜문왕 4년인 BC 295년, 무령왕이 혜왕과 안양군安養君 장章 두 아들을 거느리고 사구沙邱(하북 형태邢台) 땅으로 놀러 갔다. 그곳에 은殷의 마지막 주紂왕이 쌓은 2개의 이궁離宮이 있어 무령왕과 혜왕이 하나씩 차지하고, 그사이의 공관에서 안양군이 머물렀다. 그때 안양군을 모시던 대부 전불례田不禮가 안양군을 부추겼다.

"주부(무령왕)께서 군君을 안쓰럽게 여겨 나라를 둘로 나누어 한쪽을 군에게 줄 의향이신 것이 분명합니다만, 혜왕은 절대 동의하지 않을 것입니다. 지금 왕의 호위 부대가 크지 않으니 지금이야말로 차라리 혜왕을 제거할 적기입니다. 한밤중에 몰래 거사를 일으킨다면 반드시 승산이 있을 것입니다!"

왕위를 빼앗기고 울분의 나날을 보내던 안양군이 이에 뜻을 같이하고는 그날 밤 정변을 일으켜 혜문왕의 이궁을 공격했다.

그러나 사실 혜문왕 측에서도 이러한 낌새를 차리고 사전에 만반의 방어태세를 갖춘 덕에 밤새 고군분투하면서도, 용케 전불례의 기습을 막아 낼 수 있었다. 그사이 안양군을 의심해 이를 감시해 오던 태부 이태李兌와 공자 성成이 이끄는 부대가 기적같이 들이닥쳐 순식간에 반란군을 제압해 버렸다. 전불례가 다급히 안양군에게 달려가 재촉했다.

"분하게도 일이 틀어져 버렸습니다. 군께서는 지금 즉시 주부께 달려가 무조건 살려 달라 읍소하시고 매달리셔야 합니다!"

안양군이 홀로 말을 타고 무령왕의 거처인 사구궁으로 달아난 사이 전불례는 추격군을 막다가 전사했다. 무령왕은 다급히 찾아온 장章을 궁 안 깊이 숨겨 주었으나, 정부군이 들이닥쳐 수색을 벌인 끝에 안양군을 찾아냈다. 이태가 즉석에서 칼을 뽑아 안양군의 목을 가차 없이 베어 버렸다. 이태는 무령왕의 장남을 허락 없이 죽인 셈이었고, 무령왕의 숙부뻘이었던 공자 성成도 원래 호복기사의 개혁을 반대하다가 무령왕에게 실각된 인물이었다. 후사를 두려워한 이들이 병사들을 시켜 사구궁 앞에서 무령왕의 호위병들을 향해 소리치게 했다.

"지금 즉시 무기를 버리고 투항하라. 제일 늦게 나오는 자의 가문은 반드시 삼족을 멸할 것이다!"

그 말에 전의를 잃은 무령왕의 호위병과 측근들까지 모두 앞을 다투어 궁을 나오고 말았다. 이제 사구궁 안에 남은 사람이라고는 오직 무령왕 한 사람뿐이었다. 그러자 혜문왕의 군사들이 사구궁을 포위한 채 무령왕을 그대로 궁 안에 유폐시켜 버리고 말았다. 당시 무령왕이 나라를 둘로 나누어 장남 안양군에게 북쪽의 대代 땅을 내주려 한다는 소문이 파다했으니, 14살 혜문왕도 그저 신하들이 하자는 대로 따를 뿐이었다.

시중드는 사람 하나 없는 궁 안에서 먹을 것이 떨어지자 무령왕은 직접 나무를 타고 올라가 새알을 꺼내 먹으며 한 달여를 버텼으나 끝내 아사하고 말았다. 꼬박 석 달 만에 궁문을 여니 왕의 시신은 이미 바싹 말라붙어 있었다. 호복기사의 영웅 무령왕이 〈사구의 난〉을 당해 비참한 최후를 맞이한 채로 대代 땅에 묻히고 말았으니, 그 또한 마지막으로 자식들의 후계문제를 넘지 못한 것이었다. 그러나 무령왕의 몰락은 진秦을 포함한 중원 열국들과의 전쟁이 예상되자, 그동안의 잦은 전쟁에 지친 권신 호족들이 강성한 그에게서 등을 돌렸기 때문일 가능성도 커 보였다.

일찍이 趙무령왕은 秦소양왕이 즉위하자 그의 그릇을 떠보고자 했다. 무령왕이 이를 위해 착안해 낸 방법은 스스로 조나라의 축하 사절로 위장해 국서를 들고, 단신으로 소양왕을 접견하고 돌아온다는 것이었다. 실제로 그는 무모하기 짝이 없는 이 방법을 실행에 옮기고 돌아왔을 정도로, 강단과 배짱이 두둑한 천하의 호걸이었다. 무령왕은 산동의 6국 중 유일하게 초강대국 秦나라 토벌을 꿈꾸던 군주로서, 전국시대를 대표하는 군왕의 하나로 칭송받던 영웅이기도 했다.

무엇보다 그는 강성한 북방민족에 맞서 〈호복기사〉를 도입하면서 중원의 전투방법과 의식에 일대 혁신을 가져온 대표적 개혁군주였고, 그 성과는 秦나라를 강성하게 한 〈상앙의 변법〉에 견줄 만한 것이었다. 이런 무령왕의 남다른 노력은 趙나라를 남북으로 갈라놓았던 중산국을 물리쳐 趙 땅을 하나로 연결시켰고, 이로써 조나라의 국력을 빠르게 신장시킬 수 있었던 것이다.

후일 趙혜문왕의 신하 중 인상여藺相如는 秦소양왕에 맞서 화씨지벽和氏之璧을 무사히 조나라로 가져온 소위 완벽귀조完璧歸趙로 유명했다. 그는 또 〈민지澠池회맹〉에서 15개 성을 내놓으라는 秦나라의 요구에 오히려 秦이 함양을 조나라에 바치라며 맞대응하기도 했다. 인상여가 그토록 진나라에 당당하게 맞설 수 있었던 배경에는, 秦에 버금갈 정도로 강력해진 趙나라의 군사력이 있어 가능했던 것이었다.

이와는 별개로 BC 328년, 송宋나라 벽공辟公이 죽자 공자 언偃이 친형을 내치고 보위에 올라 송강공宋康公(~BC 286년)이 되었다. 그는 키가 9

척이 넘는 장신에 힘이 장사라 쇠갈고리를 오므렸다 펼 정도였다고 한
다. 강공이 주변에 일갈했다.

"지금 송나라는 너무도 빈약하다. 과인이 반드시 나라를 강하게 일으
키고 말 것이다!"

宋강공은 장정들을 대거 모집하고, 직접 훈련 시켜 얼마 지나지 않아
10여만 명에 이르는 강력한 군대를 양성해 냈다. 강공은 곧 이웃한 齊나
라를 쳐서 5개 성읍을 빼앗고, 남으로 楚나라를 공략해 영토 2백여 리를
확장했으며, 서쪽으로 魏나라를 침공해 2개의 성을 점령했다. 이어 약
소국인 등騰나라까지 멸망시켜 병탄해 버렸다.

이처럼 산동의 강호들을 연파하며 사방에 실력을 과시한 송강공이
秦나라에 사자를 보내자, 소양왕도 이에 호응해 우호 관계를 맺었을 정
도였다. 더욱 힘을 받은 송나라가 강국임을 자처하며 齊, 楚 및 3쯤과도
대등한 관계를 이루게 되자, BC 318년에는 송강공이 宋王이라 칭왕을
하면서 스스로 천하의 영웅임을 자랑했다. 그러다 보니 송강왕은 점점
강포해지고 교만해져 남의 아내를 빼앗거나, 간언을 하는 신하들을 활
로 쏘아 죽이는 등 일탈을 일삼기 시작했다. 열국의 군주들이 그런 송강
왕을 걸송桀宋이라 부르며 비꼬았다.

마침 제나라에 머물던 소대蘇大(소진의 아우)가 제민왕齊湣王(~BC
283년)에게 계책을 내어 楚 및 魏와 齊 3국이 연합해 송나라를 치기로
했다. 이 소식을 들은 秦소양왕이 화를 내면서 우호국인 宋나라를 구하
겠다고 선언했다. 秦나라를 두려워한 齊민왕이 소대를 불러 상의하니,
소대가 秦의 출병을 막아 보겠다며 진나라로 향했다. 소대는 秦소양왕
을 만나자 대뜸 축하한다며 능청을 떨고는 그 이유를 설명했다.

"제왕의 강포함은 송왕과 다르지 않습니다. 결국에는 제왕이 초와 위

나라를 업신여겨 분란이 날 것이고, 그때는 분노한 초위楚魏 두 나라가 秦나라를 섬기려 들지 않겠습니까? 그리되면 秦나라는 송나라를 미끼로 던져 주고, 가만히 앉아 초와 위를 거두는 셈이 될 테니 어찌 축하할 일이 아니겠는지요?"

秦소양왕이 과연 옳다고 생각해 군대를 해산시키고 宋나라를 지원하지 않음은 물론, 오히려 齊나라로 하여금 송나라를 침공하도록 부추겼다. 이때 제나라에 대한 복수를 꿈꾸던 북쪽의 燕소왕 또한 제나라가 宋과 싸우다 지치기를 바라며 제나라의 침공을 성원했다. 결국 齊, 楚, 魏 3국의 송나라 진공이 본격 진행되었고, 제장齊將 한섭韓聶, 초楚장 당말唐眜, 위魏장 망묘芒卯가 변경에 모여 토벌작전을 모의했다. 그 결과 3국 연합군이 '송강왕의 10대죄大罪'를 열거한 격문을 사방에 뿌려 대니, 송왕에 대한 민심 이반으로 가는 곳마다 승리를 거두고, 이내 宋의 도성인 수양脽陽을 향해 진격할 수 있었다.

송강왕은 직접 중군中軍을 거느리고 나와 수양성 10리 밖에 영채를 세우고 보루를 쌓았다. 연합군이 도착해 싸움을 걸었으나 송군이 이에 응하지 않자, 목소리 큰 군사들을 선발해 보루 앞에서 송강왕의 10대 죄목을 낭송하게 했다. 그러자 그때까지 여유만만하던 송강왕이 대노하여 즉시 군대를 내보내 싸움이 시작되었고, 연합군은 밀리는 척하며 송군을 유인했다. 결국 밀고 밀리는 대접전 끝에 송강왕이 수양성으로 다시 후퇴해 들어갔는데, 이때 齊민왕도 직접 3만의 원군을 이끌고 수양성에 도착했다.

그러자 송왕을 호위하던 대직戴直이 간했다.

"적군의 기세가 드세고, 성안의 민심이 변했습니다. 잠시 도성을 버리고 하남으로 피했다가 후일을 도모하시지요!"

천하의 송강왕이 별수 없이 성을 버리고 온읍溫邑까지 달아났으나, 이내 제나라의 추격군에게 따라잡혔고 먼저 대직이 참수되었다. 그때서야 상황이 여의치 않음을 깨닫게 된 송강왕이 깊은 여울에 투신했다. 그러나 익사 전에 제나라 군사들에 의해 물에서 끌려 나왔고, 결국 그 자리에서 비참하게 목이 베어졌다. 그토록 거만하게 굴던 송강왕은 치욕스러운 죽음을 맞이한 다음에야 시신이 된 채 수양성으로 보내졌다.

BC 286년, 8백 년을 이어 오던 宋나라가 이렇게 齊, 楚, 魏 3국 연합에 의해 멸망해 버렸는데, 3국은 애당초 송나라를 3분 해서 나누기로 약속했다. 그러나 齊민왕은 소대가 예상한 대로 포악한 욕심을 드러내면서 귀국하던 楚나라 군사를 추격해 중구重口 땅에서 깨뜨리고, 회수 북쪽 땅을 빼앗았다. 이어 서쪽으로 魏나라를 비롯한 3晉을 침공해 魏의 몫까지 죄다 차지하고 말았다. 초왕과 위왕은 제민왕을 원망하면서 秦나라에 사자를 보내 귀의했다.

송나라 땅 1천 리를 모두 차지해 더욱 교만해진 제민왕은 이제는 약소국으로 전락해 버린 위衛, 노魯, 추鄒나라에 사람을 보내 齊에 칭신하고 입조해 제왕을 알현할 것을 강요하니, 모두 이를 따르지 않을 수 없었다. 제민왕이 이들 앞에서 큰소리쳤다.

"과인은 조만간 무능하기 짝이 없는 주왕실을 병탄하고, 낙양의 9정九鼎을 이곳 임치로 옮길 생각이오. 그런 연후에 천자에 올라 천하를 호령하게 될 것이오, 껄껄껄!"

그러자 사촌형인 맹상군孟嘗君이 나서서 이를 말리려 들었다.

"지금 7國이 서로 다투면서도 周왕실에 손을 대지 않는 것은 제후들의 종주宗主라는 명분 때문입니다. 지난번 秦왕이 칭제稱帝를 권했을 때도 이를 거부했기에 천하가 齊의 겸양을 칭송했는데, 이제 周왕실을 대체하려 든다면 제나라의 복이 되지 못할까 두렵습니다!"

화가 난 제민왕은 맹상군을 상국의 자리에서 끌어내리고 말았다. 위기를 느낀 맹상군은 빈객들과 함께 魏나라 도성 대량大梁으로 달아나 지인에게 의탁했다. 제민왕이 교만하다는 소문이 널리 퍼지자 그에게 속아 땅을 강탈당한 주변국은 물론, 잦은 원정에 지친 자신의 백성들로부터도 원성을 듣게 되었다.

그즈음 북쪽의 燕에서는 齊선왕의 침공으로 연왕 쾌噲가 죽고 나서 태자 평이 연소왕燕昭王(BC 314~BC 279년)에 올라 있었다. 소왕은 제나라에 연달아 짓밟힌 데 대해 오매불망 복수를 노리고 있었다. 소왕이 금으로 채운 〈황금대〉를 높이 세워 놓고 천하의 인재를 구한다고 소문을 내자, 소대를 포함한 많은 인재들이 燕으로 몰려왔다. 그 가운데는 趙나라의 장수였던 악의樂毅도 있었는데, 그는 중산을 공격했던 악양樂羊의 후손이었다. 악의가 소왕에게 방책을 제시했다.

"연나라 힘만으로는 30만 군대를 지닌 제나라를 제압할 수 없습니다. 그러니 반드시 조, 위나라 등 이웃한 열국들과 연합해 합종으로 제나라를 상대해야 할 것입니다!"

연소왕이 이를 받아들여 악의를 사자로 삼아 이웃 나라 왕들에 대한 설득에 나서게 했다. 그러자 齊민왕의 포악함을 증오하던 제후들이 연나라의 제안에 동의했다. 이로써 BC 285년, 秦, 趙, 韓, 魏, 燕 5개국의 연합군이 모여 齊를 치기로 했는데, 각국의 군사들을 지휘할 장군들의 면면이 엄청났다.

우선 秦나라의 백기白起, 趙의 염파廉頗, 韓의 포연暴鳶, 魏의 진비晉鄙가 참가했고, 연나라의 악의가 上장군이 되어 연합군을 총지휘하기로 했다. 그야말로 전국시대 최고의 명장들이 드물게 한자리에 모인 최강의 군사연맹인 셈이었다. 이들이 모여 한꺼번에 제수濟水로 향하는 길에는 5국의 깃발은 물론 각국 명장들의 선명한 깃발이 각양각색으로 뒤섞여 하늘을 뒤덮는 장관이 오래도록 연출되었다.

잔뜩 사기가 오른 〈5국 연합군〉은 악의가 이끄는 5만 연군을 선봉으로 삼고, 나머지 연합군이 그 뒤를 따라 물밀듯이 제나라로 쳐들어갔다. 갑작스러운 5국 연합군의 공격에 齊민왕이 한섭韓聶을 대장으로 삼아 직접 중군中軍을 이끌며 출정했고, 마침내 제수의 서쪽에서 양쪽 군대가 맞붙어 대혈전이 벌어졌다. 이때 상장군 악의가 몸을 사리지 않고 병사들에 앞장서 전투에 임했다.

"제나라 군대를 두려워 마라! 우리의 뒤에는 막강한 4국의 연합군이 있질 않느냐? 내가 앞장설 것이니 전군은 나를 따라 전력을 다해 적진으로 돌진하라! 북을 치고, 진군의 나팔을 불어라, 돌격하라!"

악의가 솔선하여 분투하는 모습을 보이니 연나라 군대의 기세가 올라 거침없이 제나라 진영으로 돌진해 들어갔고, 이어지는 연합군의 공세로 마침내 제군이 크게 패하고 말았다.

〈제수전투〉에서 5국 연합의 일격에 참패를 당한 민왕은 급히 거莒로 달아나야 했고, 齊나라 대장 한섭은 칼을 맞고 전사했다. 승리를 쟁취한 연합군은 그쯤 해서 제각각 철수했으나, 악의만은 연나라 병사들을 이끌고 파죽지세로 제나라 깊숙이 들어갔다. 그 결과 연군은 齊의 수도 임치를 공략해 함락시킨 데 이어, 순식간에 70여 성을 빼앗는 놀라운 성과를 올렸다. 이제 제나라에 남은 성이라곤 오직 거莒와 즉묵卽墨 2개의 성만이 버티고 있었다. 그 와중에 齊민왕은 자신이 지원을 요청했던 초경양왕에게 배신을 당해, 그가 보낸 장수 요치淖齒에게 피살당하고 말았다.

즉묵성에서는 백성들이 전단田單을 장군으로 추대하고 악의의 연군에 맞서 용케 버티고 있었다. 그러던 중 덜컥 燕의 소왕이 사망하는 일이 발생했다. 연소왕은 제선왕의 공격에 풍전등화 같던 연나라를 다시 일으켰고, 趙무령왕을 도와 중산국을 멸망시켜 중산으로부터 빼앗긴 땅을 되찾았다. 또 진개를 시켜 동북의 강호 동도를 멸망시켰고, 기씨조선에 커다란 타격을 입힘과 동시에 조선민족을 요수遼水(영정하) 동쪽 바깥으로 밀어내는 데 성공했다. 연소왕은 그때까지 2천 년 古조선의 역사에 가장 큰 타격을 가한 인물 중 한 사람이었다.

소왕은 이후 장수 악의를 시켜 〈5國 합종〉으로 전통의 강국인 齊나라 원정을 감행해 사실상 제나라를 복속시켰고, 선왕(쾌)의 복수마저 완성했다. 이로써 그는 오랜 약소국이었던 燕으로 하여금 처음으로 전성시대를 누리게 한 장본인이었는데, 이 모든 것은 그가 즉위 초기부터 인재경영에 힘쓴 덕분이었다. 일설에는 말년의 그가 신선술을 좋아해 신단神丹(단약)을 장복한 결과 오히려 열병으로 죽었다고도 했다.

연소왕의 죽음으로 혜문왕惠文王(~BC 272년)이 뒤를 이었는데, 그는 태자 시절부터 악의樂毅를 좋아하지 않았다. 이 사실을 파악한 제나라의 전단이 재빨리 이간책을 동원했다.

"악의가 즉묵성을 즉시 함락시키지 않고 2년 가까이 질질 끄는 것은 대왕(혜왕)을 두려워한 나머지 연나라로 돌아가지 못하고, 이참에 아예 제나라의 왕이 되려는 것입니다. 이런 사실을 아는 제나라 백성들은 악의가 아닌 다른 장수가 오면 성이 하루아침에 무너질까 두려워하고 있습니다!"

악의를 의심하던 연혜왕이 이 말에 넘어가 장군 기겁騎劫으로 하여금 악의를 대신하게 했다. 그러자 눈치 빠른 악의가 재빨리 趙나라로 피해 버리고 말았는데, 그때까지 보였던 악의의 태도로 보아 매우 석연치 않은 거동이었다.

악의가 떠난 뒤에도 전단은 연군 진영에 뇌물을 바치고 경계감을 풀
게 하는 등 계속해서 심리전을 펼쳤다. 그런 어느 날 전단이 병사들에게
성안의 소들을 한곳에 모으게 하니 1천여 마리가 넘었다. 그가 이어서
은밀하게 명을 내렸다.

"지금부터 모든 소들의 꼬리에 기름을 흠뻑 적시고, 그 위에 갈대 다
발을 묶어 놓도록 하라!"

그렇게 준비를 마친 다음, 날이 지고 어두컴컴한 한밤중이 되자 전단
이 병사들을 시켜 일제히 소꼬리에 불을 놓게 했다. 놀란 소들이 순식간
에 사방으로 날뛰기 시작했고, 그렇게 꼬리에 불이 붙은 소 떼를 앞세운
채 제나라의 5천 결사대가 뒤따르며, 파죽지세로 연군의 진영으로 쇄도
해 들어갔다.

한밤중에 잠자던 연군 진영에 느닷없이 불덩어리들이 들이닥치자,
사방이 순식간에 아수라장으로 돌변했고, 공포에 사로잡혀 우왕좌왕하
던 연군이 크게 패해 달아나기 바빴다. 이 〈화우의 진火牛之陣〉을 이용한
기습으로 승기를 잡은 전단은 연군을 황하 근처까지 밀어붙였다. 그 결
과 순식간에 연나라에 빼앗긴 70여 성을 모두 되찾았고, 燕나라 장수 기
겁은 전사하고 말았다. BC 279년의 일이었다.

마침내 연군을 몰아낸 제나라 사람들은 거莒에 머물던 양왕襄王(~BC
264년)을 찾아 도성인 임치로 모시고 정사를 잇게 했다. 그렇게 패망 직
전까지 갔던 제나라가 다시 일어서는 듯했다. 그러나 제나라는 그동안
연과의 전쟁에 기력을 모두 소진한 탓인지, 이후 秦나라에 크게 밀리면
서 나약한 모습만을 드러냈을 뿐이었다.

燕나라는 오래된 나라였지만, 그동안 朝鮮의 열국과 齊, 趙나라 등에 치여 주목받지 못했다. 그러나 燕소왕 때 인재들을 두루 중용하면서 10년이 넘도록 국력을 키우는 데 주력했다. 그런 연나라가 군사력 강화에 성공하더니 갑작스레 사나운 이리처럼 돌변해 이웃 나라들을 차례대로 공략하기 시작했다.

먼저 연소왕은 진개를 시켜 숙적인 동도와 기씨조선 등을 공격해 기어코 치명타를 입힌 데 이어, 전통의 강호 齊나라까지 제압하면서 북방의 강호로 급부상했다. 북방의 오랜 약소국 연나라로선 실로 엄청난 반전을 이룬 셈이었고, 이때 비로소 짧은 전성기를 누리게 되었다.

소왕의 뒤를 이은 사람은 연혜왕燕惠王이었는데, 그는 제나라 전단에게 패해 제나라에서 군대를 철수시켜야 했다. 연나라는 이후 제나라에 대한 패배의 후유증으로 심하게 내분을 겪은 듯했다. 몇 년 후 혜왕이 갑작스레 사망했는데, 피살당한 것이라고도 했다. 그의 뒤를 이은 왕들 역시 이렇다 할 행적을 남기지 못하더니, 이내 변방의 약소국으로 되돌아가 버리고 말았다.

그 무렵 楚나라 조정은 여전히 근상을 중심으로 하는 친진親秦파와 굴원을 위주로 하는 친제親齊파가 다투고 있었다. 그 와중에 근상이 굴원을 무고했다.

"굴원이 학식을 빙자해 선왕의 복수를 하지 않는 것은 불효라며 대왕을 비난하고 다닌다니, 무언가 딴마음을 품고 있는 듯합니다."

그러자 경양왕이 발끈해 굴원의 관직을 빼앗고 추방해 버렸다. 당시 제나라가 연소왕이 주도했던 〈5국 연합군〉과 전쟁을 치르고 크게 약화된 점도 친제파의 몰락에 영향을 주었을 것이다. 그런데 BC 280년경이 되자, 경양왕이 이제까지와는 정반대의 행보를 보이기 시작했다. 그가 친진親秦 정책에서 벗어나 다른 제후국들을 설득하면서 반진反秦동맹을 재건하려 한 것이었다.

분노한 秦소양왕이 즉시 군사를 일으켰다.

"초왕 따위가 과인을 배신하려 들다니, 절대 좌시하지 않겠다!"

소양왕이 다시금 楚나라를 공격한 끝에 한북漢北과 상용上庸의 땅을 취했고, 이듬해 이어진 공격에서 서릉西陵을 빼앗았다. BC 278년의 공격에서는 명장 백기白起가 마침내 초나라 수도 영도郢都를 함락시키고 남군南郡을 설치했는데, 그때 楚나라 선왕의 무덤인 이릉夷陵까지 불태워 버렸다. 백기가 이 공으로 무안군武安君에 봉해졌다.

경양왕은 다급히 하남의 진성陳城으로 피했지만, 이듬해 秦나라의 승상 위염魏冉이 다시 쳐들어와 무巫와 검중黔中의 땅을 빼앗기고 말았다. 과거 秦나라에 인질로 있다가 죽은 楚회왕이 그토록 버티고 내주지 않으려던 땅이었다. 경양왕은 별수 없이 태부 황헐黃歇(춘신군春信君)을 불러 중임을 맡겼다.

"그대가 태자를 데리고 秦나라로 가서 인질로 바치고, 반드시 화친을 맺도록 하시오."

황헐이 秦나라로 들어간 뒤 얼마 후 秦과의 화친에 성공했다는 전갈이 전해졌다. 그런데 이 소식을 접한 굴원이 〈애영哀郢〉과 〈회사懷沙〉라는 시詩를 남긴 채, 음력 5월 5일 멱라수에 의연하게 몸을 던지고 말았다. 사실상 秦에 굴복한 데 대해 죽음으로 항거하면서, 초나라 사람들의 애국혼을 고취시키려 했던 것이다.

중국에서는 굴원의 애국충절을 기리기 위해 이날을 〈단오절端午節〉로 삼았다. 그날 강남 지역에서는 용선龍船 경주를 성대히 벌이는데, 이때 물속에 잠긴 굴원의 시신을 물고기들이 뜯어 먹지 못하도록 갈댓잎으로

싼 송편을 물에 던지는 풍습이 생겼다. 이렇게 송편을 만드는 풍속이 후일 동남아는 물론 한반도와 일본에까지도 널리 퍼졌던 것이다.

BC 275년, 秦소양왕이 이번에는 양후穰候 위염을 출병시켜 위나라를 공격하게 했다. 秦군이 도성인 대량大梁 가까이 오자 위소왕魏昭王(~BC 277년)은 대장 포연暴鳶을 내보내 맞서게 했으나, 포연이 대패하고 말았다. 위염이 魏나라 군사 4만을 참수해 버리자 魏소왕이 급히 3개 성을 바치기로 하고, 강화를 모색했다. 그러나 秦나라는 이듬해 다시 객경 호양胡陽으로 하여금 위나라를 공격하게 해 위장魏將 망묘芒卯를 패퇴시키고, 15만에 이르는 魏군의 수급을 베었다. 위왕이 또다시 남양南陽 땅을 바치며 거듭 강화를 청했다.

그런데도 소양왕은 이것으로 만족하지 않았다. BC 270년, 그는 호양을 시켜 군사 20만으로 이번에는 韓나라를 치게 했다. 호양이 한의 알여閼興 땅을 포위하니, 韓희왕(~BC 273년)이 다급하게 趙나라에 구원을 요청했다.

당시 燕나라의 복수로 齊나라가 크게 국력을 잃게 된 데 반해, 조나라가 강대하게 힘을 쌓아 어느덧 최강 秦에 맞설 정도가 되었다. 상대적으로 작은 조나라가 이토록 성장하기까지는 趙혜문왕 아래 평원군平原君 조승趙勝, 장군 조염파趙廉頗 외에 〈화씨지벽和氏之璧〉을 지켜 내 유명해진 상대부上大夫 인상여藺相如와 같은 유능한 인재들이 있어 가능한 일이었다. 혜문왕이 군신들을 모아 대책을 묻자 대부분 韓나라 지원을 반대했는데, 오직 대부 조사趙奢만이 긍정적으로 답했다.

"알여 땅은 지형이 좁고 험한 길이라 마치 쥐 두 마리가 좁은 구멍 안에서 다투는 격이 될 것입니다. 따라서 결국은 더 용맹한 쪽이 이길 것입니다!"

결국 혜문왕이 조사에게 군사 5만을 주어 韓나라를 지원하도록 했다. 조사가 출전했으나 호양이 이끄는 20만에 비해 병력의 수가 워낙 적었다. 조사는 도성인 한단의 동문을 나와 30리쯤에 높게 보루를 쌓고 영채를 세우게 했다. 그리고는 이내 영채 문을 단단히 걸어 잠그게 하고, 일체 싸움에 응하지 말도록 했다. 趙나라 지원군이 韓나라로 들어오기는커녕 조나라 도성 밖에 머물며 밖으로 나오지 않는다는 보고에, 호양이 사자를 조사에게 보내 알여성에서 일전을 벌여 보자며 싸움을 종용했다. 그러자 조사가 답했다.

"내가 우리 왕의 명으로 출전은 했으나, 솔직히 진나라 군사와 어찌 대적할 수 있겠소?"

그리고는 사자를 융숭하게 대접한 뒤, 허술해 보이는 조군의 보루와 군영까지 두루 살펴보게 하고는 돌려보냈다. 韓나라 알여성을 포위하고 있던 호양이 사자로부터 상황을 보고받고는 이내 긴장을 풀고 韓나라 공격에만 주력했다.

秦나라 사자가 떠난 뒤 사흘이 지나자 조사가 신속하게 명을 내렸다. 그는 전투에 능한 기병 1만 명을 차출해 선봉으로 삼고, 나머지 대군이 그 뒤를 따르게 했다. 이때 빠른 이동을 위해 전군이 입에 나무막대를 물고, 갑옷을 둘둘 말아 등에 진 채 주야로 내달렸다. 그리하여 이내 알여성 15리밖에 군영을 세운 다음, 지대가 높은 북쪽 산 정상에 영채를 세우게 하니, 산 아래 진군의 움직임이 훤히 내려다보였다.

호양이 이를 보고 놀라서 급하게 정상 탈환을 명했으나, 계곡에 숨어 있던 조군 사수들의 화살 세례를 받고 말았다. 연이어 정상에 있던 1만 기병이 폭풍처럼 쏟아져 내려와 진군을 몰아치니 결국 호양의 진군이 대패해 달아나기 바빴다. 〈알여전투〉에서 趙나라 지원군이 용의주도한 기습작전으로 秦나라 대군을 몰아내고 韓나라를 위기에서 구해 내자,

趙혜문왕이 크게 기뻐하며 조사를 마복군馬服君에 봉했다.

17. 또 하나의 서쪽별 의거

秦소양왕의 모친은 秦혜문왕의 후비後妃이자 楚위왕威王(~BC 329년)의 서출로 미씨半氏 성을 가진 선태후宣太后였다. 혜문왕이 죽고 무왕武王이 즉위했으나, 4년 만에 자식도 없이 죽는 바람에 혜문왕의 배다른 아들들이 경합했다. 그때 정승을 대표하던 위염魏冄이 1년 전 연나라에 인질로 가 있던 선태후의 아들 칙則을 적극 옹립했다. 선태후는 혜문왕의 총애를 입은 덕에 그 아들인 무왕과도 사이가 좋아서, 그녀가 초나라에서 데려온 피붙이들 모두가 요직에 있었고, 특히 이복동생 위염은 20대 중반의 나이에 나라의 병권을 장악하고 있었다.

무왕이 죽었을 때 선태후의 나이는 대략 30대 중반이었는데, 젊고 총명한 데다 야심 가득했던 그녀가 아들 칙則을 왕위에 올리려고 재빠르게 움직였다. 그녀는 우선 혜문왕의 공주이자 영칙嬴則의 누이인 연나라 태후(역왕의 母)에게 손을 써, 인질로 있던 칙을 보내 달라며 협조를 구했다. 그렇게 연나라의 지원을 끌어낸 선태후는 이번에는 조나라의 무령왕에게도 사람을 보내 청원을 했다.

"우리 秦나라가 국상을 당해 연나라에 볼모로 가 있던 아들 칙이 속히 돌아와야 합니다. 대왕께서 이런 사정을 고려하셔서 칙이 조나라의 지름길로 안전하게 귀국할 수 있도록 호위해 주실 것을 삼가 부탁드립니다!"

자세히는 알 수 없지만, 필시 무언가 무령왕이 거부할 수 없는 조건을 내걸었을 것이다. 어쨌든 무령왕이 호의를 베풀어 국경으로 사람을 보내 칙襯을 맞이한 다음, 귀국길의 호위까지 맡아 준 덕에 칙은 함양으로 신속하게 돌아올 수 있었다. 선태후는 아울러 무왕의 동생으로 전공이 많고 왕족 가운데 가장 명망이 높은 저리질樗里疾을 포섭해 자기편으로 삼았다. 이들과 함께 위염이 전면에 나서서 칙을 옹립하니, 결국 왕위 쟁탈전에서 승리해 18살의 아들 영칙이 마침내 왕위에 오를 수 있었다. 그가 바로 소양왕昭襄王(BC 307~BC 251년)이었다.

소양왕이 이미 성인의 나이에 즉위했음에도 명석한 데다 야심 가득한 모친 선宣태후가 수렴청정을 했다. 당시 선태후를 비롯해 외국인인 초나라 출신들이 하루아침에 秦조정의 권력을 장악한 데 대해 내부 반발이 심했다. 이에 아직은 소양왕의 왕권이 미약하다고 보고 선태후가 나선 것이었다. 어쨌든 태후의 친정親政은 중국 역사에서 사실상 처음으로 등장한 세계사적 사건이 틀림없었다. 그녀의 예상대로 소양왕 2년인 BC 306년, 서장庶長 장壯이 초기 왕위 경쟁에서 탈락한 공자, 제후들과 함께 〈계군季君의 난〉을 일으켰다.

군부를 장악하고 있던 위염이 재빨리 이를 제압해, 혜문왕후后를 포함한 관련자 모두를 주살해 버렸고, 무왕후武王后를 위나라로 축출하는 등 커다란 공을 세웠다. 그런 이유로 선태후는 위염을 승상에 앉히고 나중에 하남의 양후穰侯에 봉했다. 위염을 비롯한 소양왕의 외척 세력은 그 후에도 소양왕을 튼실하게 보좌해, 후일 秦나라가 주변국과의 숱한 전쟁에서 승리하고 나라의 강역을 넓히는 데 지대한 공헌을 했다. 그런 이유로 소양왕은 나중까지도 선태후의 외척을 크게 두려워했다. 특히 외숙인 위염은 소왕 재위 기간 내내 40년간 병권을 장악함으로써 그 위세가 왕권을 능가할 정도로 절대적이었다.

그해에 秦나라 서쪽에 자리한 〈의거국義渠國〉의 왕이 선태후의 요청으로 秦조정에 알현을 오게 되었다. 오래전 춘추시대 때 辰韓왕과 제환공이 충돌했던 〈산융전쟁〉으로 북경 인근에 산재했던 古조선연맹의 일부 후국들이 무너졌다. 이들 중 일부는 북서쪽으로 이주해 곳곳에서 융족들과 어울려 서로 다른 부족을 이루고 살았다. 융족은 말을 잘 타는 북방 기마민족으로 싸움에 능한 데다 큰 병력을 부릴 수 있어, 중원의 나라들에게 쉽사리 굴하지 않는 강성한 민족이었다. 이들이 틈만 나면 중원의 나라들을 기습해 약탈을 일삼고 충돌하니, 秦나라를 비롯한 중원의 나라들에게는 늘 커다란 골칫거리였다.

급기야 춘추시대 말엽인 BC 451년경, 秦여공厲公(~BC 443년)이 2만의 병력을 동원해 자신들을 괴롭히던 〈대려大荔〉를 쳐서 멸망시켰다. 진군이 이때 대려에 속했던 예芮와 동同 두 땅을 기반으로 하는 임진현臨晉縣을 설치하고 돌아왔다. 그 후 전국시대로 접어들자, 3晉의 나라들 역시 이들 북방민족과 갈등을 겪게 되었다. 제일 먼저 동북쪽의 조나라가 나서서 대융大戎을 멸망시켰는데, 이들이 바로 북융에 이어 후일 동호라 불리던 辰韓의 일파였다.

비슷한 시기에 韓나라와 魏나라 또한 이伊, 낙洛, 음융陰戎 등을 쳐서 융족들을 쫓아내는 데 성공했다. 이렇게 여러 지역에서 화하족의 나라들에 밀려난 융족들의 일부는 서쪽으로 나아가 견산汧山과 농산隴山을 넘어갔다. 이후로 중원에서 융족의 침공이 거의 사라지게 되었는데, 오직 의거義渠만은 용케 버티고 남아 있었다.

이들은 경수慶水 상류의 험준한 산속에 도읍(감숙경양慶陽)을 정하고 주로 수렵과 유목에 의지하면서 살았다. 그런데 이들은 기존의 융족들과 달리 성곽과 궁궐을 지어 생활했고, 백성들에게도 농업을 장려하는 등 문화적으로도 매우 성숙한 면모를 보였다. 〈의거〉의 지배층이 동이계열 출신이었을 가능성이 컸고, 그런 점에서 의거국은 마치 태항산을 근거로 하던 중산국과 좋은 대비가 되는 나라였다.

이들 의거가 서쪽의 융족들을 병합하면서 세력이 점점 커지더니, 어느 순간부터 秦나라를 압박하고 자주 충돌하는 수준에까지 이르게 되었다. 이들이 동쪽 중원으로의 진출을 노리는 秦나라의 서쪽 배후에 있었기에 秦으로서는 여간 신경이 쓰이는 게 아니었다. 그 와중에 BC 444년, 대려大荔를 물리쳤던 秦여공이 이번에는 의거를 공격해 그 왕을 사로잡는 데 성공했다.

그러나 그일 이후에도 의거는 결코 秦에 고분고분하질 않았다. 결국 13년이 지난 BC 430년이 되자 秦조공躁公이 다시금 의거를 치기 위해 위남渭南까지 이르렀다. 그러나 이듬해에 조공이 덜컥 사망하면서 秦나라는 의거를 공략하는 데 실패하고 말았다. 그 결과 오히려 의거가 秦을 밀어붙인 끝에 그 경계가 위음渭陰까지 다다르게 되었다.

공교롭게도 이후 秦나라가 군주 승계 문제로 형제 간에 내란을 반복하면서, 4대에 걸친 70여 년 동안 진나라 역사에서 가장 혼란스러운 시간을 보내게 되었다. 진나라는 그사이 하서河西의 땅을 다시 빼앗겼고, 이후 BC 362년 21세의 秦효공孝公이 군주의 자리에 올라 상앙商鞅을 등용하고 나서야 비로소 안정을 되찾게 되었다.

그러던 BC 338년경, 위나라와 한창 전쟁을 벌이던 중에 개혁군주 秦효공이 세상을 떠나고 말았다. 秦혜공惠公이 뒤를 이었으나, 그는 곧바로 개혁과 변법의 상징이었던 상앙을 제거하는 데 혈안이 되었고, 끝내 상앙을 잡아 거열형에 처하는 등 조정이 어수선하기 그지없었다.

그런저런 틈을 타고 더욱 강력해진 의거義渠는 낙수洛水에서 마침내 秦나라 군대를 물리치는 데 성공함으로써 만만치 않은 군사력을 과시했다. 그러던 차에 秦혜공 7년인 BC 331년, 이번에는 반대로 의거국에 내란이 일어났다는 소식이 들려왔다. 혜공이 급히 서장庶長 조조操를 불렀다.

"서쪽 의거국에 난이 있다는 보고다. 지난번 의거에 패해 망신을 톡톡히 당한 만큼, 이참에 대군을 동원해서라도 반드시 의거 토벌에 나설 절호의 기회다. 다만, 함양에서 멀리 떨어진 장거리 원정이라 이번에도 결코 만만한 싸움이 아닐 것이다. 그대가 한번 이 일을 맡아 보라!"

결국 서장 조조操가 秦의 대군을 이끌고 함양에서 서북쪽으로 6백 리나 떨어져 있는 의거 토벌에 나섰다. 내란으로 혼란에 빠져 있던 의거국의 왕과 군신들은 진나라 대군이 먼 의거 땅까지 나타나자 화들짝 놀라 혼비백산했다. 그렇게 진군이 의거국을 평정하는 데 성공해 감숙의 욱질 욱질郁郅(경양慶陽) 땅을 차지했다. 그러나 의거는 도성에서 서쪽으로 멀리 떨어져 있는 데다, 백성들이 여차하면 말을 타고 산속이나 초원으로 달아나 버리니 결코 관리가 쉽지 않았다. 그런 이유로 진나라 군사가 물러나자, 의거는 이내 진나라에 저항하기를 반복했다.

다시 4년이 지난 BC 327년경, 진혜공은 의거를 효율적으로 통제할 요량으로 의거국 내에 현縣을 설치했다. 이때 의거의 융왕戎王이 秦혜공에게 칭신을 하면서 의거는 표면적으로 秦의 속국이 되었다. 그 후 3년 뒤인 BC 324년, 중원의 군주들 사이에 칭왕이 유행했는데, 진혜공도 왕을 칭하면서 秦혜문왕이 되었다. 그러나 의거는 여전히 함양에서 먼 곳이었고, 융왕은 결코 호락호락하게 굴지 않았다. 그사이 진나라에서는 연횡론을 펼치던 장의가 들어와 재상이 되어 있었다.

위나라 출신 유세객 서수犀首(공손연公孫衍)는 장의와는 숙명의 라이벌 관계였다. 장의가 秦혜문왕에게 발탁된 다음, 진을 위해 위나라로 가서 재상이 되었을 때였다. 서수는 韓나라 태자 공숙公叔에게 사람을 보내 장의가 秦과 魏의 연합을 모색하고 있다며, 결국에는 두 나라 모두 韓나라 땅을 노리게 될 것임을 환기시켰다.

"장의가 말하길 장차 위나라는 한나라의 남양을 치고, 진나라는 삼천을 칠 것이라 하였답니다!"

그러면서 진과 위의 화친관계를 끊을 수 있는 자신에게 공을 세울 기회를 달라고 했다. 태자 공숙이 서수의 말에 따라 그에게 남양 땅을 맡겨 공을 세우게 했고, 그 결과 장의는 위나라를 떠나야 했다. 대신 서수가 魏나라의 재상이 되었다. 그런데 얼마 후 장의가 또다시 秦으로 들어가 재상이 되었다는 소식이 들려왔다. 서수는 장의의 연횡을 깨기 위해 머리가 복잡해졌다. 마침 그 무렵 의거왕이 위나라에 입조하게 되었는데, 서수가 직접 의거왕을 찾아 중원 나라들의 정황을 슬쩍 귀띔해 주면서 의미심장한 말을 던졌다.

"중원의 열국들이 秦을 공격하지 않으면 진나라는 의거국을 불사르고 짓밟을 것입니다. 그러나 반대로 열국들이 힘을 합해 진을 치게 된다면, 진나라에서는 많은 예물을 의거국에 보내고 예우하려 들 것입니다."

그 말은 진나라가 언젠가는 반드시 의거국을 병합하려 들 것이므로, 열국의 편에 서서 실리를 찾는 것이 유리할 것이라는 뜻이었다.

그 후 몇 년이 지난 BC 318년, 서수가 주도한 〈5國 합종〉이 성사되어, 魏나라를 비롯한 3晉의 나라들과 연, 제나라의 5국 연합이 진나라를 공격해 왔다. 秦혜왕이 배후의 의거국에 몹시 신경을 쓰자, 마침 秦에 머물던 또 다른 유세객 진진陳軫이 혜(문)왕에게 말했다.

"의거의 왕은 오랑캐 중에서도 매우 현명한 군주입니다. 그에게 뇌물을 보내 마음을 달래 놓는 것이 유리할 것입니다!"

고민에 빠졌던 秦혜왕이 진진의 말에 따라 채색 비단 일천 필과 일백명의 진나라 여인을 의거왕에게 예물로 보냈다. 의거왕이 고개를 끄덕이며 신하들에게 말했다.

"그것 참, 공손연이 말했던 그대로구나, 허허! 그렇다면 이대로 진나라와 열국의 싸움을 구경만 하고 있을 수는 없는 노릇이 아니냐?"

의거왕은 진나라가 산동 열국의 침공에 정신이 없을 때를 이용하고자 했다. 한편 진혜왕은 5국 연합군에 맞서 서장 질疾을 내보내 수어修魚에서 일전을 벌이게 했다. 〈수어전투〉에서 秦나라는 5국의 연합군을 크게 무찔렀다. 장수 신차申差를 생포한 데 이어, 조나라 공자 갈渴과 韓나라 태자 환奐을 패퇴시키고 8만 2천의 수급을 베는 대승을 거두었다. 그러나 秦의 서쪽 배후에서는 전혀 다른 상황이 벌어지고 있었다. 의거왕이 군사를 일으킨 것이었다.

"秦이 5국 연합군과 전쟁을 벌이는 지금이야말로 진의 배후를 때릴 적기다. 지금 즉시 출병하라는 명을 전하라!"

의거왕이 이내 군사를 몰아 진나라를 습격했는데, 5국 연합군과의 전쟁에 집중한 나머지 秦나라의 후방은 방어가 부실할 수밖에 없었다. 그 결과 의거왕은 이백李伯의 기슭에서 진나라 군대를 크게 깨뜨릴 수 있었다. 비록 〈5국 연합〉을 깨고 대승을 거두었지만, 배후를 단속하기 위해 사전에 예물까지 보냈던 秦혜왕은 한 마디로 의거에 뒤통수를 맞은 꼴이 되고 말았다. 이것이 바로 서수가 바라던 것이었다.

그 후 3년여가 흘러 이제 열국과의 관계에서 다소 여유가 생긴 혜문왕이, 배후를 치며 秦나라를 배신했던 의거로 눈을 돌리기 시작했다. BC 315년, 혜문왕이 작심하고 대규모 병력을 출병시켜 의거로 향하게 했다.

"의거가 배후에서 우리를 노려보고 있는 한, 맘 편히 중원 진출에 매진할 수가 없다. 이번에야말로 반드시 의거를 토벌해 속국으로 만들어야 할 것이다!"

秦나라가 이때의 원정으로 의거 도경徙涇의 25개 성을 점령하면서 의거국을 실질적으로 복속시키는 데 성공했다. 그러나 장거리 원정에 엄청난 산악 전쟁을 치르느라 상대적으로 秦도 막심한 피해를 감수해야 했을 것이다. 특히 4년 뒤인 BC 311년 혜문왕이 죽고 그의 아들 秦무왕武王이 즉위했는데, 이때 무왕이 즉위 원년임에도 불구하고 서둘러 서쪽으로 군사를 출병시키는 일이 벌어졌다.

아마도 왕위 교체기를 틈타 의거가 다시금 반기를 들었을 가능성이 컸다. 무왕은 이때의 원정에서 승리해 의거를 제압하고, 단丹과 여犁를 토벌했다. 어쨌든 그 후 의거가 잠잠해진 것으로 미루어 혜문왕과 무왕에 이르는 20년에 걸쳐 秦나라는 강성한 의거국의 병합을 완성했고, 이로써 배후의 서쪽 변방을 안정시키면서, 다시금 동진에 매진하게 되었다.

그러던 와중에 소양왕 즉위 이듬해였다. 〈의거〉의 융왕이 신하인 의거군義渠君의 자격으로 새로운 왕의 즉위를 축하하고 알현하기 위해 직접 함양을 내방했다. 그런데 당시에는 소양왕의 모후인 선태후가 섭정으로 실권을 행사하던 시절이라, 그의 내방은 스무 살 청년 소양왕보다는 선태후를 알현하는 목적이 더 컸을 것이다. 선태후는 원래부터 절세의 미인으로 이름이 높았는데, 그 무렵 30대 중후반의 한창 나이에다 과부가 되어 외로운 처지였다. 그래서였는지 뜻밖에도 선태후가 이때 의거왕과 눈이 맞아 통정을 했다. 주변의 시선을 의식하지 않는 선태후의 대범한 성격이 그대로 드러난 사건이었다.

선宣태후, 그녀는 타의 추종을 불허하는 빼어난 미모에다 당대 최고의 권력까지 모두 틀어쥔 여걸 그 자체였다. 그토록 대단한 선태후에게 선택받은 의거왕은 대체 어떤 인물이었을까? 일설엔 선태후가 의거국의 압박을 우려한 나머지 의거를 다스리려 융왕을 유혹했다고도 했다. 하지만 당시 秦나라의 압도적인 국력을 감안할 때 설득력이 떨어지는 얘기였다. 오히려 의거왕의 출중한 외모나 품성, 넘치는 남성적 매력이 선태후의 마음을 크게 흔들어 놓았을 가능성이 컸을 것이다. 어쨌든 그녀는 오랫동안 의거왕과 동거하면서 의거왕을 그의 나라로 돌려보내지 않았다.

원래 초나라는 스스로를 만이蠻夷라 하여, 주례의 예법을 거부한 채 〈춘추시대〉부터 칭왕을 해 온 나라였다. 또 여인의 정절만을 제일로 삼지 않는 문화를 지녔는데, 이는 북방 기마민족의 습성이었다. 일찍이 周나라 초기부터 동이의 일부였던 회이가 중원의 화하족에게 밀리면서 장강을 넘어 남쪽으로 광범위하게 진출했다. 그들의 후예들이 동남쪽으로는 〈오吳〉와 〈월越〉을 이루었고, 서남쪽으로 〈초楚〉를 탄생시킨 것이었다.

그런 楚나라 출신이라 그랬는지 선태후는 의거왕과의 사이에서 두 아들을 낳기까지 했다. 더욱 놀라운 것은 이후 선태후가 무려 35년 동안이나 의거왕과 사실상의 부부관계를 유지했다는 점이었다. 물론 의거왕 또한 한 나라의 군주였기에 의거국과 함양을 빈번하게 드나들었을 것이다. 그렇더라도 그녀가 의거왕을 단순한 성적 파트너로만 여겼다면 좀처럼 있을 수 없는 일이었다.

선태후의 입장에서는 의거왕과 오랜 부부의 연을 유지하는 것 외에,

의거왕을 남편으로 붙들어 둠으로써 멀리 떨어져 다루기 힘든 의거국과의 갈등을 차단하는 효과를 노렸을 수도 있었다. 한 마디로 '임도 보고 뽕도 따는 식'이었던 것이다. 한발 더 나아가 선태후는 의거왕과의 사이에서 낳은 아들을 장차 의거국의 왕으로 만들어 사실상 두 나라를 혈연으로 통합하려 했을 수도 있었다. 아들인 소양왕에게는 배후의 의거국을 이런 식으로 묶어 두는 것이 중원에 집중할 수 있게 해 주는 전략적 선택임을 설득함으로써, 둘만의 암묵적 합의를 오래 유지했을 가능성도 있었던 것이다.

반대로 의거왕의 입장에서는 의거국의 종주국이자 최강 秦나라의 실권자를 사실상 아내로 삼고 자식까지 두게 되니, 이는 왕의 양부가 된 셈이었다. 그러니 변방 오랑캐 소국의 왕에 불과했던 그의 존재감과 위상은 자신의 나라에서나 秦나라 함양에서나, 상상 그 이상이었을 것이다. 그로서는 진나라의 선진문물과 제도를 받아들여, 자신의 나라를 중원의 나라들과 같은 수준으로 끌어올리려 했을 수도 있었다.

게다가 선태후의 두 아들 역시 장차 진나라의 정치 상황에 따라서 어떤 존재가 될지 그 가능성을 무시할 수 없는 존재였을 것이다. 이렇듯 수많은 불확실성이 공존하는 가운데, 두 사람의 복잡한 속내가 서로의 부부관계를 오래 유지시킨 것으로 보였다.

이렇듯 선태후는 사실상 고대 중원사람들의 여성에 대한 편견에 도전해 군주로서의 정치적 실권을 행사한 최초의 여걸이었다. 그녀가 秦을 통치하던 시절은 〈상앙의 변법〉이나 趙나라의 〈호복기사〉에서 보듯이 중원의 모든 나라가 개혁이라는 몸살을 앓던 전국시대 최대의 변혁기였다. 이런 엄중한 시기에 그녀는 秦의 변법을 더욱 철저하게 발전시켰고, 위염이 천거한 명장 백기를 등용했다. 또 당대의 책사인 장의의 말에 무조건 따르지 않는 대신, 사마조司馬錯로 하여금 촉蜀을 정벌케 하는 등 나라의 주요 결정 사안을 주도했다.

그러던 BC 272년경, 秦소양왕이 魏와 韓나라에 상용上庸 땅을 내주고 군郡을 설치하게 하는 대신, 그곳에 魏나라가 바친 남양南陽의 백성들을 이주시켜 살게 했다. 이는 秦나라가 魏나라로부터 하서河西와 상군上郡의 땅을 확보했다는 의미였다. 그렇게 魏나라와의 일을 일단락 짓고 나서, 소양왕이 신하들에게 다소 아리송한 말을 남겼다.

"의거의 일이 시급해졌으니, 태후께 청을 하나 해야겠다……"

이는 韓魏 두 나라 일을 매듭지었으니, 이제부터 선태후와 함께 의거국의 일을 마무리 짓겠다는 의미였다. 그 속에는 서북방의 전략을 대거 수정해 이제부터 융족이 다스리는 농서隴西와 북지北地를 秦나라에 편입시키겠다는 속셈이 깔려 있었다.

그로부터 얼마 지나지 않아 진궁秦宮에서는 소양왕이 생모인 宣태후를 찾았는데, 왕의 표정이 매우 곤혹스럽고 슬퍼 보였다.

"태후마마, 이제 정말 때가 된 것 같습니다……"

"……"

순간 소양왕의 말을 듣고 있던 선태후가 무덤덤한 표정으로 소양왕을 한참이나 물끄러미 바라보았다. 이제는 늙고 힘이 빠져 젊은 날의 미모를 찾아볼 수 없게 된 선태후가 말없이 홀로 여러 번 고개를 끄덕이더니, 작은 목소리로 입을 열었다.

"알겠습니다. 대왕은 가서 정무를 보세요……"

소양왕이 연로한 모후의 눈치를 보며 한참을 주저하다가 이윽고 정중하게 인사를 하고 뒤돌아나갔다. 아들의 뒷모습을 바라보던 선태후는 멍한 표정으로 한동안을 그 자리에서 미동도 없이 앉아 있었다. 그녀의 주름진 얼굴 위로 가느다란 눈물이 반짝거리며 소리 없이 흘러내리고 있었다.

얼마 후 宣태후가 자신의 생일을 맞이해 의거왕을 감천궁甘泉宮으로 초대한 다음 커다란 주연을 베풀었다. 의거왕이 잔을 들어 태후의 탄생일을 축하했다.

"태후, 생신을 정말 축하드립니다. 긴 세월 건강하게 여기까지 오셨으니, 앞으로도 오래오래 사셔야 합니다. 껄껄껄!"

함께 늙어 버린 의거왕이 호탕하게 웃어 젖히며 분위기를 띄우려 하자 선태후가 메마른 웃음으로 답했다.

"에구, 이제 칠십이 다 된 쭈구렁 할망굽니다, 너무 오래 살았으니 서둘러 가야겠지요……"

그날 의거왕은 유독 기분이 좋아 보였고, 선태후가 사전에 준비시킨 아리따운 궁인들이 권하는 술을 사양하지 않고 모두 받아 마셨다. 그러다 결국은 만취해서 쓰러지듯 잠이 들어 버렸다. 시중을 드는 궁인들이 의거왕을 침실로 모시고, 서둘러 주연을 종료했다.

그날 밤 의거왕이 깊은 잠에 빠져들던 사이, 일단의 秦나라 사병私兵들이 은밀하게 궁 안에 잠입했다. 그들은 순식간에 의거왕의 호위병들을 벤 다음, 곧장 침실로 뛰어들어 잠자던 의거왕을 살해했다. 선태후는 35년을 같이 한 의거왕의 죽음을 알면서도 모른 척할 수밖에 없었다. 그뿐 아니라 자신이 의거왕과의 사이에서 낳은 장성한 두 아들 모두가 제거당하는 것 또한 묵묵히 지켜보아야만 했다. 때로는 한 나라를 다스린다는 일이 그토록 냉혹한 일이었던 것이다.

감천궁으로부터 의거왕이 제거되었다는 소식이 도착하자마자, 소양왕은 기다렸다는 듯이 즉시 의거로 대군을 출병시켰다. 장거리 원정에도 불구하고 진나라 군사들은 지도자를 잃고 우왕좌왕하는 의거군을 완전히 토멸해 버렸고, 마침내 그 땅 모두를 秦에 복속시켰다. 이로써 서북방 변경에 농서隴西와 북지北地, 상군上郡을 두게 되면서, 秦나라는 융족의 동진과 남진을 한꺼번에 차단하는 중요한 교두보를 확보하게 되었다. 결국 서쪽 배후에서 秦의 동진을 저해하던 요인을 완전히 제거한 셈이었다.

선태후가 자신의 남편과 장성한 두 아들 모두를 제거하는 일을 묵시적으로 승인한 것은 그들의 존재가 선태후와 소양왕의 기대와 달리, 결국 秦나라가 중원을 통일하는 데 방해가 될 뿐이라고 결론 내렸기 때문이었을 것이다. 소양왕으로서도 평생 부담스러운 존재였던 의거왕의 나라였기에, 이참에 의거를 철저하고 무참하게 짓밟아 버리고자 했을 것이다. 〈의거국〉은 이후로 다시는 일어나지 못했다.

그 이듬해 범저范雎가 소양왕 앞에 나타나게 되는데, 범저는 수년 후 위염과 선태후를 탄핵해 소양왕의 뿌리 깊은 외척 세력을 제거하고, 늦게나마 온전한 소양왕의 친정 시대를 열게 했다. 선태후는 자신의 또 다른 가족을 희생시키면서까지 소양왕의 중원 통일을 열망했다. 그런 그녀였지만 자신이 그토록 아끼던 아들 소양왕으로부터 축출당한 채, 깊고 깊은 궁에서 유폐되었다가 1년 후인 BC 265년 가을, 쓸쓸히 생을 마감했다.

그러나 선宣태후는 죽기 1년 전까지도 권력의 끈을 놓지 않은 채 화려하기 그지없는 영욕의 삶을 살았으며, 70대 중반의 나이가 되도록 장수하면서 드물게 천수를 누렸다. 아들인 소양왕 또한 秦나라를 통틀어 가장 긴 56년을 재위하면서 秦나라를 최강의 반열에 오르게 했다. 그가 모친인 선태후와 함께 이룩했던 빛나는 성과야말로 30년 뒤, 그의 증손자인 영정嬴政(진시황)이 마침내 중원을 통일하게 하는 밑거름이 되었다. 진시황의 통일 이면에는 그의 위대한 조상, 특히 아시아 역사상 진정한 최초의 여걸 선태후宣太后의 뜨거운 열망과 불굴의 의지가 가려져 있었다.

반면, 동이족의 최서변最西邊 나라였던 의거국은 국왕이 영민한 여인의 치마폭에 놀아남으로써, 나라를 유린당하고 역사의 뒤안길로 사라지는 씁쓸한 최후를 맞고 말았다. 결과적으로 의거왕이 선태후 모자에게 이용당한 측면은 있겠으나, 애당초 의거왕의 입장에서는 사막이나 다름없는 산속에서의 거친 삶보다는 문명 세계인 중원으로의 진출을 꿈꾸었을 법도 했다. 당시 의거는 이미 혜문왕에게 복속되었던 만큼, 秦 왕실과의 혈연을 통해 긴장을 해소하고 안전하게 국력을 키우려 했을 수도 있었기 때문이다.

다만 마지막 단계에서 오랜 평화 덕에 의거의 국력이 위협적일 정도로 커졌다거나, 선태후의 아들이 의거의 왕위를 잇지 못하게 되었다든지, 무언가 의거국과 秦의 이해관계가 충돌한 것이 틀림없었다. 그 결과 힘의 우위에 있던 진나라가 전광석화와 같은 기습으로 의거를 일망타진해 버린 것이었다. 의거왕이 늙은 선태후를 신뢰하고 방심한 나머지 언젠가는 선태후와의 수 싸움에 끝이 있을 것이라는 사실을 망각했던 셈이고, 그 대가는 참으로 혹독한 것으로 귀결되고 만 것이었다.

중국의 사서에는 이때 秦나라가 다만 〈의거〉를 멸했다고만 했을 뿐, 그 구체적인 성과나 자신들의 피해기록이 보이질 않는다. 이는 강성했던 의거의 저항이 결코 만만한 것이 아니었음을 시사해 주는 것으로, 상대적으로 진나라의 피해도 작지 않았을 것이다. 아마도 도성은 물론, 의거의 너른 강역에 흩어져 있던 수십 개의 성곽과 요새를 흔적도 없이 파괴해 버림으로써 〈의거〉가 다시는 일어서지 못하게 만든 것으로 보였다.

그 시절, 광대한 중원대륙에 남아 있던 동이계 북방민족의 나라라고는 동쪽 태항산 아래 中山國과, 황하 서쪽의 사막과 초원 위에 일어섰던 의거국義渠國이 유일했다. 이 두 나라는 온통 화하족에 둘러싸인 채 고립되어 전국시대 말엽까지 중원대륙의 동쪽과 서쪽에서 마지막 생존을 위해 몸부림치던 북방민족의 역사 자체였다.

그런 점에서 중원 전체가 화하족의 얼굴이라면, 〈중산〉과 〈의거〉는 그 얼굴 좌우에서 반짝이던 동이東夷의 두 눈과 같은 존재가 아닐 수 없었다. 드넓은 중원의 하늘에 별처럼 빛나던 이 두 나라는 아쉽게도 비슷한 시기에 스르르 눈을 감듯 차례대로 소멸해 버렸고, 태항산과 황하 서쪽의 험준한 계곡을 드나들던 동이족의 존재도 함께 사라져갔다.

그러나 강인한 북방민족의 꿈이 그것으로 완전히 끝난 것은 결코 아니었다. 얼마 지나지 않아 의거가 사라진 자리에는 이제 또 다른 이름의 북방민족인 흉노가 대신하게 되었다. 그들은 전보다 더욱 거칠게 중원 화하족에 맞선 채 끝없는 패권 다툼을 이어 가게 되었다.

秦나라가 〈의거국〉을 병합시켰던 그 무렵, 위나라 출신 범저(장록張祿)가 우여곡절 끝에 秦소양왕을 만나게 되었는데, 그는 대뜸 엉뚱한 소리를 했다.

"진나라에는 오로지 선태후와 양후만 있지, 어디에도 왕이 없다 들었습니다."

"흐음……"

소양왕이 느낀 바가 있어 그 말을 듣고도 화를 내지 않은 채 이내 상객으로 예우하고 계책을 물었다. 그러자 범저는 '먼 나라와 친교를 맺고, 가까운 나라를 공격하라'는 이른바 〈원교근공遠交近攻〉의 비책을 제시했다.

"원교의 대상은 齊와 楚나라요, 근공의 대상은 韓과 魏나라가 될 것입니다. 진나라가 한과 위를 차지한다면, 제나라와 초나라의 독자생존이 어찌 가능한 일이겠습니까?"

소양왕이 손뼉을 칠 정도로 반기며 범저를 이내 객경으로 삼았다. 이어서 양후 위염과 대장 백기의 제나라 원정을 중단시키는 대신, 동으로 韓과 魏나라를 공략할 준비를 서두르라고 했다. 이후 왕의 신임이 더욱 두터워지자 범저는 마침내 소양왕에게 진나라의 40년 병폐인 선태후와 위염의 국정농단을 문제 삼고, 외척 세력을 과감히 척결할 것을 주문했다. 소양왕이 엄숙한 표정으로 답했다.

"과연 과인의 폐부를 찌르는 말이오. 지금껏 누구도 과인에게 이런 말을 해 준 신하가 없었소. 선생의 이런 말을 일찍 듣지 못한 것이 한스러울 뿐이오!"

이튿날 소양왕은 외숙인 양후 위염의 승상 직위를 박탈하고 식읍인 양穰 땅으로 쫓아 버렸다. 당시 위염의 집에서는 우마차 천 대로 날라야 할 정도로 엄청난 양의 이삿짐이 나왔다고 했다.

소양왕은 이때 양후穰侯의 동생들도 관문 밖으로 축출했을 뿐 아니라, 모친인 선태후마저 궁에 안치한 뒤 정사에 일체 간여할 수 없게 했다. 이어 범저를 승상에 임명한 다음, 응 땅에 봉하고 응후應侯로 부르게 했다. BC 266년, 진소양왕 49년의 일이었으니, 그 스스로 오롯이 친정을 펼친 기간은 불과 수년에 지나지 않았던 셈이다. 그러나 배후의 〈의거국〉이 사라진 秦나라는 이때부터 본격적으로 중원의 열국들과 사활을 건 정복 전쟁에 돌입하게 되었다.

제1권 끝

362

제1권 후기

기원전 5천 년경 내몽골 적봉 일대에서 일어난 〈요하문명〉은 세계 4대 문명이라는 황하문명에 앞서는 것이었다. 그 후에들이 거대한 기후 변화로 좀 더 남쪽으로 내려와 BC 24세기경 〈고조선〉이라는 고대국가를 세웠으니, 이들이 곧 오늘날 韓민족의 조상이었다. 이들은 춥고 메마른 초원과 드높은 연산산맥의 산악지대에서, 수렵과 목축, 농경에 의지해 살았다. 청동기와 문자, 강력한 활을 사용했는데, 이런 선진문명을 주변 널리 퍼뜨리면서 아시아의 북방민족을 대표하는 중심국으로 성장했다. 동이라 불린 이들은 서남쪽 너른 중원대륙의 한복판으로 진출해, 기원 이전까지 아시아의 역사를 주도했다.

비슷한 시기에 중국의 황하 및 장강 일대에는 화하족이라 불리는 사람들이 널리 분포해 살았다. 따뜻한 기후의 광대한 대륙에 터 잡고 살던 이들은 주로 농경 정착 생활을 했다. 이처럼 다소 상반된 문명을 지닌 양대 민족이 중원대륙에서 서로 충돌과 이합집산을 반복한 것이 곧 고대 아시아의 상고사였다. 대체로 대륙의 동쪽에 동이가, 화하족이 서쪽에 분포하는 이하동서夷夏東西의 구도였다.

초기에는 문명을 먼저 시작한 고조선 중심의 북방민족이 기술과 제도 등에서 화하족의 문화를 선도했다. 고조선이 진辰, 변弁, 마한馬韓의 〈삼한三韓〉체제를 유지했던 반면, 화하족은 요, 순을 포함하는 〈3황 5제〉시대를 거쳐, 하, 상(은), 주라는 고대국가로 이어졌다. 물론 이들 나라는 조선(동이)에 뿌리를 둔 사람들이 농경 등의 선진기술을 갖고, 화하족으로 들어가 다스린 것이 틀림없었다. 이들은 상대적으로 열악한 북방보다는 광활한 대륙으로 진출해 기꺼이 화하족에 동화되는 길을 택했고, 동북의 동이(고조선)에 도전했다.

BC 28세기경의 〈탁록대전〉은 치우와 황제로 대표되던 배달동이족과 화하족 간의 본격적인 충돌이었다. 이후로 양측은 〈고조선〉과 〈당요〉를 건국하면서 고대국가로서의 면모를 갖추기 시작했다. 하의 건국 과정에 등장하는 부루扶婁의 〈도산회의〉는 양대 민족의 갈등과 문화교류 과정을 가늠하게 해 주는 중요한 사건이었다. 하를 이은 상은 청동기 문화를 꽃피웠고 문자를 크게 발전시켰다. 천 년 하상夏商시대를 거치면서 농경의 발달과 인구 증가, 정치제도가 크게 발전했는데, 문명의 뿌리로 보아 이 두 나라는 명백히 동이계 나라였다.

동북의 고조선 지역에서는 기후변화 등으로 흥안령의 남쪽 끝자락에 살던 맥족貊族이 대거 남하했는데, BC 13세기 말에는 이들 집단이 천 년 만에 기존 고조선 왕조를 무너뜨렸다. 좀 더 파괴적인 무기와 초기 단계의 기마부대를 운용한 이들의 등장으로 고조선 사회가 요동쳤고, 이때부터 상과 주나라의 도전이 시작되었다. 중원이 주로 황하 중심의 역사를 펼쳐 가는 가운데, 춘추시대 전까지는 여전히 동이족의 우위가 유지되었다.

BC 11세기경 시작된 주 왕조는 애초부터, 중화사상과 양이를 기치로 내걸고 동이(회이)와의 본격적인 대결에 나섰다. 〈무경의 난〉은 주나라 건국 세력의 취약함을 드러낸 사건이었으나, 주공단周公旦은 〈동이 원정〉으로 동이를 산동의 북과 동쪽 끝으로 축출하는 데 성공했다. 사실상 화하족이 동이와의 싸움에서 이룩한 첫 승리로 중요한 역사적 전환점이었다. 그럼에도 주 왕조는 BC 8세기경 서융에 의해 사실상 붕괴되었고, 낙양 천도와 함께 동주시대, 즉 〈춘추시대〉가 열렸다.

백 년 뒤 새로이 조선의 맹주로 부상한 진한辰韓이 발해만과 산동 일대 무역의 주도권을 놓고, 변방의 연燕, 제齊, 진쯤 등과 충돌한 것이 소위 〈산융전쟁〉이었다. 제환공의 연합군이 동북의 고산지대를 넘어 요수遼水까지 진출해 산융에 도전했다. 그 결과 조선의 중심국 영지와 고죽이 타격을 입고, 연을 경계로 동이의 남진이 차단되기에 이르렀다. 이후로 중원 또한 본격적인 패권 시대로 접어들면서 〈전국시대〉가 시작되었다. 철기시대를 맞이해 농업생산성이 획기적으로 증대된 반면, 토지겸병을 위한 대규모 전쟁과 약육강식이 일상이었다.

　진한辰韓이 힘을 잃자 북방의 삼조선 또한 분열이 가속화되었다. BC 4세기경 태항산 동북까지 올라온 기씨가 일어나, 낙랑과 고죽, 신흥 선비족 등을 누르더니 번조선을 대체해 〈기씨조선〉 시대를 열었다. 그 사이 중원은 전국7웅으로 좁혀졌고 극도의 경쟁 속에서 부국강병을 위한 개혁이 강조되었는데, 전제군주 1인 중심의 중앙집권과 법가 정신이 요체였다.

　동시에 유교 등 위대한 〈제자백가〉 사상이 꽃을 피운 시대였으나, 수단과 방법을 가리지 않는 권모술수와 합종연횡이 기승을 부렸다. BC 3세기 초, 연나라 진개의 〈동호원정〉으로 진한이 붕괴되었다. 기씨조선도 태항산 동북쪽의 낙랑을 잃고, 요수를 넘어 조선하(패수)까지 밀려나는 수모를 당했다. 절대강자 진秦이 산동6국을 병합하기 직전이었다.

古國 1

ⓒ 김이오, 2024

초판 1쇄 발행 2024년 6월 26일
초판 2쇄 발행 2024년 7월 29일

지은이   김이오
펴낸이   이기봉
편집   좋은땅 편집팀
펴낸곳   도서출판 좋은땅
주소   서울특별시 마포구 양화로12길 26 지월드빌딩 (서교동 395-7)
전화   02)374-8616~7
팩스   02)374-8614
이메일   gworldbook@naver.com
홈페이지   www.g-world.co.kr

ISBN   979-11-388-3315-8 (03810)